Die Feder von Kylnavern

Band 1 – Feder

Klara Chilla

AF237068

Klara Chilla

Die Feder von Kylnavern

Band 1 - Feder

Fantasy

Bibliografische Information der Deutschen Nationalbibliothek:
Die Deutsche Nationalbibliothek verzeichnet diese Publikation in der
Deutschen Nationalbibliografie; detaillierte bibliografische Daten sind
im Internet über http://dnb.dnb.de abrufbar.

klara.chilla@gmail.com

https://www.klara-chilla.com

weitere Mitwirkende: Covergestaltung unter Verwendung von
Bildmaterial von Eva-Luna Stroeks

Herstellung und Verlag: BoD – Books on Demand, Norderstedt

ISBN: 978-3-7526-0634-8

Inhalt

Prolog

Dunkelheit!
Kälte - und hin und wieder das Geräusch von tropfendem Wasser, das die einsame Stille durchbrach!
Wie lange war er schon hier? Er wusste es nicht, und es hatte auch keinerlei Bedeutung.

Es hatte keine Bedeutung, ob er saß oder lag oder womöglich den kleinen Raum seines Gefängnisses mit Schritten durchmaß. Wie oft hatte er mit den Händen die Wände abgetastet, um einen Ausgang zu suchen? Eine winzige Lücke, durch die Luft hinein drang?

Er hatte nichts gefunden, und auch das hatte längst seine Bedeutung verloren.

Also hockte er da und wartete ab. Längst war er sich nicht mehr sicher, ob seine Unsterblichkeit, die ihn davor bewahrte, den Verstand zu verlieren, noch ein Segen oder lediglich ein Fluch war. Ein Fluch, den er sich selbst aufgeladen hatte. Wie so vieles andere.

Heiser lachte er in die Stille und lauschte dem Klang, bis er sich verlor.

Eigentlich hatte sie ihm einen Gefallen getan. Gab es nicht Menschen, die freiwillig die Einsamkeit suchten, um sich von weltlichen Dingen zu lösen? Er lächelte. Das hatte er wohl inzwischen zweifelsohne getan. Er vermisste seltsamerweise weder Essen noch Trinken noch Kleidung oder ein bequemes Bett. Das einzige, was ihm fehlte, war frische Luft; das sanfte Streicheln einer kühlen Brise im Gesicht. Aber tatsächlich brauchte er auch diese nicht. Er hatte sich von allem gelöst, von dem, was er besessen hatte und von dem, was er getan hatte. Er fühlte sich geläutert und damit auf einzigartige Weise frei, so seltsam es auch klang. Vieles würde er jetzt anders machen.

Nachdenklich strich er über das Buch. Unwillkürlich lächelte er. Wenn sie auch nur geahnt hätte, dass er es dabei hatte, als sie ihn hier einsperrte …

Er verspürte keine Wut. Es war nur eine Frage der Zeit gewesen, bis sie sich rächen würde. Und Zeit hatten sie beide mehr als genug gehabt.

Plötzlich erwärmte sich das Buch in seiner Hand. Erstaunt hob er es hoch. Ein schwaches Leuchten drang zwischen den Seiten hervor. War es möglich? Unwillkürlich zitterten seine Hände und sein Herzschlag beschleunigte sich. Dunkelroter Schein glühte um das Buch, riss es aus dem Nichts. Er schluckte aufgeregt und öffnete es vorsichtig, als könnte er das, was dort geschah, mit einer Unachtsamkeit vertreiben. Doch das Glühen blieb, belebte mit sanftem Licht die beschriebenen Seiten, bis er eine neue Seite aufschlug. Das Buch hatte eine neue Seite erhalten!

Voller Unglauben strich er sanft über das Blatt, das unter seiner Berührung bebte. Wie von unsichtbarer Hand erschien rotglühende Schrift, brannte sich lautlos in das Papier und setzte die Geschichte fort, die er vor so langer Zeit begonnen hatte:

Verdun, der Seher, warf sich zu Füßen seines Königs.

»Es ist so weit, Königliche Hoheit. Der Wind hat die Nachricht zu uns getragen. Eine neue Schreiberin wird schon bald in unser Gebiet vordringen.«

»Wann?«

»In zwei Wochen, Königliche Hoheit.«

»Ihr wisst wo?«

»Mit absoluter Sicherheit.«

»Also wird es Zeit zum Aufbruch. – Wie finde ich sie?«

»Nicht Ihr, Königliche Hoheit.« Verdun schüttelte den Kopf. »Die Tinte wird die Feder finden.«

Der andere Mann betrachtete den alten Seher abschätzend.

»Bereitet alles vor«, sagte er knapp und winkte Verdun hinaus.

Die Schrift kühlte ab. Alles was blieb, war ein schwaches Leuchten, in dem er gerade noch die Buchstaben lesen konnte. Es war mehr, als er in den vergangenen Jahren gehabt hatte.

Mit klopfendem Herzen klappte er das Buch wieder zu. Hoffnung und Angst zogen ihn in eine Umarmung, denen er nichts entgegenzusetzen hatte.

Hannah

Hannah öffnete die Tür zu ihrem Zimmer und entdeckte verwundert ihre Freundin Marina, die in ihrem Lieblingssessel lümmelte und verträumt aus dem Fenster blickte.

»Was tust du da?«

»Oh! – Ich sehe dem Schmetterling hinterher, wie er in den Garten fliegt.« Schuldbewusst stand Marina auf und lächelte sie verlegen an. »Tut mir leid, ich konnte nicht anders, als ich die Blätter auf deinem Schreibtisch gesehen habe.« Verträumt seufzte sie auf und umarmte Hannah fest. »Es ist mir ein Rätsel, wie es dir immer gelingt, eine einfache Geschichte von einem Schmetterling so zu schreiben, dass es mich ganz tief im Herzen berührt. Ich habe ihn förmlich vor mir gesehen.«

Hannah lächelte gutmütig. »Du spinnst.«

»Wie du meinst. Aber irgendwann werde ich in einen Buchladen gehen und voller Stolz dein Buch dort kaufen. Du wirst schon sehen.«

»Haha, guter Witz«, schnaubte Hannah, aber insgeheim gab es nichts, was sie sich mehr wünschte. Ein Leben, das nicht in dem langweiligen Büro der Stadtverwaltung stattfand, in der sie ihre Ausbildung machte. Sehnsüchtig sah sie auf die Blätter hinab, die Marina schuldbewusst auf den Schreibtisch hatte fallen lassen. Dann legte sie die Seiten sorgfältig zusammen und nahm einen Ordner aus ihrem Regal.

»Du solltest sie nicht nur abheften. Schick sie doch mal an einen Verlag.«

»Irgendwann«, entgegnete sie einsilbig.

»Wieso fürchtest du dich davor, dein Talent zu nutzen?« Marina klang beinahe verzweifelt, als sie weitersprach: »Dir kann doch nichts geschehen. Es liegt doch alles in deiner Hand.«

Hannah seufzte und schüttelte entschieden den Kopf. Sie war es leid. Viel zu oft hatten sie dieses Thema bereits durchgekaut. Sie würde warten und irgendwann, wenn sie das Gefühl hatte, dass es der richtige Zeitpunkt und die richtige Geschichte war, würde sie etwas an einen Verlag schicken. Vorher nicht, basta.

Marina zuckte mit den Schultern, dann grinste sie breit über das ganze Gesicht. Die Sommersprossen darin leuchteten mit ihren haselnussbraunen Augen um die Wette.

»Deswegen bin ich aber gar nicht hier. Wir haben ein Attentat auf dich vor.«

Hannah runzelte misstrauisch die Stirn. »Wir?«, fragte sie gedehnt und heftete die Seiten mit ihrer Geschichte dabei in den Ordner.

»Ja, stell dir vor, Amiras Onkel hat ein Hotel in Tunesien. Sicher erinnerst du dich, sie hat uns doch schon mehrmals davon erzählt. Er hat jedenfalls gerade sein Hotel renoviert und hat Amira und uns für eine Woche dorthin eingeladen. Wir brauchen nur den Flug zu bezahlen. Kost und Logis umsonst.« Marina sprang beinahe durch Hannahs kleines Zimmer und ergriff sie bei den Händen, als wollte sie mit ihr einen Tanz aufführen. »Was sagst du? Ist das nicht Wahnsinn?«

Tunesien! Augenblicklich erschienen sandfarbene Gebäude vor Hannahs Augen, die sich in der flirrenden Hitze kaum vom gleichfarbigen Boden abhoben. Türkisfarbenes Wasser und der heftige Wunsch, einmal eine Wüste mit eigenen Augen zu sehen, kamen in ihr hoch. Das war eine großartige Idee von Amiras Onkel. Endlich konnte sie ein wenig Abenteuerluft schnuppern.

»Wann geht es los?«, war alles, was sie fragen konnte, bevor ihr Marina mit einem Aufschrei um den Hals fiel.

Zwei Wochen später betraten sie zu viert die großzügige Empfangshalle des Hotels ‚Riadh Hammamet'. Blankpolierte rotbraune Marmorsäulen säumten die Wände, die mit hohen Bögen versehen waren, und verliehen dem ganzen Gebäude etwas von tausendundeiner

Nacht. Unsicher betrachtete Hannah flüchtig ihre staubigen Flipflops und die etwas holprigen Räder ihres Trolleys, der schon bessere Tage gesehen hatte. Dann glitt ihr Blick auf den ebenfalls glänzenden Marmorboden und die kleine schmutzige Spur, die sie und ihre Freundinnen bereits auf dem kurzen Weg vom Eingang zurückgelassen hatten. Amira schritt selbstbewusst vor ihnen her, als gehörte das Hotel nicht ihrem Onkel, sondern ihr persönlich. Weder Marina noch Emma zeigten sich von der Aufmachung des Hotels sonderlich beeindruckt, aber für Hannah war es wie der Eintritt in eine andere Welt. Ihre Fantasie vollführte bereits Purzelbäume in ihrem Kopf, und ihre Augen versuchten jedes noch so winzige Detail aufzunehmen und sich einzuprägen. Es war eine Fundgrube für neue Ideen.

»Kommst du?« Marina war stehengeblieben und lächelte sie an.

Hannah nickte und packte den Trolley fest an seinem Griff, um ihn die restliche Strecke bis zur Rezeption zu tragen, an der bereits Amira und Emma auf sie warteten.

»Mein Onkel wird uns heute Abend begrüßen«, sagte Amira und deutete auf die Concierge, die gerade telefonierte. »Er ist wohl den ganzen Tag unterwegs und will uns zum Abendessen einladen. Gebt mir eure Ausweise, wir müssen die Anmeldung noch ausfüllen.«

Hannah hielt ihren Ausweis schon griffbereit in der Hand und reichte ihn Amira, als Emma und Marina sich anstießen und nahezu gleichzeitig die Luft anhielten.

»Wow«, zischte Emma und fuhr sich verlegen durch die kurzgeschnittenen braunen Haare.

Marina kicherte. »Der Urlaub wird schön.«

Langsam wandte Hannah den Kopf und wusste sofort, was oder eher gesagt, wen die beiden meinten. Zwei junge Männer schritten auf die Rezeption zu, die zweifelsohne sämtliche Aufmerksamkeit auf sich zogen. Selbst eine Mutter mit einem Kind setzte dieses erstaunt ab und blickte den beiden Männern hinterher.

»Yin und Yang«, hörte sie Emma flüstern, dann kicherten Marina und sie wieder los.

»Benehmt euch«, tadelte Amira und funkelte die beiden aus ihren dunklen Augen an. »Mein Onkel soll sich nicht für uns schämen müssen. Die beiden Männer dort sind auch seine Gäste.«

Hannah grinste, als sie den Blick sah, mit dem Amira die Männer begutachtete und dann bewusst desinteressiert zur Seite blickte. Beide Männer waren groß und unübersehbar attraktiv. Während der eine hellblondes Haar hatte und eher sanfte Gesichtszüge, besaß der andere tiefschwarze Haare, die ihm ein wenig in die Augen fielen und seinem markant geschnittenen Gesicht etwas Wildes verliehen. Nachtdunkle Augen streiften sie, als er neben sie an den Tresen trat und kurz nickte, bevor er mit dem Blick die Concierge suchte.

»Hallo«, sagte er mit einer angenehmen dunklen Stimme, während der Blonde sich zu ihm gesellte und sie nur eines kurzen Blickes würdigte.

Hannah schluckte und trat einen Schritt zur Seite. Augenblicklich rutschten Marina und Emma auf ihren Platz.

»Schlüssel 175, bitte«, sagte der Blonde und zauberte ein faszinierendes Lächeln auf sein Gesicht.

Der Seufzer Marinas war nicht zu überhören. Hannah stieß ihr unsanft in den Rücken. Konnte das hier noch peinlicher werden? Die Freundin sah sie mit großen Augen verzückt an. Ihre Lippen formten ein »Was?«, ohne dass sie es laut aussprach, und blinzelte ihr frech zu.

»Wenn ich euch beim Anhimmeln kurz stören dürfte«, zischte Amira ein wenig genervt. »Hier sind unsere Zimmerschlüssel. Wir teilen uns ein Appartement. Ich schätze, Hannah und ich gehen schon einmal vor. Wir treffen uns dann dort.« Mit überlautem Klappern legte sie die Schlüssel vor den anderen ab und wandte sich ab.

»Wir kommen bald nach«, versprach Marina abwesend.

Das konnte ja heiter werden, dachte Hannah und ergriff eilig ihren Schlüssel, um Amira zu folgen.

Nachdem sie mit Amiras Onkel ein ausgiebiges Abendessen genossen hatten, beschlossen die Freundinnen, noch gemeinsam die Hoteldisco aufzusuchen. Hannah verspürte wenig Lust auf viel zu laute

Musik, aber Marina hatte konsequent gebettelt, bis sie nicht anders konnte, als ihr zuzustimmen. Jetzt saßen sie gemeinsam an diesem Tisch und tranken Cocktails, während Marinas Blick unablässig den gut gefüllten Saal absuchte.

»Du wartest doch nicht allen Ernstes auf diese beiden Typen?«, fragte Amira und verdrehte die Augen. »Dir ist echt nicht zu helfen, Marina. Lass und einfach die paar Tage hier ohne deine üblichen Flirtversuche verbringen.«

»Ach, was du nur wieder hast.« Marina winkte grinsend ab. »Dir würde ein Flirt auch wirklich einmal ganz guttun. Du kannst den Schwarzhaarigen nehmen, ich interessiere mich eher ...« Abrupt verstummte Marina und ergriff Emma am Arm, die auf der anderen Seite neben ihr saß. »Yin und Yang! Da sind sie ja«, flüsterte sie aufgeregt und rutschte auf ihrem Stuhl so lange herum, bis sie endlich ihre langen Beine übereinandergeschlagen hatte und sich zurücklehnte.

»Oh, bitte.« Amira schüttelte den Kopf. »Ich gehe jetzt auf Toilette. Muss sich noch jemand die Nase pudern?«

Hannah schüttelte den Kopf, aber Emma schloss sich Amira an. Gemeinsam verschwanden sie, während Marinas ,Beute' an ihnen vorüberging und sich zwei Tische weiter zwei Plätze suchte.

»Okay! Wie sieht's aus, Hannah?« Marina stand auf und streckte sich, dabei warf sie mit lockerem Schwung ihre langen blonden Locken nach hinten, sodass sie im Zwielicht der Disco verheißungsvoll aufglänzten.

Hannah winkte ab. »Auf keinen Fall, du kennst mich doch.«

»Wie schade. Du weißt nicht, was dir entgeht.« Mit einem Zwinkern schenkte sie Hannah ein freches Grinsen und schlenderte dann im Rhythmus der Musik, die aus den Boxen dröhnte und den Raum mit ihren Schwingungen erfüllte, auf ihre beiden Opfer zu. Vor dem Tisch blieb sie kurz stehen und tanzte betont aufreizend, bis die beiden jungen Männer zu ihr aufsahen. Der Blonde taxierte aufmerksam ihre Figur. Er sagte etwas zu Marina und deutete dabei einladend auf den Stuhl, der zwischen ihm und seinem Freund stand. Das unwiderstehliche Lächeln, das Marina auf ihr Gesicht gezaubert hatte, hatte also wieder einmal nicht seine Wirkung verfehlt. Ihre Freundin setzte sich und begann augenblicklich ein zwangloses Gespräch mit beiden. Doch der Dunkelhaarige setzte eine desinteressierte Miene auf und sah sich im

Raum um, als würde er jemanden suchen. Dann lehnte er sich in seinem Stuhl zurück und betrachtete seinen Freund, der Marina ein hinreißendes Lächeln schenkte, nach ihrer Hand griff und sie einfach zu sich auf seinen Schoß zog.

Hannahs Wangen wurden schamrot, als ihre Freundin ihre Arme um ihn schlang und ihn hemmungslos küsste. Sie wollte wegsehen, doch ein kleiner Teil in ihr beneidete Marina um diese Unkompliziertheit. Der größere Teil allerdings verspürte wenig Lust auf solche zumeist doch sehr kurzfristigen Begegnungen.

Dem Dunkelhaarigen schien es ähnlich zu ergehen. Er betrachtete seine beiden Tischgenossen mit gerunzelter Stirn und erhob sich schließlich abrupt. Ohne ein Wort verließ er den Tisch. Hannah erstarrte, als er in ihre Richtung kam und ein Blick aus unglaublich dunklen Augen sich kurz auf sie legte. Unwillkürlich hielt sie den Atem an. Glücklicherweise ging er an ihr vorbei, ohne sie überhaupt wahrzunehmen, und strebte dem Ausgang zu. Als sich die Tür hinter seiner großen Gestalt schloss, atmete sie tief durch. Gedankenverloren spielte Hannah mit dem Strohhalm in ihrem Cocktail herum. Marina, die schöne und selbstbewusste Marina, erregte die Aufmerksamkeit solcher Männer, aber nicht sie. Hannah seufzte noch einmal und verdrehte die Augen, als es ihr bewusst wurde. Vielleicht sollte sie sich doch so auftakeln, wie es ihre Freundinnen taten, bevor sie ausgingen. Mit ihrer Jeans und dem T-Shirt ging sie in der breiten Masse unter. Wahrscheinlich hatte er noch überhaupt nicht bemerkt, dass sie zu Marina gehörte. Bisher hatte sie das aber noch nie gestört. Und plötzlich saß sie in dieser albernen Disco und machte sich Gedanken darüber. Verärgert schnaubte sie auf und knickte den Strohhalm um.

»Hast du ein Gespenst gesehen?«

»Du bist total rot im Gesicht!«

Hannah sah überrascht auf und begegnete den besorgten Blicken von Amira und Emma. Sie hatte überhaupt nicht bemerkt, dass die beiden wieder an den Tisch gekommen waren.

»Ach was! Ich denke, unsere brave Hannah ist einfach darüber entsetzt, was Marina dahinten abzieht.« Emma deutete breit grinsend auf den Tisch, an dem Marina gerade in eine leidenschaftliche Umarmung vertieft war.

Plötzlich kam Hannah die Luft unglaublich stickig vor. Entschieden schüttelte sie den Kopf und schob ihren Stuhl zurück.

»Nein, danke, mit mir ist alles in Ordnung. Ich denke, ich habe genug für heute. Wir sehen uns morgen beim Frühstück, okay?«

Ihre Freundinnen sahen sie verwundert an und nickten dann gleichzeitig, als wären sie mit einer unsichtbaren Schnur verbunden.

»Gute Nacht, Hannah!«, sagten sie wie aus einem Mund.

Hannah hastete aus dem Raum. Erleichtert atmete sie tief die klare Nachtluft ein, als sich die Tür hinter ihr schloss. Nach einigen eiligen Schritten stützte sie sich auf das Terrassengeländer. Ein kühler Hauch strich über ihr heißes Gesicht, und Hannah schloss die Augen. Dumpfe Musik quoll hinter ihr aus dem Gebäude und stieg in die Stille des Abends, nur um sich augenblicklich in der Luft gegen das leise Rauschen zu verlieren, das vom Meer über den Strand heraufkam. Hannah atmete erneut tief und intensiv ein und leckte sich leicht über die Lippen. Sie liebte den Klang der Wellen und den Geschmack von Salz auf den Lippen.

»Ist alles in Ordnung mit dir?«

Eine Stimme aus dunklem Samt streichelte ihr Ohr. Neugierig öffnete sie die Augen, nur um überrascht das Gesicht anzublinzeln, das sie besorgt ansah. Yin stand neben ihr und lächelte sie vorsichtig an.

»Ähem, doch natürlich. – Danke, - alles okay«, stammelte sie und versuchte sich an einem krampfhaften Lächeln. »Es war nur… die Luft da drin.« Hannah verstummte hilflos und fluchte innerlich.

»Ich nehme an, dich hat das Tempo ein wenig aus dem Gleichgewicht gebracht, das deine Freundin und mein Bruder an den Tag legen.« Er lächelte immer noch, doch der Besorgnis war Verständnis gewichen.

Hannah schluckte und nickte zögernd. Er hatte sie also doch am Tisch bemerkt. Hannah errötete. Was mochte er von ihr denken? Doch dann fiel ihr etwas anderes auf.

»Bruder?«, fragte sie erstaunt und sah ihrem Gegenüber das erste Mal richtig in die Augen. Niemals zuvor hatte sie so dunkle Augen gesehen. Sie waren nahezu nachtschwarz. Zu allem Überfluss spiegelten sich jetzt auch noch die Sterne darin. Yin betrachtete sie genauso regungslos, dann schüttelte er leicht den Kopf, als wäre er gerade aus einem Traum erwacht, und räusperte sich.

»Mein Bruder, ja – genau genommen, sogar mein Zwillingsbruder.«

»Bist du sicher, dass ihr bei der Geburt nicht vertauscht worden seid?«, fragte sie erstaunt und hätte sich am liebsten geohrfeigt, als sie seinen distanzierten Blick bemerkte. »Entschuldige. Es geht mich nichts an«, murmelte sie verlegen.

»Du meinst, weil wir so unterschiedlich sind wie Tag und Nacht? Oder eher wie Yin und Yang?«

Er hatte sie also gehört? Hannahs Wangen glühten augenblicklich. Ihr schlechtes Gewissen hob den Zeigefinger und deutete stumm und anklagend auf sie. Sie selbst hatte ihm ja auch diesen Namen gegeben: Yin, der die Bedeutung des Dunklen hatte und einen schattigen Ort bezeichnete. Yang hingegen bedeutete die sonnige Anhöhe. Wie passend für seinen Bruder.

»Aber dann hat dir niemand in die Augen gesehen«, sagte sie daher spontan und errötete über das ganze Gesicht.

»Augen sind die Spiegel der Seele, sagt man. – Meine sind schwarz, schwarz wie die Nacht.« Er sah sie so herausfordernd an, dass sie sich unweigerlich fragte, ob er es nicht auf eine Art sogar genoss, etwas Düsteres an sich zu haben.

»Ich liebe die Nacht«, sprudelte es aus ihr heraus, ehe sie darüber nachdenken konnte.

Ich liebe die Nacht? Was für einen Blödsinn redete sie daher? Er musste sie für vollkommen schwachsinnig halten oder verzweifelt.

»Ich heiße übrigens Targon«, sagte er belustigt und hob auf eine unnachahmliche Art eine Augenbraue, die seinem Lächeln etwas Anzügliches gab. Natürlich, er musste ja denken, dass sie nicht anders als Marina war. Hannahs Herz klopfte so laut, dass er es eigentlich hören musste. Ungerührt streckte er ihr die Hand entgegen, die sie zögernd ergriff.

»Hannah«, hauchte sie tonlos und genoss die Intensität seines festen Griffes.

»Hannah«, wiederholte er lächelnd. »Ich fürchte, du und ich, wir werden unsere Zimmergefährten erst morgen früh wiedersehen.« Jetzt grinste er sie breit an und strich sich eine vorwitzige Haarsträhne aus den Augen. »Übrigens muss es dir nicht unangenehm sein, was du gerade gesagt hast. - Ich denke, du hast recht. So wie du denken sicherlich viele. Aber da, wo ich herkomme, ist eine Verwechslung nicht möglich.«

»Hm, sicher.« Hannah wich seinem Blick aus und richtete ihre Augen auf den Himmel. Unzählige Sterne funkelten auf sie herab und mit einem leisen Flattern in ihrer Magengegend dachte sie an seine Augen. Wie konnte ein Mensch nur solche Augen besitzen? »Und woher kommst du, wenn ich fragen darf?«

»Ich lebe nicht in Deutschland.«

»Okay«, sagte Hannah langgezogen und grinste Targon nun verschmitzt an. »Wenn ich mich jetzt nach dem Ausschlussprinzip weiter voran taste, dann weiß ich in ein paar Stunden zumindest das Land, in dem du lebst. – Oder aber ich akzeptiere einfach die Tatsache, dass du es mir nicht verraten möchtest.«

Targon lächelte anerkennend. Etwas lag darin, das Hannah zufrieden machte und das Flattern in ihrem Magen auf geheimnisvolle Weise verstärkte. Er hatte seine Gründe, warum er ihr nicht antwortete, und es gefiel ihm, dass sie nicht weiterfragte.

Hannah zwang sich dazu, wieder ernst zu werden. Doch ihre Mundwinkel wanderten immer wieder ganz von allein nach oben. Um sich abzulenken, betrachtete sie die Gartenanlage. Nur noch in wenigen Fenstern brannte Licht, und der Pool lag still und unberührt vor ihnen. Die Wasseroberfläche war so glatt wie ein Spiegel, sodass es aussah, als hätten sich die Palmen zur Nachtruhe ausgestreckt, die um den Pool herum gepflanzt waren. Hannah gefiel das Bild, und sie griff nach ihrer Umhängetasche, holte ein kleines Notizbuch heraus und öffnete es.

»Was tust du da? Willst du mir deine Nummer geben?«, fragte Targon mit leichtem Spott in der Stimme, der ihre Wangen erneut aufglühen ließ.

»Oh nein, auf keinen Fall, auch wenn dir das womöglich gefallen würde.« Aufgebracht funkelte sie ihn an. Was bildete dieser Kerl sich ein? Hielt er sie wirklich für derart aufdringlich? Allerdings musste sie zugeben, dass sie tatsächlich eine Menge Blödsinn geredet hatte. Trotzdem. »Nein, ich schreibe gerne Geschichten und immer, wenn ich etwas sehe, was mir gefällt, oder mir eine schöne Formulierung einfällt, schreibe ich es auf, bevor ich es wieder vergesse.«

Irritiert bemerkte Hannah, wie seine Miene bei ihren Worten versteinerte. Ein abweisender Zug wanderte unauffällig um seine Mundwinkel, und in seinen Augen verschwand das Funkeln. Selbst die Spiegelung der Sterne hatte sich daraus zurückgezogen. Hannah erschrak und klappte das Büchlein wieder zusammen, ohne etwas hineingeschrieben zu haben und ohne zu wissen, was diesen Stimmungsumschwung bewirkt haben konnte.

»Es tut mir wirklich leid, aber ich wollte nichts über dich aufschreiben, falls du das gedacht haben solltest.«

Targon schüttelte den Kopf. Seine Miene entspannte sich wieder, doch etwas Unerklärliches war plötzlich zwischen sie getreten und hatte den schönen Augenblick zerstört.

»Ich denke, ich gehe jetzt besser und sehe nach, ob ich in mein Zimmer komme. Gute Nacht, Hannah. – Es war nett, dich kennen zu lernen.« Targon lächelte flüchtig und nichtssagend. Er wartete noch nicht einmal ihre leise Antwort ab, als er bereits die Stufen der Terrasse hinunterschritt und zwischen den Bungalows verschwand.

Es war nett! Hannah schluckte enttäuscht. Etwas Schlimmeres hätte er wohl kaum sagen können. Leere Worte, die ein leeres Gefühl hinterließen, und der Schmetterling in ihrem Bauch, der gerade erst Fliegen gelernt hatte, stürzte ungebremst zu Boden und verschwand.

Hinter ihr wurde die Tür zur Disco geöffnet und sofort wieder geschlossen. Kurz kreischte die Musik durch den Spalt, als wollte sie aus dem stickigen Raum flüchten, und verstummte abrupt wieder. Hannah drehte sich um. Emma und Amira kamen Arm in Arm und ausgelassen kichernd auf sie zu.

»Was machst du denn noch hier? Wolltest du nicht schlafen gehen?« Amira trat neben Hannah und hakte sich bei ihr ein.

»Ich habe mich noch mit Yin unterhalten.« Hannah hatte keine Ahnung, warum sie ihren Freundinnen nicht Targons Namen verriet, aber aus welchem Grund auch immer wollte sie ihn nur für sich selbst haben.

»Oh!« Vielsagend stieß Amira Hannah in die Seite und sah sie mit neuer Ehrfurcht an. »Mit Yin? Wow! Wie hast du das denn geschafft? Bisher sah er nicht so aus, als wäre er an irgendeinem Mädchen hier interessiert.«

»Los, lass dich nicht drängen. Erzähl uns alle peinlichen Details.«
Emma kicherte angespannt und schwankte leicht. Hannah griff nach
ihrer Freundin und stützte sie. Ein Schwall alkoholgetränkten Atems
wehte über ihr Gesicht. Angewidert kniff Hannah die Nasenflügel
zusammen. Die zwei hatten wohl noch ein paar Cocktails getrunken.
»Yin hat mich angesprochen, als ich aus der Disco gekommen bin.
Das war bereits alles. Er scheint ganz nett zu sein.«

»Nett?« Amira verdrehte die Augen.

»Die Worte vernehm' ich wohl – allein mir fehlt der Glaube«,
rezitierte Emma mit schwerer Zunge und winkte mit der Hand ab. »Nett
bedeutet dann wohl, dass er entweder dumm ist oder aber schwul.
Meine Mutter sagt immer, alle netten Männer sind schwul.«

Hannah schüttelte lachend den Kopf: »Nein. Nett bedeutet in diesem
Falle einfach nur nett und nicht interessiert.« Das Geständnis fiel ihr gar
nicht so schwer. Ihre Freundinnen waren genau im richtigen Moment
gekommen, um sie vor Trübsal zu bewahren. Auffordernd griff sie nach
dem Arm von Emma und hakte sich auch bei ihr ein. »Ich hinke noch
mit einem Cocktail hinterher. Lasst uns sehen, ob die Bar noch aufhat.«

Stunden später stand Targon in der kleinen Kochnische des
Appartements und trank kaltes Wasser direkt aus dem Hahn, sämtliche
Warnungen diesbezüglich ignorierend. Er konnte sich einfach nicht an
das sprudelnde Wasser aus der Flasche gewöhnen, das Romun in
Unmengen in den kleinen Kühlschrank gestopft hatte.

Müde richtete er sich auf und wischte sich mit der Hand über die
feuchten Lippen. Er hatte keine Ruhe gefunden, weil seine Gedanken
sich wie in einer endlosen Spirale um Hannah gedreht hatten. Ihre
himmelblauen Augen verfolgten ihn, als hätte er zu tief hineingesehen.
Niemals zuvor hatte er so strahlende Augen gesehen. Sie hatte ihn
angezogen, wie eine Motte vom Licht angezogen wurde. Und
ausgerechnet sie sollte die Feder sein? Nur mit Mühe hatte er zu seiner

Selbstbeherrschung zurückgefunden. Es war so lange her, dass es jemand geschafft hatte, diese ins Wanken zu bringen. Besorgt runzelte er die Stirn, als ein Knarren aus dem Nebenzimmer ihn aufhorchen ließ. Einer der beiden war wohl wach geworden. Kurz darauf trat sein Bruder in das kleine Wohnzimmer und sah ihn hellwach an.

»Du siehst schrecklich aus. Was hast du heute Nacht getrieben?« Argwöhnisch zogen sich seine Augen zusammen. »Hast du etwas über unsere Feder herausgefunden?«

»Mehr als das«, antwortete Targon widerstrebend. »Es ist die Freundin deiner Abendbekanntschaft.«

»Das ist wunderbar!« Romun lachte zufrieden auf. Er ging an Targon vorbei, öffnete den Kühlschrank und zog eine der Sprudelflaschen hervor. Dann warf er einen Blick zu seinem Zimmer zurück, bevor er weitersprach: »Das vereinfacht die Sache ungemein. Es wird ein Kinderspiel sein, die Kleine mitzunehmen.«

Targon beobachtete seinen Bruder, wie er die Flasche öffnete und sie mit wenigen kräftigen Zügen leer trank.

»Was soll jetzt so einfach daran sein?«

»Ich werde mit der süßen, kleinen Marina noch ein wenig herumturteln und in zwei Tagen werden wir dann an einem Ausflug in die Wüste teilnehmen. Ich werde Marina vorschlagen ihre Freundin mitzunehmen, damit du nicht so allein bist.« Romun zwinkerte ihm siegessicher zu. »Es wird ein Ausflug, den die beiden nicht vergessen werden. Du kannst Kerim Bescheid geben, dass er alles vorbereiten soll. Es muss alles so wirken, als wäre es ein Ausflug, den das Hotel anbietet. Lass dir was einfallen, wie wir die anderen Hotelgäste davon fernhalten.«

»Wir nehmen das andere Mädchen auch mit? Wozu soll das gut sein? Du hast zu Hause schon genug Weiber.«

Romun hob missbilligend eine Augenbraue und betrachtete seinen Bruder kalt: »Denke nach, Targon. Du weißt genauso gut wie ich, dass man uns erwarten wird und die Feder entweder töten oder entführen will. Wenn wir aber zwei Mädchen haben und wir uns trennen, weiß niemand, welches der Mädchen die Richtige ist. Sie werden sich aufteilen müssen und damit steigen deine Chancen, die Feder heil nach Hause zu bringen.«

Targon nickte widerwillig. Sein Bruder hatte Recht, auch wenn es ihm nicht gefiel.

»Ich gebe zu, dass du recht hast. Aber pass auf das Mädchen auf, Romun. – Es wird kein Spaziergang werden, bis sie in Sicherheit ist.«

»Heißt das, du hast ein Gewissen, lieber Bruder? Wie ungewöhnlich für dich.« Romun lachte spöttisch auf.

»Das habe ich wohl kaum dir zu verdanken.«

Sein Bruder tat die Bemerkung mit einem Achselzucken ab und lächelte: »Wenn du mir deine Begleiterin heil in die Burg bringst, werde ich mein Möglichstes tun und auch auf ihre Freundin aufpassen.«

Das Lächeln missfiel Targon, und noch mehr missfiel ihm die Tatsache, dass es ihm nicht gleichgültig war, in welche Gefahr sie die beiden Mädchen brachten.

»Das Mädchen wird unverletzt in deiner Burg ankommen. Koste es mich, was es wolle.« Seine Worte kamen voller Inbrunst. Ein Versprechen, das er nicht nur seinem Bruder gab, sondern vor allem Hannah. Er würde alles dafür tun, um sie sicher in ihre Welt zu bringen. Trotzdem verspürte er ein unbekanntes Gefühl in seiner Magengegend, das nicht richtig fand, was er tat. Er wusste, was auf Hannah zukam, und er war sicher, dass sie nur zu gerne ihre Freundin auf den Ausflug begleitete, sobald sie hörte, dass er auch dabei war.

Diesmal war es also das Licht, das sich an der Motte verbrennen würde.

Hannah streckte sich faul in ihrem Bett. Für ein Hotelbett war es wirklich herrlich bequem. Es hatte eindeutig Vorteile, einen Onkel mit eigenem Hotel zu haben.

Müde rieb sie sich über das Gesicht und stand auf. Das Bett neben ihr war wie erwartet leer. Marina hatte sich ganz offensichtlich nicht mehr von Targons Bruder lösen können. Leise schlich sie an dem zweiten Schlafzimmer vorbei, das sich Emma und Amira teilten. In dem kleinen

Wohnraum brühte sie sich als erstes Kaffee auf, dann öffnete sie die große Schiebetür und trat auf die große Terrasse hinaus. Ein warmer Windhauch und das leise Rauschen der Wellen begrüßten sie. Noch war die Luft angenehm kühl und ließ nicht ahnen, dass es im Laufe des Vormittages empfindlich heiß werden würde. Emma und Amira würden heute einen Ausflug machen, vor dem sie und Marina sich erfolgreich gedrückt hatten. Da Marina den Tag sicher mit Yang verbringen würde, hatte sie die folgenden Stunden für sich. Hannah freute sich bereits jetzt darauf, hier im Schatten mit einem Buch zu sitzen und auf das türkisfarbene Meer sehen zu können, das ihr zwischen dem künstlich angepflanzten Palmensaum entgegenstrahlte. Vielleicht konnte sie auch ein wenig schreiben. Ein Märchen hatte sich bereits gestern in der Hotelhalle in ihren Kopf geschlichen und war dann von einem Paar unglaublich dunkler Augen gefüttert worden und deutlich angewachsen.

Leises Röcheln aus dem Wohnraum rief ihr den Kaffee ins Gedächtnis. Zufrieden füllte sie sich einen großen Becher, packte ihre Schreibsachen und ihr Handy und trat wieder nach draußen. Nachdem sie die Sachen in Reichweite aufgebaut hatte, setzte sie sich auf eine Liege. Glücklich sah sie aufs Meer hinaus und nahm einen langen Schluck von dem Kaffee. Was konnte es Schöneres geben, als die Stille eines Morgens zu genießen und ganz allein seinen Gedanken nachhängen zu können? Es war sehr freundlich von Amiras Onkel gewesen, sie alle vier hierher einzuladen.

»Morgen, Hannah!« Marina schlängelte sich durch die Bepflanzung neben ihrer Terrasse und strahlte sie mit überglücklichem Gesicht an.

»Marina!«

»Oh Gott!« Marina ließ sich auf die Liege zu Hannah fallen und umarmte sie fest. »Ich bin so wahnsinnig verliebt. Roman ist einfach ein Traum.«

Hannah rutschte ein wenig zur Seite, um Marina Platz zu machen. Unwillkürlich lächelte sie über deren Glück, obwohl sie dem Ganzen doch eher skeptisch gegenüberstand. Es war für sie schwer vorstellbar, sich Hals über Kopf in jemanden zu verlieben, aber Marina war schon immer etwas überschwänglich. Kommentarlos ließ sie sich den Kaffeebecher aus der Hand nehmen.

»Roman und sein Bruder nehmen übermorgen an einem Ausflug teil. Er hat mich gefragt, ob ich auch mitkommen will«, plapperte Marina zwischen zwei Schlucken und gab dann den Becher zurück. »Ein Ausritt in die Wüste mit einer Übernachtung in einem Beduinenzelt. Hört sich das nicht romantisch an?« Aufseufzend legte sie den Kopf gegen Hannahs Schulter, die augenblicklich Bedenken hatte. Doch noch bevor sie den Mund öffnen konnte, richtete Marina sich wieder auf. »Und du musst mitkommen, Hannah. Du kannst mich da nicht allein mitreiten lassen.«

»Das ist nicht dein Ernst, oder? Du willst tatsächlich mit zwei wildfremden Typen in die Wüste reiten? Und ich soll auch noch mit?«

»Es ist ein ganz normaler Ausflug, der vom Hotel angeboten wird. Es kommt sogar noch so ein holländisches Pärchen mit.« Schmollend schob Marina die Unterlippe vor, dann ergriff sie Hannahs Hände und sah sie mit großen Augen an. »Bitte, Hannah. Was soll denn dabei passieren?«

Hannah zögerte. Ihr war nicht behaglich zumute, aber gegen einen normalen Ausflug war wohl nichts einzuwenden.

»Ich weiß nicht, Marina. Du kennst den Mann doch gar nicht. Willst du das nicht ein bisschen langsamer angehen? Sein Bruder wird wohl keinen Wert darauf legen, dass ich auch noch mitkomme und er dann den Babysitter spielen muss.«

Marina winkte müde mit einer Hand ab und gähnte herzhaft. »Das ist komisch. Er hat beinahe das Gleiche gesagt, und dass er dich womöglich gestern Abend vor den Kopf gestoßen hat.« Neugierig blinzelte sie zu Hannah hinüber. »Was hast du wieder angestellt?«

Hannah schüttelte widerwillig den Kopf. Sie hatte nicht die geringste Lust, den gestrigen Abend vor Marina auszubreiten.

»Bitte, Hannah«, flüsterte ihre Freundin jetzt. »Roman ist unglaublich nett und mein absoluter Traummann.«

Wieder einmal der Traummann also. Hannah seufzte. Unter dem bettelnden Blick Marinas fühlte sie sich wie ein hypnotisiertes Kaninchen. Und eigentlich wollte sie ja ohnehin unbedingt die Wüste sehen. Ein Ausritt und eine Übernachtung darin waren vielleicht doch ganz schön. Widerstrebend nickte sie und saß noch lange nachdenklich da, als Marina bereits auf der Liege eingeschlafen war.

Der Sandsturm

Zwei Tage später saß Targon an dem Rand eines ausgetrockneten Flussbettes und schaute auf den gut zehn Meter tiefen Grund hinab. Seine Beine baumelten dabei in die Tiefe wie bei einem übermütigen Kind. Ähnlich beschwingt fühlte er sich auch tatsächlich bei dem Geschehen, das sich unter ihm abspielte.

Hannah stand mit ihrer Freundin bei den Pferden. Beide lachten ausgelassen, während Hannah immer wieder geschmeidig über den felsigen Boden tanzte und lauthals ein Lied sang. Das holländische Pärchen machte sich einen Spaß daraus, den beiden einen Holzschuhtanz beizubringen, die sich mit Feuereifer darauf einließen. Bei jeder Drehung schwangen Hannahs Haare wie eine rotbraune glänzende Flut um sie herum.

Marina klatschte in die Hände und tat es ihr nach. Doch auch, wenn sie sich in der Hotel-Disco noch so gekonnt an Romun heran geschlängelt hatte, fehlte ihr die natürliche Geschmeidigkeit, die Hannah besaß. Ihre Bewegungen wirkten steif und einstudiert, während Hannah impulsiv dem Klang und Rhythmus des Liedes folgte, das die Holländer lachend von sich gaben. Pure Lebensfreude, die ansteckend wie eine Krankheit war und die sich heimlich auch an ihn heranmachte, während er sie beobachtete. Targon konnte sich nicht dagegen wehren. Die Begegnungen mit Hannah waren seltsam intensiv. Jeder Lidschlag von ihr und jedes Wort, jede Bewegung zogen seine Blicke an und weckten eine Sehnsucht in ihm, die er so noch nicht gekannt hatte. Ein Lächeln von ihr wärmte sein Innerstes, wo dort so lange nur einstudierte Kälte geherrscht hatte. Doch ihre Wirkung war nicht gut für ihn.

Beinahe hätte er aufgeseufzt, was ihn nur noch mehr erschreckte. Das kam davon, dass er den ganzen Tag gezwungen gewesen war, neben ihr zu reiten und sich mit ihr zu unterhalten. Sie war zuerst schüchtern gewesen, aber dann war sie irgendwann aufgetaut und hatte von ihrem Hobby erzählt und damit jeden Zweifel beseitigt, dass sie nicht die Gesuchte sein sollte. Sie schrieb seit frühester Kindheit mit Leidenschaft Geschichten und träumte von der großen Schriftstellerkarriere. Es war seltsam, wie leicht sie zu finden gewesen war.

Lautes Lachen drang zu ihm herauf. Die beiden Mädchen tanzten immer ausgelassener und wirbelten im Kreis herum, ohne auch nur zu ahnen, dass sie beobachtet wurden oder was ihnen noch bevorstand.

»Was tust du hier?«

Die barsche Stimme Romuns fuhr Targon wie Eis über den Kopf. Wie war es ihm möglich gewesen, sich unbemerkt an ihn heranzuschleichen? Und dass er geschlichen war, daran hatte Targon nicht den geringsten Zweifel, was die immer stärker werdende Kluft zwischen ihnen nur umso deutlicher machte.

»Ich passe auf unseren Fang auf«, entgegnete er kühl und hoffte, dass ihn sein Bruder nicht zu lange beobachtet hatte. War er so geblendet von Hannah, dass er seine Umgebung vollkommen aus dem Blick verloren hatte?

»Du scheinst mir gefährlich weich zu werden, Targon. Was ist los mit dir? – Vielleicht wäre es besser, wenn ich Hannah nach Kylnavern bringe. Was meinst du, Bruder?«

»Wenn du meinst, dass es so besser ist, deine Pläne kurzfristig zu ändern …« Targon verstummte und erhob sich gelassen. Auge in Auge stand er seinem Bruder gegenüber, der ihn mit hochgezogenen Augenbrauen und schmalem Mund kalt musterte. Wenn ihn Marina jetzt so gesehen hätte, der ganze Zauber wäre wie fortgewischt gewesen. Die menschenverachtende Art stand Romun so deutlich ins Gesicht geschrieben, dass er auch ein Banner hätte hochhalten können. »Du weißt, dass die meisten Verfolger sich auf deine Fersen setzen werden. Du gehst ein Risiko ein, sie doch noch unterwegs zu verlieren.«

Romun forschte in seinem Gesicht, dann lächelte er verhalten und schlug Targon auf die rechte Schulter.

»Du hast recht. Ich verlasse mich auf deine Treue, Bruder.«

»Bis in den Tod, mein König«, antwortete Targon automatisch und neigte schnell den Kopf, um seine Augen zu verbergen. Wahrheit steht in den Augen, hatte Maruk ihn gelehrt. Ein geübter Leser konnte auch jede Lüge darin erkennen, und Romun war ein solcher.

»Kerim hat mir das Zeichen gegeben, dass er jetzt den Sturm rufen kann. Wir sollten uns nach unten begeben.« Romun streckte Targon die Hand entgegen, die dieser ergriff. »Auf dass wir uns wohlbehalten in Kylnavern wiedersehen.«

»Auf dass wir uns wiedersehen«, entgegnete Targon knapp. Romun nickte ihm zu und ging dann vor ihm her, eine günstige Stelle für den Abstieg suchend. Zwischen zwei großen Felsblöcken wand sich ein ausgetretener Pfad hinab. Kleine schwarze Kothaufen verrieten, dass dieser Pfad von Ziegenhirten mit ihren Herden genutzt wurde, die in dieser kargen Gegend nach jeder winzigen Pflanze suchten. Geschickt lief Romun hinunter, Targon folgte ihm dicht auf den Fersen, der den ersten zaghaften Windstoß im Gesicht spürte. Kleine Steine lösten sich und kollerten vor ihnen den Pfad hinab wie Boten, die ihre Ankunft verkünden wollten. Hannah und Marina hatten aufgehört zu tanzen und sahen ihnen neugierig entgegen. Marinas Wangen nahmen einen zarten rosa Ton an, als sie ihre Augen auf Romun richtete. Er schlüpfte glatt und problemlos wie ein Aal zurück in die Rolle des charmanten Urlaubers, der seine große Liebe gefunden hatte. Mit einem Lächeln, das tiefe Grübchen in seine Wangen zauberte, breitete er seine Arme aus und schloss das glückliche Mädchen in eine Umarmung, die Targon eine Spur zu besitzergreifend erschien. Auch Hannah runzelte kurz die Stirn, sagte aber nichts, sondern zog sich langsam zu ihrem Pferd zurück. Dankbar rieb die kleine Stute ihre Stirn an ihrer Hand. Doch ein kurzer Windstoß fegte überraschend und heiß über den Boden und wirbelte Sand auf. Das Pferd riss erschrocken den Kopf hoch und wieherte. Wie zur Antwort gellte das Wiehern der anderen Tiere, die unruhig begannen auf der Stelle zu tänzeln.

»Wo kommt plötzlich der Wind her?« Marina kuschelte sich tiefer in die Arme Romuns, der mit zusammengekniffenen Augen in den blauen Himmel sah, als suchte er dort nach einer Erklärung.

»Vielleicht ein Sturm?« Targon trat zu Hannah, die ihren Kopf an den Hals ihres Reittieres gelegt hatte und ihm beruhigende Worte zuraunte.

»Allmächtiger«, hauchte sie und hob ihren Kopf. Mit großen Augen starrte sie erst ihn an und blickte dann das Flussbett suchend ab. »Und jetzt?«

»Nee, das kann nicht sein«, rief die Holländerin und griff erschrocken nach der Hand ihres Mannes.

Targon tat, als müsste er sich umsehen. Kerim kam mit weit ausholenden Schritten hinter der Kehre hervor, hinter der er verschwunden war, bevor Targon seinen luftigen Beobachtungsposten erklommen hatte. Aufgeregt wedelte er mit den Armen und schrie: »Schnell, schnell auf die Pferde. Wir können nicht hierbleiben. Ein Sandsturm kommt.«

Wie zur Bekräftigung seiner Worte tobte ein neuer Windstoß heran, der bereits Sand mit sich trug. Hannah hielt schützend ihre Hände vor das Gesicht. Marina schrie kurz auf, verstummte aber augenblicklich und presste ihren Mund fest zusammen, nachdem sie den ersten Schwall Sand abbekommen hatte. Targon spürte den heißen Atem im Gesicht und wechselte mit Romun einen schnellen Blick. Als sie die Pferde bestiegen, die unruhig vorwärtsdrängten, achteten sie sorgsam darauf, dass Kerim zwischen ihnen ritt. Romun übernahm zusammen mit der leicht panischen Marina, die ihm die Zügel überlassen hatte und sich angstvoll in die Mähne ihres Pferdes krallte, die Spitze. Hinter ihnen folgte das andere Pärchen und Kerim und erst dann kamen er und Hannah, die zwar angespannt wirkte, aber nicht sonderlich verängstigt und verbissen ihr Pferd antrieb.

»Etwa fünfhundert Meter von hier befindet sich in der rechten Wand eine Höhle, wir müssen …«

Das Aufheulen des Sturmes entriss Kerim die Worte, der hektisch nach vorne zeigte, als hatte er wirklich vor, diese Höhle zu erreichen. Der Wind kam jetzt in immer heftiger werdenden Böen, die ihre Kleidung aufflattern ließen. Hannahs Haare wehten ihr ständig vor die Augen. Vergeblich wischte sie diese zur Seite, nur damit sie augenblicklich wieder zurückwehten. Kurzerhand ließ sie die Zügel fahren, griff sich geübt die Haare und band sich hastig einen Zopf. Einige wenige Strähnen tanzten jetzt vom Wind, wie in einem Spiel hin und her getrieben, um ihren Kopf. Targon fühlte sich selbst von dieser einfachen und von der Situation völlig unbeeindruckten Geste in den

Bann geschlagen. Während Marina wie ein zitterndes Bündel in ihrem Sattel hockte, hielt Hannah ihre Zügel fest in der Hand, beugte sich tief über den Hals ihrer Stute Kimon und hatte ihren Blick konzentriert nach vorne gerichtet. Kurz warf sie einen Blick in seine Richtung, als spürte sie seine Aufmerksamkeit, dann rief sie etwas, das im Heulen des Sturmes ungehört verklang. Der Wind trug immer mehr Sand mit sich, der wie ein Schwarm wütender Bienen mit unzähligen kleinen nadelspitzen Stichen in ihre Haut schlug. Targon trieb jetzt seinerseits Radscham stärker an, um zu Hannah dichter aufzuschließen. Er beugte sich leicht zu ihr hinüber und ergriff den lose baumelnden Führstrick.

»Damit wir uns nicht verlieren!«, rief er gegen den Sturm an und wusste doch, dass sie ihn nicht verstehen konnte. Dennoch nickte Hannah zustimmend, sparte sich aber eine Antwort. Immerhin duldete sie, dass er den Strick fest in seiner Hand hielt. Gerade noch rechtzeitig.

Im gestreckten Galopp jagten sie alle vor dem Sturm her, als sich ein tiefes Brüllen hinter ihnen erhob, das selbst ihm einen Schauer über den Rücken jagte. Hannah sah sich um und diesmal schrie auch sie. In ihren entsetzt aufgerissenen Augen spiegelte sich Dunkelheit, die sie verfolgte und zu verschlingen drohte. Targon verzichtete darauf, sich umzudrehen. Auch so wusste er genau, was sich in seinem Rücken abspielte. Nicht zum ersten Mal ging er durch den Sturm. Wenn man einmal gesehen hatte, wie Himmel und Erde von einer Wand aus Sand verschlungen wurden und Tag und Nacht unter des Sturmes Dunkelheit zu nichts verschmolzen, vergaß man diesen Anblick nie wieder. Targon hasste Sand aus tiefstem Herzen und hätte jede andere Art des Sturmes gewählt, aber Romun hatte so entschieden, und er hatte diese Entscheidung nicht anzuzweifeln. Entschlossen packte er den Strick fester. Sand und Wind peitschten mit übernatürlicher Gewalt wie ein brüllendes Monster auf sie ein, das sie packte und mit seinen dornigen Krallen über sie herfiel, um sie in seinen Schlund zu ziehen und zu verschlingen.

Hannah also.

Blicklos starrte er auf die frischen Seiten. Die neue Feder hatte also endlich einen Namen. Doch noch mehr beschäftigten ihn die Zeilen über Targon und Romun.

Es war so lange her, dass er sie gesehen hatte. Sie waren damals gerade zehn gewesen. Klein noch, aber unverkennbar so unterschiedlich im Charakter wie ihr Äußeres.

Nachdenklich blätterte er zurück. Immer neue Seiten tauchten vor ihm auf, die vorher nicht da gewesen waren, gefüllt mit all den Geschehnissen seines langen Lebens. Das Auftauchen Hannahs hatte das Buch aus der Dunkelheit geholt, mit neuem Leben gefüllt und enthüllte das alte, das in den Seiten verborgen lag.

Hier und dort flog er über die Zeilen, bis er auf einer Seite hängen blieb. Es handelte sich um eine Beschreibung von Targon und Romun im Garten der Burg. Erstaunt runzelte er die Stirn und begann zu lesen:

Die Königin schritt mit ihren Söhnen an der Spitze ihres kleinen Gefolges in den Garten der Burg und auf die kleine Fischerhütte zu, die am Rande des großen Sees lag. Der See erstreckte sich weit in den Garten hinein und verschwand irgendwo zwischen den Bäumen und Sträuchern, die ihre Äste und Blätter darüber streckten, als wollten sie ihn so vor ungebetenen Blicken verborgen halten.

Während Königin Armonika sich den Fischern zuwandte, die auf sie zueilten, stürzten die beiden Jungen auf den See zu. Das füllige Kindermädchen watschelte ihnen hastig hinterher.

»Nicht so eilig, die jungen Herren. Auch hier wird von Ihnen erwartet, dass Sie nicht wie die wilde Jagd ins Wasser stürzen und die Fische vor Schreck sterben!« Ihre hohe Stimme ließ die beiden abrupt innehalten.

»Jawohl, Malita.« Beschämt antworten sie wie aus einem Mund.

Mit angespannten Mienen zwangen sich die Jungen dazu, ihre Kleidung langsam abzulegen und sorgfältig zusammengefaltet auf den Boden zu stapeln. Dann sahen sie abwartend auf Malita, die streng auf sie hinabblickte, dann aber zufrieden nickte.

»Jetzt dürfen Sie ins Wasser steigen, aber nicht springen, hören Sie? Sonst bekomme ich noch Schwierigkeiten.«

»Natürlich, Malita.« Targon strich seine schwarzen Haare zurück, die ihm in die Augen fielen und brachte eine formvollendete Verbeugung zustande, während er ein Lächeln auf sein Gesicht zauberte, das das Herz Malitas zum Schmelzen brachte.

»Wir werden es doch niemals riskieren, dich in Schwierigkeiten zu bringen.« Romun lächelte auf die gleiche Weise, doch lag ein Glitzern darin wie ein kleiner Hinweis darauf, dass mehr hinter seinen Worten lag.

Malita blickte sich um und ging dann auf eine steinerne Bank zu, die am Ufer stand. Zwei große Kokospalmen spendeten ihr Schatten und der süße Duft von Mandelbäumen in voller Blüte strich durch den Garten. Neben den Mandelbäumen bedeckten Erdbeerpflanzen den Boden wie ein grünroter Teppich.

Unter den wachsamen Blicken zweier Wächter vergnügten sich die Jungen im See.

Verträumt hielt er im Lesen inne. Vor seinen Augen standen die beiden ungleichen Brüder. Romuns hellblonde Haare leuchteten dabei mit der Sonne um die Wette. Seine blauen Augen, seine helle Haut und seine schlanke Gestalt verliehen ihm etwas Göttliches. Ganz anders Targon, der bereits jetzt einen muskulöseren Körper besaß und zudem mit seinen tiefschwarzen Haaren, seinen dunklen Augen sowie der leicht bronzenen Hautfarbe etwas Befremdliches an sich hatte. Böse Gerüchte gab es, dass, so wie die Sonne aus Romun strahlte, die Dunkelheit in Targons Seele hausen musste. Andere behaupteten, er sei ein Wechselbalg aus einer anderen Welt und der wahre Targon würde dort gefangen gehalten werden. Wie leicht ließen sich die Menschen vom Äußeren eines anderen blenden.

Er schnaubte verächtlich und las weiter:

Lautes Planschen und Gelächter erklang vom Ufer, wo die Jungen umhertollten.

»Du bist niemals so schnell, wie ich es bin. Venden trainiert nur mit mir und nicht mit dir.« Romun trat mit dem linken Fuß gegen das seichte Wasser und ein Schwall ergoss sich über seinen Bruder.

»Wir werden ja sehen, Romun.« Targon funkelte Romun angriffslustig an. Dieser sprang ansatzlos nach vorne und schwamm bereits so schnell er konnte durch den See. Targon fluchte leise und sprang hinterher.

Während die Bewegungen von Romun hektisch und planschend waren, schaufelte Targon in mühelosen Bewegungen das Wasser zur Seite. Es dauerte nicht lange, und er hatte seinen Bruder eingeholt. Für einen Moment verhielt Targon seine Züge, und Romun gewann wieder an Vorsprung, ohne etwas zu bemerken. Er wirbelte so viel Wasser um sich herum auf, dass er unmöglich seine Umgebung wahrnehmen konnte.

»Lass Romun gewinnen«, flüsterte das Kindermädchen Malita inbrünstig. Doch der Siegeswille war zu groß in Targon. Seine Bewegungen wurden schneller. Unaufhaltsam schob er sich an seinem Bruder vorbei und erreichte knapp vor ihm das gegenüberliegende Ufer.

»Du hast betrogen, Targon. Dein Sieg zählt nicht!« Schimpfend kämpfte sich Romun aus dem Wasser und ging auf seinen Bruder los. Ehe Targon sich versah, lag Romun mit seinem gesamten Gewicht auf ihm und drückte seinen Kopf unter Wasser.

Augenblicklich setzten sich die Wächter in Bewegung, während Malita ebenfalls hektisch in die gleiche Richtung lief.

Romun riss den Kopf Targons aus dem Wasser, der laut japsend nach Luft schnappte, bevor er erneut unter Wasser gedrückt wurde. Jetzt wurde auch die Königin auf das Geschehen aufmerksam und erhob sich von ihrem Platz.

Die Wächter erreichten gerade die Prinzen, als Romun ein drittes Mal den Kopf seines Bruders untertauchte. Der eine Wächter, ein klobiger Kerl, riss den Prinzen mit einem gewaltigen Ruck von seinem Bruder. Der Zweite, der noch nicht lange bei der Wache sein konnte, hob den halb bewusstlosen Targon aus dem Wasser. Im gleichen Augenblick erreichte Malita den Platz. Unsicher, was sie zuerst tun sollte, schaute sie zwischen den beiden Jungen hin und her. Da Romun lediglich verstockt vor sich hinstarrte, ging sie zu Targon, der hustend und weinend nach Luft rang. Resolut nahm sie ihn der Wache ab und schlang ihre Arme um ihn. Fest drückte sie den zitternden Jungen an sich und streichelte ihm sanft über den Rücken.

»So benimmt sich kein künftiger König!« Die Königin war unbemerkt zu der kleinen Gruppe gestoßen und wandte sich zuerst an Romun. Sie versetzte ihm eine schallende Ohrfeige, die seinen Kopf zur Seite warf. Augenblicklich brach auch er in Tränen aus.

»Malita, begleite Prinz Romun in seine Räume. Er erhält heute nur Wasser. Ich denke, dass er bis morgen früh ausreichend Gelegenheit haben sollte, um sich Gedanken darüber zu machen, was er falsch gemacht hat.«

Malita löste nur widerstrebend die Arme von Targon, nickte aber eilfertig. Dann ergriff sie Romun bei der Hand, wickelte ihn in ein Tuch und verließ mit einem Wächter und dem Jungen den Garten.

Die Königin wandte sich unterdessen ihrem anderen Sohn zu, der immer noch tränenüberströmt war und ungewöhnlich blass unter seiner gebräunten Haut wirkte. Ungeachtet des Schlammes im Uferbereich kniete sie sich mit ihren kostbaren Gewändern vor Targon und zog ihn in ihre Arme. Sanft legte sie eine Hand an seinen Kopf und bettete ihn an ihre Schulter.

»Beruhige dich, Targon. Es ist alles gut. Romun wusste nicht, was er tat.«

Targon nickte und entspannte sich in der schützenden Umarmung seiner Mutter.

Königin Armonika schaute sich suchend um, und ihre blauen Augen blieben an Maruk hängen, der bisher unbeteiligt im Garten gesessen hatte, inzwischen jedoch ebenfalls nähergekommen war. Für einen flüchtigen Moment verengten sich ihre schönen Augen.

»Wir unterhalten uns später über deinen Sieg, Targon«, sagte sie sanft, dann wandte sie sich an Maruk: »Begleitet Prinz Targon in seine Gemächer und sorgt dafür, dass Malita sich um ihn kümmert. Er soll sich von dem Schreck erholen. – Dann sorgt dafür, dass niemand etwas von dem Vorfall erfährt.«

Müde rieb er sich über die Augen. Diese Geschichte war vollkommen neu für ihn. Deshalb waren damals einige der Wachen verschwunden. Maruk hatte ganze Arbeit geleistet. Ein leises Gefühl zog an seinem Inneren, von dem er nicht mehr geglaubt hatte, dass es noch in ihm existierte. Eifersucht!

Welche Ironie, dass er ausgerechnet immer noch Eifersucht auf gerade den Mann verspürte, dem er alles genommen hatte …

Nach dem Sturm

Als Hannah die Augen aufschlug, wusste sie einen verwirrend langen Moment nicht, was geschehen war. Panik jagte ihren Atem hoch, als sie das rotbraune Tuch bemerkte, das dicht und schwer auf ihrem Gesicht lag. Stocksteif lag sie da und wagte sich nicht zu bewegen, aus lauter Angst, dass es nicht nur ein Tuch war, das ihr die Sicht versperrte, sondern sie unter einer Masse aus Sand begraben worden war. Mit einem Schlag kam die Erinnerung zurück. Der Sandsturm! Marina!

Hannah setzte sich nun doch ruckartig auf, das Tuch rutschte von ihrem Gesicht. Sand rieselte aus ihren Haaren und aus ihrer Kleidung. Kühle Nachtluft schlug ihr entgegen und streichelte über ihr vom Sandsturm gepeinigtes Gesicht. Beklommen stand sie auf und sah sich um, wobei sie sich den restlichen Sand von der Kleidung klopfte. Der Nachthimmel war voller Sterne und ein riesiger voller Mond beleuchtete gnädig die Dunkelheit um sie herum. Sie befand sich offensichtlich immer noch in dem ausgetrockneten Flussbett, aber sie war allein. In beiden Richtungen erstreckten sich die kahlen Wände, die sie wie Mauern umschlossen und gemeinsam mit dem Sturm aus ihrem beschaulichen Touristendasein gerissen hatten. Von Marina, den Männern oder gar von den Pferden keine Spur.

»Marina?«, rief Hannah vorsichtig, als ob sie ihrer eigenen Stimme nicht traute, und lauschte dem Nachklang, der von den Wänden zurückgeworfen wurde und in der Nacht ungehört und unbeantwortet verklang. Eine Weile stand sie so da, lauschte der Stille und dem Schlagen ihres jagenden Herzens, das immer lauter in ihren Ohren klang und zu einem panischen Trommeln anschwoll.

»Marina!«, schrie sie diesmal so laut sie konnte.

»Wir haben sie verloren.« Die dunkle Stimme Targons schreckte sie auf, und sie wirbelte herum, starrte ihn an wie ein Gespenst. Woher um Himmelswillen war er nur so plötzlich aufgetaucht?

»Was heißt das, wir haben sie verloren?«, fragte sie verwirrt und blickte in alle Richtungen, doch das Bild hatte sich nicht verändert. Sie war immer noch allein, wenn auch inzwischen in der Gesellschaft von Targon. Von der ihr im Augenblick allerdings nicht klar war, ob sie ihr willkommen sein sollte oder nicht.

»Vielleicht haben sie rechtzeitig diese Höhle erreicht, von der Kerim gesprochen hat.« Stur hielt sie ihm diese Möglichkeit vor, doch Targons Miene wirkte seltsam hart, und er schüttelte den Kopf.

»Das haben sie nicht«, antwortete er ruhig.

Etwas lag in seiner Stimme, das Hannah aufhorchen ließ. Wie konnte er sich da so sicher sein? Unsicher wich sie einen Schritt zurück. Erst jetzt bemerkte sie, dass er verändert aussah. Er trug zwar immer noch die schwarze Jeans und das weiße Hemd, aber an seinen Unterarmen befanden sich zwei lange Ledermanschetten, in denen etwas steckte. - Waren das Messergriffe, die daraus hervorschauten? Um seine Hüfte trug er einen breiten Gürtel mit einem Schwert. Unbewusst hielt sie den Atem an und versuchte nicht darauf zu achten, dass ihr Puls wieder hysterisch nach oben schnellte. Targon begegnete ruhig ihrem forschenden Blick, als wäre es das Natürlichste auf der ganzen Welt, mit einem derartigen Waffenarsenal durch die Gegend zu laufen. Seine Augen glänzten unheimlich, angestrahlt von den Sternen am klaren Nachthimmel. Es war beinahe so wie an dem Abend im Hotel und doch so völlig anders. So anziehend sie ihr dort vorgekommen waren, so gefährlich wirkten sie mit einem Mal jetzt auf sie.

Hannah schauderte und spürte, wie sich ihre Nackenhaare alarmiert aufrichteten. Targon machte ihr Angst, und die Tatsache, dass Marina und sie sich auf diesen Ausflug eingelassen hatten, kam ihr mit einem Mal völlig idiotisch vor. Plötzlich wusste sie sicher, dass dies alles hier kein Zufall war. Sie wich weiter vor ihm zurück, obwohl sie wusste, dass ihr das auch nicht weiterhelfen würde. Targon beobachtete sie weiterhin ruhig und verschränkte die Arme vor der breiten Brust, aber er folgte ihr nicht.

»Wieso bist du dir so sicher, dass sie nicht in dieser Höhle sind? Wie kannst du das wissen?«, fragte sie, nur um etwas zu sagen.

»Weil es hier keine Höhle gibt, in der sie sich verkriechen könnten.« Er sagte es mit einer gelassenen Bestimmtheit, die ihr den Boden unter den Füßen wegriss.

»Woher weißt du das?«, stammelte sie.

»Weil sie nicht vorhatten, in eine Höhle zu flüchten. Zumindest Romun und Kerim nicht.«

Hannah keuchte auf. Langsam ließ sie sich in den Sand gleiten, der immer noch heiß war. Ihre Beine waren plötzlich weich und trugen einfach nicht mehr ihr Gewicht. Marina! Der Name war purer Schmerz. Warum hatten sie sich auf diesen Ausritt eingelassen? Sie hätte auf ihren Instinkt hören sollen, statt sich von dem liebestollen Geplapper ihrer Freundin einlullen zu lassen. Fröstelnd legte sie die Arme um sich.

»Wo ist Marina? Und was hast du und dein Bruder, falls es überhaupt dein Bruder ist, mit uns vor?« Ihre Stimme war erschreckend dünn, und sie wollte ihn nicht ansehen, aber sie wollte auch nicht den Eindruck erwecken, dass er leichtes Spiel mit ihr hatte. Also rappelte sie sich wieder auf, hob ihr Kinn und funkelte ihn trotzig an.

Targon ließ die Arme sinken und kam bedächtig einen Schritt näher.

»Du frierst. Ich werde uns ein Feuer machen. In der Wüste wird es nachts empfindlich kalt.«

»Wo ist Marina und was habt ihr mit uns vor?«, wiederholte sie stoisch ihre Frage.

Targon ignorierte sie und bückte sich. Erst jetzt sah sie, dass dort bereits ein kleiner Haufen aufgeschichtet war. Es war kein Holz, woher hätte das hier auch kommen sollen, aber es interessierte sie auch nicht weiter, woraus er das Feuer zauberte. Targon nahm gleichmütig etwas aus einem Lederbeutel, der an seinem Gürtel hing – war der vor dem Sturm schon dort gewesen? – und schlug es gegeneinander. Funken stoben auf. Etwas glühte auf. Targon blies vorsichtig auf den schwach glimmenden Punkt, dann legte er etwas dazu und blies erneut. Fasziniert beobachtete Hannah, wie schnell ein Feuer aufloderte. Eilig rückte sie näher und war jetzt doch dankbar für die Wärme, die schnell auf sie übersprang, aber doch nicht ihr Herz wärmte. Dennoch hatte sie ihre Frage nicht vergessen, die ihr mehr als alles andere auf der Seele brannte.

»Wo ist Ma ...«

»Sie ist mit meinem Bruder unterwegs nach Kylnavern. Das ist unser Zuhause«, unterbrach er sie. Targon richtete sich wieder auf. Wo war nur die Wärme in diesen wunderschönen Augen geblieben? Hannah musste den Kopf in den Nacken legen, um ihn anzusehen, und kam sich mit einem Mal unendlich klein und wehrlos vor.

»Und dorthin werde ich dich auch bringen. Dort wartet eine Aufgabe auf dich.«

Hannah fror. Es war eiskalt, trotz des Feuers, an das sie jetzt so dicht herangerückt war, dass es bereits unangenehm auf ihrer Haut brannte. Eine Aufgabe? Ihre Wangen erhitzten sich, und sie starrte ihn nur stumm an, unfähig etwas zu erwidern. Sie verabscheute sich dafür.

»Ihr habt das alles hier geplant, um uns zu entführen«, stellte sie nach einer geraumen Weile fest.

»Das bringt es ziemlich genau auf den Punkt«, entgegnete Targon gelassen und setzte sich nun ebenfalls an das Feuer.

»Warum? Was ist das für eine Aufgabe? Verschachert ihr uns an irgendeinen Harem?« Ihre Stimme zitterte leicht, und sie hasste sich dafür, diese Schwäche zu zeigen.

»Das wirst du an unserem Ziel erfahren. Es steht mir nicht zu, dich aufzuklären. Aber ich kann dich immerhin beruhigen, dass kein Harem auf dich oder Marina wartet.« Bei den letzten Worten verzog er die Lippen zu einem amüsierten Lächeln, das sie wütend machte. Hilflos ballte sie die Hände.

Ein leichter Wind strich über ihr Lager hinweg. Die Flammen loderten auf und Funken stoben in den Himmel, als wollten sie einen Platz zwischen den Sternen einnehmen. Targon schloss die Augen und lehnte sich entspannt an einen Felsen. Das Feuer ließ sein Gesicht dunkelrot aufleuchten und verlieh ihm für einen flüchtigen Moment etwas Diabolisches.

Unschlüssig, was sie tun konnte oder sollte, saß Hannah da und beobachtete ihn. Mit jedem ruhigen Atemzug, den er tat, spürte sie Hass in sich aufsteigen, der ihre Angst in den Hintergrund schob. Wie konnte er die Frechheit besitzen und die Augen schließen. Hatte er keine Angst, dass sie versuchen konnte zu fliehen?

Aber wohin sollte sie fliehen? Ratlos fuhr sie mit den Händen über den Boden und stieß gegen einen Stein. Er war etwa doppelt so groß wie ihre Faust. Vorsichtig warf sie einen Blick auf Targon, der inzwischen zu schlafen schien. Voller Grimm umschlossen ihre Finger den Stein, der immer noch die Wärme des Tages ausstrahlte. Ein einziger gut gezielter Schlag auf den Kopf und Targon würde lange genug schlafen, um ihr die Gelegenheit zur Flucht zu geben. Entschlossen wog sie den Stein in ihrer Hand und taxierte die Entfernung. Sie war eine gute Werferin, die Entfernung war nicht wirklich groß und das Ziel gut beleuchtet vom Schein des Feuers.

»Das würde ich nicht tun.«

Hannah erstarrte. Der kleine Stein war plötzlich schwer wie ein Felsen, der ihre Hand bewegungsunfähig zu Boden drückte.

Targon hatte die Augen geöffnet und sah sie mit mildem Tadel an.

»Du würdest keine Stunde ohne mich überleben.«

»Was kann schon so schwierig sein? Der Weg hierher war nicht dramatisch aufregend, weißt du? Ich habe schon immer einen guten Orientierungssinn gehabt. Wenn ich nicht ganz falsch liege, sind wir doch fast ausschließlich nach Süden geritten. Also reite ich bei Morgengrauen einfach aus dem Flussbett heraus und nehme den gleichen Weg wieder zurück.«

»Es gibt für dich keinen Weg zurück.«

Hannah schluckte. So, wie er es sagte, klang es wie eine Tatsache, wie eine zutiefst beunruhigende noch dazu; wenn ihr auch das leichte Mitgefühl in seiner Stimme nicht verborgen geblieben war. Aber warum sollte er ein schlechtes Gewissen haben? Sicher war das hier nicht seine erste Entführung. Dafür war alles zu geschickt eingefädelt gewesen.

Kraftlos öffnete Hannah ihre Hand und ließ den Stein los, der über den Boden rollte und nach wenigen Zentimetern liegenblieb. Er konnte genauso wenig aus eigener Kraft fort, wie sie selbst. Kein Weg zurück! Die Worte hallten durch ihren Kopf und hinterließen doch nicht viel mehr als Ratlosigkeit und Leere. Kein Schrei füllte ihre Lungen und keine Tränen ihre Augen. Sie saß einfach da und konnte nicht fassen, was das Ausmaß dieser Worte ihr sagen sollte. Dennoch, spätestens morgen Abend würden Amira und Emma sich Sorgen machen.

»Das ist doch Wahnsinn!«, sagte sie daher. »Unsere Freundinnen werden uns als vermisst melden. Amiras Onkel wird die Polizei alarmieren. Du solltest mich zurückbringen, bevor sie uns finden und dich gefangen nehmen. Ein Aufenthalt in den Gefängnissen hier ist bestimmt nicht sonderlich angenehm.«

»Sie können uns nicht finden.« Jetzt lächelte er, doch plötzlich richtete sich Targon auf. Wäre er ein Tier gewesen, hätte er wahrscheinlich die Ohren gespitzt und geknurrt. Doch so ging eine sichtbare Anspannung durch seinen Körper. Aufmerksam legte er den Kopf auf die Seite und lauschte in die Dunkelheit, in der sie nichts außer dem leisen Prasseln und Knistern des Feuers wahrnahm. Doch irgendetwas schien Targon zu beunruhigen. Demonstrativ legte er einen Finger über seine Lippen, während er vollkommen lautlos aufstand und zu ihr herüberkam. Augenblicklich klopfte ihr Herz warnend, und Angst machte sich in ihr breit. Was hatte er vor? Vielleicht war bereits ein Suchtrupp unterwegs, der nach Marina und ihr fahndete? Vielleicht hatte man den Sandsturm auch im Hotel bemerkt? Dann lag die Wahrscheinlichkeit nahe, dass man doch nach ihnen suchte. Doch noch bevor sie den Mund zu einem Schrei öffnen konnte, war Targon bei ihr und verschloss ihr – woher hatte der Mistkerl das geahnt? – den Mund mit seiner großen Hand, die nach Schweiß und Staub schmeckte.

»Wenn du auch nur einen Funken Verstand hast und an deinem Leben hängst, gibst du keinen Mucks von dir!«, zischte er direkt an ihrem Ohr. Ein eiskalter Schauer ging auf ihrer Kopfhaut nieder und lief über ihren Rücken hinunter. Himmel! Erst die Freiheit, dann das Leben?

»Ich nehme die Hand gleich wieder weg und werde nach dem Rechten sehen. Du versteckst dich dort drüben zwischen dem Felsen und der Flusswand. Sollte ich nicht mehr zurückkehren, bleib dennoch dort. Man wird dich dort finden und in Sicherheit bringen. – Wenn du mich verstanden hast, dann nicke jetzt.«

Wie ein Blitz huschte der Gedanke durch ihren Kopf, ihm einfach in die Hand zu beißen. Doch so schnell wie er aufgetaucht war, so schnell war Hannah bewusst, dass es eine blöde Idee war, solange sie nicht wusste, warum er so vorsichtig war. Entschlossen, die erste beste Gelegenheit zur Flucht zu nutzen, wenn er nach dem Rechten sah, nickte sie. Beschämt bemerkte sie dabei, dass seine Handinnenfläche nass von ihrem Sabber war.

»Gut«, sagte er, löste die Hand und war gleich darauf in der Dunkelheit verschwunden wie ein Schatten, der einfach nur dorthin zurückkehrte, wo er naturgemäß auch hingehörte.

Dankbar atmete Hannah die frische Luft ein und wischte sich mit dem Hemdsärmel über die Lippen. Doch den staubigen Geschmack, den seine Hand hinterlassen hatte, wurde sie so nicht los. Sie musste dringend etwas trinken. Die Wasserflasche befand sich an ihrem Sattel, und sie hatte nicht die geringste Ahnung, wo die Pferde waren.

Wütend, aber vorsichtig in alle Richtungen spähend, ohne, dass sie wirklich etwas außer in ihrer unmittelbaren Umgebung wahrnahm, ging sie langsam zu dem Felsen hinüber. Als sie sich in den Spalt zwischen Felsen und Flusswand schob, hoben sich zwei dunkle Köpfe, die ihr neugierig entgegensahen. Darauf hätte sie auch selbst kommen können, dass er die Pferde bereits hier versteckt hatte. Erleichtert darüber, nicht mehr völlig allein zu sein, tätschelte sie die beiden Tiere und kramte die Wasserflasche hervor, aus der sie nur wenige Schlucke nahm, um nicht zu viel von dem Wasser zu vergeuden. Dann ging sie zu Radscham und durchwühlte die Satteltaschen. Sie fand zwei weitere gut gefüllte Wasserflaschen, die sie zufrieden in ihrer eigenen verstaute. Entschlossen ergriff sie die Zügel der kleinen Stute und führte sie aus dem Spalt heraus. Sie würde jetzt nach Hause reiten. Es gab immer einen Weg zurück. Und wenn sie das Hotel erreichte, würde sie als erstes einen Suchtrupp für Marina organisieren.

Überzeugt von der Durchführbarkeit ihres Plans, schwang sie sich in den Sattel. Ohne einen Blick darauf zu verschwenden, ob Targon sie vielleicht beobachtete, trieb sie die Stute Kimon an. Ihr Mut war nur begrenzt, und wenn er jetzt vor sie trat, wusste sie nicht, ob sie ihn nicht ganz verlor. Mit einem Schnalzen bohrte sie ihrem Reittier die Fersen in die Seiten, das verwirrt lostrabte. Eigentlich hatte sie vorgehabt, aus dem Stand loszugaloppieren, aber die Stute war offensichtlich klüger als sie selbst und wählte einen Trott, in dem sie nicht Gefahr lief, in der Dunkelheit zu stolpern.

Nervös kaute Hannah auf ihrer Unterlippe und trieb das Pferd verbissen weiter. Die Situation brachte sie an ihre Grenzen. Ihr Puls hämmerte in ihren Schläfen, als wäre diese Flucht eine kaum bezwingbare Anstrengung. Doch mit jedem Schritt, den sie sich von dem Feuer entfernten, beruhigte sich das Pochen, und ihre Hoffnung wuchs, wirklich damit durchzukommen.

Ein schriller Pfiff schoss durch die Nacht, zerschnitt wie ein Pfeil das dünnen Tuch, aus dem ihre Hoffnung gewebt war. Ein Schatten löste sich aus der schwarzen Masse, die um sie herum herrschte und nicht länger von dem Lagerfeuer durchbrochen wurde, gefolgt von anderen. Instinktiv trat Hannah zu, und der erste Schatten stolperte mit einem überraschten Laut zurück. Ihr Pferd wieherte erschrocken auf und stieg, doch eine eiserne Hand ergriff den Zügel und zwang Kimon auf den Boden zurück. Ein Schlag explodierte in Hannahs Seite, der sie aus dem Sattel warf.

»Nein!«, schrie sie und wimmerte auf, als der Aufprall auf dem überraschend harten Wüstenboden ihr den Atem stahl. Noch ehe sie wieder Luft holen konnte, wurde sie an ihren Haaren nach oben gerissen. Tränen schossen in ihre Augen. Hilflos hing sie in dem Griff und wurde erneut zu Boden geworfen. Panisch bedeckte sie ihren Kopf mit beiden Händen und krümmte sich zusammen, als ob sie sich so vor den Angreifern verbergen konnte.

Im Licht der Sterne blitzte eine Metallklinge auf, die durch die Nacht tanzte wie ein Irrlicht. Und auch ohne dass sie den neuen Schatten ernsthaft von den anderen unterscheiden konnte, wusste sie, dass es nur Targon sein konnte. Der Tanz der Klinge war nicht ziellos. Jede Bewegung verschmolz zu einem tödlichen Versprechen. Schatten und Metall fügten sich in einen bizarren Reigen aus Eleganz und Tod, unterbrochen von dem Klirren der aufeinanderprallenden Schwerter, dem Stöhnen der Getroffenen und dem dumpfen Aufprall von leblosen Körpern auf dem Boden.

Alles spielte sich unglaublich schnell ab. Nachdem der dritte Angreifer zu Boden gestürzt war, ergriff der Rest die Flucht. Ehe sie begriff, dass der Kampf vorbei war, wurde sie erneut hochgerissen. Doch diesmal schloss sich eine eiserne Klammer um ihren Oberarm und drückte ihn so schmerzhaft zusammen, dass sie aufstöhnte.

»Wie kannst du nur so dumm sein?« Targons Stimme bebte vor unterdrücktem Zorn. Heiße Wut loderte mit seinem Atem durch ihr Gesicht wie der feurige Atem eines Drachen. »Was genau verstehst du nicht an den Worten, wenn du an deinem Leben hängst?«

»Was verstehst du nicht an dem Wunsch, vor einem Entführer zu fliehen?« Der Schrecken des Kampfes war vergessen. Trotzig schüttelte Hannah Targons Hand ab und rieb sich die schmerzende Stelle. An die blauen Flecke wollte sie gar nicht denken.

»Diese Männer wollten dich tot sehen, Hannah. Wenn ich nicht an deine Dummheit geglaubt und dir gefolgt wäre, wärest du jetzt tot.«

»Oh?« Hannah spielte übertriebenes Erstaunen vor. »Dann hätten sie dir dein kleines mieses Geschäft wohl kaputt gemacht?«

»Du hast nicht die geringste Ahnung, worum es hier geht. – Es sind noch mehr Angreifer hier. Ich bringe dich jetzt zu den Felsen zurück und diesmal bleibst du dort und wartest.«

Damit ergriff er ihre Hand und zog sie wie einen störrischen Esel zusammen mit der Stute am Zügel hinter sich her. Ohne ein weiteres Wort an sie zu verschwenden, schob er sie in den Spalt und verschwand wieder. Hannahs Trotz zersprang wie eine Seifenblase. Müde und erschöpft lehnte sie sich an die Felswand, die sich scharfkantig in ihren Rücken bohrte. Dennoch verharrte sie so und lauschte in die Nacht hinaus. Diesmal hörte sie überall Geräusche, die sie nicht identifizieren konnte. Noch mehr Angreifer? Woher wusste er das und warum sollten sie ihren Tod wollen? Sie kannten sie doch gar nicht. Der kühle Nachtwind trug ein leises Klirren zu ihr herüber. Augenblicklich löste sie sich von dem Felsen und wich weiter in den Spalt zurück, drängte sich zwischen die beiden Pferde, als könnten sie sie vor dem beschützen, was da draußen auf sie lauerte.

Eine gefühlte Ewigkeit später kam Targon schweratmend zu ihr zurück. Die schwarzen Haare klebten wie Schlingpflanzen um sein verschwitztes Gesicht und nahmen es in ihren Besitz. Mit einer Bewegung seines Unterarms wischte er sie fort. Dabei hielt er immer noch sein Schwert in der Hand, das feucht in dem flackernden Schein des Lagerfeuers aufglänzte. Hannah schluckte unwillkürlich. Nicht nur, dass Targon wie ein Krieger aus einer längst vergangenen Zeit aussah, auch der feuchte Schimmer auf seinem Schwert, der von dem Blut ihrer

Angreifer herrührte, gab ihr das Gefühl, mitten in einem Albtraum zu stecken. Ihre Kehle schwoll unangenehm zu. Hastig griff sie nach der Wasserflasche und trank daraus. Targon wirkte erschöpft und stemmte das Schwert auf den Boden. Blut lief an der Klinge herunter und tropfte zäh in den sandigen Untergrund, wo es kleine Vertiefungen hinterließ. Ein roter Regen, der Leben genommen hatte und kein Neues brachte. Dann kniete er vor Hannah nieder und forschte in ihrem Gesicht. In seinen dunklen Augen lag etwas, das sie nicht greifen konnte, sie aber seltsam berührte.

»Geht es dir gut? Bist du verletzt? Ich hätte dich vorhin schon danach fragen sollen«, sagte er besorgt.

Hannah schnaubte wütend und schüttelte dann den Kopf.

»Interessiert dich das wirklich? Hat es dich interessiert, ob mir etwas zustoßen könnte, als du mich entführt hast?«

»Es interessiert mich, weil ich dich gesund abliefern muss«, antwortete er mit schmalen Augen, in denen die Sorge wie fortgewischt war. Targon erhob sich steif und ging zu dem schwachen Feuer, in das er ein knorriges Stück Holz warf, das er noch irgendwo gefunden haben musste. Gierig stürzten sich die Flammen darauf. Augenblicklich erfüllte trockenes Knistern die Luft. Dann ging er zu seinem Pferd und kramte aus den Satteltaschen zwei Päckchen hervor. Eins warf er Hannah zu, die es geschickt auffing. Kurz flackerte Schmerz in seiner Miene auf. Doch der Ausdruck war so flüchtig, dass Hannah ihm keine weitere Beachtung schenkte. Auch Targon schien beschlossen haben, sie zu ignorieren, denn er setzte sich auf seine Decke ans Feuer, wobei er ihr demonstrativ den Rücken zukehrte.

Sollte er ruhig beleidigt sein. Schließlich hatte sie nur die Wahrheit gesagt. Wenn sie an die letzten Stunden zurückdachte, stellten sich ihre Nackenhaare auf. Was mochte aus Marina geworden sein und aus Romun? Oder aus dem holländischen Paar? Waren sie auch Opfer dieser Entführung oder womöglich Komplizen gewesen? Unwillig betrachtete sie das Päckchen in ihrer Hand. Ihr Magen knurrte mit Nachdruck. Entschlossen öffnete sie es. Zwei dicke Brotscheiben kamen zum Vorschein, die mit einem stattlichen Stück Käse belegt waren. Augenblicklich lief ihr das Wasser im Mund zusammen, auch wenn sie die Mahlzeit an unzählige Bücher erinnerte, in denen ihre meist mittelalterlichen Helden genau so etwas gegessen hatten. Als sie hineinbiss, musste sie zugeben, dass es im Augenblick nichts Großartigeres hätte geben können. Es schmeckte köstlich, und ihre Übelkeit von vorhin war vergessen. Stattdessen kroch die Kälte der Nacht auf sie zu, und sie fröstelte.

Das Feuer ist nicht weit, flüsterte eine spöttische Stimme in ihrem Hinterkopf. Aber dort saß bereits Targon, dem sie eigentlich aus dem Weg gehen wollte, soweit dies in der jetzigen Situation überhaupt möglich war. Sie hob die Decke auf, die im Trubel des Kampfes heruntergefallen war. Zur Sicherheit schlug sie die Decke aus, bevor sie diese um die Schultern legte. Doch die Decke war dünn und wärmte sie nicht. Inzwischen zitterte sie. Selbst ihre Zähne schlugen leise aufeinander, ohne dass sie es verhindern konnte. Widerstrebend stand Hannah auf und suchte sich auf der anderen Seite des Lagerfeuers einen Platz. Augenblicklich hieß sie eine freundliche Wärme willkommen. Voller Genuss schloss sie die Augen, was ihr gleichzeitig den Anblick Targons ersparte. Doch lange hielt sie es so nicht aus. Vorsichtig spähte Hannah unter halb gesenkten Lidern zu ihm hinüber.

Er saß genauso auf seinem Platz, wie er sich hingesetzt hatte, und starrte scheinbar abwesend ins Feuer. Inzwischen war es ihr jedoch durchaus bewusst, dass Targon trotzdem aufmerksam auf seine Umgebung achtete; jederzeit bereit nach seinen Waffen zu greifen. Ein neuerliches Frösteln lief ihren Rücken herunter, was nicht von der Kälte herrührte. Was mochte er für ein Mann sein, was für ein Leben führen? Das Bild des Kriegers schien gar nicht so verkehrt zu sein. Nie zuvor hatte sie jemanden so kämpfen sehen, außer in Filmen. Und doch hatte er sich in dem Hotel bewegt wie ein normaler Tourist. Wieder stieg Wut in ihr auf, wenn sie daran dachte, wie unschuldig er im Hotel getan hatte. Freundlich hatte er sie angelächelt. All das war nur eine berechnende Maske gewesen. Warum ausgerechnet sie? Warum nicht jemand anderen? War sie so naiv erschienen, dass er geglaubt hatte, mit ihr leichtes Spiel zu haben? Mit fest zusammengebissen Zähen ballte sie ihre Fäuste. Der Erfolg gab ihm Recht, sie war schließlich hier.

Hannah versuchte, sich zu entspannen, aber ihre Hände zitterten, und so grub sie diese in die dünne Decke. Um sie herum herrschte tiefschwarze Nacht. Ihr war trotz des Feuers erbärmlich kalt, und der

Hunger wütete jetzt erst recht in ihrem Magen. Die Situation zerrte empfindlich an ihren Nerven und jeder einzelne Muskel war so verspannt, dass es schmerzte.

Ein Knacken ließ sie erschrocken aufspringen und panisch in die Richtung starren, aus der das Geräusch gekommen war. Jetzt zitterte sie am ganzen Körper. Die Panik hatte sie fest in ihrem Griff.

»Verdammt!«, fluchte sie leise und blinzelte heftig, um die Tränen zurückzudrängen, die mit aller Gewalt in ihre Augen strömten.

»Es war nur ein Tier«, erklang Targons dunkle Stimme merkwürdig angestrengt.

Hannah fragte sich, wo sein beiläufiger Tonfall geblieben war. Ein Rascheln und leises Stöhnen verrieten ihr, dass Targon ungewöhnlich laut aufstand. Stur blieb sie stehen. Sie würde sich nicht nach ihm umdrehen.

»Ich denke, wir brauchen heute Nacht keinen weiteren Angriff zu fürchten«, sagte er leise, als er neben sie trat.

Heute Nacht? Hannah nickte verkrampft. Was war mit Morgen? Oder danach? Wer waren die Angreifer überhaupt gewesen und was hatten sie gewollt? Sie sah ja nicht gerade danach aus, als führte sie viel Geld mit sich. Targon räusperte sich und stöhnte wieder leise. Überrascht sah sie ihn nun doch an. Erst jetzt kam ihr der Gedanke, dass er womöglich verletzt worden war. Targon begegnete ihrem Blick ruhig und lächelte diesmal ohne Spott. Stattdessen war er verdächtig blass um die Nase. Hannahs Blick wanderte von seinem Gesicht nach unten und blieb an einem dunkeln Fleck an seiner Seite hängen.

»Oh mein Gott! Du bist verletzt«, schrie sie entsetzt auf. Was war sie für ein Esel? Es hätte ihr doch auffallen müssen! Vorsichtig griff sie nach dem Hemd und öffnete es. Targon ließ es geschehen und sah sie unentwegt dabei an. Vorsichtig ergriff sie ein zusammengefaltetes Tuch, das in dem Hemd steckte, und zog es heraus. Unwillkürlich hielt Hannah erschrocken den Atem an, als sie das schwarze Blut sah, das langsam aus einer Wunde sickerte und über die festen Muskeln auf seinem Bauch lief.

»Darf ich mich erst setzen, bevor du an mir herumfummelst und alles nur noch schlimmer machst? – Die Wunde ist nicht tief, nur unangenehm.«

Hannah vergaß völlig ihre Angst. Am liebsten hätte sie ihm jetzt einen kräftigen Stoß gegen die Wunde verpasst, damit er seinen Spott endlich einmal schluckte.

»Bitte, setz dich ans Feuer, wenn du so ein Weichei bist«, entgegnete sie stattdessen nur spitz.

Mit einem leisen Lachen hockte er sich an das Feuer und schloss die Augen, während sich Hannah neben ihn kniete und das Hemd ganz beiseiteschob, um die Wunde freizulegen. Dabei fiel ihr Blick auf die Anordnung einiger Narben, die sich in seiner rechten Brust befanden. Nur mühsam widerstand sie der Versuchung, sie zu berühren. Woher sie stammen mochten? Doch das ging sie nichts an und gehörte zu seinem seltsamen Leben, das er offensichtlich führte. Sie sollte sich besser auf die Versorgung der neuen Wunde konzentrieren. Eigentlich hatte sie nicht wirklich eine Ahnung, was sie tun sollte. Die Wunde zu säubern und die Blutung zu stillen, schienen ihr erst einmal eine gute Idee zu sein. Angestrengt suchte sie in ihrer Erinnerung. Warum hatte sie nur in diesem lästigen Erste-Hilfe-Kurs nicht richtig aufgepasst?

»Hast du Verbandsmaterial dabei? Jod oder so etwas?«, fragte sie. »Wenn ich dich so sehe, hattest du so eine Begegnung nicht zum ersten Mal. Man sollte also meinen, dass du darauf vorbereitet bist.«

Diesmal lachte Targon laut auf und schüttelte den Kopf, dass die Haare ihm ins Gesicht fielen.

»Nein, ich rechne nicht ständig damit, dass mir jemand nach dem Leben trachtet. Ich habe nichts dergleichen dabei. Nimm mein Tuch und verbinde die Wunde damit notdürftig. Morgen Mittag sollten wir unser Ziel erreichen. Bis dahin komme ich klar. Die Wundärzte werden sich dann um mich kümmern.«

»Wundärzte? Das klingt irgendwie nach finsterem Mittelalter. Was genau ist unser Ziel?«

»Das wirst du noch früh genug erfahren«, antwortete er knapp und sah sie abweisend an.

Was hatte sie erwartet? Er war ein Entführer, sonst nichts. Er konnte nicht nett sein, auch wenn das seltsame Flattern in ihrem Bauch immer wieder etwas anderes mitzuteilen versuchte. Vielleicht konnte sie ihn davon überzeugen, sie wieder zurückzubringen, wenn sie ihm jetzt mit der Wunde behilflich war. Entschlossen packte sie ihre Bluse am unteren Saum und riss daran. Doch so einfach, wie es in Filmen gezeigt wurde, war es nicht. Verärgert hielt sie Targon auffordernd eine Hand hin.

»Los, gib mir ein Messer, damit ich ein Stück Stoff abtrennen kann.«

Ohne ein Wort reichte er ihr einen kleinen Dolch, den er mit einer geschickten Bewegung seiner Hand aus der Unterarmmanschette geradewegs in die offene Handfläche gleiten ließ. Hannah wog ihn kurz in der Hand. Für einen Moment überlegte sie ernsthaft, die Waffe gegen Targon zu richten. Doch ein Blick in seine aufmerksamen Augen überzeugte sie davon, es besser bleiben zu lassen. Wenn man mit einem Messer nicht umgehen konnte, machte man es nur zu einer Waffe für den Gegner, hatte ihr Vater immer gesagt. Und daran, dass Targon ihr die Waffe mit Leichtigkeit wieder abnehmen konnte, gab es ohnehin nicht den geringsten Zweifel.

Entschlossen schnitt sie mit der überraschend scharfen Klinge in den Stoff, der bereitwillig nachgab, als hätte er Angst vor der Waffe. Mit einem lauten Reißen trennte sie ein langes Stück ab und schob den Dolch schnell hinter sich. Vielleicht hatte sie Glück und Targon hatte nichts davon bemerkt. Hastig griff sie dann nach der Wasserflasche und goss eine wenig von dem Inhalt auf die Wunde. Beinahe genoss sie es, wie Targon zischend den Atem ausstieß und seine ansehnlichen Muskeln anspannte. Sollte er ruhig Schmerzen haben. Das geschah ihm recht. Erst jetzt konnte sie die Wunde im flackernden Licht des Lagerfeuers betrachten. Ein langer Schnitt zog sich über seine rechte Seite. Die Ränder waren glatt. Behutsam tupfte sie die Wunde mit dem Stück Stoff ab, sorgfältig darum bemüht, ihm keine weiteren Schmerzen zuzufügen. Nur wenig Blut sickerte nach, sodass Hannah erleichtert aufatmete. Targon schien recht zu haben. Die Wunde sah wirklich nicht sehr gefährlich aus, er hatte Glück gehabt. Ein einfacher Verband würde erst einmal ausreichen, um sie vor Schmutz zu schützen. Sie nahm den Dolch und trennte, diesmal geschickter als beim ersten Mal, ein weiteres Stück von ihrer Bluse ab, das sie zusammenfaltete und über den Einstich legte. Blut tropfte auf ihre Hand, doch sie bemerkte es kaum. Wieder steckte sie den Dolch hastig zurück, bevor Targon etwas merken konnte. Als sie nach dem Tuch griff, löste sich von ihrer Hand plötzlich ein feiner, schwarzer Schleier, der jede ihrer Bewegungen schwebend nachvollzog, bevor er nach wenigen Lidschlägen auseinander faserte und sich in der Dunkelheit verlor, als wäre er nie da gewesen. Irritiert blickte Hannah um sich. Was war das gewesen? Targon konnte nichts gesehen haben, er hielt die Augen immer noch geschlossen. Wahrscheinlich spielten ihre Nerven ihr einen Streich, kein Wunder nach den letzten Ereignissen. Sie brauchte dringend Ruhe und sollte zusehen, dass sie endlich fertig wurde. Während sie Targon mit beiden Armen umfasste, wurde sie sich völlig unvermittelt der Nähe seiner nackten Haut bewusst, die einen herben, aber nicht unangenehmen Geruch ausströmte. Schon wieder hob sich ihr Herz unter dem Flattern, das seine Nähe anscheinend unweigerlich auslöste. Hannah beeilte sich, das Tuch einmal um seinen Körper zu winden und machte einen festen Knoten. Erleichtert löste sie sich danach von ihm und betrachtete zufrieden ihr Werk. Dafür, dass sie keine Krankenschwester war, sah der Verband ganz passabel aus. Auf jeden Fall würde er seinen Zweck erfüllen. Targon öffnete die Augen, als sie sich erhob, und sah sie ruhig an.

»Du darfst den Dolch behalten, wenn du versprichst, nicht zu versuchen, mich damit anzugreifen. Es würde dir sowieso nicht gelingen.«

Wütend fluchte sie leise vor sich hin und kehrte zurück zu ihrem Schlafplatz, wo sie versuchte, eine einigermaßen bequeme Position zu finden. Als sie sich endlich auf dem Rücken ausstreckte, die Decke bis ans Kinn gezogen hatte und in den sternenklaren Nachthimmel über sich starrte, hörte sie noch ein leises: »Danke, Hannah.«

Zufrieden lächelnd fiel sie bald darauf in einen unruhigen Schlaf. Den seltsamen Schleier hatte sie längst vergessen.

»Wenn wir die Felsen verlassen, reitest du wie der Teufel in die Wüste hinein. Egal was auch passiert, sieh dich nicht um und reite einfach weiter, als würde dein Leben davon abhängen. Es werden uns

Reiter entgegenkommen. Erst bei ihnen bist du in Sicherheit.« Targon sah Hannah durchdringend in die Augen, als wollte er damit seine Worte noch unterstreichen. Und wenn Hannah die ausgewachsene Panik in ihrer Brust bedachte, gelang ihm das auch hervorragend. Ihr Mund war völlig ausgetrocknet, dabei hatte sie gerade beinahe eine ganze Wasserflasche ausgetrunken. Hannah stopfte ihre Hände in die Hosentaschen, um das Zittern darin zu verbergen. Er sollte nicht merken, wie groß ihre Angst war. Also bemühte sie sich um einen gleichgültigen Gesichtsausdruck, der ihr jedoch fürchterlich misslang. Fast augenblicklich, als sie die Augen geöffnet hatte, war ihre Panik zurückgekehrt. Während sie sich aus der Decke gequält hatte, war Targon längst damit beschäftigt gewesen, die Pferde zu versorgen. In dem Feuer lag eine verbeulte Blechkanne, deren Inhalt sich traumhafterweise als Kaffee entpuppte. Jetzt stand sie vor ihm und wusste nicht, was auf sie zukam, außer, dass es nichts Gutes sein konnte.

Targon nahm das türkisfarbene Tuch, das er ihr geschenkt hatte, und schlang es mit geschickten Griffen um ihren Kopf. In wenigen Augenblicken hatte er ihr eine Art Turban gezaubert und steckte ein herunterhängendes Stück so vor ihr Gesicht, dass nur noch ihre Augen unbedeckt blieben.

»Das wird dich vor der Sonne und dem heißen Wind schützen. Um den Rest werde ich mich kümmern. Dir wird nichts geschehen.«

»Was ist mit dir?«, fragte sie, kein bisschen beruhigter, und ärgerte sich darüber, dass sie sich tatsächlich Sorgen um ihn machte.

Targon löste ein schwarzes Tuch vom Sattel seines Pferdes und band es sich selbst um den Kopf.

»Um mich brauchst du dir keine Sorgen zu machen, ich bin es gewohnt, mich allein durchzuschlagen.«

Hannah schluckte verkrampft, als seine Augen sich auf sie richteten. Konnte sie so schon kaum den Blick von ihnen losreißen, schienen sie jetzt von unglaublicher Intensität, die sie verwirrte und nicht mehr losließ. Seine langen dichten Wimpern umrahmten die Augen dabei wie weiche Federn und verliehen dem harten Ausdruck darin eine Glut, die von innen heraus loderte. Abrupt wandte Hannah sich ab, um sich von dem verwirrenden Anblick loszureißen. Er brauchte nicht zu bemerken, welche Wirkung er bei ihr erzielte.

»Du schaffst das schon«, sagte er, als hätte er ihre Reaktion falsch gedeutet. »Du wirst bald in Sicherheit sein, das verspreche ich dir.«

»Dann bring mich nach Hause, denn sonst erzählst du mir doch nur Lügen«, flehte sie und drehte sich wieder zu ihm herum.

»Dafür ist es zu spät.« Targon schüttelte den Kopf und ergriff die Zügel seines Pferdes. »Kimon ist schnell und wird dich immer in die richtige Richtung tragen. Alles, was du tun musst, ist im Sattel zu bleiben.«

Unsicher ließ Hannah den Blick über die schmale Brust ihrer Stute gleiten. Sie wirkte so zerbrechlich.

»Los, mach schon – rauf mit dir«, forderte er sie auf.

Ängstlich biss sie sich auf die Lippen. Wenn sie doch bloß die geringste Ahnung hätte, worum es hier überhaupt ging. Zumindest lag ihm im Moment ihre Sicherheit noch am Herzen. Es half alles nichts. In gewisser Weise vertraute sie ihm, und es gab wahrscheinlich wirklich keinen anderen Weg als den, der jetzt vor ihr lag. Ergeben griff sie nach den Zügeln, legte sie Kimon über den schwanengleich gebogenen Hals und zog sich in den Sattel. Das Tier schüttelte leicht seinen Kopf und tänzelte auf der Stelle. Selbst die Stute war unruhig und schien nur darauf zu warten, endlich loslaufen zu dürfen. Hannah packte die Zügel fester und schloss ihre Schenkel um das Tier. Kimon schnaubte leise, seltsamerweise hatte das Geräusch einen tröstlichen Klang. Hannah klopfte ihr dankbar den Hals.

Währenddessen schwang sich Targon mit einer geschmeidigen Bewegung auf den Rücken seines Hengstes.

»Los geht's – Viel Glück, Hannah. Ich werde dicht bei dir bleiben.«

Targon schien sie aufmunternd anzulächeln, soweit sie dies seinen Augen entnehmen konnte. Dann griff er in ihre Zügel und trieb sein Pferd an. Nebeneinander ritten sie wortlos durch die Schlucht, die immer spitzer zulief und deren Ende jetzt schon deutlich zu sehen war. Hannah spürte, wie ihre Anspannung stieg, je näher der Ausgang kam. Ihre Hände umschlossen verkrampft die drahtigen Haare der Mähne, und ihre Augen huschten hin und her, immer auf der Suche nach einer unbekannten Gefahr. Sie schwitzte unsäglich, obwohl die Schlucht noch im Schatten der Morgensonne lag. Ihre Hände taten bereits weh, so sehr hatte sie sich verkrampft. Doch alles war vollkommen ruhig. Targons

Vorsicht schien unbegründet zu sein und damit auch ihre vermaledeite Angst, die mit jedem schmerzhaften Herzschlag wie eine Welle durch ihren Körper und ihren Verstand schoss und ihn lähmte. Das musste sie sich dringend abgewöhnen. Sie durfte sich nicht von ihrer Angst steuern lassen. Hannah zwang sich, die verkrampften Hände ein wenig zu lockern, und wie zur Bestätigung, dass alles friedlich war, schoss ein Hase aus seinem Versteck über ihren Weg. Beinahe im selben Augenblick klatschte Targon mit ganzer Kraft seine Hand auf die Kruppe ihres Pferdes, sodass das Tier einen entsetzten Sprung nach vorne machte und mit einem schrillen Wiehern losgaloppierte. Hannah krallte verzweifelt erneut ihre Finger in die Mähne und benötigte ihre gesamte Kraft, um nicht aus dem Sattel zu stürzen. Das Tier schoss wie eine Pistolenkugel aus der Schlucht hinaus, die pfeilschnell ihren Lauf verließ. Hannah beugte sich tief über den Hals, während Kimon sich bei jedem einzelnen machtvollen Sprung streckte. Heiße Luft schlug ihr entgegen. Die Strähnen der Mähne peitschten über ihr Gesicht, das sie immer tiefer neben dem breiten Hals der Stute vergrub. Trotzdem nahm sie eine Gruppe Reiter wahr, die mit lauten Schreien auf sie zukamen. Hannah keuchte erschrocken auf. Die Reiter waren bis an die Zähne bewaffnet und ritten in halsbrecherischem Tempo über den harten Wüstenboden. Wo war Targon? Verzweifelt drehte sie den Kopf, um nach ihm Ausschau zu halten. Wie versprochen, war er dicht hinter ihr und holte gerade mit seinem Schwert aus, um mit dessen flacher Seite ihr Pferd anzutreiben. Seine rauen Rufe trieben beide Tiere zusätzlich an. Hannah richtete ihre ganze Konzentration wieder auf die Ebene vor sich. Sie flog förmlich über den heißen Sand, und wären die Reiter nicht gewesen, hätte sie jeden einzelnen Augenblick davon genossen. Die Wüste erstreckte sich wie ein sandfarbenes Meer vor ihr, dessen Wellen erstarrt ihre Verfolgungsjagd beobachteten. Die keuchenden Atemzüge des Pferdes vermischten sich mit ihren eigenen kurzen Atemzügen. Schaum flog zu beiden Seiten auf und blieb an ihren Haaren und ihrer Kleidung hängen.

Ein Schrei riss sie aus ihrer Trance. Die Verfolger waren näher gekommen. In ihren Schreien klang bereits Triumph mit. Plötzlich wurde einer der Reiter von einer unsichtbaren Kraft aus dem Sattel geworfen. Targon galoppierte nun an ihrer Seite, die den Angreifern zugewandt war. Die Zügel seines Pferdes flatterten locker um dessen Hals, während er mit einer Hand etwas aus seiner Unterarmmanschette zog, das er auf einen anderen Reiter schleuderte. Erneut stürzte ein Mann aus dem Sattel und fiel einem seiner Kameraden vor das Pferd. Während sein Reittier unbeeindruckt weiterlief, strauchelte das andere Tier auf dem weichen Körper und überschlug sich, dass die Unglücklichen in einer Staubwolke verschwanden. Die anderen Reiter sprengten weiter auf sie zu, als kümmerte sie das Schicksal ihrer Kameraden nicht.

Gleich haben sie mich, schoss es Hannah kristallklar durch den Kopf. Ihr Blick nach vorne zeigte ihr zwar, dass sich von vorne eine große Staubwolke näherte, in der sie bereits einzelne Reiter erkennen konnte, doch sie würden sie nicht mehr rechtzeitig erreichen. Schräg von vorne schoss ein Reiter auf sie zu, der nur noch wenige Galoppsprünge von ihr entfernt war. Er kam in einem spitzen Winkel, dadurch ritt Hannah ihm genau in die Arme. Entschlossen zerrte sie an den Zügeln und rammte Kimon, die Fersen in die Seite, um dem Angreifer auszuweichen. Die Stute schlug widerspenstig mit dem Kopf, dass die Zügel ihren schmerzenden Fingern entglitten. Hannah schloss entsetzt die Augen, riss sie aber sofort wieder auf. Was, wenn Kimon sich in den Zügeln verhedderte? Entschlossen beugte sie sich so weit wie möglich auf und hangelte nach den Zügeln, bis sie das Leder endlich zwischen den Fingern hielt. Gleichzeitig registrierte sie, wie nahe der Angreifer jetzt war. Entsetzt hielt sie den Atem an, als er sein Krummschwert über seinen Kopf hob und zum Schlag ausholte. Jeden Augenblick musste er sie damit treffen. Doch da schoss wie ein Blitz Targon nach vorne. Tief über den Hals Radschams gebeugt ritt er auf den Angreifer zu und rammte ihn in vollem Galopp.

Hannah schrie aus Leibeskräften, als beide Pferde aufeinanderprallten. Das Klirren der Schwerter und das schmerzvolle Wiehern der Pferde erfüllte die Luft, als beide Tiere samt Reiter in einem wirbelnden Durcheinander aus Mensch und Tier übereinander rollten. Targon! Hannah schnappte verzweifelt nach Luft. Sie war so betäubt, dass sie gar nicht bemerkte, wie die Gruppe der entgegenkommenden Reiter sie erreichte, ein Mann geschickt die Zügel von Kimon ergriff und ihren Lauf abbremste, bis sie in einen langsamen Trab fiel, dann in

Schritt, um schließlich mit hängendem Kopf und bebenden Flanken stehen zu bleiben. Von beiden Seiten schoben sich jetzt Reiter neben sie, während sich eine andere Gruppe löste und an ihr vorbeijagte. Hannah war völlig erschöpft und unendlich dankbar, als Kimon endlich stand. Sofort drehte sie sich im Sattel herum und hielt nach Targon Ausschau.

Die Reiter, die an ihr vorbeigesprengt waren, versperrten ihr die Sicht. Nur beiläufig bemerkte sie, dass die restlichen Angreifer bereits die Flucht angetreten hatten. Es interessierte sie nicht. Ihr Herz schlug dumpf bis in ihre Kehle hinauf, während sie darauf wartete, irgendetwas erkennen zu können. Die Augenblicke tropften zäh und endlos dahin, in denen zuerst Targons Pferd langsam zwischen den Reitern erschien. Hannahs Herzschlag setzte aus, doch dann jubelte sie hemmungslos auf, als sie eine schwarz gekleidete Gestalt erkannte, die sich hinter einem Reiter in den Sattel schwang und gemeinsam mit der gesamten Gruppe auf sie zukam.

Der Mann lehnte sich erleichtert zurück und atmete auf. Targon ging es gut.

Von Neugier getrieben, mehr über die Vergangenheit Targons zu erfahren, blätterte er wieder zurück. Er überflog die schwungvolle Schrift und las, wie Targon von Maruk zu einem Krieger ausgebildet wurde. Immer wieder wunderte er sich darüber, dass Maruk dies heimlich tat. Nahezu täglich schlichen sie sich aus der Burg, um unbeobachtet im Garten zu trainieren. Targon wurde zu einem lautlosen und schnellen Schatten, der seinen Gegner niederrang, bevor dieser ihn überhaupt wahrnahm. Das Band, das beide miteinander verband, wurde von Seite zu Seite enger.

Ein dumpfes Gefühl breitete sich in dem Mann aus. Welchen Zweck verfolgte Maruk? Von Sorge getrieben blätterte er weiter, bis er sich in den Zeilen verlor:

Targon hockte in einem dichten Haselnussstrauch, den Blicken jedes zufälligen Beobachters verborgen, und sah mit zusammengekniffenen Augen auf das Gehöft, das sich unterhalb seiner Position in ein langgestrecktes grünes Tal schmiegte. Die Sonne hatte sich noch nicht über die sanften Berge erhoben, doch ein feiner Strahlenkranz schob sich bereits in den Himmel, als kundschaftete er den Weg aus. Der Morgendunst zerteilte sich unter der Kraft der Strahlen, verflüchtigte sich und ließ die vereinzelt daliegenden Gehöfte unwirklich erscheinen.

Targon seufzte schwer. Das Bild war von so unglaublicher Friedlichkeit, als könnte nichts diesen Tag beschmutzen. Und doch war ausgerechnet er selbst derjenige, der diesem Tag seinen Stempel aufdrücken würde und ihn bereits in diesen frühen Morgenstunden mit seinem Vorhaben verdarb. Mit leicht zitternden Fingern wischte Targon sich über die Stirn. Trotz der frischen Luft war ihm heiß. Sein Magen knurrte fürchterlich, aber er hatte in Anbetracht seines Auftrages keinen einzigen Bissen hinunterbekommen.

Sein erster Auftrag! Targon spuckte wütend auf den Boden zu seinen Füßen. Das war also das Vermächtnis Maruks. Dafür hatte er ihn all die Jahre so gründlich ausgebildet, damit er nahtlos in seine Fußstapfen treten konnte, wenn er sich auf und davon machte. Die Wut trieb Targon noch mehr Hitze ins Gesicht. Er fühlte sich verraten. Maruk hatte wissen müssen, was der König mit ihm vorhatte und hatte es ihm verschwiegen. Genau, wie er ihm sonst auch alles von sich selbst verschwiegen hatte.

Mit zitternden Fingern überprüfte er den Sitz der Dolche in seinen Unterarmmanschetten zum wiederholten Male. Doch alles war, wie kurz zuvor, so wie es sein sollte.

Natürlich. Wie sollte es auch anders sein? Targon schnaubte bitter auf. Maruk hatte ihn konditioniert wie einen Hund. Alles war in Fleisch und Blut übergegangen. Selbst im Schlaf griff er blitzschnell nach seinen bereitliegenden Waffen, als gäbe es für ihn keinen sicheren Moment. Und den gab es auch nicht mehr. Nicht für ihn und nicht für die Personen, deren Namen in des Königs Aufträgen genannt wurden.

Targon streckte die Hände von sich und betrachtete sie. Ob Maruk jemals gezittert hatte? Sicher nicht, Maruk war nichts anderes als ein Killer gewesen. Sein Herz zog sich verkrampft zusammen, und er ließ die Hände wieder sinken. Es hatte keinen Sinn, länger darüber nachzudenken. Nervös fuhr er sich mit der Zunge über die trockenen Lippen. Der Hof lag immer noch verschlafen da, die Gelegenheit konnte günstiger nicht sein. Entschlossen erhob er sich aus seinem Versteck und huschte, die Schatten der umliegenden Bäume und Sträucher für sich nutzend, in das Tal hinab. Kein Geräusch war zu hören, nur der dumpfe Schlag seines Herzens. Als er sich mit dem Rücken an die Wand des Stalles lehnte, ließ seine Unruhe nach. Seine von Maruk trainierten Instinkte gewannen die Oberhand, und seine Gefühle sanken in unbekannte Tiefen, von wo sie keine Macht mehr auf ihn ausübten.

Aus dem Stall drang leises Gegacker, und ein schmaler Lichtstrahl fiel durch eine Ritze der hölzernen Wand. Targon tastete sich vorsichtig daran entlang, bis er vor der halboffenen Tür stehenblieb. Konzentriert lauschte er. Die Geräusche erzählten ihm von dem Leben im Stall. Die Tiere erwachten langsam und ein Klappern verkündete, dass jemand bei ihnen war.

Der Bauer war bereits bei der Arbeit.

Targon griff nach einem schlanken Wurfmesser und spähte durch die Tür. Jemand stand zwischen den Kühen, die nebeneinander aufgereiht in schmalen Ständern standen und ihm das Hinterteil entgegenstreckten. Beruhigendes Gemurmel drang zwischen den Kühen hervor. Targon konnte nicht erkennen, wer dort stand. Lautlos huschte er in das Innere und duckte sich in einen leer stehenden Ständer. Der Geruch von frischem Stroh kitzelte in seiner Nase. Ein Pony schnaubte leise von nebenan, als es ihn neugierig beäugte. Nach wenigen Augenblicken wandte es sich wieder seinem Heu zu. Inzwischen hatte der Bauer mit dem Melken begonnen. Ein rhythmisches Zischen ertönte, als der warme Strahl in den Eimer traf. Jetzt war der richtige Augenblick. Der Bauer war in seine Arbeit vertieft. Targons Finger schlossen sich fester um den Griff des Wurfmessers. Dann verließ er sein Versteck und ging auf leisen Sohlen auf die Kühe und den Bauern zu. Keinen Moment länger würde er noch warten können. Er musste dies hier einfach hinter sich bringen.

Doch von einem Augenblick auf den anderen geriet die Welt aus den Fugen, als die Gestalt zwischen den Kühen sich überrascht auf ihrem Schemel herumdrehte und aufsprang. Der Holzeimer fiel klappernd um, vergoss seinen kostbaren Inhalt in das Stroh und rollte der Kuh zwischen die Beine, die den Kopf hochriss und erschrocken aufbrüllte.

Targon fluchte. Vor ihm stand eine junge Frau, die ihn aus angstvoll geweiteten Augen anstarrte und erstickt aufschrie, als ihr Blick auf das Messer in seiner Hand fiel. Sein Herz setzte für einen Wimpernschlag aus, als er instinktiv reagierte.

»Lasse niemals einen Zeugen zurück.« Die Mahnung Maruks jagte durch seinen Verstand, als auch bereits das Messer wie ein Pfeil seine Hand verließ und auf die Frau zuschoss; ihr das Leben stahl, noch bevor ihr schlanker Körper haltlos in das Stroh sackte.

Erneut brüllte die Kuh auf, die jetzt voller Angst an ihren Stricken zerrte und mit den Hufen stampfte. Der ganze Stall geriet in Panik. Targon sah sich gehetzt um. Er war unvorsichtig gewesen und hatte eine Unschuldige getötet. Ein nicht wieder gut zu machender Fehler.

»Mira? Ist alles in Ordnung?«

Verdammt! Targon wirbelte herum und duckte sich. Ein großer Mann stand in der offenen Stalltür. Das Gesicht war gegen die aufgehende Sonne in seinem Rücken nicht zu erkennen, die jedoch ohne Erbarmen das kleine Mädchen anstrahlte, das sich verschlafen in die Arme ihres Vaters kuschelte.

Targons Gedanken wirbelten durcheinander. Noch konnte der Bauer ihn nicht sehen. Die unruhigen Kühe verbargen ihn vor dessen Blicken. Doch es konnte sich nur um Augenblicke handeln, bis er zwischen die Kühe trat und die Frau entdeckte.

»Mira? Wo bist du, Mira?«

Der Bauer rückte behutsam das Kind in seinen Armen zurecht und trat nun ganz in den Stall. Die Sorge fraß sich durch seine Stimme, und auch das Kind begann nun leise zu weinen. Targon duckte sich noch tiefer und sah durch die Beine der Kuh, wie der Bauer in seine Richtung kam. Sein Magen ballte sich schmerzhaft zusammen, als er begriff, dass ihm nun nicht mehr viele Möglichkeiten blieben. Verzweifelt presste er die Lippen zusammen und machte sich bereit. Es gab kein Zurück mehr.

*

Als er Minuten später aus dem Stall trat, zitterte er am ganzen Körper. Er fühlte sich schwach, und Übelkeit wühlte mit groben Fingern in seinen Eingeweiden. Targon taumelte und fiel nur wenige Schritte vor der Stalltür auf die Knie und übergab sich. Ein Fehler, ein dummer Fehler und er hatte getötet, ohne dass es einen echten Grund gegeben hatte. Erneut krampfte sich sein Magen zusammen. Bittere Galle füllte seinen Mund. Die Bilder, die er aus dem Stall mitgenommen hatte, schnitten tiefe Wunden, die nicht zu heilen waren und die ihn mit Schmerz erfüllten, für den es keine Worte gab.

Er sollte den Mann töten. Das war sein Auftrag gewesen. Nicht die Frau,
nicht - eine ganze Familie zerstören. Was hatte er getan?

Targon krümmte sich wie ein geprügelter Hund. Warum war er wie ein
Idiot davon ausgegangen, dass der Bauer die Kühe melkte? Wieso war er nicht
sorgfältiger vorgegangen?

Targon setzte sich auf den staubigen Boden und wischte sich erschöpft über
den Mund. Im Stall war inzwischen alles ruhig, die Tiere hatten sich beruhigt.
Dennoch wagte er keinen Blick in die Dunkelheit des Stalles, die zu viel von
seinen eigenen neuen Abgründen verbarg. Darauf hatte ihn Maruk nicht
vorbereitet. Er hatte ihm alles gezeigt, was man mit Waffen tun konnte. Aber
er hatte ihm das Entscheidendste dabei weder erklärt noch beigebracht,
geschweige denn überhaupt nur ein Wort darüber verloren.

Was machte man mit seinem Gewissen?

Nach einer Weile rappelte Targon sich mühsam auf, als ein dünnes Weinen
die klare Luft mit seiner Verzweiflung erfüllte. Langsam drehte sich Targon
um. Das kleine Mädchen tappte mit unsicheren Schritten aus dem Stall, fiel,
rappelte sich wieder auf und stolperte weiter. Ihr Weinen war nicht laut,
dennoch eindringlich. Targon schluckte. Plötzlich wusste er mit absoluter
Sicherheit, was er jetzt zu tun hatte. Und dann verschloss er seinen Kopf vor
dem, was geschehen war, und verschloss sein Herz. Nie wieder würde er
solchen Schmerz zulassen.

Entsetzt starrte der Mann auf das Buch. Schwer lag es auf seinen
ausgestreckten Beinen, als wäre es ein Fels. Plötzlich kam die Wut in
ihm hoch, die er bereits verloren geglaubt hatte. Er hätte all das
verhindern können, wäre er nur nicht in dieser verdammten Höhle
gefangen. Stattdessen saß er hier herum, mit nichts als diesem Buch, das
ihm Albträume bescherte und ihm auf grausame Weise vorführte, wie
er nichts ändern konnte an dem, was geschah. Er hatte seine Chance
gehabt und hatte diese damit vertan, der Macht und dem
berauschenden Gefühl nachzujagen, einfach alles tun zu können. Der
Frieden, von dem er geglaubt hatte, ihn gefunden zu haben, bröckelte
ab und ließ nur noch Unruhe zurück.

Kylnavern

Nachdem Targon mit den Reitern wieder zu ihnen gestoßen war, ritten sie in einem langen Pulk jeweils zu zweit nebeneinander her. Hannah fühlte sich sicher, doch gleichzeitig wurde ihr auch nur zu deutlich bewusst, dass, wenn sie überhaupt jemals eine Chance zur Flucht gehabt hatte, diese jetzt völlig verloren war. Die Reiter waren schwer bewaffnet. Jeder von ihnen trug ein Schwert und mindestens ein Messer. Vereinzeldt trugen sie Armbrüste und Äxte auf ihrem Rücken. In welche seltsame Schar war sie nur geraten?

Suchend hob sie den Blick. Targon ritt an der Spitze und hatte sich den ganzen Tag kein einziges Mal mehr nach ihr umgesehen. Hannah presste bitter die Lippen aufeinander und tätschelte liebevoll Kimon. Es war heiß. Die Sonne knallte von einem unerwünscht wolkenlosen Himmel herunter, sodass die Hitze flirrend über dem Boden tanzte und ihre Gedanken immer träger wurden. Schweiß lief in dicken Tropfen über ihr Gesicht und klebte in ihrem Nacken und an Stellen, an die sie nicht denken mochte. Den Reiter neben ihr schien dies nicht zu stören. Die dunkelblaue Kleidung, die er wie alle anderen trug, war weit und bequem geschnitten. Das Hemd so lang, dass es bis zu den Knien reichte, darunter kam eine Pump-Hose zum Vorschein, die sich nicht wie eine zweite Haut an die Beine saugte, so wie es ihre Jeans gerade tat. Hannah seufzte und sah wieder nach vorn. Langsam ritten sie eine Düne hinauf, die sich über den ganzen Horizont erstreckte, und damit alles sorgfältig verbarg, was dahinter liegen mochte und von dem sie hoffte, dass es die Anstrengung lohnte. Der Aufstieg war steil. Sie kamen nur langsam voran. Kimon schritt überraschend schwungvoll nach oben, als läge kein zermürbender Ritt hinter ihr. In dem zierlichen Körper steckten wohl doch mehr Kraft und Energie, als sie vermutet hatte. Targon hatte mit seiner Einschätzung der Stute recht behalten. Sie selbst war jedenfalls schrecklich müde. Ihre Lider fielen immer wieder zu. Mit jedem Mal kostete es mehr Kraft, sie wieder zu öffnen.

Als sie endlich den Kamm erreichten, setzte sich Hannah ruckartig im Sattel auf und riss die brennenden Augen auf. Ungläubig starrte sie auf die Landschaft. Niemals hatte sie gedacht, dass sich hier eine derartig gegensätzliche Landschaft befinden konnte. Soweit das Auge reichte, sah sie grün bewachsene Täler und Hügel, durchsetzt mit kleineren Wäldern. Im Westen befand sich ein großer Wald, dessen Ende hinter einer Hügelgruppe verschwand und in der Ferne thronte ein Gebirge, dessen schneebedeckte Gipfel wie das ergraute Haupt eines schlafenden Riesen wirkten. Aber das, was ihre Augen anzog, war der große See, der unmittelbar am Fuß des Walls lag und sich weit in das Land erstreckte. Es war das verlockendste und klarste Wasser, das sie je gesehen hatte. Ein perfektes Abbild der Ufervegetation spiegelte sich auf der Oberfläche. Büsche und Bäume umarmten den See; üppiges Schilfgras wuchs weit bis in das Wasser hinein. Eine Gruppe von fünf Zelten sammelte sich am östlichen, ihnen am nächsten gelegene Ufer.

»Wasser …«, sagte sie und erschrak selbst über das Krächzen, das sie von sich gab. Der Reiter neben ihr warf ihr einen erstaunten Blick zu, nickte aber bloß stumm.

Zu ihrer Erleichterung ging der Abstieg schneller als der elende Aufstieg. Doch zu ihrer Enttäuschung blieben die Reiter auf dem kleinen Platz zwischen den Zelten stehen und stiegen ab. Dass sie sich genau in ihrer Mitte befand, machte es ihr unmöglich, in den See zu reiten.

»Steigt ab und folgt mir nach vorne«, herrschte sie der Reiter an, der die ganze Zeit neben ihr gewesen war. Seine Stimme war noch jung, aber sein Blick unerbittlich, während er das Tuch von seinem Gesicht löste.

Widerstrebend stieg sie ab und folgte ihrem jungen Führer, der neben Targon stehen blieb und sich verneigte. Targon dankte ihm mit einem knappen Nicken. Im selben Augenblick rannte ein dicker Mann aus dem Zelt, vor dem sie standen, und blieb keuchend mit einer ehrerbietigen Verbeugung stehen, bei der er mit einer weibischen Geste mit einem Bein einknickte wie bei einem Knicks und seine geraden wie mit einem

Lineal geschnitten dunklen Haare nach vorne fielen und sein teigiges Gesicht bedeckten.

»Mein Prinz!«, rief er mit sich überschlagender Stimme. »Ihr seid wohlbehalten. Erlaubt mir, Euch im Zelt mit kühlem Wein und erlesenen Speisen zu erfrischen.«

Hannah starrte zuerst den Mann verständnislos an und dann Targon, der ihn nur unfreundlich ansah und einfach in das große Zelt davon schritt. Verwirrt sah sie ihm nach. Das war doch ein Witz? Misstrauisch sah sie sich um. Die Zelte waren schlicht und aus grobem Leinen gefertigt und wirkten wie aus einer Filmkulisse gestohlen, so wie im Grunde alles um sie herum, einschließlich der Kostüme, die die Männer trugen.

Die langsam sinkende Sonne blendete sie. Hannah kniff die Augen zusammen und suchte unwillkürlich nach versteckten Kameras. Ein Räuspern schreckte sie aus ihrer Suche auf. Erst jetzt bemerkte sie, dass der dicke Mann neben sie getreten war und sie ungeduldig beobachtete. Seine Arme hatte er umständlich und ohne Zweifel mit einiger Mühe vor seinem kugelrunden Bauch verschränkt, sodass er theatralisch mit den Fingern auf seinen Unterarm trommeln konnte.

»Wenn Ihr mir bitte folgen wollt? Ich werde Euch Eure Unterkunft für die Nacht zeigen.«

Hannah nickte langsam und mit einem kleinen Gefühl der Dankbarkeit. Sie war hundemüde und wollte sich einfach nur irgendwo hinlegen. Also folgte sie ihm in das gleiche Zelt, in das auch Targon – der Prinz! – verschwunden war.

Sie betraten zunächst eine Art Vorraum, in dem sich einige Kissen befanden, die aus verschiedenen Stoffen und in den unterschiedlichsten Farben und Mustern gefertigt waren. Zwei Wächter standen zu beiden Seiten des Raumes und betrachteten sie mit unverhohlener Neugier. Der Dicke ging nach links weiter, schlug eine Stoffbahn zur Seite und winkte sie hindurch. Zögernd trat sie ein und fand sich in einem Raum wieder, der angenehm kühl und schwach beleuchtet war. Nachdem die pralle Sonne den ganzen Tag auf sie herabgebrannt hatte, war sie wirklich froh, dieser endlich zu entkommen. Als wollte die Müdigkeit in ihren Knochen die Gelegenheit nutzen, machten sie jetzt spürbar auf sich aufmerksam. Hannahs Augen brannten und sie gab sich nicht die geringste Mühe, ein herzhaftes Gähnen zu unterdrücken, was ihr ein missbilligendes Stirnrunzeln des Dicken einbrachte. Aber der Anblick der hier ebenfalls überall verteilten und äußerst einladend wirkenden Decken und Kissen verstärkte den Wunsch, sich einfach nur noch fallen zu lassen, in einen dieser Berge zu versinken und zu schlafen. Selbst der äußerst verlockende Teller mit glänzenden roten Weintrauben und prallen Erdbeeren vermochte sie nicht mehr aufzuhalten.

Doch Hannah hatte nicht mit dem dicken Mann gerechnet, der sie vorsichtig mit spitzen Fingern und leicht angewidert verzogenem Mund am Arm ergriff, als sie bereits halb auf die Kissen sank.

»Verzeiht. Aber bevor Ihr Euch zur Ruhe begeben könnt, halte ich es doch für angebracht, dass Ihr Euch noch ein wenig der Körperhygiene unterzieht. Dort drüben findet Ihr einen Krug mit frischem Wasser und eine Waschschüssel. Ich werde mich zurückziehen, damit Ihr Euch entkleiden könnt. Danach zieht Ihr bitte das Gewand an, das ich für Euch bereitgelegt habe.«

Irritiert blinzelte Hannah in die angegebene Richtung. Dort lag auf einer Truhe ein ordentlich zusammengelegter Kleiderhaufen. Widerwillig trat sie näher und hob den grünen Stoff hoch, der sich als Kleid aus einem derart groben Leinen entpuppte, dass ihre Haut bereits bei dem Anblick überall juckte. Dicke Knoten waren achtlos mit hinein gewebt worden, als hätte man eher Stacheldraht dafür verwenden wollen.

Warum, um Himmels Willen, sollte sie ein derart hässliches Ding anziehen? Hannah verzog das Gesicht. Die Farbe war zwar recht hübsch, aber der Schnitt des Kleides war alles andere als modern, passte jedoch hervorragend in dieses Possenspiel. Kurze Puffärmel und ein blusenähnliches Oberteil mit großzügigem, - viel zu großzügigem -, Ausschnitt. Auf der Truhe lag noch ein hellgelbes Mieder, oder wie man diese Teile zum Schnüren auch nannte.

»Das ziehe ich niemals an. Auf. Keinen. Fall!«, sagte sie scharf und warf das Kleid achtlos zu Boden.

Der Mann, dessen Namen sie immer noch nicht kannte, der ihr aber auch herzlich gleichgültig war, sog hörbar die Luft ein.

»Wie könnt Ihr es wagen?«, rief er aus und bückte sich aufgebracht, um das Kleid aufzuheben. Sorgfältig klopfte er es ab und legte es dann mit behutsamer Geste zurück auf die Truhe.

»Der Prinz hat befohlen, dass Ihr dieses Kleid morgen bei der Weiterreise tragen müsst.«

»Dann richte deinem Prinzen aus: Er kann mich mal!« Wütend stemmte Hannah die Fäuste in die Seiten und funkelte den Dicken an, der unglücklich zurückwich.

»Es ziemt sich nicht, so zu reisen.« Damit deutete er auf ihre Jeans und schüttelte den Kopf. Seine Augen brannten ihr rot entgegen. Hoffentlich fing er nicht gleich an zu weinen.

»Ich werde ganz bestimmt nicht diese hässlichen Klamotten anziehen.« Wütend schnappte sie sich erneut das Kleid und hielt es ihrem Gegenüber hin. »Dieses Kleid ist der billigste Fummel, den ich je gesehen habe, mit einem abartigen Ausschnitt noch dazu, und das soll sich ziemen?« Die letzten Worte hatte sie fast geschrien, dabei warf sie das Kleid mit Wucht durch den Raum, wo es gegen eine Stoffbahn klatschte und daran zu Boden rutschte.

Der Dicke erbleichte zusehends und schnappte nach Luft, wobei er sich mit einer dramatischen Geste an die fette Brust griff.

Grimmig betrachtete sie den fetten Kerl. Das Blut rauschte in ihren Adern vor Aufregung und Wut.

Plötzlich wurde eine Stoffbahn zur Seite geschlagen und Targon trat ein. Er trug nur eine Hose. Sein nackter Oberkörper glänzte feucht, als war er gerade dabei gewesen, sich zu waschen. An seiner Seite glänzte ein frischer Verband, der wie ein Signalfeuer auf dem gebräunten Körper leuchtete. Hannah schluckte und zwang sich, den Blick von der deutlich ausgebildeten Bauchmuskulatur abzuwenden und sich auf sein Gesicht zu konzentrieren. Doch seine Miene war nicht dazu angetan, darin zu verharren. Eine deutliche Sturmwarnung fegte durch das Zelt, ausgesandt von seinen Augen, die jedes Licht in dem Raum zu verschlingen drohten.

»Mein Prinz, dieses ungezogene Frauenzimmer benimmt sich wie eine Furie aus den Bergen.« Händeringend stand der Dicke da und warf Targon einen verzweifelten Blick zu. Mit hochgezogener Augenbraue registrierte dieser das Kleid, das sie so wutentbrannt in eine Ecke geschleudert hatte.

»Passt es nicht?«, fragte er ruhig.

»Es gefällt mir nicht!«, fuhr sie ihn widerspenstig an. Sie hatte nicht vor, auch nur einen Zentimeter vor ihm zurückzuweichen.

Targon schwieg und hob das Kleid auf.

»Du kannst nicht in Jeans und T-Shirt durch diese Welt reisen. Die Leute würden dich für eine Hexe halten und verbrennen.« Targon lächelte, als gefiele ihm dieser Gedanke. »Das würde meinen Auftrag jedoch nur unnötig erschweren. Also bitte, zieh das Kleid an, so wie Barim es gesagt hat!«

»Das ist mir völlig gleich.« Hannah verschränkte demonstrativ die Arme vor ihrer Brust und ignorierte das Kleid, das er ihr entgegenhielt. Auf keinen Fall würde sie sich von ihren Sachen trennen. Niemals. »Ich denke nicht daran, so ein hässliches unbequemes Ding gegen meine Jeans zu tauschen.« Mit hämmerndem Herzen presste sie die Lippen fest aufeinander. Er konnte sie nicht dazu zwingen, auf keinen Fall.

Mit einem gleichgültigen Schulterzucken legte Targon das Kleid behutsam auf die Truhe.

»Wie du meinst«, sagte er weiterhin ruhig, aber mit einem bösen Glitzern in den Augen. »Wenn du morgen früh in deiner Hose dieses Zelt verlässt, werde ich dir persönlich das Kleid anziehen. Und ich werde mir nicht die Mühe machen, mit dir dafür wieder in das Zelt zurückzukehren. Ich denke, den Männern würde das Schauspiel gefallen. – Also überleg dir gut, ob du es wirklich darauf ankommen lassen möchtest.«

Hannah wurde rot, entgegnete aber nichts. Stattdessen sah sie ihm nur stur in die schwarzen und wie sie jetzt fand, absolut seelenlosen Augen. Dieser verdammte Mistkerl. Täuschte sie sich, oder zuckte es kurz um seine Mundwinkel, als fiele es ihm auch noch schwer, ein Grinsen zu unterdrücken? Als er begriff, dass sie nicht vorhatte, ihm zu antworten, nickte er kurz.

»Gut, freut mich, dass du offensichtlich beschlossen hast, ausnahmsweise einmal deinen Verstand zu benutzen. Ruh dich jetzt aus, wir werden morgen früh bei Sonnenaufgang aufbrechen.« Damit wandte er sich ab und ließ sie stehen.

Hannah starrte ihm nach. Flammen fraßen ihre Wangen.

Dieser Mistkerl, dachte sie wütend. Er ließ ihr nicht die geringste Wahl. Verzweifelt und trotzig ließ sie sich auf den Kissenberg fallen, der hinter ihr aufgetürmt war. Das Flehen und Jammern Barims, dass sie sich doch bitte noch frisch machen und die schrecklichen Hosen ausziehen sollte, ignorierte sie stur, zog sich eine, wie sie zugeben musste, wunderbar nach Blüten duftende und seidenweiche Decke über den Kopf und hoffte nur noch, am nächsten Tag einfach nur wieder aus diesem Alptraum aufzuwachen.

Hannah schlief wie ein Stein, umnebelt vom süßen Duft, der von Decke und Kissen ausging. Dennoch wachte sie noch weit vor Morgengrauen auf und starrte vor sich hin.

Diese Welt! Die Worte spukten durch ihren Kopf und tanzten darin herum. Du kannst nicht durch diese Welt reisen, hatte er gesagt, dessen war sie sich absolut sicher. Aber wieso Welt? Hatte er vielleicht Land gemeint und sie hatte es nur falsch verstanden? Seufzend richtete sie sich auf. Ihr Blick wanderte zu der Truhe, auf der immer noch dieses unglückselige Kleid lag.

Leise Atemzüge hinter den Stoffbahnen machten sie darauf aufmerksam, dass sie nicht allein im Zelt war. Nebenan musste Targon schlafen. Leise schlug sie die Decke zur Seite und stand auf. Die Teppiche streichelten sanft über ihre nackten Fußsohlen. Sie genoss jeden Schritt und blieb beinahe mit leisem Bedauern an der Stoffbahn stehen, durch die er gekommen war. Bei genauerem Hinsehen zeigte sich, dass die gesamte Wand aus einzelnen Bahnen bestand.

Vorsichtig und mit klopfendem Herzen schob sie den Stoff ein winziges Stück auseinander. Gerade so viel, dass sie hindurchsehen konnte.

Auch dieser Raum war von einer einzelnen Laterne beleuchtet. Er war, soweit dies überhaupt noch möglich war, noch üppiger ausgestattet als der ihre. Wobei die Kissen und Decken nicht bunt, sondern allesamt von einem dunklen Nachtblau waren.

Targon lag nur wenige Schritte von ihr entfernt auf einem richtigen Bett. Er war bis zur Hüfte mit einem dünnen Tuch bedeckt. Sein Oberkörper war immer noch nackt und glänzte vor Schweiß, während sich sein Kopf auf dem Kissen unruhig hin und her bewegte. Seine schwarzen Haare folgten den Bewegungen dabei wie ein Schwarm blauschwarzer Krähen einem Opfer.

Also hast auch du deine Albträume, dachte Hannah. Im gleichen Moment beruhigte er sich. Sein Gesicht lag jetzt ihr zugewandt auf der Seite; entspannt, als hätte er seine nächtlichen Dämonen besiegt und davonjagen können.

Sie wollte sich gerade wieder zurückziehen, als er seine Augen öffnete und sie direkt ansah. Ihr Herz erstarrte mitten im Schlag. Wie ein Kaninchen starrte sie der Schlange in die abgrundtiefen Augen, unfähig sich zu bewegen oder gar woanders hinsehen zu können. Eine gefühlte Ewigkeit begegneten sich so ihre Blicke, ohne dass er irgendeine Reaktion zeigte, die darauf hindeutete, dass er wach sein könnte. In seinen Augen spiegelte sich die Flamme der Laterne wie ein Irrlicht und erfüllten sie mit erstaunlichem Leben, ohne dass er sie auch nur ein einziges Mal bewegte.

Leises Husten klang von draußen herein, löste die Lähmung, die sie ergriffen hatte, und auch Targon schloss die Augen wieder, als wären sie nie geöffnet gewesen. Mit einem tiefen Atemzug zog sich Hannah zurück in ihren Raum.

Als die Stoffbahn mit einem leisen Geräusch zurückschwang, öffnete Targon wieder seine Augen und starrte auf die Stelle, an der Hannah gerade noch gestanden hatte. Sein Herz trommelte immer noch in seiner Brust, was nicht nur an dem Albtraum lag, der ihn geplagt hatte, und sein Blut lief viel zu heiß durch seine Adern. Wäre Hannah jetzt nicht gegangen, hätte er kaum mehr die Beherrschung gehabt, noch länger liegen zu bleiben. Angespannt fuhr er sich mit gespreizten Fingern durch die verschwitzten Haare. Keine Ahnung, wie sie es immer wieder schaffte, ihn derart zu fesseln.

Mit einem schweren Atemzug richtete er sich auf. Er war nicht im Geringsten müde. Genauso gut konnte er jetzt aufstehen und sich für den Aufbruch fertig machen. Umso früher sie sich auf den Weg machten, desto besser war es.

Entschlossen verließ er seinen Bereich und trat in den Vorraum. Wie erwartet lag Barim vor dem Zugang auf dem Boden, jederzeit bereit, auf einen einfachen Wink aufzuspringen.

»Barim! Wach auf!«

Der dicke Mann sprang hoch, ohne das geringste Zeichen von Müdigkeit, und verbeugte sich wie immer unterwürfig; wie Targon es hasste. Barim war nur ein Speichellecker Romuns, der ihm bei nächstbester Gelegenheit ein Messer in den Rücken stoßen würde, wenn sein Bruder es ihm nur befahl. So lange Romun dies nicht tat, würde Barim alles für ihn tun, was in seiner Macht stand und konnte insoweit als verlässlich gelten.

»Ihr wünscht, mein Prinz?«, stieß er eilfertig hervor.

Widerlich wach und aufmerksam stand der Kerl vor ihm und lechzte nach einem Befehl. Targon bemühte sich, sich seine Abneigung nicht anmerken zu lassen, obwohl er davon überzeugt war, dass es Barim gleichgültig gewesen wäre, selbst wenn er es bemerkte.

»Ich möchte so schnell wie möglich aufbrechen. Bereite alles vor und weck unseren Gast.«

»Ganz wie Ihr wünscht, mein Prinz.« Barim verschwendete keine Zeit und verschwand hinter den Stoffbahnen, die zu Hannah führten.

Targon verließ das Zelt und ging zum Wasser hinunter, das in der Dunkelheit wie eine schwarze Platte dalag. Kein Windhauch störte den Wasserspiegel in seinem Schlaf. Er entledigte sich seiner Hose und watete in das kühle Wasser, bis es ihm zur Brust reichte. Mit beiden Händen schaufelte er sich das Wasser über Arme, Brust und Bauch, um sich den Schweiß vom Körper zu waschen. Noch immer hing der Albtraum wie ein klebriger Schleier über seinen Gedanken und hinterließ Klumpen von bösen Vorahnungen. Romun hatte ihm viel zu wenig von dem erzählt, was genau er mit Hannah vorhatte. Sein Bruder ließ ihn bewusst im Unklaren, das war klar; die Frage war nur: Warum? Irgendetwas plante er, und das konnte nichts Gutes bedeuten. Womöglich war er selbst eine Figur in dem kommenden Spiel. Sein Instinkt war zuverlässig und hatte ihn schon oft vor Schaden bewahrt. Jetzt vibrierte er wie das Netz einer Spinne, in das eine fette Beute gelaufen war. Fragte sich nur, wer die Beute war.

Targon holte tief Luft und tauchte ab. Blind stieß er in die Dunkelheit des Sees und ließ sich ganz auf das Wasser ein, das prickelnd über seinen Körper strich. Als die Luft knapp wurde, tauchte er unwillig wieder auf und schwamm an das Ufer zurück. Die Zelte zeichneten sich matt gegen den Himmel ab, schwach beleuchtet von abgedunkelten Laternen. Zwei Wachen standen verschlafen dazwischen. Sobald Hannah und er fort waren, würden sie das Lager abbrechen und ebenfalls nach Kylnavern reisen. Sie würden einen Umweg nehmen und in den Dörfern, die sie durchquerten, für Aufsehen sorgen, um damit eventuelle Verfolger auf sich zu lenken. Targon rechnete eigentlich nicht mehr mit Schwierigkeiten, da Romun ganz offen mit Marina durch die Dörfer reiste, für jeden weithin sichtbar. Zudem befanden sie sich bereits zu nah an der Burg, als dass jemand es wagen würde, sie hier offen anzugreifen. Dennoch war es besser, unauffällig weiterzureisen.

Langsam watete er zurück an Land. Eine der Wachen wartete bereits auf ihn und hielt frische Kleidung für ihn bereit.

»Danke«, murmelte Targon und ergriff die braune, grob gewebte Hose und das hellbraune Hemd. Erst als er den erstaunten Blick des Mannes sah, der kaum älter als achtzehn Jahre alt sein mochte, wurde ihm bewusst, dass er sich bedankt hatte. Kein Wunder, dass der Mann ihn anstarrte. Der Schwarze Prinz bedankte sich nicht; niemals! »Stets zu Euren Diensten, mein Prinz«, stammelte der Mann zurück, deutlich darum bemüht, Haltung zu bewahren.

»Alles andere würde Euch auch nur den Kopf kosten, mein Junge«, knurrte Targon verdrießlich, um seinen Fehler wieder gut zu machen. Zufrieden registrierte er, wie die Wache erbleichte, und wandte sich ab. Er schlüpfte in die neue Kleidung und kehrte zum Zelt zurück. Ein großer Apfelschimmel und ein kleines dickes braunes Pony mit heller strubbeliger Mähne standen bereits gesattelt und bepackt davor. Barim hatte keine Zeit verschwendet. Beide Tiere waren von durchschnittlicher Erscheinung, kein Vergleich zu Radscham und Kimon, aber durchaus ausdauernd und zäh.

»Na, mein Freund«, leise murmelnd trat Targon zu dem Schimmel und streichelte sanft über die weichen Nüstern. Ein längliches Bündel, eingewickelt in helles Tuch, war direkt hinter dem Sattel angebracht. Vorsichtig schob er den Stoff ein wenig zur Seite, bis der lederumwickelte Griff seines Schwertes zum Vorschein kam. Dann bedeckte er es wieder sorgfältig und ergriff die Zügel.

Da trat Barim aus dem Zelt hervor, hielt den Eingang offen und winkte herrisch in das Innere, aus dem sich ein zarter Lichtschein in die Dunkelheit hinauswarf und ihn schwach, aber bestimmt zerschnitt. Zögernd folgte Hannah, das Kinn trotzig angehoben und die blauen Augen funkelten, als könnten sie so tödliches Gift versprühen. Zu seiner Erleichterung – und ein wenig zu seiner Enttäuschung – hatte sie darauf verzichtet, es auf eine Auseinandersetzung mit ihm ankommen zu lassen und trug das grüne Kleid. Es saß wie angegossen und betonte sowohl ihre rotbraunen Haare als auch ihre schlanke Gestalt. Im Grunde wirkte sie so, als hätte sie in ihrem Leben nie etwas anderes getragen. An ihren Füßen saßen dünne Lederschuhe, die sie mit langen Bändern, die um ihre Knöchel gewickelt waren, befestigt hatte. Mit einem verächtlichen Blick in seine Richtung und einem kurzen, aber erstaunten Blinzeln, als sie seine Kleidung sah, ging sie, nein, schritt sie an ihm vorbei und trat zum Pony. Ihre Jeans und ihre Turnschuhe hatte sie zu einem Bündel zusammengerollt und trug es nun unter dem Arm. Umständlich band sie die Kleidung hinter den Sattelholm und stieg dann, ohne das Pony zu streicheln oder es zu begrüßen, was ihn wirklich verwunderte, in den Sattel.

»Bereit für den Aufbruch?«, fragte er beiläufig und stieg ebenfalls auf.

Sie nickte kaum merklich, vermied aber jeden Blickkontakt. Targon zuckte mit den Schultern und trieb den Apfelschimmel an ihr vorbei.

In einem flotten Trab verließen sie das Lager. Die kurzen Beine des Ponys trommelten eilig über den Boden, um mit dem großen Pferd mithalten zu können. Targon grinste, verkniff es sich aber, sich nach Hannah umzudrehen. Der Ritt würde für Hannah nicht sehr angenehm werden. Ihr würden die Knochen und der Hintern wehtun, wenn sie in Kylnavern ankamen. Wenn er erwartet hatte, dass sie sich darüber beschweren würde, hatte er sich getäuscht. Eisern schweigend ritt sie hinter ihm her. Erst als die Sonne aufging und sie ein gutes Stück hinter sich gelassen hatten, ließ er sein Pferd in Schritt fallen. Der Apfelschimmel streckte augenblicklich den Hals, als er die Zügel fahren ließ und trottete mit hängendem Kopf weiter. Das Pony trabte noch ein Stück weiter, überholte ihn und fiel dann ebenfalls in einen langsamen Schritt. Vor ihnen befand sich ein kleines Waldstück, dahinter lagen einige Felder. Dort wollte er die Gelegenheit für einen langen Galopp nutzen. Das Wetter war freundlich zu ihnen. Der Himmel war bewölkt und ließ die Sonne nur sparsam hindurch, sodass es angenehm kühl blieb.

Nach einem Druck seiner Schenkel fiel der Schimmel in einen kurzen Trab, bis er das Pony eingeholt hatte und dort wieder den Kopf hängen ließ, als würde er jeden Augenblick einschlafen. Hannah warf Targon einen kurzen Blick zu und sah dann wieder nach vorn. Ihre Haltung war nicht mehr ganz so abweisend, was wohl den stetigen und zermürbenden Schlägen durch den langen Trab zu verdanken war. Ihr Pferdeschwanz hatte sich gelockert und hing jetzt kraftlos über ihre Schultern hinab. Nachdenklich warf sie ihm einen neuerlichen Blick zu, mit dem sie ihn lange taxierte, als sähe sie ihn zum ersten Mal.

»Ein Prinz also?«, fragte sie schließlich. Die Frage musste sie bereits eine Weile beschäftigt haben. Es erstaunte ihn, dass sie so lange damit gewartet hatte.

»Ein Prinz, ja.«

»Dann wirst du also eines Tages König von dem hier?« Hannah machte eine weitausholende Bewegung, die das Land um sie herum einschloss.

»Nein.« Targon schüttelte den Kopf und genoss ihre Überraschung. »Mein Bruder, du hast ihn ja schon kennen gelernt, ist bereits der König von dem hier.« Jetzt grinste er breit und vergnügt, als er ihre weit aufgerissenen Augen sah. Doch sie hatte sich erstaunlich schnell wieder im Griff und tat unbeteiligt.

Damit war ihr Gespräch fürs Erste erschöpft und sie ritten schweigend nebeneinander durch den Wald, der aus hochgewachsenen

Kiefern bestand. Ihre Haltung war nun weich. Nachgiebig folgte ihr Körper den Bewegungen des Ponys, als hätte er sich automatisch der Umgebung angepasst. Der Waldboden war mit Blaubeersträuchern überwuchert und schluckte die Geräusche der Hufschläge, bis sie freies Gelände erreichten.

Targon zügelte sein Pferd und deutete mit der ausgestreckten Hand auf eine Hügelgruppe im Nordwesten.

»Wenn wir diese Hügelgruppe heute Mittag erreicht haben, wirst du von dort unser Ziel sehen können. Es ist dann nicht mehr weit.«

Hannah sah kurz in die angegebene Richtung, dann ließ sie ihren Blick über das vor ihnen liegende Gelände schweifen. Etwa einen Kilometer westlich von ihrem Standpunkt lag ein Dorf. Schmale Rauchsäulen stiegen wie Schlangen von dort auf und griffen nach dem Himmel. Auf den Weiden davor standen einige Kühe, und fette Schweine suhlten sich in dem schlammigen Ufer eines Weihers, auf dem Enten schwammen. Alles in allem ein friedliches Bild. Doch Hannah wurde schlagartig leichenblass. Ihre Lippen biss sie fest aufeinander, trotzdem konnte er deutlich das Zittern darin sehen. Erst jetzt wurde ihm bewusst, dass dieser Anblick für sie ein Schock sein musste. Die Häuser waren schlicht und aus Lehm gebaut; die Dächer mit Reet gedeckt. An den Weiden zogen sich Zäune entlang, die aus aneinandergereihtem Reisig bestanden. Drei Bauern standen auf einer Wiese und schnitten mit Sensen das Gras. Und um das verstörende Bild für sie perfekt zu machen, gab es keine Traktoren oder andere moderne Geräte weit und breit.

»Wo bin ich hier um Himmels Willen?«

Die Panik lag greifbar unter der Oberfläche. Ihre Stimme zitterte unmerklich. Der Schrei darin verklang lautlos und dennoch gellte er in seinen Ohren.

»Das wirst du auf Kylnavern erfahren, Hannah«, sagte er und war selbst erstaunt, wie sanft er klang. Sie tat ihm leid, wie sie so neben ihm auf dem Pony saß, sich mit den Händen in die struppige Mähne des Ponys krallte, als würde das helfen. Langsam nickte sie, ihre Augen immer noch weit und groß aufgerissen, als sie ihren Blick auf ihn richtete.

»Werde ich dort auf Marina treffen?«

»So ist der Plan«, entgegnete er ruhig und nahm nach einem prüfenden Blick zum immer dunkler werdenden Himmel die Zügel wieder auf, was der Apfelschimmel mit einem unwilligen Schnauben quittierte. Es wurde Zeit, das Ziel zu erreichen und sich von Hannah zu trennen, bevor er seine Gefühle nicht mehr von seiner Aufgabe trennen konnte.

»Der Plan?«, fragte sie vorsichtig. »Das heißt für mich, dass du nicht sicher bist.«

In dieser Welt ist nichts sicher, wollte er antworten, verkniff es sich aber. Er könnte ihr sagen, wo sie sich befand und Romun damit vorgreifen, aber es würde sie hier und jetzt nur noch mehr verwirren und ängstigen und ihr Vorwärtskommen behindern. Also schwieg er und zog sich zurück in die rettende Distanz.

»Es wird bald Regen geben. Wir sollten nicht zu viel Zeit verlieren. Wir galoppieren zu den Hügeln und werden heute Nachmittag zu Hause sein.« Damit trieb er den Apfelschimmel auf die weite Grasfläche vor sich.

Hannah folgte. Mit einem lauten Schrei, in dem ihre ganze Angst lag, trieb sie das Pony in Galopp, das mit kräftigen und erstaunlich weiten Sprüngen an ihm vorbeischoss. Hannah hing in den Steigbügeln stehend tief über dem Hals, während sie beständig das stämmige Tier mit Rufen anfeuerte, als zöge sie in einen Kampf.

Das Bild prägte sich ihm ein und fügte sich zu all den anderen, die er inzwischen von ihr gesammelt hatte. Der Apfelschimmel stieß ein sehnsüchtiges Wiehern aus und kaute unruhig auf der Trense herum. Er wollte seinem kleinen Kameraden nicht das Feld überlassen und allein zurückbleiben. Targon gab ihm die Zügel frei und stieß ihm die Fersen in die Flanken. Wie ein Pfeil sprang das Tier nach vorn und streckte sich in gewaltigen Galoppsprüngen, um Hannah und dem Pony endlich zu folgen.

Sie galoppierten lange, Hannah immer vorneweg, ohne dass Targon sich die Mühe gab, sie zu überholen. Damit ersparte er ihr, sich ihrer Tränen zu schämen, die in langen Strömen über ihr Gesicht liefen und binnen weniger Augenblicke vom Wind getrocknet wurden. Dafür war sie ihm beinahe dankbar und gleichzeitig verfluchte sie ihn. Die einzige Hoffnung, die sie noch besaß, war, dass sie Marina wieder treffen würde. Hoffentlich!

Kurz bevor sie die Hügel erreichten, die sanft über der Landschaft aufragten und mit satten, von groben Felsen durchsetzten Wiesen bewachsen waren, holte Targon doch auf und griff sanft in ihre Zügel, um das Pony wieder in Schritt fallen zu lassen.

Er schenkte Hannah einen vorsichtigen Blick. Dafür hasste sie ihn noch mehr. Das Ganze hier war schlimm genug, aber was sie am wenigsten gebrauchen konnte, war Mitleid von dem Mann, der an allem Schuld hatte.

»Wir sollten den Tieren eine Verschnaufpause gönnen und wieder langsamer reiten. Zwischen die Hügel führt ein Weg, der uns auf die andere Seite bringt. Dahinter liegt Kylnavern.«

»Wie schön«, antwortete sie sarkastisch und fuhr sich mit dem Handrücken über das Gesicht, um mögliche Tränenspuren zu beseitigen. Auch wenn Targon bemerkte, dass sie geweint hatte, ließ er sich nichts anmerken.

»Die Burg wird dir gefallen.«

»Darauf würde ich nicht mein Leben verwetten, wenn ich du wäre.«

Targon reagierte nur mit einem Schulterzucken und übernahm die Führung. Ein Weg schlang sich in das Tal, folgte den weichen Rundungen der Hügelformationen und brachte sie schneller als sie erwartet hatte auf die andere Seite. Mit offenem Mund sah sie auf die Burg, die vielleicht noch einen Stundenritt lang vor ihnen lag. Niemals zuvor hatte sie eine derartige Burg gesehen, geschweige denn davon gehört. Sie war sich nicht einmal sicher, ob das, was da vor ihr lag, überhaupt noch der Bezeichnung Burg gerecht wurde. Sie wurde von einer langen Mauer umringt, welche von dicken und hohen Wachttürmen gekrönt wurde, die man weithin sehen konnte. Hinter der ersten Mauer befand sich eine weitere Mauer, die die erste um einige Meter überragte. Diese hatte ebenfalls einige Wachttürme zu bieten, welche genau die Lücken füllten, die die erste Mauer ihnen überließ. Was dahinter lag, war nicht zu erkennen. Rauchsäulen stiegen aus dem Inneren auf, also mussten Häuser im Mauerring stehen. Am ihnen entferntesten Ende lag, noch halb verdeckt, die eigentliche Burg, die aber mit einigen kleineren und verspielt wirkenden Türmen dem Ganzen einen märchenhaften Charme verlieh.

»Kylnavern«, sagte sie und ließ dabei den Namen auf der Zunge zergehen.

»Die wehrhafteste Burg, die es in dieser Gegend gibt. Zwei Verteidigungsringe liegen um die Vorstadt und die eigentliche Burg, die kaum zu überwinden sind.«

»Aber es fließt ein Fluss hindurch, wenn ich das richtig sehe.« Hannah zeigte triumphierend auf das blaue Band, das sich aus einem Gitter hindurch wand und sich weiter zwischen den Hügeln in der Landschaft verlor. Ein kleines Dorf lag davor. Es wirkte ärmlich und schutzlos angesichts der gewaltigen Mauern, in deren Schatten es lag. »Ist das kein Schwachpunkt?«

»Es gibt extra Wachen dort, um diesen Schwachpunkt unter Kontrolle zu halten. Was allerdings zurzeit nicht notwendig ist, da wir in Frieden mit unseren Nachbarn leben.«

»Bist du dir da so sicher?«, fragte sie tonlos. Hannah hatte sich die Umgebung weiter angesehen und war dabei auf einen großen, alleinstehenden Baum gestoßen. In den Zweigen hingen längliche Körper, die leicht hin und her pendelten. Stummes Grauen rieselte über ihren Kopf und hinterließ eine Gänsehaut.

Targon gab einen überraschten Laut von sich und starrte ebenfalls auf den Baum. Für einen Moment schien er verwirrt zu sein. Was hatte das zu bedeuten, wenn er so eine Reaktion darauf zeigte?

»Das verstehe ich nicht«, antwortete er mit einem seltsamen Klang in der Stimme, mehr so, als spräche er mit sich selbst. »Ich kann mich nicht mehr erinnern, dass man in dieser Eiche jemals Menschen gehängt hat.«

Hannahs Kopf war wie leergefegt. Wie angewurzelt saß sie im Sattel und bemerkte entgeistert, wie Targon seinen Schimmel auf die Straße lenkte, die ganz offensichtlich neben diesem Baum vorbei führte.

»Nein!«, murmelte sie fest und zog die Zügel des Ponys immer näher an sich heran, das verärgert mit dem Kopf schlug, um sich frei zu machen und dem Schimmel zu folgen. »Nein!«, wiederholte sie stur und fuhr etwas lauter fort: »Ich kann da nicht vorbei, niemals, bitte. Verlang das nicht von mir.«

Targon ritt zu ihr zurück. Seiner Miene war nicht zu entnehmen, was er dachte. Leicht beugte er sich vor und nahm ihr sanft die Zügel aus den Händen, die inzwischen total verkrampft waren.

»Wir müssen an der Eiche vorbei. Es tut mir leid. Aber die Wiese ist vom Regen der letzten Tage versumpft, und es ist für die Pferde zu beschwerlich, um dort darüber zu reiten. Ich werde dich führen. Du kannst die Augen schließen, bis wir daran vorbei sind.«

Hannah schluckte und sah ihn an, sah in dieses eigentlich so wunderbare Gesicht. Ein merkwürdiges Gefühl von Vertrauen machte sich in ihr breit, das ihr ganz und gar nicht gefiel. Dennoch war sie ihm dankbar für dieses Angebot und nickte langsam.

»Gut. Halte dich an der Mähne fest. Ich werde dir sagen, wenn wir vorbei sind.«

Hannah schloss die Augen, griff fest in die Ponymähne und ließ sich widerspruchlos führen. Es war schwer, die Augen geschlossen zu halten, die trotz des Grauens, das sie dort erwartete, immer wieder zuckten, als wollten sie unbedingt alles sehen. Verbissen zwang sie die Augen zusammen und nagte an ihrer Unterlippe. Ein süßlicher Geruch hing in der Luft und legte sich aufdringlich über Nase und Mund, wurde mit jedem Schritt stärker, bis er so stark war, dass sie kaum noch atmen konnte. Verfaulte Gebeine, Tod, Angst und Fäkalien waren die Zutaten zu einem Cocktail, der einen großen Kreis um die Eiche schlug und alles Leben, das sich darin befand, mit seinem Schrecken vergiftete.

»Wir haben es gleich geschafft. Nur noch wenige Meter, dann sind wir vorbei.«

Hieß das etwa, dass sie sich jetzt direkt unter den Toten befanden? Ihre Nackenhaare richteten sich langsam auf. Die Äste stöhnten bedrohlich unter ihrer Last, begleitet von einem Rascheln, das sie alter Kleidung zuschrieb, obwohl es genauso gut auch die Blätter hätten sein können. Das Bild der schaukelnden Toten im Baum drängte sich auf. Der Würgreflex kam plötzlich und explodierte in ihrem Magen. Gerade noch rechtzeitig beugte Hannah sich zur Seite und übergab sich im hohen Bogen neben dem Pony, das davon vollkommen unbeeindruckt weiter trottete.

Nicht hinsehen, dachte sie. Bloß nicht die Augen aufmachen. Mit fest zusammengekniffenen Lidern richtete sie sich auf, doch der nächste Krampf jagte bereits wieder ihren Hals hinauf, und sie erbrach sich ein weiteres Mal. Hustend hing sie über dem Hals des Ponys und rang nach Luft, was alles nur noch schlimmer machte, da sie neuen Leichengeruch dabei einatmete.

Eine Hand ergriff sie am Oberarm. Das Pony fiel in einen schnellen Trab, bei dem sie beinahe aus dem Sattel gestürzt wäre, hätte Targon sie nicht gestützt. Erst als der Geruch nur noch eine unangenehme Erinnerung in ihrer Nase war, hielten sie an.

»Geht es einigermaßen?«

Hannah öffnete erschöpft die brennenden Augen und begegnete Targons forschendem Blick. Er stieg aus dem Sattel, pflückte einige weiße Blumen vom Wegesrand und rieb sie in ein Tuch, das er aus der Tasche gezogen und noch mit Wasser befeuchtet hatte.

»Hier, wisch dir damit über das Gesicht. Die Kamille vertreibt den Geruch.«

Dankbar ergriff sie das feuchte Tuch und fuhr sich damit über das erhitzte Gesicht. Hannah fühlte sich gleich etwas besser.

»Es ist kein besonders guter Empfang, schätze ich.«

Sollte das eine Entschuldigung sein? Hannah ließ das Tuch sinken und sah ihn an. Er stand neben ihrem Pony und beobachtete sie. Sein Gesicht ausdruckslos, dennoch ging von seiner angespannten Körperhaltung ein Missfallen aus, das ganz klar nicht ihr galt. Targon schien nicht mit einer derartigen Situation an der Eiche gerechnet zu haben, und ganz offensichtlich fand sie auch nicht seine Zustimmung.

»Was erwartet mich dort?«, fragte sie und deutete auf die Burg. Vielleicht würde er jetzt etwas erzählen.

Zu ihrem Bedauern schüttelte er den Kopf, ging zu seinem Apfelschimmel zurück und schwang sich wieder in den Sattel. Dicke Regentropfen fielen jetzt vom Himmel, als wollten sie die beiden Reiter damit endlich zum Aufbruch drängen.

»Du wirst dort drüben alles erfahren, was du wissen willst und musst.« Damit presste er kurz die Lippen aufeinander, als müsste er sich selbst daran hindern, weiter zu sprechen.

»Wieso tust du das?« Hannah rückte sich im Sattel zurecht. Ihr Magen rebellierte noch ein wenig, aber es bestand keine Gefahr mehr, dass sie sich noch einmal übergeben musste. Der leichte Duft des Tuchs überdeckte sowohl den bitteren Geschmack des Erbrochenen als auch den Gestank rund um den Baum.

»Wieso ich dich entführt habe und hierher bringe?«, entgegnete er und umkreiste sie auf seinem Apfelschimmel.

Hannah blieb ruhig sitzen und verfolgte ihn lediglich mit den Augen. Inzwischen wurde der Regen immer stärker und lief über ihr Gesicht. Weder sie noch Targon reagierten darauf. Die Abkühlung war angenehm, auch wenn sie beide innerhalb weniger Minuten bis auf die Haut durchnässt wurden. Das Kleid klebte an ihren Schenkeln. Targon erging es nicht besser. Auch seine Kleidung saß wie eine zweite Haut und seine Haare hingen in Strähnen herab, aus denen das Regenwasser lief und auf seine Schultern tropfte.

»Ja, genau das. Oder erfahre ich das auch erst auf der Burg?«

Targon blieb vor ihr stehen und wischte sich den Regen aus dem Gesicht, bevor er zu einer Antwort ansetzte: »Die Frage ist leicht zu beantworten. Ich tue es, weil es mir mein König befohlen hat. Das ist die denkbar einfachste Erklärung und tatsächlich die einzig wahre, auch wenn es für jemanden aus deiner Welt nicht nachvollziehbar sein mag.«

Für jemanden aus deiner Welt! Deiner Welt! Da war es wieder.

Hannah setzte sich kerzengerade auf und blinzelte gegen den Regen an.

»Du redest ständig von deiner Welt und meiner Welt. Was heißt das, Targon? Du willst mir doch nicht erklären, dass ich mich in einer anderen Welt, als der meinen befinde, oder? – Das klingt verrückt und ist, nebenbei bemerkt, völlig unmöglich.«

»Du wirst dich noch wundern, was alles möglich ist«, antwortete er geheimnisvoll und wendete den Schimmel in Richtung Burg. »Aber ich kann mich nur wiederholen und sagen, dass du alles Weitere in der Burg erfährst.« Damit trieb er das Pferd ein Stück voraus und drehte sich dann im Sattel nach ihr um. Resignierend gab sie dem Pony die

Zügel frei, das unweigerlich in seinen trommelnden Trab fiel. Inzwischen schmerzten ihre Beine und der Rücken, von ihrem Po ganz zu schweigen. Die Burg war nicht reizlos in Anbetracht ihrer müden Knochen und des Gedankens, dort Marina zu sehen, doch der Rest schreckte sie.

Gemeinsam ritten sie bis vor die Tore der Burg, deren beeindruckende Flügel auch von einem Drachen hätten stammen können, so groß waren sie. Noch während sich Hannah fragte, wie man diese überhaupt aufbekam, wurde ein kleineres Tor im Holz geöffnet, das sie vorher gar nicht bemerkt hatte. Zwei Wachen traten heraus, die das gleiche Dunkelblau trugen wie die Männer aus dem Zeltlager, wenn auch mit einem anderen Schnitt, und verbeugten sich demütig vor Targon.

»Seid willkommen auf Burg Kylnavern, Prinz Targon«, grüßten sie wie aus einem Mund und traten an die Seiten, um sie hindurchzulassen.

Targon nickte knapp und ritt an ihnen vorbei. Hannah folgte ihm dichtauf. Sie legten etwa zwanzig Meter zurück, bis sie vor der zweiten Mauer standen, die ein ebenso großes Tor besaß wie die erste. Doch das Tor stand bereits offen und die Wachen zu beiden Seiten nahmen lediglich Haltung an, als sie vorbeiritten. Hinter diesem Tor befand sich eine gerade Straße, die auf die andere Seite der Burg führte. Zu beiden Seiten standen kleine Häuser; gemauert aus festen Backsteinen, nicht so wie die Lehmhütten, die sie bei dem Dorf gesehen hatte. Die Dächer bestanden aus rot oder schwarz glänzenden Dachschindeln. Hier wohnte kein armes Gesinde! An einigen der Häuser hingen kleine kunstfertig bemalte Schilder. Hannah versuchte sich jede Einzelheit einzuprägen und merkte sich jeden Bäcker und Schlachter oder Tuchhändler und jede Abzweigung, an denen sie vorbeikamen. Nur wenige Leute begegneten ihnen, und die, die es taten, wichen erschrocken in die nächste Nische zurück, wenn sie einen Blick auf Targon warfen. Die mitleidigen Blicke, die sie streiften, entgingen ihr dabei auch nicht. Was mochte der Grund für dieses Verhalten sein? Targon ritt durch die Straße, als bemerkte er die Leute nicht. War es Arroganz? Oder hatte er einen anderen Grund dafür? Hannah seufzte leise. So viele Fragen, die sich in ihr auftürmten, und noch keine einzige

Antwort. Doch vielleicht änderte sich das ja, wenn sie erst auf Romun trafen.

Die Straße endete auf einem großen Platz, wahrscheinlich der Marktplatz, vermutete Hannah, der aber unbelebt und still war. Auf der gegenüberliegenden Seite befand sich eine letzte Mauer, zu der man nur über eine Zugbrücke gelangte. Der Fluss, den sie bereits außerhalb der Burg gesehen hatte, trennte hier die Burg von dem Platz. Hannah schätzte die Höhe der Mauer auf knapp drei Meter und damit um einiges niedriger als die beiden anderen Mauern. Dahinter befand sich die eigentliche Burg, die Hauptburg Kylnavern, die aus dieser Nähe recht verspielt wirkte. Zwei dicke runde Türme bildeten den mächtigen Rahmen für das Tor. Schießscharten waren darin angebracht, hinter denen sich Schützen gut verbergen konnten, aber selbst einen guten Standort hatten, um mögliche Angreifer ins Visier zu nehmen. Der Stein war aus einem hellen Grau und die spitzen Dächer der Türme in einem dunklen Blau gedeckt. Es war genau der gleiche Farbton, den auch die Uniformen hatten.

Dumpf vibrierte das Holz der Zugbrücke unter den Hufschlägen, als sie darüber ritten. Die Tore Kylnaverns standen auch hier offen und die obligatorischen Wachen standen an den Seiten und grüßten Targon respektvoll.

Kaum hatten sie dieses Tor passiert, standen sie auf einem kleinen Burghof, von dem eine breite Freitreppe zum Eingang der Burg hinaufführte. Targon saß augenblicklich ab und warf seine Zügel einem herbeieilenden Knecht zu. Hannah saß unschlüssig auf ihrem Pony und überlegte noch, ob sie auch absteigen sollte, als eine kleine Gefolgschaft aus der Burg kam und die Treppe hinunterschritt.

Targons Gesicht verzog sich flüchtig zu einer Grimasse. Hannah konnte es kaum glauben, dass er eine derartige Gefühlsregung zeigte.

»Willkommen zu Hause, mein Prinz.«

Mit schmalen Augen wandte sich Targon dem Sprecher zu, während er wieder die Zügel von Hannahs Pony ergriff und ihr mit der Hand deutete, dass sie absteigen sollte.

»Lord To'bal« Targon gab sich nicht die geringste Mühe, die Abneigung in seiner Stimme zu verbergen. Selbst Hannah spürte die

Spannungen zwischen den beiden Männern. »Ich nehme an, dass Ihr der Urheber des kleinen Beisammenseins unter der Eiche seid.«

Lord To'bal verschränkte lächelnd die Hände hinter seinem Rücken und deutete geschmeichelt ein leichtes Nicken an. Er war ein schlanker Mann mit breiten Schultern. An seinem Gürtel hing ein langes Schwert, mit dem er zweifellos auch umgehen konnte. »Ihr erkennt immer noch Qualität, wenn sie Euch begegnet. Ich fühle mich durch Eure Beobachtungsgabe geschmeichelt, mein Prinz. Aber zu meinem Bedauern muss ich zugeben, dass die Idee nicht von mir, sondern von seiner Königlichen Hoheit stammt.«

Um die dünnen Lippen spielte immer noch ein Lächeln, aber seine Augen blickten kalt. Hannah wusste instinktiv, dass Lord To'bal ein äußerst gefährlicher Mann war, vor dem sich auch Targon in Acht nehmen sollte. Langsam stieg sie ab und hoffte inbrünstig, niemals mit diesem Mann allein zu sein. Als könnte er ihre Gedanken lesen, richteten sich seine blassgrauen Augen auf Hannah. Neugier blitzte darin auf, während er sie auf unverschämte Art von Kopf bis Fuß musterte. Anscheinend gefiel ihm nicht, was er sah, denn er zog abschätzend eine Augenbraue hoch.

»Und Ihr seid also unser Gast.«

Hannah schluckte und spürte leise Wut in sich aufsteigen. Dieser kahlköpfige unverschämte Lord zeigte ganz offen seine Geringschätzung und wandte sich mit einem leisen Lachen an Targon: »Seid Ihr sicher, das richtige Mädchen mitgebracht zu haben? Ich habe sie mir ein wenig mehr ... , naja, sagen wir, beeindruckender vorgestellt.«

»Ich denke nicht, dass Ihr ernsthaft in der Lage seid, beeindruckende Menschen zu bemerken. Ihr habt zu wenig Erfahrung im Umgang mit solchen. – Wenn Ihr uns entschuldigen wollt.«

Targon ließ den Lord stehen und zog Hannah mit sich. Einige Schritte entfernt hatte der Rest der Gefolgschaft aufmerksam dem Wortwechsel gefolgt, die sich jetzt aber bemühte, möglichst unbeteiligt zu wirken. Eine dürre Frau stand zwischen drei jungen Mädchen, die Schürzen und Hauben trugen, und wirkte ähnlich feindselig wie Lord To'bal. Eine spitze Nase stach auffallend aus ihrem Gesicht und schien direkt auf

Hannah zu deuten. Genau vor ihr blieb Targon zu ihrem Entsetzen stehen.

»Kümmert Euch um unseren Gast und meldet unsere Ankunft meinem Bruder.« Targon deutete eine Verbeugung in ihre Richtung an. »Hannah«, sagte er kurz und ging.

Nein! Am liebsten hätte sie nach ihm gegriffen. Das konnte unmöglich sein Ernst sein, sie hier einfach stehen zu lassen. Sprachlos sah sie ihm hinterher und fühlte sich mit einem Schlag verloren. So widersinnig es auch klingen mochte, war er doch der Einzige, der ihr wenigstens ein bisschen Sicherheit gab. Targon hatte sie hierher gebracht, begleitet, mit seinem Leben beschützt, und jetzt ließ er sie hier allein. Allein zwischen Fremden in einer fremden Welt, die ihr eine Angst einflößte, von der sie bisher keine Ahnung gehabt hatte, dass sie solche überhaupt empfinden konnte. Hannah schluckte und sah ihm nach, wie er mit seinem federnden Gang die Stufen hinaufschritt und durch den Eingang verschwand, ohne sich noch einmal nach ihr umzusehen. Er hatte seinen Auftrag erledigt.

Was hatte sie anderes erwartet? Und warum tat es weh, von ihm wie ein Paket abgeliefert zu werden?

»Folgt mir. Ich werde Euch ein Bad richten lassen und anständige Kleidung besorgen, bevor Ihr dem König gegenübertreten könnt.« Die Frau mit spitzem Gesicht und kalten Augen musterte sie ungeniert und mit offener Missbilligung. Sie trug ein schlichtes schwarzes Kleid, das schmal geschnitten bis auf den Boden fiel und ihre knochige Figur betonte. Ihre Haare waren streng zurückgenommen und wirkten schlicht farblos. »Benötigt Ihr eine besondere Einladung?«, fragte sie ungehalten, als Hannah nicht sofort reagierte. »Ich kann auch gerne die Wachen bemühen.«

»Das wird nicht nötig sein«, erwiderte sie hastig und zog automatisch den Kopf zwischen die Schultern und fühlte sich dabei wie ein verängstigtes Schulkind. Eingeschüchtert folgte sie der Frau die Stufen hinauf.

Targon schloss erleichtert die Tür zu seinen Räumlichkeiten, froh, endlich der Gegenwart Hannahs entkommen zu sein. Ihr Entsetzen bei der Eiche hatte ihn betroffen gemacht. Damit hatte er nicht gerechnet. Weder damit, dass dort Gehängte waren, noch, dass sie derartig aufgebracht reagierte. Aber sie kam aus einer Welt, in der Tote nicht zur Tagesordnung gehörten, und er musste zugeben, dass auch ihn der Anblick des Galgenbaums ein wenig aus der Fassung gebracht hatte. Zeit seines Lebens war niemand mehr dort gehängt worden. Maruk hatte ihm erzählt, dass dies nicht mehr geschehen war, seitdem sein Vater seine Mutter geheiratet hatte. Gedankenverloren schnallte er sein Schwert ab und legte es auf die Truhe neben der Tür.

Was war nur hier in seiner Abwesenheit geschehen? Er musste dringend mit seiner Mutter sprechen, noch bevor er vor Romun trat. Warum war sie nicht zur Begrüßung erschienen? Das war untypisch für sie und erfüllte ihn zugegebenermaßen mit Sorge.

Mit einem Ruck zog er sich das nasse Hemd über den Kopf. Sein Magen knurrte dabei laut und vernehmlich. Leises Klirren und Scheppern drangen durch das weit geöffnete Fenster zu ihm herein. Der große Saal lag unterhalb seiner Gemächer, in dem alles für das Mahl heute Abend vorbereitet wurde. Bis dahin waren es jedoch noch einige Stunden. Angesichts des übergroßen Loches in seinem Magen sollte er vielleicht auf dem Weg zu seiner Mutter bei der alten Matilda vorbeisehen, deren heiseres Schreien die Melodie des Tischdeckens begleitete wie ein liebgewonnener Gesang. Er konnte die Küchenvorsteherin förmlich vor sich sehen, wie ihr voluminöser Busen bei jedem der drakonisch gebrüllten Befehle erbebte.

Vor seiner Tür wurde es unruhig. Überrascht wandte er sich um, während Schritte von mehreren Männern davor hielten. Das leise Schaben von Metall erklang und hätte ihn warnen sollen. Stattdessen ging er nichts Böses ahnend auf die Tür zu, die plötzlich aufgestoßen wurde und krachend gegen die Wand flog. Alarmiert wich er zurück, die rechte Hand fuhr an die Seite und griff ins Leere. Fluchend stand er da und sah den Männern entgegen, die mit gezogenen Schwertern hineindrängten. Vorneweg schritt Lord To'bal, der ihn kühl musterte und breitbeinig vor ihm stehenblieb.

»Könnt Ihr mir einen Grund für Euer Auftreten nennen, To'bal?«, fragte Targon scharf und verschränkte die Arme vor der breiten Brust. Er verzichtete absichtlich auf die standesgemäße Anrede, was To'bal jedoch nur ein leichtes Lächeln entlockte.

»Auf Befehl seiner Königlichen Hoheit werdet Ihr unter Arrest gestellt, Prinz Targon.« To'bal betonte jedes Wort mit Genuss, während er Targon arrogant von oben bis unten musterte.

»Was wird mir vorgeworfen?«, fragte Targon beiläufig, darum bemüht, sich nicht seine Bestürzung anmerken zu lassen. Welchen Grund konnte sein Bruder dafür haben, ihn in Gewahrsam nehmen zu lassen? Hatte er doch auf der Reise seinen Zwiespalt bemerkt, oder war es eher so, wie er bereits vermutet hatte, dass er nur eine Figur im kommenden Spiel war? Ein schneller Blick aus dem Fenster zerschlug jeden Fluchtgedanken in diese Richtung.

»Erspart uns einen Fluchtversuch, Prinz. Wir haben jede Möglichkeit in Betracht gezogen. Wie Ihr sehen könnt, warten bereits fünfzehn Wachen im Hof. In meiner Begleitung befinden sich gleichfalls zehn Männer. Jeder Widerstand erscheint mir angesichts dessen als unsinnig. Wenn Ihr uns also bitte folgen wollt? Erklärungen der Situation stehen mir leider nicht zu. Der König höchstselbst wird Euch über die Gründe unterrichten.«

Targon schnaubte verärgert auf. Für einen flüchtigen Moment blitzte der Gedanke auf, To'bal zu packen und als Geisel zu nehmen, da der Mistkerl unvorsichtig nahe an ihn herangetreten war. Doch er zweifelte nicht daran, dass sein Bruder auch für diesen Fall vorgesorgt und seine Befehle erteilt hatte. Aus eigener Erfahrung wusste er nur zu gut, wie entbehrlich die Menschen für seinen Bruder waren. Loyalität gehörte nicht zu seinen Tugenden. Zudem war To'bal als Kämpfer nicht zu unterschätzen und wartete möglicherweise nur auf einen Grund, ihn noch hier zu töten. Also blieb ihm nichts anderes übrig, als gute Miene zum bösen Spiel zu machen. An Gegenwehr war nicht zu denken. Mit einem tiefen Atemzug ließ er seine Arme sinken. Zwei Wachen traten vor, banden ihm die Hände auf den Rücken, bevor sie ihn durch die langen Gänge der Burg und tief hinab in die Kellerverliese zerrten.

Unbekannte Fähigkeiten

Hannah bemühte sich, an nichts zu denken, als sie von dieser alten Krähe – eine bessere Bezeichnung fiel ihr nicht ein – in einen Badezuber gesteckt wurde. Der Zuber war groß wie ein Fass. Zum Schutz gegen Holzsplitter hatte man ihn mit Tüchern ausgelegt, bevor dampfendes Wasser eingefüllt wurde, das die drei Mädchen unter Keuchen und mit hochroten Köpfen angeschleppt hatten. Wenn dies nur ein paar Spinner waren, die das Mittelalter liebten, musste sie zugeben, dass sie jede Einzelheit mit Hingabe nachbildeten. Bisher war ihr niemand begegnet, der eine Uhr oder etwas trug, das ihn als Schauspieler outete.

»Das Bad ist bereit«, sagte eines der Mädchen und machte einen Knicks. Abwartend blieb sie mit ihren beiden Begleiterinnen neben dem Zuber stehen.

Die Krähe fuhr prüfend mit gespreizten Fingern durch das Wasser und nickte dann zufrieden.

»Gut. Gebt Duftessenzen hinzu und entkleidet unseren Gast.«

Die Mädchen nickten wie siamesische Zwillinge. Die kleinste von ihnen, Hannah schätzte sie auf höchstens vierzehn Jahre, wischte sich die Hände an ihrer Schürze ab und ging zu einem Schrank, den sie vorsichtig öffnete. Behutsam, als hielte sie einen kostbaren Schatz in Händen, entnahm sie dem Schrank eine Phiole und ging damit zum Zuber. Dann versperrten die anderen Mädchen den Blick. Die eine öffnete die Schnürungen an Hannahs Mieder, während die zweite ihr bereits mit flinken Fingern den Rock auszog. Hannah atmete tief ein. Das Ganze war ihr unangenehm, doch sie traute sich nicht, dagegen aufzubegehren. Die Hausdame, oder was auch immer sie sein mochte, fixierte sie jeden einzelnen Augenblick mit kühlen Augen. Sie hatte sich bisher auch nicht getraut, sie nach Marina zu fragen, obwohl ihr diese

Frage auf der Zunge brannte. Aber die Frau trug ihre Gefühlskälte wie einen Kokon um sich herum, den Hannah nicht zu durchbrechen wagte, aus Angst, was darunter zum Vorschein kommen könnte.

Widerstandslos stieg sie also in das heiße Wasser, auf dem Rosenblüten schwammen. Dichte Schwaden hingen im ganzen Raum, und Hannah musste widerstrebend zugeben, dass das Bad guttat, nachdem sie im Regen bis auf die Unterwäsche nass geworden war. Zwei Mädchen schrubbten sorgfältig ihre Haut, die davon krebsrot wurde, und die dritte machte sich daran, ihre Haare zu entwirren und zu waschen. Lethargisch schloss Hannah die Augen und öffnete diese erst wieder, als die drei von ihr abließen. Sie hätte noch ewig in dem Zuber sitzen bleiben können. Doch das entsprach leider nicht den Plänen der Hausdame.

»Kleidet sie an. Erika, geh und gib seiner Königlichen Hoheit Nachricht, dass unser Gast bereit ist, um ihm gegenüberzutreten.«

Mit einem Schlag verflog Hannahs Gleichmut. Romun! Einerseits fürchtete sie sich vor der Begegnung mit ihm, andererseits konnte sie ihn gleich nach dem Verbleib Marinas fragen. Aufgeregt stand sie auf und ließ sich in ein neues Kleid zwängen. Diesmal ersparte sie es sich, sich zu wehren. Es hatte sowieso keinen Sinn, verbrauchte nur ihre Energie und am Ende trug sie doch, was die Krähe von ihr verlangte. Das Kleid war diesmal aus feinem, weich fließendem Stoff, der bei jeder Bewegung sanft schimmerte. Es war lindgrün und besaß ein waldgrünes Mieder. Die Mädchen schnürten mit aller Kraft und Hannah füllte ihre Brust mit Luft, damit es nicht ganz so fest wurde. Aber ähnlich wie bei einem Pferd wurde sie durch den Raum gescheucht und, als hätten sie nur darauf gewartet, zogen die Mädchen die Schnüre genau in dem Augenblick fester, in dem sie ausatmete. Hannah keuchte entsetzt auf, doch die Mädchen zeigten sich gnadenlos. Wahrscheinlich hatten sie genauso viel Angst vor der Krähe wie sie selbst. Tatsächlich nickte diese jetzt zufrieden.

»Wunderbar. Der König wird begeistert sein. Ich hätte nicht gedacht, dass Ihr tatsächlich vorzeigbar sein würdet.« Ein schmales Lächeln huschte über ihr spitzes Gesicht und machte es beinahe sympathisch.

Hannas Haare waren gerade fertig gekämmt, als die Tür geöffnet wurde, ein Diener eintrat und neben der Tür stehenblieb.

»Seine Majestät König Romun«, kündigte er an, ohne auch nur einen Blick auf Hannah oder jemand anderen in dem Raum zu werfen.

Zweifelsohne wäre er auch in den Raum getreten, wenn sie noch nackt gewesen wäre. Erleichtert, dass dem nicht so war, blickte sie mit einem dumpfen Gefühl zur Tür, in der Romun gerade erschien. Bis auf die Tatsache, dass er keine Jeans und kein T-Shirt mehr trug, sondern ein weites Hemd mit einer dunkelgrünen taillierten Weste, die bis auf die Oberschenkel fiel, und langschäftige Stiefel, wirkte er noch genauso wie auf ihrem Ausflug.

Er grüßte nickend, als er eintrat. Die Frauen, einschließlich der Hausdame, verbeugten sich, während Hannah eisern stehen blieb. Er war nicht ihr König! Er war ein Entführer, vor dem sie nicht vorhatte, auf die Knie zu fallen.

Romun reagierte lediglich mit einem amüsierten Lächeln und deutete seinerseits eine Verbeugung an, als er vor ihr stehenblieb.

»Willkommen in meinem Reich, Hannah. Ich freue mich, dass du wohlbehalten bis nach Kylnavern gelangt bist. Gestatte mir die Bemerkung, dass du zauberhaft in diesem Kleid aussiehst.«

»Wo ist Marina und warum bin ich entführt worden? Ich will auf der Stelle mit meiner Freundin nach Hause gebracht werden.« Die Worte strömten einfach so aus ihr heraus. Sie hätte sich gewünscht, dass sie etwas diplomatischer hätte sein können, aber dafür war sie zu impulsiv. Etwas verärgert über sich selbst, presste sie kurz die Lippen aufeinander.

Romun lächelte unverändert und wiegte mitfühlend seinen Kopf.

»Ich verstehe, dass du aufgebracht bist, Hannah. Aber ich fürchte, dass ich deinem Wunsch nicht nachkommen kann, dich nach Hause zu bringen. Marina ist bereits wieder in eurem Hotel. Es geht ihr gut. Aber für dich ist leider eine Rückkehr nicht möglich. Es tut mir leid.«

»Warum?« Hannah konnte selbst kaum ihre Stimme hören. »Warum?«, wiederholte sie, diesmal etwas lauter. Ihr Herz hatte wieder diesen schrecklichen schnellen Takt aufgenommen, der bis in den Hals hinauf klopfte. Marina sollte in Sicherheit sein. Das wäre traumhaft, aber konnte sie ihm das glauben? Targon hatte gesagt, dass ihre Freundin nach Kylnavern gebracht worden war. Romun behauptete jetzt etwas anderes. Sie würde Targon danach fragen, falls sie ihn noch einmal zu Gesicht bekam.

»Du bist etwas Besonderes.« Romun nahm sie beim Arm und führte sie mit besorgtem Gesichtsausdruck an das Fenster, das er öffnete, bevor er fortfuhr. »Du hast nicht die geringste Ahnung, was du für Fähigkeiten besitzt. Es ist eine Schande, dass du es erst hier und jetzt erfährst. Allerdings werde ich die Einzelheiten erst im Saal bei unserem heutigen Mahl offenbaren. Es kommen viele Gäste, die darauf brennen, dich kennenzulernen.«

Verständnislos sah sie ihn an. Wovon um Himmels Willen redete er bloß? Besondere Fähigkeiten, von denen sie keine Ahnung haben sollte? Einen größeren Blödsinn hatte sie noch nie gehört. Ihr war schwindelig. Hannah lehnte sich ein Stück aus dem Fenster, um möglichst viel von der frischen Luft zu spüren.

»Das muss ein Missverständnis sein, Romun. Du verwechselst mich mit jemandem«, begehrte sie schwach auf. Hinter ihr zischte die Hausdame, als wäre sie eine Schlange.

»Wie könnt Ihr es wagen, Seine Majestät mit einer derart vertraulichen Anrede …«

»Schon gut, Lady Gabalna.« Romun hob beschwichtigend eine Hand. »Unser Gast kennt die höfische Etikette nicht. Wir wollen ihr doch die Eingewöhnung an ihr neues Leben nicht durch rüdes Gebaren erschweren.«

»Ganz wie Ihr wünscht.« Lady Gabalna neigte den Kopf. »Ihr seid wie immer äußerst verständnisvoll, Königliche Hoheit.«

»Das ist es, was einen König ausmacht, oder nicht?«, fragte er leichthin. »Verständnis, aber niemals - Nachgiebigkeit!« Immer noch mit einem charmanten Lächeln beugte er sich neben Hannah aus dem Fenster und betrachtete sie von der Seite.

»Ich bin mir sicher, dass kein Missverständnis vorliegt. Du wirst überrascht sein, wozu du in der Lage bist.«

Hannah schaute stur geradeaus und betrachtete eingehend den Fluss, der weit unter ihrem Fenster entlangfloss. Genau an der Mauer entlang, bis er einen Bogen schlug und auf ein Gitter zuströmte. Neben dem sich tatsächlich ein Wachhaus befand. Gerade trat ein Wachmann heraus, der einen langen Spieß in der Hand hielt. Für eine Weile betrachtete er das Gitter, dann rief er etwas in das Wachhaus. Augenblicke später hob sich das Gitter langsam in die Höhe und er begann mit dem Spieß den Unrat, der sich im Gitter verfangen hatte, davon zu lösen. Klatschend tauchten die Sachen in das Wasser und trieben mit der Strömung aus der Burg hinaus. Das Gitter senkte sich wieder und der Wachmann verschwand in dem kleinen Backsteinbau.

»Es wird Zeit für unsere kleine Offenbarung. Begleite mich, - bitte.«

Hannah drehte sich um. Sie ignorierte den Arm, den er ihr anbot, aber auch das rief keine andere Reaktion als ein Schulterzucken hervor, und ging auf die Tür zu.

»Wie du wünschst«, sagte er und legte die Hände auf den Rücken, als er gemächlich neben ihr herschritt.

Vorsichtig riskierte sie einen Seitenblick. Sie wusste nicht, was sie von Romun halten sollte. Im Augenblick gab er sich noch charmant, ähnlich wie im Urlaub, aber dennoch gab es einen spürbaren Unterschied. Er bewegte sich wie ein Mann, dem bewusst war, welche Macht er besaß und der keinerlei Skrupel besaß, diese Macht auch mit jeder Konsequenz einzusetzen. Seine charmante Art war nur eine Maske, und sie wünschte sich wirklich nicht, sein wahres Ich kennenzulernen. Sie war sicher, dass es ihm einiges von seiner Attraktivität nahm. Wenn Marina ihn nur so gesehen hätte, sie wäre ganz sicher nicht mehr seinem Zauber erlegen.

Gemeinsam liefen sie einen langen Bogengang entlang, der auf der einen Seite mit Fenstern ausgestattet war, die alle auf den Burghof führten, und blieben vor einer großen Tür stehen, die weit offen stand.

»Wir sind da. Genieß die Show«, sagte Romun und ergriff sie fest am Arm. Die Art, wie er sie packte, ließ keinen Zweifel daran, dass er diesmal keinen Widerspruch dulden würde.

Beklommen trat sie in den großen Saal. Dicke Säulen trugen eine gewölbte Decke, die sie ein wenig an eine Kathedrale erinnerte, und die mit aufwendigen Malereien versehen war. An den Wänden hingen lange himmelblaue Banner mit einer königsblauen Feder darauf. Der Saal war für ein Fest geschmückt. Die Tische, die eine U-Form bildeten und an deren Kopf ein besonders breiter Tisch sich etwas von den anderen abhob, waren mit weißen Tüchern bedeckt. Zur Saalmitte hin waren sie mit Blumengirlanden geschmückt. Noch war der Saal bis auf einige Diener leer, die bewegungslos wie Statuen zwischen den deckenhohen Fenstern standen. Romun lenkte seine Schritte und damit auch ihre zu dem breiten Tisch. Dahinter standen drei Stühle mit hohen Rückenlehnen.

»Du darfst den Platz zu meiner Linken einnehmen. Meine Mutter ist unpässlich.«

Ein Diener zog unaufgefordert den Stuhl zurück, damit Hannah Platz nehmen konnte.

»Wird Targon dabei sein?«, fragte sie, während Romun sich neben sie auf den mittleren Stuhl sinken ließ.

»Oh, natürlich wird Targon mit uns feiern.« Romun lächelte etwas breiter, lehnte sich entspannt zurück und winkte dem Diener, der eilig näher trat.

»Geh und überzeug dich, dass Lord To'bal alles vorbereitet hat. Und die Gäste können jetzt auch eingelassen werden.«

»Natürlich, Königliche Hoheit.«

Nachdem der Diener verschwunden war, wagte Hannah einen neuen Vorstoß.

»Darf ich jetzt erfahren, was mich so besonders macht?«

»Du wirst dich leider noch in Geduld üben müssen bis meine Gäste alle ihre Plätze eingenommen haben.« Romun deutete auf die ersten Gäste, die eintraten und zielstrebig auf ihre Plätze zusteuerten. Ohne Zweifel waren sie nicht zum ersten Mal hier zu Gast, und es hatte für sie nichts Ungewöhnliches an sich. »So ist das Ganze doch viel aufregender, findest du nicht?«

Sie konnte wirklich gut auf noch mehr Aufregung verzichten, aber sie sprach es nicht aus. Stattdessen betrachtete sie die Gäste, die allesamt in festlicher Kleidung erschienen waren. Die Haare der Frauen waren zu kunstvollen Frisuren aufgetürmt worden. Als Hannah das sah, war sie Lady Gabalna ehrlich dankbar dafür, dass sie darauf verzichtet hatte. Die Männer hatten es einfacher, sie trugen bestickte lange Westen, ähnlich der, die Romun trug, und darunter Hemden mit weiten Ärmeln. Der eine oder andere begegnete neugierig ihrem Blick, aber wandte sich dann zumeist den Tischnachbarn zu.

Lord To'bal trat in den Saal und kam direkt auf sie zu. Er blieb vor dem Tisch stehen, nicht ohne einen überraschten Blick auf sie zu werfen.

»Es ist alles, wie Ihr befohlen habt, mein König. Wir können beginnen.«

Romun ergriff einen silbernen Kelch, woraufhin sofort ein Diener herbeisprang und diesen mit sirupartigem rotem Wein füllte.

»Gut, nur zu. Die junge Dame an meiner Seite soll endlich den Grund ihres Hierseins erfahren.«

Lord To'bal warf Hannah einen Blick zu, so ähnlich wie man jemanden ansah, dem man die besondere Aufmerksamkeit nicht gönnte. Hannah begegnete ruhig seinem Blick, obwohl ihr eher danach zu Mute war, sich unter den Tisch zu verkriechen. Sie war sich nicht sicher, ob sie in diesem Rahmen erfahren wollte, warum sie entführt worden war. Doch es lag nicht an ihr, dies zu verhindern. Immerhin würde sie auf Targon treffen und sie würde ihn fragen können, ob Marina tatsächlich wieder ins Hotel gebracht worden war.

Lord To'bal verließ den Saal, während Romun sich erhob und augenblicklich alles totenstill wurde. Selbst die Diener hielten abrupt in ihren Bewegungen inne und nur das leise Plätschern, das beim Eingießen eines Weines entstand, war zu hören. Der Mann wurde rot, als er bemerkte, dass er als einziger den König nicht beachtet hatte und hob erschrocken mit einem vorsichtigen Blick zu ihrem Tisch den Krug an. Alle Augenpaare wanderten von dem Diener zu Romun, der ruhig wartete bis er sicher war, dass jeder Mann und jede Frau in diesem Raum sich nur auf ihn konzentrierten.

»Verehrte Freunde, verehrte Gäste, lasst mich Euch in den Hallen meiner Familie willkommen heißen, die sich schon seit so langer Zeit Eurer Treue und Freundschaft erfreut.« Romun machte eine Pause und ließ seinen Blick von einem zum anderen wandern. Jeder neigte ehrerbietig den Kopf, wenn der Blick auf ihn traf. »Als Zeichen meiner Dankbarkeit und meiner Treue Euch gegenüber teile ich mit Euch ein Ereignis, auf das wir alle schon so lange gewartet haben und kaum mehr daran glaubten, dass es überhaupt möglich sein könnte. Gerüchte eilten durch unser Land, dass ein neues Zeitalter der Schreiber anbrechen würde, die sich lange nicht bestätigen ließen.« Wieder machte er eine Pause. Immer noch sprach niemand sonst ein Wort, alle hingen an den Lippen ihres Königs. Selbst Hannah starrte ihn gebannt an; verfolgte jedes Wort und wartete darauf, endlich alles zu erfahren. Ihre Hände wischten dabei unablässig über ihren Rock, um den Schweiß abzuwischen. Nervös vernahm sie leises Klirren von Metall aus dem Gang, der in den Saal führte, der aber vor neugierigen Blicken durch dicke Vorhänge geschützt war.

»Doch heute werden diese Gerüchte vor Eurer aller Augen Bestätigung finden. Ich bin stolz und glücklich, Euch die Feder und damit die neue Schreiberin vorstellen zu dürfen ...« Damit deutete Romun zu Hannahs Überraschung auf sie. Die Leute raunten und starrten sie an, doch Romun fuhr ungerührt fort: » ... und die Tinte!«

»Was heißt Schreiberin?«, fragte sie aufgebracht. Dafür das ganze Theater? Sollte sie etwa den Menschen hier Lesen und Schreiben beibringen?

Romun ignorierte sie und deutete auf den Eingang, dessen schwere Vorhänge zur Seite gezogen wurden.

Unruhe entstand unter den Gästen, von denen einige sich neugierig erhoben, andere stießen sich gegenseitig an und deuteten zum Eingang. Hannah hatte kein gutes Gefühl bei der Sache. Ihr Herz klopfte wieder heftiger bis zum Hals, und in ihren Fingern kribbelte es warnend. Ein Stuhl wurde in den Saal getragen und in die Mitte des Raumes gestellt, sodass jeder einen guten Blick darauf hatte. Erst als die Träger zurücktraten, konnte sie erkennen, dass er mit Ketten versehen war und die Armlehnen in einer Schräglage angebracht waren, als sollte etwas daran zu Boden rutschen. An ihrem Ende wurden hohe Tonkrüge auf den Boden gestellt. Hannah runzelte die Stirn. Was hatte das alles zu bedeuten? Und wo blieb Targon? Romun hatte doch gesagt, dass er bei dem Essen dabei sein würde. Doch jetzt hatte sie das Gefühl, dass sie ihn lieber nicht mehr treffen wollte.

Lord To'bal trat nun wieder in den Saal, neben ihm schritt ein junger und hochnäsig dreinblickender Mann. Gemeinsam traten sie vor ihren Tisch. To'bal nahm den Platz auf ihrer Seite ein und verschränkte die Arme vor der Brust, während der junge Kerl vor Romun stehenblieb und sich so tief verbeugte, als wollte er ihm bei der Gelegenheit gleich die Füße küssen.

»Mein König«, sagte er mit weicher Stimme. »Ich bedanke mich für das Vertrauen, das Ihr in meine Künste setzt.«

»Ja, schon gut.« Romun wedelte ungeduldig. »Seht zu, Medicus, dass Ihr dieses Vertrauen nicht enttäuscht.« Damit ergriff er seinen Kelch und hob ihn hoch, sodass jeder ihn sehen konnte. »Auf eine neue Zeit voller Möglichkeiten und auf Frieden und Einigkeit in unserem schönen Land!«

»Auf eine Zeit voller Möglichkeiten und auf Frieden und Einigkeit!« Die Gäste eiferten ihm nach, gemeinsam hoben sie ihre Kelche und nahmen alle einen langen Schluck.

Romun setzte den Kelch auf dem Tisch ab und ließ sich auf seinem Stuhl nieder. Gelassen lehnte er sich zurück und breitete mit einer großzügigen Geste die Arme aus »Bringt unseren zweiten Überraschungsgast und tragt das Essen auf.«

Die Männer am Eingang mussten auf dieses Stichwort nur gewartet haben. Während die ersten Diener mit großen Silberplatten voller Essen in den Saal eilten, kamen zwei stark bewaffnete Wachen herein. Hinter ihnen folgte ein weiterer Mann, der eine Kette in der Hand hielt, die hinter ihn führte. Hannah ertappte sich dabei, wie sie sich nach vorne beugte und versuchte, einen Blick auf das zu erhaschen, was danach kam. Leider behinderte das viel zu eng geschnürte Mieder ihre Bewegungsfreiheit. Schweratmend versuchte sie ihren Oberkörper zu strecken, um der Enge zu entgehen. Ihr war dabei durchaus bewusst, wie seltsam ihre Verrenkungen aussehen mussten, die zudem nicht den wünschenswerten Erfolg brachten. Doch niemand beachtete sie. Alle warteten auf den mysteriösen Überraschungsgast, wer immer das auch sein mochte. Offensichtlich war der merkwürdige Stuhl …

Ihr Verstand stand einfach still; stellte von einem Augenblick auf den anderen den Dienst ein und verweigerte sich. Ihr Herz schlug immer heftiger, und ihr Atem ging schneller, obwohl viel zu wenig Platz in diesem Kleid für ihre Lungen da war, als sie Targon erkannte.

Die Hände mit schweren Eisenringen gefesselt, trat er gemeinsam mit seinen Bewachern in den Raum. Hannah schnappte nach Luft.

»Das ist dein Bruder«, keuchte sie auf und ergriff Romuns Arm.

»Ich hatte dir doch versprochen, dass er mit uns feiern wird.« Romun streichelte sanft über ihren Handrücken, die Berührung war abscheulich, als wäre eine Horde Spinnen darüber gelaufen, und lächelte sie mit einem Augenzwinkern an. »Und ich pflege mein Wort immer zu halten. Das solltest du dir merken, Hannah.«

Angewidert zog Hannah die Hand zurück. Unter dem Tisch wischte sie mit dem Stoff ihres Rockes darüber, um das widerwärtige Gefühl davon zu streichen. Das war eine glatte Warnung gewesen, die sie gewiss nicht vergessen würde. Stumm verfolgte sie, wie Targon zu dem Stuhl geführt wurde. Der junge Medicus stand aufgeregt daneben, seine Wangen waren mit hektischen roten Flecken überzogen.

»Setzt Euch, Prinz.« Die Stimme zitterte leicht, als er auf den Stuhl deutete.

Targon schenkte ihm einen Blick, der ihn zurückzucken ließ, dann sah er seinen Bruder an.

»Was hat das zu bedeuten?«, fragte er kühl.

»Warum so unfreundlich?«, entgegnete Romun und zog in gespielter Verwirrtheit eine Augenbraue hoch. »Immerhin bekommst du heute einen Ehrenplatz in diesen Reihen.« Romun deutete mit einer weitausholenden Bewegung auf die Anwesenden im Saal, die angespannt das Geschehen verfolgten. Targon sah seinen Bruder weiterhin unverwandt an und antwortet zunächst nicht.

»Du hast für mich die Schreiberin entführt, genauso, wie ich es dir befohlen habe. Dafür steht dir mein ungeteilter Dank zu. Aber damit die Schreiberin ihre Fähigkeiten entwickeln kann, braucht sie diese spezielle Tinte. Davon hast du doch schon sicher gehört, oder? Schließlich kommst du aus einem Hause, das seine ganze Existenz den Schreibern zu verdanken hat. – Vielleicht hätte ich dir vorher sagen müssen, dass dein Blut die Tinte ist, die unsere Hannah hier braucht. Allerdings wäre ich mir dann deiner Treue nicht mehr so sicher gewesen und ohne dich hätte ich die Schreiberin nicht so einfach finden können.«

Hannah kämpfte damit, ihren Atem unter Kontrolle zu bringen. Mit offenem Mund mühsam nach Luft ringend, saß sie neben Romun und wusste nicht, was sie tun sollte. Das Kribbeln in den Fingern wurde immer stärker und wanderte bereits die Arme hinauf. Die Worte Romuns über Blut und Tinte und Schreiber tanzten durch ihren Kopf, ohne dass sie verstand, wovon der Mann da redete. Er musste ein Psychopath sein, ganz klar, und sie saß direkt neben ihm.

»Wie kommst du darauf, dass ausgerechnet mein Blut das richtige ist?«, fragte Targon interessiert.

»Das hat mir unsere Mutter verraten.«

»Die wo ist?«

»Oh, ich muss dich enttäuschen, wenn du die Hoffnung hegst, dass sie dir helfen würde. Sie zieht es nur vor, heute in ihren Gemächern zu bleiben. Es war für sie all die Jahre schwer genug, darauf zu achten, dass dir nichts zustößt. Du warst nie mehr als unser Tintenfass, Bruder! – Und jetzt wäre ich dir sehr verbunden, wenn du deinen Mund hältst und dich auf diesen Stuhl setzt, sonst könnte ich vielleicht den Medicus noch bitten, dir die Zunge herauszutrennen.« Romun verzog in gespieltem Ekel den Mund, während er fortfuhr: »Dabei würdest du eine Menge kostbares Blut verlieren, was mich wirklich, wirklich wütend machen würde.«

Targon stand für einen Moment da und sah sich um. Er war gefesselt, hatte keine Waffen und in der Halle hatten sich unauffällig überall Wachen verteilt. Es bestand nicht die geringste Möglichkeit zur Flucht. Langsam setzte er sich. Einer der Wachen trat vor und löste die Fesseln von seinen Handgelenken.

»Wenn Ihr Eure Arme hier hinein …«, drängte der junge Medicus mit vorsichtiger Stimme.

Wortlos folgte Targon der Aufforderung und legte seine Arme auf die schienenartigen Lehnen. Mit unbewegtem Gesichtsausdruck beobachtete er, wie der Medicus sorgfältig die leise klirrenden Ketten nahm und ihn am Oberkörper und an den Armen an den Stuhl fesselte und dann zurücktrat.

»Ich bin soweit, mein König.«

Romun nickte und sagte: »Danke, Weeks. - Unser Medicus hier wird dir jetzt ein wenig Blut entnehmen. Leider kann er keine Betäubung benutzen, das würde die Tinte unbrauchbar machen. Weeks hat aber versichert, dass es nicht schmerzhaft sein wird, nur – sagen wir - etwas auszehrend. Danach wirst du aber ausreichend Zeit erhalten, dich bis zum nächsten Mal erholen zu können.«

»Ich protestiere!« An einem der seitlichen Tische erhob sich ein Mann mit schneeweißen Haaren, die er zu einem Zopf zusammengebunden hatte. Kerzengerade stand er da und begegnete aufgebracht Romuns

Blick. Er wirkte stolz wie ein in die Jahre gekommener Krieger; erfüllt von gerechtem Zorn. »Königliche Hoheit. Ich bitte Euch, diesem altertümlichen Possenspiel ein Ende zu bereiten. Ihr könnt nicht das Blut Eures eigenen Bruders …«

»Schweigt!«, fuhr Romun scharf dazwischen. »Ich kann und ich werde! Und wenn Ihr kein Interesse daran habt, dass ich im Anschluss daran Weeks prüfen lasse, ob Euer Blut ähnlich gehaltvoll ist, dann werdet Ihr jetzt brav auf Eurem adligen Hintern sitzen bleiben und aufmerksam der Zeremonie beiwohnen, Lord Glenwinn.«

Lord Glenwinn erbleichte und setzte sich unter den Blicken der Umsitzenden, die nicht nur erschrocken, sondern auch teilweise mit stillem Vergnügen an der Auseinandersetzung teilgenommen hatten.

»Habt Dank für Eure Einsichtigkeit, Lord Glenwinn.« Romun lächelte ihm zu, als danke er einem Kind für seine Artigkeit, bevor er sich wieder an Weeks wandte: »Bitte Weeks.«

Der Medicus verbeugte sich mit einem stolzen Lächeln und zog ein kleines Messer mit einer glänzenden Klinge hervor. Unbewusst krallte Hannah ihre Hände ineinander. Weeks beugte sich mit konzentrierter Miene über Targons linken Arm, ergriff die Hand und legte sie mit dem Rücken auf die Schiene. Beinahe sanft strich er über Handfläche und Unterarm. Dann setzte er mit einer überraschend schnellen Bewegung einen länglichen Schnitt unterhalb des Handgelenkes. Als wäre ein Damm gebrochen, quoll schwarzes Blut einer Flut gleich aus der Wunde, lief über die Handfläche und suchte sich zwischen den langen und kräftigen Fingern einen Weg, bis es auf die Schiene tropfte und von dort in den bereitstehenden Krug. Die Spannung hing wie ein Gewitter im Saal, als sich der Medicus dem zweiten Arm zuwandte. Doch die Zuschauer ließen sich nicht davon abhalten, nebenbei zu essen und zu trinken. Hannah sah sich fassungslos um. Was konnte sie tun? Wie diesen Irrsinn aufhalten? Der einzige, der stocksteif dasaß und mit hilfloser Miene beobachtete, wie der Medicus auch am zweiten Arm die Pulsadern Targons aufschnitt, war dieser Lord Glenwinn, der jedoch inzwischen jeden Mut zum Eingreifen verloren zu haben schien.

Diese Menschen konnten doch unmöglich tatenlos dabei zusehen, wie vor ihren Augen ein Mann starb. Unruhig rutschte sie auf ihrem Stuhl herum. Das Mieder schnürte sich immer fester um ihre Brust. Sie wollte hier raus, fort von diesen Barbaren. Romun saß neben ihr und trank ihr lächelnd zu. Weeks trat mit einen letzten prüfenden Blick auf seine Arbeit zurück und stellte sich höchst zufrieden mit sich selbst zu Lord To'bal, der sich immer noch neben Hannah befand.

Das Schauspiel wurde für die Gäste schnell langweilig. Lachen erklang und immer mehr Unterhaltungen kamen auf. Romun winkte einem der Diener und erteilte ihm einen Befehl. Kurz darauf erschien er mit einem älteren Paar, das sich unter Verbeugungen zu Romun setzte und ein Gespräch begann.

Hannah fühlte sich hilflos und verloren. Ein Diener tauchte vor ihr auf, verstellte den Blick auf Targon und setzte einen Teller vor ihr ab, der beladen mit Fleisch und Kartoffeln war. Eine fette Soße bedeckte das Ganze. Übelkeit wallte in Hannah auf. Mit abgewandtem Gesicht schob sie den Teller von sich und starrte vor sich auf den Tisch. Die weiße Tischdecke war mit dunklen Soßenflecken übersät; sie hatte gekleckert. Dunkle Flecken, so dunkel wie sein Blut, dachte sie benommen und sah zu ihm.

Wie lange würde es wohl dauern?

Targon saß in dem Stuhl, sein Blick geradeaus gerichtet. An seiner Miene war nicht zu erkennen, was er dachte. Sie war sich nicht einmal sicher, ob er überhaupt wahrnahm, was um ihn herum vorging. Doch genau in diesem Augenblick sah er sie an. Ganz ruhig betrachtete er sie. Für einen Moment war es da, nur einen Wimpernschlag lang, aber sie meinte Bedauern sehen zu können. Unwillkürlich hielt Hannah den Atem an, was sie ja ohnehin die ganze Zeit, gezwungen durch das Mieder, tat. Plötzlich flatterten seine Lider. Es war nur kurz, aber es erschreckte sie zutiefst. Targon riss blinzelnd die Augen weit auf, als könnte er so die Schwäche damit ausgleichen. Doch das würde nicht funktionieren. Sie wusste es. Er wusste es. Sie konnte es in seinen Augen sehen.

»Es dauert nicht mehr lange«, hörte sie Weeks Lord To'bal zu raunen. »Von jetzt an geht es schnell. Ich muss jetzt aufmerksam bleiben.«

Targon starb! Ein Loch tat sich vor Hannah auf. Romun war immer noch in das Gespräch mit dem Paar vertieft und schenkte weder ihr noch seinem Opfer Aufmerksamkeit. Als sei es wirklich nur ein Spiel. Dabei hatte er Targon doch gerade noch gesagt, dass er sich anschließend erholen konnte. Doch wenn er zuviel von seinem Blut verlor? Heftig keuchte sie auf. Es war genug. Sie konnte nicht hier sitzen bleiben. Entschlossen stand sie auf. Durch die ruckartige Bewegung und den ständigen Luftmangel wurde ihr schwindelig. Hannah schnappte nach Luft. Ihr Brustkorb war so verspannt, dass er nicht mehr die Kraft hatte, sich gegen die Fesseln des dämlichen Mieders zu wehren. Schwankend stand sie da, kleine schwarze Blumen explodierten vor ihren Augen, und hielt sich am Tisch fest. Romun warf ihr einen überraschten Blick zu, während die Dame neben ihm laut auflachte. Die grelle Schminke in ihrem Gesicht leuchtete dabei wie Farbsignale durch den Nebel, der sich vor Hannahs Augen bildete.

»Luft«, keuchte sie und griff nach dem scharfen Messer, das auf ihrem Platz in einer Pfütze aus Bratensoße lag, dabei stieß sie ihren Kelch um. Der dicke Rotwein ergoss sich über das ehemals strahlende Weiß und vermischte sich dort mit der Soße.

Hannah schob die Klinge des Messers unter die Schnüre ihres Mieders, die mit einem leisen Geräusch, von dem ihr erst später bewusst wurde, dass es ihr eigener Atem war, nachgaben und zerrissen.

Endlich Platz! Dankbar holte sie tief Luft und stieß dann mit all ihrer Kraft den Tisch nach vorne. Klirrend fielen Gläser und Teller hinunter, Scherben flogen umher. Lord To'bal ergriff sie am Arm, als sie an ihm vorüberhasten wollte.

»Nein, lasst sie!«

Widerstrebend ließ To'bal sie los. Hannah rannte zu Targon und fiel neben dem Stuhl auf die Knie. Aus der Nähe wirkte sein Gesicht unnatürlich grau; feine Schweißperlen standen auf seiner Stirn.

»Targon!«, flüsterte sie und wollte seine Hand ergreifen, doch sie hielt in der Bewegung inne. Seine Handgelenke waren mit Lederriemen fest an die Schienen gebunden und blutverschmiert. Seine Finger wirkten unter dem stetigen Blutstrom seltsam kraftlos, so wie seine gesamte Haltung immer weniger Spannung besaß. Das Blut lief leise und unaufhörlich in die Tonkrüge, und genau so leise schlich sein Leben davon.

Müde drehte Targon ihr den Kopf zu. Es war nicht zu übersehen, wie viel Kraft ihn diese Bewegung kostete. Seine Lippen hatten inzwischen an Farbe verloren und schimmerten bläulich.

»Es tut mir leid«, sagte er leise. Es war nur ein Hauch, wie ausgestoßener Atem, dann fiel sein Kopf nach vorn. Mit einem Ruck riss er ihn wieder hoch, verzweifelt darum bemüht, sich in diesem Leben zu halten.

Hannah strich vorsichtig über sein Gesicht und drückte mit der anderen Hand seinen Arm. Sie warf einen kurzen Blick zu Romun, der sie interessiert beobachtete, aber keine Anstalten machte, einzugreifen. Als sie sich wieder Targon zuwandte, erschrak sie. Er hatte die Augen geschlossen und atmete nur noch schwach.

»Ich verzeihe dir«, flüsterte sie zurück. Verzweifelt presste sie die Lippen aufeinander und schluckte. Doch der dicke Klumpen in ihrer Kehle wollte nicht gehen.

Mühsam öffnete er die Augen, die gleich wieder zu fielen. Er nickte kaum merklich, dann fiel sein Kopf haltlos auf die Brust, und sein ganzer Körper entspannte sich.

Hannah starrte ihn an.

»Medicus!«, schrie Romun plötzlich scharf und sprang auf, dass der Stuhl mit lautem Knall umfiel.

Jemand ergriff Hannah an der Schulter und schob sie zur Seite. Der Medicus eilte zu Targon und beugte sich über ihn. Blankes Entsetzen hatte den Stolz aus seiner Miene fortgewischt, während er an Targons Brust horchte und an seinem Mund. Dann richtete er sich auf und schüttelte den Kopf.

»Ma ... Majestät!«, kreischte er mit sich überschlagender Stimme. »Er ist tot.«

Hannah hockte immer noch auf dem Boden und starrte ihn an. Was hatte der Dummkopf erwartet? Beinahe hätte sie hysterisch aufgelacht.

»Das ist genau das, was wir nicht wollten. Erinnert! Ihr! Euch?« Romuns Stimme platzte beinahe vor unterdrückter Wut. Mit schnellen Schritten kam er um den Tisch herum und blieb vor dem zitternden Medicus stehen. »Ich sagte Euch, dass wir ihn nur so weit ausbluten lassen, sodass er sich auch wieder erholen kann. Was habt Ihr daran nicht verstanden? - Es scheint mir sehr bedauerlich, dass Ihr mein Vertrauen nicht verdient habt.« Damit riss er das Messer, mit dem Weeks Targons Pulsadern aufgeschnitten hatte, aus dessen Gürtel und stieß es ihm in den Hals. Unter dem Kreischen einiger anwesender

Frauen griff sich der junge Medicus an die Wunde, aus der das Blut noch viel schneller hervorsprudelte, als es bei Targon der Fall gewesen war.

»Verdirb uns nicht noch die Tinte, du Hund.« Lord To'bal packte Weeks und zog ihn kurzerhand mit sich zum Fenster. Dort gab er ihm einen Stoß und der junge Medicus verschwand.

Romun achtete nicht weiter darauf. Mit schmalen Augen beugte er sich vor und horchte selbst an Targons Brust. Nach einem kurzen Augenblick richtete er sich wieder auf.

»Er ist tatsächlich tot. Dieser Schwachkopf von Weeks«, zischte er mehr zu sich selbst. Dann warf er einen Blick in die Tonkrüge. »Immerhin sind die nahezu gefüllt.«

»Damit werdet Ihr sehr lange auskommen, Majestät.« Lord To'bal war neben ihn getreten und sah ebenfalls prüfend in die Krüge. »In den Büchern steht, dass …«

»Ich weiß sehr wohl, was in den Büchern steht, To'bal«, unterbrach ihn Romun heftig mit einem bösen Seitenblick auf Hannah. »Macht ihn los und werft ihn zu dem anderen Unrat.«

»Wie Ihr wünscht, Majestät.«

Während To'bal sich an den Ketten und Lederbändern zu schaffen machte, trat Romun zu Hannah und hielt ihr auffordernd eine Hand entgegen.

»Steh auf, Hannah. Das Fest ist vorbei. Morgen wird ein anstrengender Tag für dich. Ich werde dich deshalb in deine Gemächer bringen.«

Traurig sah sie seine sehnige Hand an, immer noch gelähmt von den Geschehnissen. Zögernd griff sie danach und ließ sich widerstandslos aufhelfen. Lord To'bal hatte inzwischen die Ketten von Targon gelöst und trat zurück. Zwei Diener ergriffen den leblosen Körper und nahmen ihn zwischen sich. Gemeinsam schritten sie mit ihrer Last zu dem Fenster, aus dem der Medicus gestürzt war. Davor blieben sie stehen und nicht anders, als leerten sie einen Eimer voller Dreck, warfen sie Targon aus dem Fenster.

Hannah folgte wie betäubt Romun durch den Saal.

Erst als sie Salz auf ihren Lippen schmeckte, begriff sie, dass sie weinte.

»Nein!«

Sein Schrei prallte gegen die Felsen wie das Buch, das er weit von sich schleuderte und das irgendwo liegenblieb.

»Nein«, flüsterte er diesmal tonlos und krümmte sich in der Dunkelheit zusammen.

Romun hatte seinen eigenen Bruder für diesen Wahnsinn geopfert. Wie gelähmt stand er da, die Hilflosigkeit eine Qual, an der sie ihre Freude gehabt hätte.

Mit einem wütenden Brüllen schlug er die Faust gegen die schroffe Felswand. Er spürte wie seine Fingerknochen unter den Hieben brachen. Ein Schmerz, der von diesem anderen ablenken sollte. Irgendwann, als seine Hände blutigen Klumpen gleichen mussten, hielt er inne und sank in die Knie. Erschöpft lehnte er seine Stirn an den kalten Fels und weinte zum ersten Mal, seitdem er hier eingesperrt worden war.

Als Remik und Elif die Hütte ihrer Eltern verließen, neigte die Nacht sich ihrem Ende zu. Doch es war noch immer dunkel, und das gesamte Dorf, das vor den Mauern Kylnaverns lag, befand sich noch in tiefem Schlaf.

Nicht das ganze Dorf! Remik traf sich jede Nacht um diese Zeit mit seinen Freunden. Gemeinsam liefen sie zum Fluss hinunter, um ihre ganz persönliche Ernte einzubringen. Remiks große Schwester Karima arbeitete in der Küche der Burg. Von ihr wussten die Kinder, dass die Reste der Mahlzeiten jede Nacht in den Fluss geworfen wurden. Karima gelang es manchmal, zusätzlich noch den ein oder anderen Salat oder

Früchte hineinzuwerfen, die Remik und seine Freunde dann später einsammelten. Gegen Mitternacht wurde das Flussgitter geöffnet und die Ernte schwamm in ihre Arme. Alles, was sie noch tun mussten, war, diese einzusammeln.

Remik hielt Elifs kleine Hand fest in seiner. Eigentlich war sie noch zu klein, um mitzukommen, aber sie besaß mit ihren fünf Jahren eine ziemlich lautstarke Überzeugungskraft. Also hatte er sie gezwungenermaßen mitgenommen, damit seine Eltern in ihrer Nachtruhe nicht gestört wurden. Jetzt lief sie mit ihm zum Treffpunkt am Ausgang des Dorfes, wo bereits die anderen auf sie warteten. Ihre Schatten hoben sich grau gegen die Nacht ab. Ab und zu befreite sich der Vollmond aus der Belagerung der Wolken und machte die Dunkelheit ein bisschen weniger undurchdringlich.

Schweigend nickten sie einander zu und begaben sich zum Fluss. Stille herrschte, keiner von ihnen sprach ein Wort, und nur das sanfte Gurgeln des Flusses und ihre schmatzenden Schritte auf dem schlammigen Untergrund begleiteten sie. Am Fluss fächerten sie sich auseinander. Jeder suchte einen Teilbereich des Ufers ab, nur Remik, der der beste Schwimmer unter ihnen war, wagte sich direkt in die schwarzen Fluten hinein, die Platz für jede Menge Monster und Ungeheuer in der Fantasie der Kinder boten. Entschlossen trat er an das Wasser und beugte sich zu Elif hinunter.

»Ich werde jetzt ins Wasser gehen und du wartest hier auf mich.«

Wie er es befürchtet hatte, schüttelte seine kleine Schwester ihren blonden Trotzkopf.

»Ich will dir helfen«, sagte sie fest.

Remik stöhnte auf. Das konnte er jetzt wirklich nicht gebrauchen. Wenn er nicht rechtzeitig ins Wasser kam, trieben vielleicht die besten Sachen an ihnen vorbei. Und heute kam bestimmt eine Menge. Es hatte ein Festmahl in der Burg gegeben. Es blieb ihm nichts anderes übrig, als ihr nachzugeben.

»Gut, hör zu, Kleines. Hier ist eine kleine Bucht, in die wird oft etwas hineingetrieben und verfängt sich dann an einem Felsen. Dort.« Remik zeigte in eine Richtung, doch der Felsen war nur undeutlich zu erkennen. Der Mond verschwand gerade vollständig hinter einer Mauer aus dunklen Wolken. »Ich bring dich hin, dort ist es flach und du kannst gut nach der Ernte suchen.«

»Ja, das ist großartig, Remik.« Elif umarmte ihn und auch wenn er ihre Miene nur undeutlich sehen konnte, war das Strahlen darin deutlich zu spüren.

»Schon gut.« Eilig zog er sie zu dem Felsen und stieg mit ihr in das kalte Wasser. Seine Schwester keuchte leise auf, ging aber tapfer weiter. Remik konnte sich ein leichtes Lächeln nicht verkneifen. Elif war die Kälte nicht gewöhnt, dennoch war er stolz darauf, dass sie sich davon nicht abhalten ließ.

»Hier, Elif. Hier bleibst du. Und du gehst nicht tiefer in den Fluss. Die Strömung würde dich mit sich reißen, und in der Dunkelheit könnte ich dir nicht helfen.« Es gelang ihm nicht, seine Sorge aus der Stimme zu verbannen, aber vielleicht war es auch gut so. Elif drückte ernsthaft seine Hand.

»Ich verspreche es dir.«

»Pass auf dich auf«, sagte er und gab ihr einen Kuss. Dann ging er tiefer in den Fluss hinein. Kaum hatte er den Schutz der kleinen Bucht verlassen, zog und zerrte der Fluss an ihm. Da im Wasser aber überall große Felsen lagen, konnte er der Strömung immer wieder ausweichen. Er kannte den Bereich hier in- und auswendig, so oft war er nachts durch den Fluss gewatet. Seine Hände fuhren tastend durch das Wasser und am Ufer entlang. Büsche wuchsen dicht am Ufer und reckten ihre Zweige weit über die Wasseroberfläche. Auch dort verfingen sich oft Sachen, und Remik suchte gründlich alles zwischen ihnen ab. Zu seiner großen Enttäuschung griffen seine Finger immer wieder ins Leere, und das nach einem großen Mahl. Er verstand das nicht. Aber vielleicht wurden ja seine Freunde fündig oder das Gitter wurde heute später geöffnet.

Plötzlich stießen seine Finger gegen etwas Rundes. Dank seiner Erfahrung erkannte Remik es sofort. Er hatte einen Salatkopf gefunden. Erleichtert umschloss seine Hand den kostbaren Fund und steckte ihn in den Beutel, den er über seine Schulter gehängt hatte.

Mondstrahlen wanderten über das Wasser und hüllten es in dunklen Glanz. Remik kniff überrascht die Augen zusammen. Zwischen den Zweigen eines Haselnussstrauches, der in den Fluss zu stürzen drohte, hing etwas Großes. Weitere Salatblätter trieben daneben, wurden aber wieder von der Dunkelheit verschluckt, als die Wolken das kleine Machtgerangel mit dem Mondlicht wieder für sich entschieden. Aufgeregt leckte sich der Junge über die Lippen und ging mit mühsam unterdrückter Vorfreude auf die Stelle zu. Vielleicht hatte die Küche einen ganzen Braten fortgeworfen. Das käme dem Fund eines Schatzes gleich.

Der Junge hoffte so sehr auf einen guten Fund, dass er sich zwingen musste, nicht mit einem Satz nach vorne zu springen und diese Sachen zu ergreifen, bevor sie sich lösten und mit der Strömung verschwanden. Konzentriert breitete er die Hände aus, seine Finger weit auseinandergefächert, damit ihm auch nichts entging. Zuerst bekam er einige Salatblätter zu fassen, die er hastig mit einer Hand in den Beutel stopfte, während die andere Hand bereits weiter über das Wasser wanderte, um die nächsten Blätter zu ergreifen. Unvermittelt zuckte er angeekelt zurück, als er in etwas langes Fedriges griff. Als hätte der Mond nur darauf gewartet, warf er wieder sein Licht auf die Szenerie. Angewidert verzog Remik den Mund. Lange schwarze Haare hatten sich um seine Finger gewickelt. Mit spitzen Fingern ließ er seine Beute los und tauchte seine Hände tief in das brackige Wasser. Die Finger würden davon zwar nicht gerade sauberer werden, aber zumindest würde er so diese fiesen Haare loswerden. Plötzlich kam Remik ein schrecklicher Gedanke, und er blickte über das Wasser. Da, wo er den Braten vermutet hatte, breitete sich ein Fächer aus ebensolchem schwarzen Haar auf der Oberfläche aus. Remik stöhnte entsetzt, als er den vermeintlichen Brocken Fleisch als das erkannte, was es wirklich war, nämlich der Körper eines Mannes!

»Hey, kommt mal alle her!« rief Remik leise, winkte hektisch seinen Freunden und stürzte nun doch vor. Wie mochte der Mann hierher gekommen sein? Was war mit ihm geschehen? Mit beiden Händen packte er den Körper und zog ihn näher an das Ufer. Die Haare wehten dabei wie eine lustlose Fahne hinter ihm her.

»Was hast du denn da gefunden?« Keuchend kamen die anderen Kinder angerannt und blieben neugierig am Ufer stehen. Elif schrie erschrocken auf und machte große Augen, als sie sah, was ihr Bruder durch das Wasser zog.

»Helft mir, ihn aus dem Wasser zu holen! Vielleicht hat er etwas in den Taschen, was wir gebrauchen können.« Remik fragte nicht, sondern nahm unbewusst einen Kommandoton an. Er war mit seinen dreizehn Jahren der Älteste und damit der Anführer der kleinen Schar.

»Du bist einen Leichenschänder, Remik Berail. Das gehört sich nicht.« Kaira stemmte ihre Fäuste in die Seiten und funkelte ihn an. Gleichzeitig versuchte das Mädchen einen Blick auf den Mann zu erhaschen.

Die anderen Kinder ignorierten Kairas Einwand und zwei Jungen sprangen, ohne zu zögern, ins Wasser. Gemeinsam schoben sie den schweren Körper ans Ufer. Hilfreiche Hände griffen von dort aus zu, und gemeinsam schoben und zogen sie ihn ein gutes Stück die Uferböschung hinauf, bis er auf einer Stelle lag, an der nicht die Gefahr bestand, dass er wieder zurück ins Wasser rutschte.

Remik verließ als letzter das Wasser und kniete sich neben den Toten. Dass er tot war, daran bestand kein Zweifel mehr für den Jungen. Sie hatten ihn auf den Rücken gedreht. Das Gesicht war unnatürlich grau und die Lippen blau verfärbt. Seine breite Brust bewegte sich kein bisschen, und die Augenlider mit den langen schwarzen Wimpern waren fest geschlossen.

»Oh, er war bestimmt einmal sehr schön...«

Remik schaute missbilligend zu Kaira, die etwas abseits stand und verträumt das Gesicht des Fremden betrachtete.

»Sicher war er ein Ritter oder so etwas«, seufzte sie.

»Er war sicherlich einer der feinen Herren von der Burg. Wenn er ein Krieger war, dann anscheinend kein besonders guter, denn sonst würde er wohl kaum zwischen den Abfällen der Burg liegen.« Remik schaute sie streng an. Kaira schlug schuldbewusst die Augen nieder und biss sich auf die Lippen. Remik zuckte mit den Schultern und beschloss, Kaira einfach zu ignorieren, auch wenn ihm das eigentlich schwerfiel. Sie war so ziemlich das hübscheste Mädchen in dieser Gegend und eigentlich sehr nett. Doch jetzt hatte er wichtigere Dinge zu erledigen. Vielleicht machten sie ja heute hier wirklich einen guten Fund, der ihren Familien über die nächsten Wochen half. Entschlossen begann der Junge den Mann zu durchsuchen. Doch er trug keine Taschen bei sich. Enttäuscht seufzte Remik. Sein Blick blieb auf dem weißen Hemd hängen, das an der Brust weit offen stand. Vielleicht hatte er ja dort etwas hinein gesteckt. Remik atmete tief ein. Die anderen sollten nicht bemerken, dass es ihn Überwindung kostete, gleich mit Sicherheit die Haut eines Toten berühren zu müssen. Doch dann griff er zu und erschrak. Die Haut war noch warm! Im Wasser war ihm das nicht aufgefallen. Doch auch als seine Hände über die glatte Brust des Mannes tasteten, konnte er nichts entdecken.

»Vielleicht trägt er ein Armband«, flüsterte einer seiner Kameraden ehrfurchtsvoll.

Remik nickte, das war eine Möglichkeit. Er griff nach der Hand des Mannes und erschrak erneut, als er sich das Handgelenk besah. Eine tiefe Wunde lag direkt über dem Handgelenk an der Innenseite des Arms. Instinktiv griff er nach der anderen Hand. Dort fand er die gleiche Wunde vor. Verstört sah er zu seinen Freunden auf, die verängstigt einen Schritt zurückgemacht hatten.

Was hatte man dem Mann bloß angetan?

Hannah lag bewegungslos auf dem breiten Himmelbett und starrte an die Decke. Die Nacht schien kein Ende nehmen zu wollen. Dunkelheit hing wie ein Tuch über ihrem Zimmer, genau wie in ihrem Kopf.

Romun hatte sie beinahe hastig in ihr Zimmer geschoben und war gegangen. Die Maske des Charms hatte er bei Targons Tod verloren und nicht wieder aufgesetzt.

Hannah war zu dem breiten Bett gewankt, hatte sich das unbequeme Kleid heruntergezerrt und die hässlichen spitzen Schuhe mit den verspielten Blumen darauf von den Füßen geschoben. So wie sie war, nur noch mit einem dünnen Unterkleid bekleidet, hatte sie sich auf das Bett fallen lassen, war in die Mitte gekrochen und hatte sich von da ab nicht mehr bewegt. Sie war müde, mehr als todmüde, aber der herbeigesehnte Schlaf verweigerte sich. Stattdessen spukte alles

Mögliche durch ihren Kopf: Marina, Targon auf dem Stuhl, wie sein Kopf nach vorne sackte, das viele schwarze Blut, die teilnahmslosen Gäste, Romun und immer wieder Targon. Hannah seufzte und wischte sich über die brennenden Augen, die von heftigen Weinkrämpfen in der Nacht verquollenen Tomaten gleichen mussten. Und zu allem Übel hatte sie immer noch nicht erfahren, warum sie eigentlich hier war. Sie wusste noch nicht einmal, was ‚hier' bedeutete. Sie wusste, dass sie eine Schreiberin sein sollte, mit besonderen Fähigkeiten. Was auch immer das heißen mochte.

Mit einem schweren Seufzer richtete sich Hannah auf und stieg aus dem Bett. Langsam ging sie zum Fenster, jeder Schritt eine Kraftanstrengung, die sie zu überfordern drohte, und öffnete es weit. Der Himmel war noch immer tiefschwarz, dunkle Wolken hingen darin, sodass kein Stern zu sehen war. Hannah beugte sich vor und schloss für einen Moment dankbar die Augen und genoss den leichten Windhauch, der über ihr Gesicht strich. Als sie die Augen wieder öffnete, blickte sie auf das dunkelblaue Band des Flusses, das sie mehr ahnte als sah. Unwillkürlich sah sie in die Richtung, in der sie gestern das Gitter gesehen hatte. Ob Targon dort … Sie schluckte und dachte nicht weiter. Der Gedanke war zu schmerzhaft, als dass sie ihn zulassen wollte.

Hinter ihr öffnete sich die Tür. Hannah fuhr herum und fand sich Lady Gabalna gegenüber, die eine flackernde Kerze bei sich trug. Kritisch musterte sie Hannah von oben bis unten. Ihr Gesicht wirkte blass und die Nase stach noch spitzer daraus hervor.

»Ihr seht schrecklich aus.«, sagte sie statt eines Grußes und winkte eine Magd herein, die einen Krug mit Wasser trug. Eine zweite folgte, - es war das junge Mädchen von gestern - die Hannah einen mitleidigen Blick zuwarf und einen Teller mit einem Spiegelei und Brot auf einen kleinen Tisch stellte.

Lady Gabalna stand abwartend im Raum, bis sich die beiden Mägde zurückgezogen hatten. Irgendwie erschien sie ein bisschen weniger streng als am Tag zuvor.

»Setzt Euch, Hannah. Ihr könnt eine Stärkung gebrauchen. Und danach macht Euch frisch. Seine Majestät pflegt früh aufzustehen und sobald er sein Frühstück eingenommen hat, wird er nach Euch rufen lassen. Ihm wird es gleichgültig sein, ob ihr dann noch hungrig seid oder gar unbekleidet.«

Hannah stand unschlüssig da und hielt sich mit einer Hand den Bauch.

»Ich habe keinen Hunger, danke.«

»Im Moment mag das so sein.« Die Hausdame nickte verständnisvoll und trat an den Tisch. »Was nach dem gestrigen Tage auch kein Wunder ist, aber dennoch seid Ihr Eurem Körper gegenüber verantwortlich. Der König will Eure Fähigkeiten testen. Er ist immer noch sehr verstimmt darüber, dass sein Bruder verstorben ist, weitere Unzulänglichkeiten würden seinen Zorn nur noch schüren. Es wäre besser, wenn Ihr versucht, dies zu vermeiden, Kind.«

Hannah sah überrascht auf. Das letzte Wort hatte sie beinahe sanft gesagt. Doch Lady Gabalna blickte streng und deutete Hannah, sich an den Tisch zu setzen.

Gehorsam setzte sie sich. Unschlüssig saß sie da und legte die Hände flach neben den Teller. Das Ei war sicherlich inzwischen kalt geworden, darauf hatte sie wirklich nicht den geringsten Appetit, aber das Brot duftete frisch, und plötzlich lief ihr das Wasser im Mund zusammen. Mit einem Blick auf Lady Gabalna brach Hannah ein Stück ab.

»Setzt Euch doch bitte und leistet mir Gesellschaft, Lady Gabalna.«

»Danke, gerne.«

Hannah wartete, bis die ältere Frau Platz genommen hatte. Als hätte sie einen Stock verschluckt, saß sie steif da. Ein Schatten lag auf ihrem Gesicht, der Hannah nachdenklich stimmte.

»Ihr seid betroffen von dem, was gestern geschehen ist«, stellte sie nach einer Weile kauend fest.

Die nicht mehr ganz so glatte Stirn legte sich in tiefe, missbilligende Falten.

»Hat Euch niemand gelehrt, erst den Mund zu leeren, bevor Ihr das Wort an jemanden richtet?«

»Verzeiht.« Hannah errötete und schluckte schnell das Brot hinunter.

»Aber dennoch seid Ihr betroffen.«

»Möglich. Wer wäre nicht über eine derart tragische Entwicklung betroffen? Schaut Euch an. Prinz Targon hat Euch aus Eurer Heimat gerissen und hierher verschleppt, und jetzt weint Ihr um ihn, wie um einen Liebsten.«

Hannah verschluckte sich und hustete. Hastig trank sie einen Schluck Wasser, bis es ihr besser ging und sie sich eine Antwort zurechtgelegt hatte. Offensichtlich war Lady Gabalna nicht ganz so unnahbar, wie sie am Anfang gedacht hatte.

»Was sind das für besondere Fähigkeiten, die ich angeblich besitzen soll?«

Die Hausdame tat überrascht: »Ihr wisst es tatsächlich nicht?«

Als Hannah den Kopf schüttelte, stand sie auf und trat langsam an das Fenster. Lady Gabalna warf einen langen Blick hinaus. Hannah wartete angespannt. Ihre Finger pressten unbewusst das Stück Brot zu einem Klumpen zusammen. Stille lastete schwer in dem Zimmer, während Hannah wartete. Endlich tat die Frau, die auf einmal so gar nicht mehr der kalten Krähe gleichen wollte, einen tiefen Atemzug und begann zu sprechen: »Diese Welt, Hannah, wurde nur von Schreibern erschaffen. Das meiste von dem, was du hier siehst, entstand dadurch, dass jemand wie du es einfach aufgeschrieben hat.«

Das konnte nur ein Scherz sein. Hannah verbiss sich jeden Kommentar. Waren denn alle hier verrückt?

Langsam drehte sich die Hausdame wieder um. Hannah konnte gegen das immer heller werdende Morgenlicht nicht ihr Gesicht erkennen, und Lady Gabalna machte auch keine Anstalten, ihren Platz dort zu verlassen, als sie weitersprach: »Nur wenige wissen in unserer Welt genauer darüber Bescheid. Das gemeine Volk wird möglichst dumm gehalten. Jeder hier auf der Burg, der davon weiß, muss um sein Leben fürchten, wenn er das Geheimnis nicht bewahrt. Die Gäste gestern beim Mahl waren alles Verbündete, die stets ihren Vorteil aus den Schreibern gezogen haben und ihre Machtpositionen auf diese Weise im Land erhalten. Ihr sollt die Feder sein. Nur wenn Feder und Tinte aufeinandertreffen, dann wird alles wahr, was die Feder mit der Tinte schreibt. Alles ist damit möglich, jede Teufelei genauso wie jedes gute Werk.« Sie trat aus dem Schatten, und Hannah sah in ihr Gesicht. Schmerz und Sorge standen darin, offen und unverhüllt. »Du wirst alles in deinen Händen halten, Hannah, aber nur unter Romuns Blicken.«

»Das ist nicht möglich.« Hannah starrte sie an wie einen Geist. Doch die Frau schüttelte ihren Kopf.

»Probiere es aus. Schau genau hin. In den Blüten deiner Schuhe, die du gestern getragen hast, hat sich sein Blut gesammelt.«

Sie hatte recht. Hannah wandte den Kopf. In den hässlichen Blütenblättern glänzte es feucht.

»Auf keinen Fall!«

»Ganz wie du meinst. Es ist deine Entscheidung.« Die Hausdame ging an Hannah vorbei und blieb vor der Tür kurz stehen. »Die Zeit drängt, Romun wird dich bald rufen lassen, bis dahin solltest du fertig sein.« Lady Gabalna öffnete die Tür, ging hinaus und ließ offen, was genau sie damit meinte.

Kaum hatte sich die Tür leise hinter ihr geschlossen, sprang Hannah auf und hob einen der Schuhe hoch. Kleine Pfützen des schwarzen Blutes hatten sich zwischen den Blüten gesammelt. Es war nicht gerade viel, aber um es auszuprobieren, würde es sicher genügen.

Du bist ein Dummkopf, schimpfte Hannah mit sich selbst, als sie mit klopfendem Herzen im Raum stand und sich nach Papier und Feder umsah. Es würde ganz leicht sein. Doch weder auf dem Tisch, noch in einer der Schubladen fand sie Papier oder eine Feder.

Alles war möglich, hatte Lady Gabalna gesagt; alles!

Hannahs Blick fiel auf das breite Bett und den glatten Steinboden darunter. Der ideale Platz, dachte sie. Niemand würde auf die Idee kommen, dass sie dort …

Hannah brachte den Gedanken nicht zu Ende und rutschte auf den Knien unter das Bett, den Schuh wie eine seltene Kostbarkeit dabei an sich gepresst. Aufgeregt stützte sie sich auf den Unterarmen ab und dankte im Stillen dafür, dass das Bett so hoch gebaut war. Dann zögerte sie doch. Ihr rechter Zeigefinger schwebte wie ein Raubvogel über den kleinen Blutlachen, jederzeit bereit zuzustoßen und doch ohne rechten Glauben.

Was, wenn es nicht funktionierte? Mehr, als dass sie wie eine Idiotin unter ihrem Bett lag und auf dem Boden herumschmierte, konnte dabei wohl nicht passieren. Und sie wusste genau, was sie schreiben würde. Es gab nur zwei Dinge, die ihr jetzt wirklich wichtig waren. Den Versuch war es wert.

Ohne weitere Zeit zu verschwenden, senkte sie den Finger mit leichtem Ekel in das dicke Blut. Doch die Berührung war nicht so unangenehm, wie sie befürchtet hatte. Es fühlte sich weich an, als wäre es flüssiger Samt. Wärme schlang sich um ihre Hand und schlüpfte unter ihre Haut, berührte ihren Körper und ihr schweres Herz. Als sie den Finger verwundert aus der Flüssigkeit zog, löste sich von ihrer Hand ein feiner, schwarzer Schleier, der ihrer Bewegung folgte, kurz in der Luft schwebte und dann zerfiel. Atemlos starrte sie auf ihre Hand. Das war unglaublich gewesen. Von einem Augenblick auf den anderen war sich Hannah sicher, dass an der Geschichte, die ihr Lady Gabalna erzählt hatte, etwas daran sein musste. Mit neuem Mut setzte sie zum Schreiben an. Die Hoffnung starb schließlich zuletzt.

Mit einem langgezogenen Stöhnen bäumte sich der Körper des Toten plötzlich auf, und er atmete tief ein. Das Geräusch jagte Remik einen Schauer über den Körper. Wie gelähmt starrte er auf den Mann, der die Augen geöffnet hatte, wie immer er auch dazu die Kraft gefunden haben mochte.

Kaira wich mit einem kleinen Schrei zurück und presste sich eine Hand auf den Mund. Mit weit aufgerissenen Augen stand sie da, seine kleine Schwester mit der anderen Hand dicht an ihre Seite drückend. Greuben und Frederick hatten sich halb abgewandt, jederzeit bereit, die Flucht zu ergreifen. Nur Urrik trat mit seinen schwerfälligen Schritten näher, vollkommen unbeeindruckt davon, dass der Tote plötzlich wieder atmete.

Wenn auch äußerst schwach, wie Remik mit einem raschen Blick auf ihn feststellte. Langsam beugte er sich über ihn, neben sich den viel zu großen Kopf von Urrik, dem sich die anderen schnell anschlossen. Gemeinsam sahen sie auf ihn herab. Seine Augen waren schwarz wie die Nacht und blickten sie mit einem matten Glanz an. Remik war nicht sicher, ob er sie wirklich sehen konnte.

»Das ist der Schwarze Prinz«, bemerkte Urrik. Verächtlich spuckte er neben dem Mann aus und traf gezielt zwischen Remiks Schuhe. »Wir sollten ihn sofort zurück in den Fluss werfen.«

»Nein!«, schrie Kaira leise und entsetzt. »Das wäre barbarisch. Das können wir nicht tun.«

»Meine Mutter hat erzählt, dass er jeden auf einen Wink des Königs hin grausam umbringt. Und das, ohne mit der Wimper zu zucken. Seht ihm doch nur in die Augen. Die sind so schwarz, dass man von dort direkt ins Totenreich schauen kann. Er hat es nicht besser verdient.«

Anscheinend bekam der Schwarze Prinz doch mit, was um ihn herum geschah. Remik bemerkte schaudernd, wie die Augen von Urrik zu Kaira und wieder zu Urrik zurückwanderten und, als ob er ahnte, wer das endgültige Urteil über ihn fällen würde, richteten sie sich auf ihn selbst und verharrten dort. Remik schluckte. Was mochte in dem Mann vorgehen? Er war vollkommen hilflos und ihnen auf Gedeih und Verderb ausgeliefert. Erst als Urrik zu sprechen begann, wurde ihm bewusst, dass er laut gedacht hatte: »Dann weiß er wenigstens einmal selbst, wie das ist, wenn man sich nicht wehren kann. Kommt, wir ziehen ihn wieder ins Wasser.« Entschlossen wischte der klobige Junge mit dem Hemdsärmel über sein teigiges Gesicht und sah die anderen auffordernd an.

»Vielleicht wäre es wirklich das Beste? Was ist, wenn jemand von der Burg mitbekommt, dass wir ihn aus dem Wasser gefischt haben. Schließlich haben sie ihn nicht umsonst hineingeworfen«, meldete sich Frederik vorsichtig.

»Wie sollen sie das merken?«, mischte sich Greuben mit einem Blick zum Himmel ein. Es hatte gerade wieder zu regnen begonnen. »Durch den Regen ist hier doch eh alles Matsch.«

»Aber genau hier haben wir gerade erst alles platt getreten. Das fällt schon auf. Wir können ja kaum das ganze Ufer genauso platt machen.« Remik sah sich nachdenklich auf dem Boden um und versuchte dabei zu ignorieren, dass sich die schwarzen Augen immer noch fest auf ihn hefteten. Er erwartete sein Urteil, gleich wie es ausfallen würde. Vielleicht wollte er sogar zurück ins Wasser geworfen werden? Möglicherweise hatte er aufgegeben. Stirnrunzelnd beugte er sich wieder über den Mann. Das sollte der Schwarze Prinz sein? Der Mann, vor dem sich alle fürchteten? Den niemand zu besiegen vermocht hatte, weil er so schnell und so stark war? Jetzt war nichts mehr davon übrig. Seine Brust bewegte sich schwach unter den Atemzügen, die wohl kaum genug Luft in seine Lungen pumpen konnten und ihm dennoch seine ganze verbliebene Kraft zu kosten schienen. Er würde gewiss nicht die Nacht überleben. Dennoch …

Remik warf einen Blick auf Kaira, die ihn ängstlich ansah und den Kopf langsam schüttelte. Ihre hübschen Lippen formten dabei klar und deutlich ein Nein.

Sie hatte recht. Ganz gleich wer oder was er war. Sie hatten nicht das Recht dazu. Seine Eltern glaubten fest daran, dass nichts ohne Grund geschah. Vielleicht hatte er ihn aus dem Wasser fischen sollen. Das Schicksal hatte es eben so gewollt. Selbstbewusst richtete er sich wieder auf und sah die Jungen mit ernster Miene an.

»Wir werden ihn nicht in den Fluss werfen. Frederick! Du holst Maruk her. Sag ihm, der Schwarze Prinz stirbt. Er wird wissen, was zu tun ist. – Urrik und Greuben! Ihr helft mir, den Prinzen weiter ans Ufer zu ziehen.«

Zu Remiks Erstaunen rannte Frederick sofort in Richtung Dorf. Selbst Urrik und Greuben ergriffen widerspruchslos die Arme des Prinzen, der in dem Augenblick erschöpft die Augen geschlossen hatte, als Remik seine Befehle erteilt hatte. Kaira warf ihm einen bewundernden Blick zu, der ihn mit Stolz erfüllte. Aber auch sonst war er sich sicher, genau das Richtige zu tun.

Nur langsam löste sich seine Erstarrung. Der Schmerz in seinen Händen lenkte ihn nicht wie erhofft ab, denn dazu verblasste er auch viel zu schnell. Nur noch ein leichtes Ziehen war zu spüren, während er die Finger langsam streckte. Seine Wunden heilten immer noch schnell, obwohl er hier nichts hatte, um die Heilung zu unterstützen.

Intensives Leuchten umtanzte das Buch, das halb geöffnet auf dem Boden liegen geblieben war, und riss in seiner unmittelbaren Umgebung die Höhlenwand aus der Finsternis.

Es hörte also nicht auf.

Die Geschichte lief weiter.

Sein Blick wanderte immer wieder dorthin, angezogen von dem Wunsch zu wissen, was weiter geschah. Seufzend gab er auf. Er stand auf und ging zu dem Buch. Andächtig hob er es auf und begann wieder zu lesen.

Seufzend setzte sich Maruk in seinem Bett auf. Es hatte keinen Sinn mehr. Er fand einfach keinen Schlaf. Zu sehr hatte ihn der Anblick Targons überrascht, als er heute nach dem Pilzesammeln aus dem Wald getreten war. Er hatte verändert gewirkt, auch wenn er ihn nur von weitem gesehen hatte. Trotzdem … Er war um diese Frau herumgeritten, als kreise er sie ein und hatte sich besorgt gegeben, als sie, wohl betroffen von dem Anblick der Gehängten, nicht weiterreiten konnte oder wollte. Wer mochte sie gewesen sein?

Maruk gähnte und ging zu dem kleinen Kamin hinüber. Er wollte gerade das Feuer entzünden, als an seine Tür gehämmert wurde. Eine hektische Folge von Faustschlägen, die gegen das splittrige Holz hämmerten und mit einem leisen Schmerzensschrei verstummten. Maruk richtete sich auf und ging zur Tür, um sie zu öffnen. Erstaunt erkannte er Frederick, den Sohn der Kräuterfrau, der sich mit zusammengebissenen Zähnen die Hand hielt und zu ihm herauf starrte.

»Was machst du hier zu dieser Stunde?«

»Maruk …«, presste er hervor und versuchte, sich den Schmerz nicht anmerken zu lassen. »Remik schickt mich … Wir haben was – jemanden gefunden. Ihr müsst kommen! Unbedingt.«

Maruk runzelte die Stirn und griff nach der Hand des schmalen Jungen.

»Lass sehen«, sagte er, doch Frederick entzog ihm die Hand mit einem Kopfschütteln.

»Nein. Das ist nur ein Splitter, nicht schlimm. Aber am Ufer liegt der Schwarze Prinz und stirbt.«

Die Worte stießen wie ein Schwert zu und durchbrachen seine Deckung. Sie trafen ihn völlig unerwartet. Mit einem Ruck richtete Maruk sich kerzengerade auf und ergriff den Jungen an der Schulter.

»Was hast du gesagt?«

Der Junge verzog das Gesicht unter dem Griff.

»Der Schwarze Prinz liegt unten am Ufer und stirbt. Remik hat ihn aus dem Wasser gezogen, und wir wissen nicht, was wir mit ihm machen sollen.«

»Bring mich zu ihm«, stieß er hervor.

Frederick wandte sich um und hastete los. Mit seinen langen Storchenbeinen stakste er über die schlammige Dorfstraße davon. Maruk folgte ihm aufgewühlt. Er musste sich zusammenreißen, den Jungen nicht anzubrüllen, sich zu beeilen. Frederick konnte nicht schneller und bemühte sich redlich, voranzukommen. Ihn zu ängstigen würde es nicht besser machen. Aber auch dem Jungen schien bewusst zu sein, wie langsam er war. Am Ende des Dorfes blieb er keuchend stehen und deutete zum Fluss hinunter, dessen graues Band im stärker werdenden Morgengrauen sich satt und träge durch die Landschaft wälzte.

»Zum Fluss und dann südlich von hier«, sagte er atemlos.

Maruk strich ihm kurz über die glanzlosen blonden Haare und bedankte sich, dann lief er los. Immer noch eisern um Beherrschung bemüht, fiel er in einen gleichmäßigen und kräftesparenden Trott. Als er das schlammige Ufer erreichte, wandte er sich nach Süden. Schon bald konnte er die Kinder erkennen, die neben einer langgestreckten Gestalt im nassen Gras knieten. Maruk stoppte seinen Lauf. Der Klumpen, der seinen Magen verdichtete, wog schwer und überlagerte die stille Hoffnung, dass die Jungen sich geirrt haben könnten. Mit einem tiefen Atemzug setzte er zu einem letzten Spurt an und blieb erst bei den Kindern wieder stehen.

Remik sprang augenblicklich auf, während ein Mädchen – Kaira, glaubte er –, neben Targon kniete und mit dem Saum ihres Rockes versuchte, Regen und Schlamm von seinem Gesicht zu wischen. Die anderen Jungen wichen zurück, ohne dass Maruk sie wirklich wahrnahm. Sie waren Schatten am Rande der Szenerie; bedeutungslos wie der Regen, der immer noch in dünnen Bindfäden vom Himmel fiel und den Schwarzen Prinzen zu betrauern schien.

Langsam ging er neben Targons lebloser Gestalt in die Knie. Sein Gesicht war grau und die Lippen erschreckend farblos und bestätigten mit Nachdruck, was Frederick gesagt hatte. Der Schwarze Prinz starb!

Bedächtig griff Maruk nach dem Pulsschlag an Targons Hals. Langsam und kaum spürbar war er da und klopfte gegen die Haut, leicht wie der Flügelschlag eines Falters. Dann ergriff er eine Hand und drehte sie um, um auch dort nach dem Puls zu tasten. Unwillkürlich spannte er die Kiefermuskeln an, als er den langen Schnitt entdeckte. Sie hatten ihn ausbluten lassen. Romun hatte allen Ernstes seinen Bruder für seine Machtbesessenheit geopfert und ihn dann in den Fluss werfen lassen, als wäre er nichts anderes als Dreck. Mühsam beherrscht ließ er die Hand los und stand auf. Kaira hockte immer noch da und sah ihn an, als hätte er eine Lösung für dieses Unglück. Remik stand mit Frederick, der inzwischen wieder dazu gestoßen war, und zwei anderen Jungen da und beobachtete ihn genau. Der Junge war ein schlauer Kopf und besuchte ihn oft. Maruk war ihm ehrlich dankbar dafür, dass er ihn hatte rufen lassen. Auch wenn es so schien, als konnte er Targon nicht mehr helfen, würde er ihn ganz gewiss nicht hier liegen lassen.

»Es war gut, dass ihr mich gerufen habt. Er wird zwar höchstwahrscheinlich die nächsten Stunden nicht überleben, aber wir können ihn hier auch nicht liegen lassen. Noch vor Mittag werden Reiter den Fluss absuchen, ob sich der Tote irgendwo verfangen haben könnte. Bis dahin muss er fort sein. Ich werde einen Karren holen. Ich brauche eure Hilfe beim Ziehen des Karrens durch den Schlamm. Gemeinsam können wir es rechtzeitig schaffen.«

Remik nickte, aber er sah auch skeptisch aus.

»Was passiert, wenn sie die Spuren hier am Ufer finden? Könnten sie nicht auf die Idee kommen, dass man den Toten gefunden hat und vielleicht suchen sie dann bei uns im Dorf. Was dabei passiert, möchte ich mir nicht ausmalen.«

»Die Stelle hier am Ufer, die können wir nicht beseitigen, aber wir können sie auf eine falsche Fährte führen. Wir werden mit dem Karren nicht direkt ins Dorf zurückkehren, sondern werden den Weg über die Wiese nehmen.« Maruk deutete mit der Hand zu der großen Straße, die vor das Haupttor von Kylnavern führte. »Dort werden wir auf der Straße entlangfahren, bis wir keine Schlammspuren mehr mit den Rädern hinterlassen. Danach erst werden wir zum Dorf zurückkehren.«

»Das ist ein Riesenweg. Und dann durch die verregnete Wiese?« Greuben wurde bleich bei der Vorstellung der anstehenden Knochenarbeit, und Frederick nickte dazu heftig.

»Sicherlich handelt es sich um einen Riesenweg, aber niemand von uns möchte, dass sie im Dorf nach ihm suchen. Da sind wir uns doch sicher einig. Denkt an eure Familien.«

»Wir sollten ihn zurückwerfen. Er ist ein Mörder.« Mit störrischer Miene kreuzte Urrik die kräftigen Arme vor der Brust.

»Dann bist du auch ein Mörder, Urrik. Denn er lebt noch«, flehte Kaira eindringlich und stand auf. »Ich werde helfen.«

»Ich helfe auch«, sagte Remik und trat neben Kaira. »Aber ich möchte, dass Kaira und meine Schwester nach Hause gehen. Wenn wir erwischt werden, sollten sie nicht dabei sein.«

Kaira warf dem Jungen einen überraschten Blick zu und wollte aufbegehren, doch Maruk schnitt ihr das Wort ab. Sie hatten keine Zeit für solche Spielchen.

»Remik hat recht. Seine Schwester ist noch zu klein, und jemand muss sie sicher nach Hause bringen. Sie wäre sonst nur eine Belastung. Außer dir kommt niemand in Frage. Urrik kann nicht gehen. Wir brauchen seine Kraft.«

Kaira bedachte Remik mit einem Blick, der nichts Gutes verhieß, dennoch nickte sie schließlich.

»Gut. Ich mach's«, sagte sie leise und griff das kleine Mädchen bei der Hand, das an ihr klebte wie ein zweiter Schatten.

»Dann sollten wir keine Zeit mehr verlieren.«

Während die beiden Mädchen verschwanden, holten Frederick und Greuben einen Karren. Maruk hob Targon auf seine Arme und legte ihn schweren Herzens auf die Ladefläche. Hastig machten sie sich auf den Weg, immer mit einem Blick zum Himmel, der trotz der dunklen

Regenwolken unaufhörlich heller wurde. Sie mussten die Straße erreichen und wieder verlassen, bevor es so hell wurde, dass die Wachen der Burg sie von der Mauerkrone erkennen konnten.

Die Jungen schoben und zogen gemeinsam mit Maruk den Karren. Der Schweiß lief in Strömen über ihre Körper und mischte sich mit dem Regen, der eine erfreuliche Abkühlung darstellte. Als sie endlich das Dorf aus der anderen Richtung erreichten, war es höchste Zeit. Der Hahn krähte lauthals. Nicht mehr lange und das Dorf würde zum Leben erwachen, genau wie die Burg.

»Es wird Zeit. Ich danke euch für eure Hilfe. Bringt den Karren zurück und macht, dass ihr nach Hause kommt.«

Das ließen sich Frederick und die anderen nicht zweimal sagen. Mit einem kurzen Abschiedsgruß verschwanden sie. Nur Remik blieb, wo er war und deutete auf Targon.

»Ich werde mitkommen. Ich bin sicher, dass Ihr noch Hilfe brauchen werdet.«

Zuerst wollte Maruk ablehnen, überlegte es sich dann aber anders. Tatsächlich hatte er vor, dass Dorf so schnell wie möglich mit Targon, tot oder lebendig, zu verlassen. Die Gefahr war einfach zu groß, dass Romuns Männer doch hier nach ihm suchen würden. Er würde also jede Hand gebrauchen können. Also nickte er und gemeinsam begaben sie sich zu seiner Hütte.

Leicht schnaufend legte Maruk Targon auf seinem Bett ab. Der Junge mochte so gut wie tot sein, aber wog trotzdem so viel wie ein Pferd. Aufatmend trat er zurück und warf einen kritischen Blick auf seine Schuhe und die Spuren, die er und Remik auf dem Boden seiner Hütte hinterlassen hatten.

»Du wolltest mir helfen. Dann beginn damit, unsere Schuhe und den Boden zu säubern. Jeder der hier rein kommt, sieht auf dem ersten Blick, dass wir uns viel zu lange draußen rumgetrieben haben.«

»Mach ich«, Remik nickte und ergriff einen Eimer, der in der Ecke neben der Tür stand. »Ich hole Wasser«, sagte er und verschwand nach draußen.

Maruk zog die Schuhe aus und öffnete die beiden Türen eines Schrankes, der an der Wand neben seinem Bett stand. In dem Schrank befand sich nicht viel. Ein Paar Stiefel standen darin gemeinsam mit einer großen Laterne, und an der Rückwand hingen eine Axt und sein Schwert. Maruk nahm die Stiefel und schlüpfte hinein, dann lehnte er Axt und Schwert an die Wand daneben, bevor er die Rückwand öffnete. Dunkelheit und muffige Luft schlugen ihm entgegen. Es war lange her, dass er diesen Raum betreten hatte. Er entzündete das Talglicht in der Laterne und trat ein. Der schmale Raum, in dem gerade genug Platz für ein Bett war, wurde von dem Licht aus der Dunkelheit gerissen, aber der muffige Geruch blieb. Dagegen konnte Maruk im Moment nichts machen. Es musste für den Augenblick genügen. Zumindest würde man Targon nicht bei der ersten Durchsuchung hier finden. Es würde ihnen ein wenig Zeit verschaffen und das war alles, was er brauchte.

Maruk hängte die Laterne an einen Haken an der grob gehauenen Mauer und kehrte zu Targon zurück. Sein Anblick versetzte ihm einen Stich. Hastig überprüfte er den Puls, aber er war noch da; nicht schwächer und nicht stärker als beim ersten Mal. Bedrückt richtete er sich auf. Was war nur aus dem Jungen geworden? Er hätte Armonika nicht nachgeben dürfen. Es war ein Fehler gewesen.

»Kennt Ihr ihn gut?«

Die Stimme Remiks riss Maruk aus seiner Versunkenheit. Der Junge hatte den Eimer abgestellt und begann damit, das Wasser über den Holzboden zu verteilen. Maruk hatte ihn nicht wieder hereinkommen hören.

»Er war viele Jahre mein Schüler. Ich lernte ihn kennen, da war er so alt wie du, als wir uns das erste Mal begegnet sind.«

»Das ist lange …« Remik schaute nachdenklich und nahm die grobe Bürste zur Hand. Mit den Bewegungen von jemand, der dies nicht zum ersten Mal tat, kniete er sich auf den Boden und schrubbte mit der Bürste in gleichmäßigen Schwüngen den Boden.

»Aber …, warum ist dann das aus ihm geworden? Wieso konnte aus einem Mann, der einen so guten Lehrer wie Euch hatte, zu so einem schlechten Menschen, zu einem Mörder werden?«, fragte er, plötzlich innehaltend.

Weil ich schuld daran bin, dachte Maruk. Mit einem Mal fühlte er sich erschreckend alt und müde. Er hatte genau das aus ihm gemacht, doch das konnte er Remik nicht sagen. Der Junge hatte keine Ahnung, wer er wirklich war. Niemand im Dorf wusste es. Man hatte ihn als merkwürdigen Dorfbewohner akzeptiert, der sich mit Gelegenheitsarbeiten bei den Bauern über Wasser hielt. Maruk schwieg für einen Moment. Sein Gewissen lastete schwer auf ihm. Doch Remik beobachtete ihn mit seinen scharfen Augen. Maruk konnte sehen, wie es in dem Gesicht arbeitete, das auf der Schwelle von Kind zum Mann stand und wie er seine Schlussfolgerungen zog.

»Schon gut. Ihr braucht mir nicht zu antworten. Ich denke, ich habe es verstanden«, sagte er mit einem langen Blick auf Schwert und Axt, die neben dem Schrank lehnten. »Ich frage mich nur, warum der König seinen eigenen Bruder derart hat misshandeln lassen? Er muss ihn ganz schön wütend gemacht haben.«

»Das muss er wohl«, murmelte Maruk und begann damit, Targon zu entkleiden. Oder er hatte endlich eine neue Feder gefunden. Plötzlich fiel es Maruk ein. Natürlich! Die junge Frau, die mit Targon angekommen war. Wie hatte er nur so blind sein können? Und Romun hatte offensichtlich keine Zeit verschwendet.

Hannah kicherte leise und starrte auf die fertige Schrift. Das Blut war in den Stein gesickert, als wäre er ein Schwamm. Vorsichtig wischte sie darüber. Nichts verwischte. Die Buchstaben waren bereits getrocknet. Sie wirkten noch nicht einmal so, als wären sie gerade erst geschrieben worden, sondern eher so, als seien sie schon seit Anbeginn der Zeit dort, verschmolzen mit dem Gestein vor Urzeiten. Gähnend rieb sich Hannah über die Stirn. Leichter Schwindel tanzte durch ihren Kopf, der von der Müdigkeit kommen musste. Ohne Grund kicherte sie erneut. Trotzdem sie nicht wusste, ob das hier funktionierte, fühlte sie sich seltsam beschwingt. Aber sie war noch nicht fertig. Sie musste erst noch ihren zweiten Satz schreiben. Mit einem kritischen Blick auf den Schuh murmelte sie inbrünstig ein kurzes Gebet. Das Blut, das in den Blättern gewesen war, hatte sie vollständig aufgebraucht. Sie hatte alles für diesen einen Satz benötigt, wenn sie sich auch wunderte, dass sie überhaupt so weit damit gekommen war. Hoffentlich reichte das, was im zweiten Schuh war, für den Rest. Etwas steif und ungelenk schob sich Hannah langsam rückwärts unter dem Bett hervor. Inzwischen war es hell geworden, ohne dass sie das Geringste bemerkt hatte. Ihr blieb bestimmt nicht mehr viel Zeit, bis man sie holte. Eilig wischte sie sich ihre schmutzigen Hände am Bettlaken ab. Plötzlich erklangen Schritte vor ihrer Tür. Hannah zuckte zusammen.

»Noch nicht«, flüsterte sie zu sich selbst und spürte, wie sich ihr Magen zusammen zog.

Sie hatte immer noch das Unterkleid an. Mit einem Satz sprang sie hinter den Paravent und raffte das bereitliegende Kleid an sich.

Ein höfliches Klopfen ertönte, während sie in den diesmal schlichten, aber weichen dunkelroten Stoff schlüpfte. Die Tür öffnete sich und Schritte kamen in den Raum, verhielten respektvoll vor dem Paravent.

»Seine Majestät, König Romun, erwartet Euch.«

Hannahs Herz machte einen ängstlichen Satz. Sie hatte doch noch nicht fertig geschrieben. Dann musste sie eben später weitermachen. Mit gespreizten Fingern fuhr sie sich durch die Haare und hoffte, dass es genügen würde. Dann trat sie mit erhobenem Kopf hinter der Wand hervor.

»Führt mich zu Eurem König«, sagte sie und hoffte, dass die Wache das Zittern in ihrer Stimme nicht bemerkt hatte.

Maruk säuberte gründlich Targons Wunden, aus denen ein dünnes Rinnsal des so viel Unglück bringenden, fast schwarzen Blutes floss.

Wie viele Menschen hatten seit seiner Geburt bereits dafür sterben müssen? Zu seiner Schande musste er zugeben, dass er es nicht wusste. Es war ihm schlicht gleichgültig gewesen. Was war nur mit ihm geschehen, dass sich das geändert hatte? Nicht, dass er diese Änderung nicht willkommen hieß, aber sie brachte Schmerz mit sich, den er vorher nicht gekannt hatte. Und jetzt fraß sich eben dieser Schmerz mit erschreckender Geschwindigkeit durch sein Herz und seinen Verstand, während er den dem Tode geweihten Körper Targons wusch. Die Narben, die hier und dort die Haut zeichneten, erzählten eine eigene Geschichte von einem Leben, dem Gewalt ebenfalls nicht unbekannt war. Maruk seufzte und schob die Gedanken zur Seite. Bereue niemals, stehe zu deinen Taten, war immer sein Leitsatz gewesen. In all den Jahren hatte er stets die Dinge getan, die er für richtig gehalten hatte. Nie hatte er seine Entscheidungen angezweifelt. Doch jetzt war er in die Jahre gekommen. Das Leben hatte ihn müde gemacht und verletzlich.

Konzentriert beendete er sein Werk und sah erst wieder auf, als er Targon mit einem dünnen Laken bedeckte. An der Feuerstelle hingen fein säuberlich aufgereiht Hemd und Hose von Targon. Remik musste sie gewaschen und dort zum Trocknen aufgehängt haben. Der Junge war wirklich Gold wert. Maruk würde ihn dafür belohnen, denn das hatte er sich mehr als redlich verdient. Jetzt stand er am Feuer und rührte in einem Topf. Ein würziger Duft lag in der Hütte, den Maruk erst jetzt bemerkte. Augenblicklich lief ihm das Wasser im Mund zusammen.

Als hätte er den Blick Maruks auf sich gespürt, sah Remik zu ihm.

»Ich denke, eine ordentliche Brühe wird ihm helfen, zu Kräften zu kommen. Falls er sie überhaupt zu sich nehmen kann.«

Maruk nickte, aber zweifelte daran, dass Targon jemals wieder etwas zu sich nehmen konnte oder würde. Sein Atem ging flach, viel zu flach. Sein Zustand hatte sich nicht verändert.

»Er muss einen unglaublichen Lebenswillen haben«, sagte der Junge zögernd. In seiner Stimme lag widerwillige Bewunderung für den gefürchteten Schwarzen Prinzen.

»Das wird ihm nicht mehr viel nützen, fürchte ich. Er hat viel zu viel Blut verloren. Kein Mann kann das überleben, gleich wie unbändig der

Lebenswille auch sein mag. Er wird bald sterben, es ist nur noch eine Frage der Zeit.«

»Aber er war doch schon tot.« Remik hörte auf zu rühren und trat an das Lager Targons.

»Tote erwachen nicht mehr zum Leben, Remik«, tadelte Maruk den Jungen mit einem Stirnrunzeln. Er war überrascht, so etwas ausgerechnet von ihm zu hören. Doch Remik schüttelte vehement den Kopf.

»Dieser hier schon. Ich weiß, was ich gesehen habe.« Seine klugen rauchgrauen Augen fixierten Maruk mit solcher Überzeugungskraft, dass dieser beinahe bereit war, ihm zu glauben.

»Als ich ihn im Wasser fand, war er mausetot. Ich bin mir absolut sicher. Wir haben ihn ans Ufer gezogen und haben ihn nach irgendetwas von Wert durchsucht.« Entschuldigend zog er die Schultern hoch und fuhr fort: »Er hat nicht mehr geatmet, und sein Herz schlug nicht. Und dann hat sich sein Körper ganz plötzlich aufgebäumt, und er hat einen langen Atemzug gemacht. Von da an hat er wieder geatmet. Es war unheimlich. Es war beinahe so, als hätte ihm jemand neuen Atem eingehaucht.«

Als hätte ihm jemand neuen Atem eingehaucht? Maruk schluckte hart. Das Mädchen! Der Gedanke war sofort da und setzte sich fest. Sie musste es gewesen sein, das war die einzig mögliche Erklärung. Er zweifelte nicht daran, dass Remik sehr wohl Tote von Lebenden unterscheiden konnte. Dafür waren in letzter Zeit zu viele Menschen im Dorf an den schlechten Lebensumständen gestorben. Aber wieso? Wieso hätte sie ihm, nachdem sie ihn doch gerade erst kennengelernt haben konnte, das Leben retten sollen? Niemand anders kam in Frage, weder Romun noch Armonika, auch wenn sie sich vielleicht der Fähigkeiten des Mädchens bedient hatten. Nein, sicher wussten weder Romun noch Armonika davon, dass Targon noch lebte, aber wenn sie davon erfuhren...

Maruk klopfte Remik auf die Schulter, der ihn genau beobachtete.

»Ich muss auf die Burg. Du würdest mir einen großen Gefallen tun, wenn du mein Haus im Auge behieltest und mögliche neugierige Besucher abwimmelst. Ich möchte kein Risiko eingehen.«

»Ich werde hierbleiben, bis Ihr wiederkommt.«

»Du wirst es nicht bereuen, mein Junge.«

Gerührt über dessen Treue strich er über Remiks Kopf. Der Junge lächelte ihn schüchtern an, als er die Hütte verließ. Maruk bedauerte es, dass er in diesem Dorf aufwuchs und wahrscheinlich nie die Gelegenheit haben würde, es zu verlassen und sein Glück in einem anderen Teil des Landes zu machen. Insgeheim beschloss er, dem Glück ein wenig nachzuhelfen, soweit dies in seiner Macht stehen würde. Jetzt aber gab es Dringenderes zu tun. Er musste das Mädchen aus der Burg holen und dann mit Targon und ihr verschwinden. Wie das mit dem Schwerverletzten gelingen sollte, war ihm noch nicht klar, aber darauf konnte er im Augenblick keine Rücksicht nehmen. Die Feder durfte auf keinen Fall in der Hand von Romun bleiben. Schon bald würde es mehr Galgenbäume geben, wie die vor der Burg, und sie würden für jeden weithin sichtbar ihre grausamen Früchte tragen.

Hannah folgte mit klopfendem Herzen dem Soldaten, der sie, ohne ein einziges Wort an sie zu richten, durch die langen Gänge der Burg führte. Wo mochte er sie hinbringen? Nach den gestrigen Ereignissen rechnete sie mit allem Möglichen. Angefangen von einem harmlosen Essen mit Romun bis zur schwersten Folter kam ihr alles in den Sinn. Immer noch fühlte Hannah sich wie betäubt. Seit dem unglückseligen Sandsturm glich alles nur noch einem Alptraum, der einfach kein Ende mehr nahm. Wann endlich würde sie wieder aufwachen und zu Hause in ihrem sicheren und langweiligen Bett liegen und Marina wiedersehen? Langeweile hatte plötzlich seinen ganz eigenen Reiz erhalten. Ganz sicher würde sie nie wieder darüber nachdenken, ihre Ausbildung abzubrechen.

Hannah lief dem jungen Soldaten hinterher, der sie vorbei an auf Hochglanz polierten Rüstungen und prachtvollen Gemälden führte, doch sie nahm nichts wirklich davon in sich auf. Ihr Blick ruhte stets nur flüchtig darauf, im nächsten Augenblick waren sie wieder vergessen.

Ihr Gehirn war randvoll mit Erlebnissen, die sie einfach noch nicht verarbeitet hatte. Es besaß keinen Raum mehr für überflüssige Ausschmückungen.

Völlig unvermittelt hielt der Soldat an, sodass Hannah gerade noch rechtzeitig stehenblieb, um nicht gegen ihn zu stoßen. Verärgert drehte er sich zu ihr um, sagte aber nichts und verschwand durch eine Tür.

Verunsichert blieb Hannah stehen. Von einem Augenblick auf den anderen zitterten ihre Beine und ihre Atemzüge pumpten sich schwer durch die Lungen, als wäre die Luft mit Blei gefüllt.

»Kommt, Seine Majestät erwartet Euch bereits.« Der Soldat stand in der Tür und winkte sie ungeduldig heran.

Seine Majestät! Hannah schluckte. Heiße Angst umklammerte ihr Herz, als sie zögernd den Raum betrat. Eine lange Fensterfront öffnete sich großherzig der Sonne, die mit ihren sanften Morgenstrahlen den Raum besuchte und den Sessel einrahmte, auf dem Romun saß, als wollte auch sie ihm die Ehrerbietung erweisen, die ein König verdiente. Er saß mit locker übereinandergeschlagenen Beinen da und sah ihr mit unbewegter Miene entgegen. Das Licht verlieh seinem Gesicht etwas Weiches, als wäre er selbst ein akribisch gezeichnetes Gemälde. Doch Hannah ließ sich nicht mehr von dem attraktiven Äußeren täuschen. Romun war ganz bestimmt nicht weich. Und ausgerechnet ihn hatten sie und ihre Freundinnen als Yang, das Gute, bezeichnet. Und Targon?

Targon!

Der Schmerz stach unvermittelt zu und nahm ihr den Atem.

»Guten Morgen, Hannah. – Ich hoffe, du hast dich von den gestrigen Aufregungen erholt?«

Romun brachte es tatsächlich fertig, sie anzulächeln. Kalte Wut löschte den Schmerz.

»Wenn du Brudermord als Aufregung bezeichnen magst, dann nein, ich habe mich noch nicht davon erholt. – Genau genommen kämpfe ich bei deinem Anblick damit, dir nicht vor die Füße zu kotzen.«

Romun lachte auf, doch die Kälte in seinen Augen jagte Hannah einen Schauer über den Rücken.

»Es ist erstaunlich, was Frauen aus deiner Welt für eine Umgangssprache pflegen. – In dieser Welt solltest du jedoch aufpassen, dass du dafür nicht auf dem Scheiterhaufen landest.«

Hannah schnaubte abfällig, schwieg aber. Die Drohung war unmissverständlich, und wahrscheinlich log er sie noch nicht einmal an. Alles, was sie bisher hier gesehen hatte, entsprach eher den Verhältnissen im Mittelalter. Der Gedanke an den Scheiterhaufen war unangenehm realistisch.

Um seinem forschenden Blick auszuweichen, sah sie sich um. Der Raum wirkte nicht bedrohlich, und ihre Angst zog sich vorerst in eine winzige Ecke zurück. Eine Reihe von Stehpulten zog ihre Aufmerksamkeit auf sich, die so aufgestellt worden waren, dass die Sonne direkt auf ihre Schreibfläche fiel. Neben jedem Pult waren einfache Regale angebracht, die Schriftrollen enthielten oder in denen aufgeschlagene Bücher mit kunstvollen Handschriften ausgelegt waren, die ihre Neugier weckten. Doch noch mehr zog das vorderste der Pulte ihren Blick auf sich. Es stand auf einem flachen Podest und schwang sich damit mit unauffälliger Erhabenheit über die anderen Pulte. Direkt neben diesem Pult stand der Sessel, in dem Romun entspannt lümmelte. Hannah bemühte sich, ihn zu ignorieren und trat auf das Pult zu, das im Gegensatz zu den anderen geschwungene Beine besaß und bereits aus der Ferne wertvoller wirkt. Um die Tischplatte, die glänzte, als wäre sie mit Öl behandelt worden, waren mit schwungvoller Schrift Worte hineingeschnitzt worden, die Hannah jedoch nicht entziffern konnte. Fragend hob sie eine Augenbraue und sah flüchtig zu Romun, der sie jedoch einfach nur beobachtete, ohne eine Regung zu zeigen. Hannah trat auf das Podest hinauf und legte ihre Hände auf die glatte Fläche. Das Pult war wie gemacht für sie und auf ihre Größe abgestimmt, als hätte sie jemand vorher ausgemessen, einfach perfekt zum Schreiben. Ein hauchdünnes Blatt Pergament lag dort und schien nur darauf zu warten, dass es von ihr mit Leben gefüllt wurde. In einer schmalen Rinne am Kopf der Platte lag eine dunkelblaue, schlanke Feder. Andächtig betrachtete sie den silbernen Griff, auf dem die gleiche, schwungvolle Schrift eingraviert war, die auch das Pult zierte. Hannah verspürte den seltsamen Drang, nach der Feder zu greifen. Sie war wunderschön und verlockend. Wie mochte sie wohl in ihrer Hand liegen? Dann fiel ihr Blick auf das Tintenfass und sie erstarrte. Dunkel schimmerte der Inhalt, und mit Gewalt kamen die Bilder zurück, die sie bereits die ganze Nacht gequält hatten: Targon, wie er gefesselt auf diesem Stuhl gesessen und mit ruhiger Miene dabei zugesehen hatte, wie das Blut aus seinem Körper in die Tonkrüge geflossen war. Der Würgreflex kam plötzlich, und Hannah bewegte sich gerade noch rechtzeitig zur Seite und erbrach sich auf dem kalten Marmorboden neben dem Pult.

Nach einer Weile richtete sie sich wieder auf und ging mit wackeligen Knien zu den Fenstern, von denen eines glücklicherweise weit offen stand. Erschöpft stützte sie sich auf der Fensterbank ab und atmete tief die frische Luft ein, die beruhigend über ihr Gesicht streichelte und es abkühlte. Hannah fuhr sich mit dem Handrücken über den Mund, doch der widerliche Geschmack ließ sich so nicht fortwischen. Plötzlich reichte ihr jemand einen Becher mit Wasser, den sie, ohne darüber nachzudenken, ergriff. Erstaunt sah sie, dass Romun neben sie getreten war.

»Eine scharfe Zunge schützt anscheinend nicht vor einem verweichlichten Magen.«

Hannah widerstand dem Impuls, Romun das Wasser ins Gesicht zu schütten. Stattdessen trank sie gierig, froh darüber, mit der klaren Flüssigkeit den Geschmack des Erbrochenen fortspülen zu können. Trotzdem blieb eine Bitterkeit zurück, die nicht von ihrer Übelkeit herrührte.

»Es lohnt sich nicht, dass du dir deine hübschen Augen nach ihm ausweinst. Mein Bruder hat es durchaus verdient zu sterben. Er war ein Auftragsmörder – der beste, den ich hatte. Und wenn er für dich irgendwelche Gefühle gezeigt haben sollte, dann waren sie gespielt. Er hatte nämlich keine.« Romun hatte sich vorgebeugt und sah ihr scharf ins Gesicht, dann richtete er sich auf und breitete seine Arme aus, als wollte er den ganzen Raum umarmen. »Du bist heute hier, um endlich deinen dir zustehenden Platz einzunehmen, Hannah.« Über sein Gesicht glitt beinahe ein verträumter Ausdruck, als er die Arme sinken ließ. Mit wenigen Schritten ging er zu dem Pult, ergriff die Feder, drehte sich um und hielt ihr diese entgegen.

»Nimm sie. Diese Feder gehört allein dir und wurde vor langer Zeit nur für die Hände der Schreiber und damit für dich gefertigt.«

Hannah hätte nur zu gerne zugegriffen. Ein unerklärliches Verlangen ergriff von ihr Besitz, dem sie sich nur schwer entziehen konnte. Es war beinahe so, als würde die Feder sie anziehen und von ihr erwarten, dass sie diese ergriff.

»Greif zu und erlange Macht, die du dir in deinen kühnsten Träumen nicht vorstellen könntest, Hannah. Diese Feder ist dafür geschaffen worden, zusammenzubringen, was zusammengehört. Sie stellt die nötige Verbindung zwischen dem Schreiber und der Tinte her, um alles, was du niederschreibst wahr werden zu lassen. Sie ist dein Werkzeug.«

»Nein!«, sagte sie dennoch entschieden und hob trotzig das Kinn. »Niemals werde ich freiwillig diesen Wahnsinn unterstützen.«

Romun verzog seinen Mund zu einem bösen Lächeln.

»So? Freiwillig also nicht…« Nachdenklich legte er die Feder zurück und rieb sich mit der Hand über das Kinn. »Darüber solltest du vielleicht noch einmal nachdenken. – Eigentlich solltest du jedes Wort überdenken, bevor du es aussprichst. Du musst dringend begreifen, dass hier jedes unbedachte Wort Konsequenzen nach sich ziehen könnte.«

Sie hatte einen Fehler begangen, als sie ihrer Angst erlaubt hatte sich zurückzuziehen. Es war unvorsichtig gewesen, die Situation als ungefährlich einzustufen. Eine Gänsehaut lief über ihren Körper, in dem sicheren Wissen, dass sie die Konsequenzen möglicherweise schneller zu spüren bekam, als es ihr lieb war. Trotzdem schüttelte sie erneut den Kopf. Die Kälte in Romuns Augen machte ihr Angst. Willenlos stand sie da, während er beinahe sanft ihre linke Hand ergriff und ihr forschend in die Augen sah.

»Du bist Rechtshänderin, nicht wahr?«

Hannah kam nicht mehr dazu, zu nicken. Ein scharfer Schmerz raste durch ihre Hand den Arm hinauf und explodierte in einem gellenden Schrei, als er mit einem Ruck den kleinen Finger ihrer linken Hand hochriss. Der Knochen gab mit einem hörbaren Knacken nach. Schwarze Punkte tanzten vor ihren Augen, die immer größer wurden und sie völlig zu verschlingen drohten. Wimmernd brach sie in die Knie und umklammerte mit der anderen Hand die linke. Der Schmerz raubte ihr schier den Verstand, der sich zum Schutz in dunstigen Nebel hüllte.

»Ich werde dich morgen noch einmal fragen. Vielleicht hast du bis dahin ein wenig dazugelernt und deine Meinung geändert.«

Hannah hatte nicht die Kraft zu einer Erwiderung. Japsend rang sie nach Atem, während salzige Tränen in ihren aufgerissenen Mund liefen. Wie eine Wahnsinnige hockte sie auf dem Boden und schaukelte ihren Oberkörper hin und her. Doch der Schmerz wollte einfach nicht nachlassen.

Sie nahm kaum wahr, wie Romun den Raum verließ, und der Soldat von vorhin neben sie trat. Grob packte dieser sie an den Schultern und stellte sie auf die Beine. Hannah wäre am liebsten auf dem Boden liegen geblieben, doch er hielt sie mit erstaunlich festem Griff aufrecht und zerrte sie hinter sich her. Da ihr nichts anderes übrigblieb, folgte sie ihm den ganzen Weg wieder zurück. Taumelnd und stolpernd erreichten sie irgendwann ihr Zimmer. Der Soldat öffnete die Tür und stieß sie hinein. Mit einem verzweifelten Jaulen fiel Hannah auf ihr Bett. Wie ein verängstigtes Kind zog sie die Beine an den Körper und lag zusammengekrümmt und verloren in diesem riesigen Raum.

Wie sollte jemals wieder ihre Welt in Ordnung kommen?

Seltsam betroffen hielt er inne. - Romun war ein Monster.

Wie hatte all diese Grausamkeit entstehen können? Lag sie in seiner Natur und hatte womöglich von Geburt an in ihm gelauert?

Warum sollte aus ihm auch etwas anderes werden, als aus seinem Vater geworden war?

Macht hatte diese schreckliche Eigenart. Sie war wie ein Gift, sickerte in jeden einzelnen Gedanken des Betroffenen und verdarb jegliches Gefühl für andere.

Schwer atmete er ein.

Warum hatte Armonika es nicht verhindert? War es nicht die Aufgabe einer Mutter, aus ihren Kindern gute und gerechte Menschen zu machen? Gleichgültig wie sehr sie deren Vater auch hassen musste?

Hätte es einen Himmel über ihm gegeben, hätte er jetzt nur zu gerne seinen Blick nach oben gerichtet, ein Gebet in seinem Herzen, das nur zu willig über seine Lippen kroch. Aber es gab keinen Himmel hier und auch nicht woanders, nicht für ihn.

Seine Hände blätterten in seinem Leben, schlugen willkürlich Seiten auf, und er las darüber hinweg. Er wollte von ihr lesen. Wollte wissen, wie sie als Mutter ihre Söhne erzogen hatte. Er stockte, als er ihren Namen fand, doch dann begann er zu lesen:

Armonika hob in dem Augenblick den Blick, als Targon die große Halle betrat. Erleichtert atmete sie auf, doch gleichzeitig griff ein ungutes Gefühl nach ihrer Kehle und drückte sie empfindlich zusammen. Der Junge kam mit elastischen Schritten auf sie zu, seinen Blick fest auf sie und Romun gerichtet. Doch etwas hatte sich an ihm verändert, ohne dass sie sofort sagen konnte, was genau das war. Etwas lag in seinem Gesicht und seinen Augen, das sie noch nie zuvor darin gesehen hatte. Zwei Tage waren seit seinem ersten Auftrag vergangen. Zwei Tage, in denen er ohne jedes Zeichen verschwunden war. Was mochte in dieser Zeit alles noch geschehen sein? Seine Miene war nicht mehr unbefleckt. Was immer geschehen war, hatte Targon seinen Stempel aufgedrückt. Das glatte Gesicht eines Jungen war dem Ausdruck eines Mannes gewichen, der seine ersten bitteren Erfahrungen gesammelt hatte. Armonika verkniff sich ein Seufzen und atmete stattdessen tief durch. Ein rascher Seitenblick bestätigte sie darin, dass Romun immer noch wütend über das Verschwinden von Targon war. Ihr Sohn ließ gerade langsam sein Besteck sinken, tupfte sich übertrieben sorgfältig den Mund ab, während er seine Beherrschung zusammenhielt und seinen Bruder abwartend musterte. Targon sagte etwas, das sie nicht verstand und setzte sich mit einem flüchtigen Nicken auf seinen Platz an der langen Tafel. Der rechte Platz neben dem König gebührte seiner rechten Hand, während sie zu seiner linken saß, als sein Herz.

»Wieso kommst du so spät zurück? Du hast deinen Auftrag bereits vor zwei Tagen erledigt, übrigens zu meiner vollsten Zufriedenheit, wie ich zugeben muss. Das kleine Feuerwerk hat nicht mehr als ein Häuflein Asche zurückgelassen, wie mir berichtet wurde.«

»Ich bin stets bemüht, meinem König eine Freude zu bereiten«, antwortete Targon sarkastisch und verbeugte sich nachlässig in Richtung seines Bruders, der mit einer gereizt nach oben gezogenen Augenbraue reagierte. Targons Worte brannten wie Feuer in Armonikas Gesicht und das grausame Lächeln, das um seine Lippen spielte, schlug ihr auf den Magen. Sie legte ihre zitternden

Hände in ihren Schoß und knüllte die Serviette zusammen. Nur mühsam widerstand sie dem Impuls, ihr Gesicht mit den Händen zu verdecken.

»Das ist lobenswert, Targon, dennoch entbindet es dich nicht von der Pflicht, deinem König gegenüber sofort Bericht zu erstatten.« Offener Tadel schwang in Romuns Worten mit. Neugierige Blicke hoben sich in ihre Richtung. Es saßen nur wenige Gefolgsleute in der Halle, die jedoch nun ihr Mahl unterbrachen und aufmerksam jedem Wort folgten. Armonika ließ ihren Blick unbehaglich über die Gesichter wandern. Die Leute genossen die offensichtliche Unstimmigkeit zwischen dem König und seinem Bruder, dem sie nach wie vor mit Misstrauen begegneten.

»Das haben ja deine Spitzel für mich übernommen, die du mir offensichtlich hinterhergejagt hast. Also war es nicht nötig, dir meine Demut auf diese Weise zu bekunden. Ich denke, du benötigst mich eher für gröbere Dinge, als bloß vor dir auf Knien umherzurutschen, nicht wahr, mein König?«

Armonika hielt entsetzt den Atem an. Die letzten Worte hatte er anzüglich betont. Wie konnte er es wagen, vor allen Leuten seinem Bruder gegenüber derart anmaßend zu sein? Er zwang ihn förmlich zum Handeln. Romuns Augen wurden immer schmaler und seine Lippen bildeten einen dünnen Strich als er sich erhob.

»Wachen! Bringt meinen Bruder in seine neuen Gemächer. Im Kerker sollte noch die eine oder andere Zelle frei sein.« An Targon gewandt fuhr er fort: »Da du ja, wie du so schön sagtest, für die gröberen Dinge vorgesehen bist, wollen wir dich doch angemessen unterbringen, oder was meinst du? Nicht, dass du uns noch zu verweichlichen drohst.«

Die Wachen traten mit bleichen Gesichtern hinter Targon, der sich mit abfälligem Lächeln erhob.

»Ich erhalte nur die Unterkunft, die mir zusteht. Etwas anderes habe ich nicht verdient.« Damit ging er aus dem Saal, ohne Romun oder sie noch eines Blickes zu würdigen. Die Wächter eilten ihm hinterher, darum bemüht, den Anschein zu erwecken, sie hätten die Situation unter Kontrolle. Armonika atmete tief ein. Die Luft im Saal war stickig und erfüllt mit dem Gestank der ungewaschenen Leute, die sich für ihren Geschmack zu sehr an dem Streit der beiden Brüder erfreuten.

Romun stand noch einen Augenblick wie eine Statue an seinem Platz. Dann verbeugte er sich leicht vor ihr und schenkte ihr ein um Verzeihung bettelndes Lächeln.

»Entschuldige mich, aber ich musste etwas tun. Er hat mir keine Wahl gelassen.«

Armonika nickte. Romun hatte Recht. Begütigend legte sie eine Hand auf seinen sehnigen Unterarm und strich zärtlich mit dem Daumen über die helle Haut.

»Er wollte sich selbst bestrafen«, flüsterte sie ihm zu und erhob sich. »Ich werde mich zurückziehen. Gute Nacht.«

»Gute Nacht, Mutter«, flüsterte er zurück.

Armonika ging mit den schweren Schritten einer alten Frau aus dem Saal. Wohin würde sie das alles nur führen?

*

Wenig später stieg Armonika die unebenen Stufen hinab, die in engen Windungen in den Kerker führten. Ihre Finger umklammerten fest den langen Stiel der Fackel, deren ruhiges Flackern sie auf gleiche Weise beruhigte wie auch unliebsame Erinnerungen wachrief. Es war so unglaublich lange her, dass sie hierher gegangen war, dass es schon beinahe nicht mehr der Wahrheit entsprechen konnte. Damals war sie nicht als Königin gekommen und hatte am ganzen Körper gezittert. Sie konnte beinahe ihre Angst aus diesen Tagen riechen, als hätte sie sich in die Fugen der groben Wände verkrochen und wurde jetzt mit der Feuchtigkeit ausgedünstet, die auf den Steinen schimmerte wie die Tränen der Gefangenen. Armonika schluckte, straffte sich und beschleunigte ihre Schritte. Sie wollte nicht an ihre Vergangenheit erinnert werden. Ihre Gedanken mussten allein der Zukunft gelten. Am Fuß der Treppe befand sich ein runder Raum, von dem vier Gänge abzweigten, die sie aus dunklen Höhlen anglotzten. Winzig kleine vergitterte Fenster weit über ihrem Kopf ließen trübes Licht hinein. Eine Wache, die gerade aus dem Gang trat, die der Treppe gegenüberlag, versteifte sich bei ihrem Anblick. Dann besann er sich und nahm Haltung an.

»Eure Majestät, was kann ich für Euch tun«, fragte er steif und verbeugte sich leicht.

»Mein Sohn befindet sich hier unten. Bring mich zu ihm.«

»Ganz wie Ihr wünscht, Eure Majestät. Wenn Ihr mir bitte folgen wollt.«

Der Mann machte auf den Hacken kehrt und schritt mit gemessenen Schritten vor Armonika her. Ohne die Fackeln, die in regelmäßigen Abständen an den Wänden in eisernen Halterungen steckten, wäre die Dunkelheit nicht zu ertragen gewesen. So lauerte sie zurückgedrängt wie ein wildes Tier, das von der spärlichen Beleuchtung im Schach gehalten wurde und nur auf die Gelegenheit wartete, sich auf Armonika zu stürzen und sie in ihre Abgründe zu ziehen. Armonika fröstelte. Als der Wärter vor einer offenen Gittertür stehenblieb, atmete sie erleichtert auf und schritt eilig an ihm vorbei in die Zelle. Schimmeliges Stroh blieb an ihren Schuhsohlen hängen, während sie sich in dem stickigen Raum umsah. Doch es gab nichts zu entdecken außer ihrem Sohn, der mit verschlossenem Gesichtsausdruck lang ausgestreckt in einer Ecke lag. Die Arme hatte er hinter dem Kopf verschränkt und lag entspannt da, als läge er in einem feudalen Bett.

»Warum hast du das getan?«, fragte sie unumwunden und spürte, wie die Wut in ihre Brust zu kriechen begann.

Targon wandte den Kopf ihr zu und blinzelte, als wäre er gerade aus einem Traum geweckt worden. Dann richtete er sich ruckartig auf. Ein leises Quieken aus derselben Ecke ließ Armonika angeekelt einen kleinen Schauer über den Rücken laufen, und sie sah sich unbehaglich um.

»Was meinst du? Warum ich die Leute getötet und den Bauernhof in Brand gesetzt habe? – Das solltest du doch am besten wissen, nicht wahr? Dein Sohn hat es mir befohlen.«

»Du weißt genau, was ich meine«, entgegnete Armonika ärgerlich und winkte ab, während sie weiterhin misstrauisch ihre Augen in jeden Winkel wandern ließ. »Ich will wissen, warum du Romun derartig provoziert hast. Hast du erwartet, er würde sich das vor allen Leuten von dir gefallen lassen? Es war die einzige mögliche Reaktion, dich hier einzuquartieren.«

»Ich gehöre hierher oder nicht? Schließlich sind diese Gemäuer für Mörder und Diebe gemacht worden. Warum also sollte ich nicht auch hier sein?« Targon begegnete ruhig ihrem Blick und plötzlich erkannte sie die Veränderung. In seinen Augen lag nichts, kein Gefühl, kein Vorwurf, und – Armonika schluckte betroffen – keine Wärme. Sonst war so viel für sie in seinen Augen gewesen, doch jetzt waren sie leer, als würde er mit einer ihm völlig gleichgültigen Person reden. Der Schock breitete sich kalt zwischen ihren Schulterblättern aus und griff von dort nach ihrem Herzen.

»Hör zu, mein Junge«, setzte sie an und kniete sich spontan zu ihm in das feuchte Stroh, dessen Gestank sie roch, aber ihr plötzlich völlig egal war. »Ich weiß, dass dieser Auftrag nicht einfach für dich gewesen ist. Aber Romun hat *sich die Entscheidung nicht leicht gemacht. Weder fiel es ihm leicht, diese Leute vernichten zu lassen, noch ausgerechnet dich damit zu beauftragen. Aber als König muss man immer wieder Entscheidungen treffen, die unbequem sind und oftmals auch Verzweiflung hervorrufen, und das nicht nur bei allen anderen. Auch Romun trägt an dieser Last, und du hilfst ihm nicht zu herrschen, wenn du ihm seine Entscheidungen vorwirfst. Hilf deinem Bruder seine Last zu tragen. Mit wem soll er seine Entscheidungen und seine Bürde sonst tragen, wenn nicht mit den Menschen, die er am meisten liebt und denen er am meisten vertraut?«*

Targon hörte ihr unbewegt zu. Kein Muskel zuckte in seinen ebenmäßigen Zügen und auch in seinen Augen konnte Armonika nicht erkennen, ob er ihre Worte überhaupt gehört hatte. Vorsichtig griff sie nach seiner Hand, die sie fest umschloss.

»Romun braucht dich, Targon«, flüsterte sie. »Geh und entschuldige dich bei ihm. Steh ihm zur Seite, so wie ein König es verdient. Ich bitte dich, als deine Mutter.«

Targon entzog ihr ohne eine Erwiderung die Hand und erhob sich leichtfüßig vom Boden. Armonika sah zu ihm auf und erschrak über die Kälte in seiner Stimme, als er zu sprechen begann: »Du bittest mich? – Als meine Mutter? – Wie schamlos nutzt du so ein großes Wort und zuckst nicht mit der Wimper, wenn eine andere Mutter ihr Kind durch meine Hand verliert?«

Armonika schlug zu. Ihre Ohrfeige warf seinen Kopf zur Seite und schmerzte sie doch selbst viel mehr als ihren Sohn. Der Zorn über die Wahrheit in seinen Worten rauschte durch ihren Verstand. Dann musste sie ihn eben anders aus seiner Büßerrolle werfen.

»Wage es nie wieder, mit mir so zu reden, mein Sohn.« Jedes einzelne Wort betonte sie voller Leidenschaft. »Du wirst augenblicklich deinen Platz an der Seite deines Bruders einnehmen und deinen Aufgaben ohne Klage nachkommen, oder, bei allen Göttern, ich werde eigenhändig diesen Kerker zumauern und dabei zusehen, wie du in deinem Selbstmitleid versinkst.« Atemlos hielt sie inne; Auge in Auge mit seiner Verachtung. Für einen unendlich langen Augenblick herrschte nichts als eisiges Schweigen zwischen ihnen. Ein Duell, das mit den Augen ausgefochten wurde, und keiner von beiden war bereit, nachzugeben. Armonika betete innerlich um seine Einsicht. Er kannte sie gut genug, um zu wissen, dass sie ernst machen würde. Sie unterdrückte ein erleichtertes Seufzen, als er schließlich langsam nickte.

»Wie du meinst«, sagte er knapp und ging an ihr vorbei, ohne sie eines weiteren Blickes zu würdigen.

Armonika schluckte bitter. Sie hatte gewonnen.

Der Preis für diesen Sieg war der Verlust ihres Sohnes.

Die letzten Worte brannten wie ein Leuchtfeuer in der Dunkelheit. Er konnte förmlich ihren Schmerz darin spüren, aber noch mehr spürte er ihre Entschlossenheit. Sie verfolgte ein Ziel, und sie würde sich von nichts und niemand davon abbringen lassen.

Vielleicht diente auch das Monster in Romun nur ihrem eigenen Ziel. Er fragte sich, ob er weiter zurückblättern sollte, um danach zu suchen. Alles stand hier drin und wartete nur darauf, von ihm offenbart zu werden. Doch er zögerte. Die Erkenntnis, dass er dies alles zu verantworten hatte, schmerzte zu sehr und das beständige Leuchten, das von dem hinteren Teil des Buches ausging, machte ihm deutlich, dass die Zeit nicht stehenblieb und die Geschichte weitergeschrieben wurde; kontinuierlich und ohne Rücksicht auf seine jämmerlichen Gefühle.

Entschlossen schob er den Gedanken an Armonika beiseite. Er wollte wissen, was mit Hannah geschah. Irgendetwas in ihm war davon überzeugt, dass sie noch für so manche Überraschung gut sein würde.

Flucht

Wie gewohnt erhielt Maruk ohne Schwierigkeiten Einlass in die Burg. Nach all den Jahren gewährte man ihm die gleichen Rechte bis hin zur absoluten Bewegungsfreiheit. Ein kostbarer Vorteil, den er wohl nach diesem Tag verspielt haben würde. Was er jetzt tat, wich erheblich von dem einst geschmiedeten Plan ab. Aber Romuns Entwicklung ließ ihm keine andere Wahl. Schon lange hätte er eingreifen müssen. Ihm jetzt die Schreiberin zu überlassen, grenzte an Wahnsinn.

Zielstrebig lenkte er seine Schritte durch die vertrauten Gänge, bis er vor den Gemächern Armonikas stehenblieb. Eine Wache trat vor und grüßte ihn respektvoll, machte aber keine Anstalten ihn einzulassen.

»Seid willkommen, Maruk!«, sagte er. »Ich bedauere, aber ihre Königliche Hoheit befindet sich nicht in ihren Räumen.«

»Ich muss sie in einer dringlichen Angelegenheit sprechen. Es duldet keinerlei Aufschub. Bringt mich auf der Stelle zu ihr.«

Der Wachmann blinzelte ihn verwirrt an und schien noch zu überlegen, wie er auf die Aufforderung reagieren sollte, als sich hinter ihm die Tür öffnete und Malita Gabalna im Rahmen erschien. Sie war alt geworden und dünn. Kein Vergleich mehr zu dem dicken Kindermädchen von einst. Ihr Gesicht war blass und spitz. Der Tod Targons musste sie bis ins Mark getroffen haben, hatte sie ihn doch bereits als kleinen Jungen fest in ihr Herz geschlossen, ohne auf das Gerede der Leute zu achten. Ihre blassen Augen musterten ihn kurz, dann nickte sie wie zu sich selbst.

»Maruk! Tretet ein«, sagte sie und machte eine vage einladende Handbewegung.

Maruk folgte ihr. Leise wurde die Tür hinter ihnen geschlossen. Neugierig ließ er den Blick durch den vertrauten Raum wandern. Nichts hatte sich verändert. Kein Prunk und kein überflüssiger Tand lasteten darauf. Nur ein einfacher Tisch mit passenden Stühlen befand sich darin. Auf dem Tisch stand eine Vase mit einem Strauß aus bunten Wildblumen, die ihm einen Stich versetzten, ohne dass er sagen konnte, warum.

Lady Gabalna trat an den großen Kamin und warf ein Holzscheit auf das schwach flackernde Feuer. Erst dann wandte sie sich wieder ihm zu.

»Armonika ist nicht hier. Ihr könnt hier warten, bis sie zurückkehrt.«

»Ihr habt die Schreiberin. Ich will sie sehen«, forderte Maruk ohne Umschweife. Er war sicher, dass Malita in alles eingeweiht war. Zwischen den Frauen hatte sich im Laufe der Jahre eine Freundschaft entwickelt, die Maruk nicht verstanden hatte. Sie hätten unterschiedlicher nicht sein können, aber es gab keine Zweifel daran, dass Armonika ihr absolut vertrauen konnte.

Malita schürzte missbilligend die Lippen.

»Das seid ganz Ihr, Maruk, nicht wahr? Nach all den Jahren habt Ihr Euch tatsächlich nicht geändert und kommt ohne Umschweife zur Sache.«

»Es tut mir leid, dass mein Auftreten Euch dermaßen entrüstet, und ich respektiere zutiefst Eure Trauer über den Verlust des Prinzen, aber ich habe keine Zeit zu verlieren.«

»Meine Trauer …« Malitas Stimme wurde eisig und der Blick vorwurfsvoll. »Sicher sollte es auch die Trauer von anderen sein und nicht nur die meine.« Beherrscht faltete sie ihre schmalen Hände ineinander und straffte ihre Schultern. »Aber Armonika hat mit Eurer Eile gerechnet. Ich soll Euch zu der Schreiberin bringen, wenn Ihr es verlangt.«

»Danke.«

Malita winkte ab und schenkte ihm einen plötzlich mitleidigen Blick.

»Wir haben aber keine Tinte, Maruk. Der König hat nach dem gestrigen Fiasko die Tinte selbst fortgebracht und versteckt. Nur Lord To'bal und er wissen, wo sie sich befindet.« Zweifellos kostete es sie Überwindung, von Tinte zu sprechen. Ihre Stimme zitterte unmerklich.

»Das ist für mich kein Problem.«

»Gut, dann folgt mir.« Damit schritt die hochgewachsene Gestalt vor ihm her, zurück auf den Gang und geleitete ihn vor eine Tür, in dessen

Herz kunstvoll eine Schreibfeder eingearbeitet worden war. »Ihr könnt eintreten, Maruk. Ich werde Ihre Majestät suchen.«

Mit einem Schlag wurde Maruk sich bewusst, dass er endlich seinem Ziel zum Greifen nahe war. Anspannung ergriff ihn, als Malita Gabalna gegen die Tür klopfte und begleitete ihn in den Raum.

Hannah lag immer noch auf dem Bett, zusammengerollt und klein. Ihre linke Hand pochte heiß und schien nahezu den ganzen Arm zu lähmen. Niemand kam, um nach ihr zu sehen. Offensichtlich hatte dieses Ungeheuer beschlossen, ihr wirklich Zeit zum Nachdenken zu geben. Sie hatte nachgedacht – oh ja. Aber sie war bestimmt nicht zu dem Ergebnis gekommen, das sich Romun wünschte.

Langsam richtete sie sich auf dem riesigen Bett auf. Der Schmerz verstärkte sich, unwillkürlich hielt sie zischend den Atem an. Sie hatte lange genug darüber nachgedacht. Nach dem Selbstmitleid und der Angst vor dem, was Romun mit ihr tun würde, wenn sie sich ein weiteres Mal verweigerte, kam das maßlose Grauen vor dem, was er tat, wenn sie ihm gehorchte. Wenn wirklich alles geschah, was sie aufschrieb, waren die Folgen nicht vorhersehbar. Romun musste wahnsinnig sein. Es konnte nichts Gutes dabei heraus kommen.

Trotz hatte sich in ihr geregt und der Entschluss, das restliche Blut dafür zu nutzen, diesem grausamen Spiel ein Ende zu bereiten. Ursprünglich hatte sie vorgehabt, Marina sicher nach Hause zu schreiben. Jetzt war es der Wunsch, alles seit der Idee zur Reise ungeschehen zu machen. Mit zusammengebissenen Zähnen rutschte sie an die Bettkante und starrte wie hypnotisiert auf die Schuhe, die noch so dastanden, wie sie die hässlichen Dinger zurückgelassen hatte. Immer noch schimmerte in den Blüten des einen Schuhs das dunkle Blut. Schmerzhaft zog sich wieder ihr Herz zusammen, doch sie gab sich dem Gefühl nicht mehr hin. Wenn es gelang, würde Targon ihr nie begegnen und auch Marina blieb das unglückselige Zwischenspiel mit Romun erspart.

Ohne weiter zu zögern beugte sie sich vor, ignorierte den stechenden Schmerz in ihrer Hand und griff nach dem Schuh. In diesem Moment klopfte es, und die Tür wurde geöffnet. Erschrocken stellte sie den Schuh zurück und schob ihn hastig unter das Bett. Mit klopfendem Herzen richtete sie sich auf.

»Verzeiht, wenn ich einfach so in Eure Gemächer eindringe.«

Ein Mann stand in der Tür, der einen Blick über seine Schulter zurückwarf und dann eilig eintrat. Er war einfach gekleidet, mehr wie ein Bauer als einer der Burgbewohner, denen sie bisher begegnet war. Seine Miene war ernst, aber freundlich, als er mit wenigen Schritten die Distanz bis zu ihrem Bett überwand und vor ihr stehenblieb. Sie hätte wahrscheinlich misstrauisch sein sollen, aber etwas in seinen Augen hielt sie davon ab, erschrocken zurückzuweichen.

»Ich weiß, dass es im Augenblick für Euch alles zu viel ist, aber Ihr müsst mir glauben, wenn ich Euch sage, dass ich hier bin, um Euch zu helfen. Ich werde Euch aus der Burg bringen und nach Hause.«

Hannah starrte ihn sprachlos an. Nur zu gerne wollte sie diesem Mann glauben, hatte er doch die Zauberworte ‚nach Hause' gesagt.

»Wer seid Ihr?«, fragte sie dennoch und betrachtete ihn genauer. Die ersten Falten hatten sich um Augen und Mundwinkel gegraben. Seine kurzgeschnittenen Haare waren von einem dunklen Braun, aber hin und wieder von einer grauen Strähne durchsetzt. Er war durchaus attraktiv, auch wenn er bereits Mitte Dreißig sein musste. »Und warum sollte ich Euch trauen?«

»Mein Name ist Maruk«, antwortete er knapp. Seine Augen wanderten dabei durch ihr Zimmer, als saugten sie jedes Detail auf, bis sie kurz an dem einzelnen Schuh vor dem Bett hängenblieben und sich dann wieder ihr zuwandten. »Ihr kennt mich nicht, noch habt Ihr höchstwahrscheinlich von mir gehört. – Wie ist das passiert?« Er deutete auf ihre Hand, die Hannah vorsichtig auf ihren Oberschenkel gebettet hatte.

»Der König«, antwortete sie. Es war ihr unmöglich, dabei das Zittern in ihrer Stimme zu unterdrücken. Die Begegnung mit Romun war zu – nachhaltig gewesen.

Maruk nahm mit überraschender Sanftheit die verletzte Hand in seine. Hannah hielt unbewusst den Atem an, aber die Hand pochte nur still weiter, während er sich vorsichtig den Finger besah, der inzwischen unheilvoll rot angeschwollen war.

»Er ist gebrochen«, stellte er nüchtern fest. »Und muss dringend in die richtige Position gebracht werden.«

»Seid Ihr ein Arzt?«, fragte Hannah hoffnungsvoll, gleichzeitig verkrampfte sich ihr Magen bei dem Gedanken daran, was er mit ›in die richtige Position bringen‹ meinte.

Maruk sah sie ernst an. »Nein.« Er schüttelte den Kopf und lächelte aufmunternd. »Und es ist nicht nötig, Angst zu haben.« Er deutete mit seinem Blick auf den verbliebenen Schuh und wählte eine nicht mehr so förmliche Anrede. »Du könntest einfach das verbliebene Blut für deine Heilung nutzen.«

Hannah versteifte sich und entzog ihm die Hand. Dabei verbiss sie sich das Stöhnen, das sich zusammen mit neuerlichen Schmerzen in ihre Kehle drängte.

Verdammt, woher wusste er? »Ich hatte etwas anderes vor«, wich sie aus und hoffte inständig, dass er nicht auf die Idee kam, unter das Bett zu schauen.

»Falls du vorhaben solltest, Dinge aus der Vergangenheit ungeschehen zu machen, dann spar dir das. – Du hast nicht die Macht dazu.« Maruk erhob sich und Bitterkeit legte sich über seine Züge. »Du würdest nur das kostbare Blut verschwenden. Nimm es für deine Heilung. Auf unserer Flucht würde dich der Finger nur behindern, womöglich entzündet er sich sogar.«

Hannah zögerte. Ob es wirklich funktionierte? Einfach aufzuschreiben, dass der Finger wieder gesund war? Wenn es funktionierte, was war dann aus Targon geworden? Ihre Herzschläge trommelten immer schneller gegen ihren Brustkorb. Sie hatten ihn ins Wasser geworfen. Wahrscheinlich war er nach seinem ersten Atemzug augenblicklich ertrunken, weil er Wasser in die Lungen bekommen hatte. Ihre Brust begann zu schmerzen. Sie war so unbedacht gewesen. Warum hatte sie nicht vorher darüber nachgedacht? Ihr Vater hatte sie so oft davor gewarnt, zu impulsiv zu handeln.

»Warum sollte ich glauben, dass Ihr …, du mir uneigennützig helfen willst?« Hannah versuchte jede Regung in Maruks Gesicht zu deuten, wenn es denn eine gegeben hätte. Stattdessen kam die Antwort unumwunden und zweifelsohne ehrlich:

»Weil ich dich auch töten könnte, wenn ich wollte, und niemand könnte mich davon abhalten.« Dann verzog sich seine Miene zu einem Schmunzeln. Hannah musste ihn wohl ansehen wie ein verschrecktes Kaninchen. »Aber das habe ich nicht vor. Ich kann nur einfach nicht zulassen, dass Romun dich für seine Machenschaften benutzt. Dein Tod wäre der letzte Ausweg, den ich wählen würde.«

Immerhin! Hannah schluckte. Vielleicht war er ihr sogar eine Spur zu ehrlich. Nachdem sie sich von diesem Schock erholt hatte, nickte sie langsam. »Das macht Sinn«, hauchte sie und erbleichte, als er sich bückte und unter dem Bett den Schuh hervorholte. Ob er die Schrift gesehen hatte? Unbeeindruckt hielt er ihr den Schuh hin und zog mit der anderen Hand ein zusammengerolltes Pergament hervor. »Schreib«, forderte er sie auf.

Gehorsam nahm sie das Pergament, doch dann sah sie sich um. Sie brauchte eine Unterlage. Maruk musste das Gleiche gedacht haben, denn er legte ihr einen großen Handspiegel in den Schoß. Hannah breitete das Pergament darauf aus. Mit einem unterdrückten Stöhnen legte sie die verletzte Hand so darauf, dass es sich nicht wieder zusammen rollen konnte. Dann holte sie tief Atem, als wollte sie selbst ganz in das Blut hinabtauchen, in das sie jetzt ihre Fingerspitze tippte. Augenblicklich erfasste sie wieder das Kribbeln, das sich angenehm und belebend in ihrem Körper ausbreitete. Für einen Moment verharrte sie so, den Finger über dem Pergament schwebend, und gab sich ganz dem Gefühl hin.

»Schreib!«, forderte Maruk sie diesmal barscher auf. Hannah schrak ein wenig zusammen.

»Wir haben nicht ewig Zeit«, mahnte er etwas besänftigender.

Sie antwortete nicht. Er hatte recht. Also konzentrierte sie sich und schrieb:

Hannahs gebrochener Finger rutschte schmerzlos in die richtige Position zurück und heilte augenblicklich.

Wieder erfasste sie Schwindel noch während sie schrieb, doch sie ignorierte ihn und hielt auch das aberwitzige Lachen zurück, das sich in ihrer Kehle sammelte.

»Hervorragend«, sagte Maruk neben ihr.

Erst jetzt gestattete sie sich einen Blick auf ihre Hand. Das Herzklopfen kehrte mächtiger zurück. Die Hand war völlig normal, der kleine Finger da, wo er sein sollte und die Schwellung war auch zurückgegangen. Unglauben mischte sich mit Faszination. Eilig hob sie die Hand vor ihre Augen und betastete sie aufgebracht mit der anderen. Tränen liefen plötzlich über ihr Gesicht. Jetzt hatte sie Gewissheit über ihre Fähigkeit und auch über die Tatsache, dass sie Targon mit ihrer unbedachten Schreiberei nicht geholfen hatte. Haltlos schluchzte sie auf. Die Verzweiflung der letzten Tage brach sich eine Bahn. Es war ihr gleichgültig, dass Maruk vor kurzem noch darauf hingewiesen hatte, dass sie nicht ewig Zeit hatten. Es war alles zu spät. Sie hätte ihn retten können!

Eine Hand legte sich schwer auf ihre Schulter und drückte sie beruhigend.

»Beruhige dich«, sagte Maruk überraschend sanft. Doch Hannah schüttelte schluchzend den Kopf.

»Ich hätte ihn retten können«, wisperte sie und barg das Gesicht in ihren Händen. »Stattdessen habe ich alles verdorben.«

»Sieh mich an.« Maruk kniete sich vor sie und nahm ihre Hände herunter. Dann sah er ihr fest in die Augen. »Es ist alles gut, Hannah. Targon lebt. Wir werden gemeinsam fliehen.«

Verständnislos sah sie ihn an.

»Wie?«, fragte sie tonlos. »Er ist nicht ertrunken?«

»Ein paar Kinder haben ihn leblos aus dem Fluss gezogen und mich dann gerufen, weil er plötzlich wieder zu atmen begann. Ich will dir nichts vormachen. Es geht ihm schlecht, aber noch lebt er.«

Er lebte tatsächlich! Langsam richtete sie sich auf und betrachtete Maruk. Keinen Augenblick zweifelte sie seine Worte an. Offen begegnete er ihrem Blick. Irgendwie hatte sie das seltsame Gefühl, ihm schon einmal begegnet zu sein, doch sie konnte nicht sagen, wo das gewesen sein sollte. Immer noch hielt er ihre Hände in seinen. Hände, die harte Arbeit gewohnt waren und dennoch geschmeidig wirkten.

Wer war er? War Maruk wirklich nur ein einfacher Bauer? Warum fühlte er sich dann berufen, Romuns Pläne zu vereiteln?

»Wer seid Ihr?«

Doch bevor Maruk ihre Frage beantworten konnte, wurde erneut unvermittelt die Tür geöffnet und Lady Gabalna trat in Begleitung einer anderen Frau in den Raum.

Maruk ließ langsam Hannahs Hände los und stand auf. Während Lady Gabalna mit hochgezogenen Augenbrauen die Szene betrachtete und neben der Tür stehenblieb, kam die andere Frau näher und füllte mit einem Schlag mit ihrer Präsenz den Raum.

Hannah hielt unwillkürlich den Atem an. Die Frau war von unglaublicher Schönheit. Ebenmäßige Gesichtszüge mit großen blauen Augen wurden von langen blonden Haaren eingerahmt, die in glänzenden Wellen über ihre schmalen Schultern fielen. Das cremefarbene Kleid, das sie trug, wirkte trotz des edlen Stoffes schlicht und unterstrich ihre natürliche Schönheit. Ruhig blieb sie vor Maruk stehen und reichte ihm ihre Hand. Mit einer Verbeugung ergriff er sie und deutete einen formvollendeten Handkuss an.

»Meine Königin!«

Hannah holte tief Luft und erhob sich wie von unsichtbaren Fäden gezogen. War das Romuns Frau?

»Maruk!« Sie nickte ihm ernst zu und wandte sich dann an Hannah, die unsicher vor ihr stand. Wie sollte sie sich verhalten? Doch die Königin machte es ihr leicht. Mit einem Lächeln reichte sie ihr die Hand, die sie automatisch ergriff.

»Hannah«, sagte sie mit melodiöser Stimme und drückte Hannahs Hand. »Verzeiht, dass ich Euch nicht schon zuvor begrüßt habe. Aber ich bin sicher, dass mein Sohn dies angemessen getan hat.«

Hannah war so gebannt von der Erscheinung der Königin, dass sich nur langsam die Tatsache in ihren Verstand schob, dass sie nicht die Ehefrau Romuns vor sich hatte.

»Ihr seid Romuns und Targons Mutter«, stellte sie überrascht fest. Die Frau vor ihr konnte kaum mehr als dreißig Jahre alt sein. In Hannahs Kopf rotierte es. Es war biologisch nicht möglich, dass sie damit die Mutter der beiden war. Oder doch? Wie alt war Targon? Dreiundzwanzig Jahre vielleicht, überlegte sie und bemerkte erst, dass sie die Frau vor sich anstarrte, als Lady Gabalna in ihrer Ecke auffällig hüstelte.

Doch der Königin schien dies nichts auszumachen. Sie lächelte nach wie vor. Wie eine einstudierte Puppe, dachte Hannah plötzlich und empfand tiefe Ablehnung. Diese Frau hatte vor zwei Tagen einen ihrer Söhne verloren, und nicht die Spur von Trauer lag in ihrem Gesicht.

»Mein Beileid zu dem Verlust Eures Sohnes, Königliche Hoheit«, sagte Hannah provokant.

Das Lächeln versiegte kurz, huldvoll neigte die Königin den Kopf.

»Ich danke Euch für Euer Mitgefühl, Hannah. Habt Ihr doch nicht wirklich Grund, den Tod meines Sohnes zu bedauern. Ihr müsst ihm nicht gerade gewogen gewesen sein, schließlich hat er Euch gewaltsam Eurem bisherigen Leben entrissen.«

Puh, was für eine geschwollene Umschreibung für eine Entführung. Hannah wurde die Königin immer unsympathischer.

»Königliche Hoheit, wir müssen weiter.« Vorsichtig meldete sich Lady Gabalna aus dem Hintergrund. »Besuch wartet in der großen Halle auf Euch und den König.«

Die Königin hob kurz die Hand, zum Zeichen, dass sie verstanden hatte. Dann wandte sie sich wieder Maruk zu. Mit einem langen Blick reichte sie ihm ihren Arm.

»Begleitet mich noch vor die Tür, Maruk«, forderte sie ihn auf.

Er konnte kein einfacher Bauer sein. Dessen war sich Hannah jetzt absolut sicher. Nicht nur, dass die Königin kaum den Eindruck erweckte, als würde sie sich die Namen ihrer Bauern merken, sie wirkte auch nicht so, als würde sie Wert auf deren Gegenwart legen. Dennoch reichte sie ihm wie selbstverständlich den Arm. Auch der Blick, den die beiden miteinander wechselten, blieb Hannah nicht verborgen. Ob sie Maruk vielleicht doch besser nicht blind vertrauen sollte? Vielleicht baute er nur auf ihre Dankbarkeit und wollte dann ihre Fähigkeiten für seine eigenen Zwecke ausnutzen? Doch dagegen sprach, dass sie keine Tinte hatten. Hannah seufzte und ließ sich erschöpft auf das Bett fallen, während Maruk mit der Königin das Zimmer verließ. Lady Gabalna warf ihr noch einen letzten Blick zu, dann folgte sie wortlos den beiden hinaus.

Hannah blieb mit einem seltsamen Gefühl zurück. Sie wusste nicht, was sie von dieser Begegnung halten sollte. Wunderte sich diese Königin denn nicht darüber, dass Maruk einfach bei ihr im Zimmer saß? War das eigentlich – schicklich? Hannah kicherte. Seitdem sie wusste, dass Targon noch lebte, fühlte sie sich etwas besser, und sie konnte es kaum erwarten, ihn wiederzusehen. Aber es ging ihm schlecht, hatte Maruk gesagt. Warum hatte er sie mit dem restlichen Blut nicht Targon gesundschreiben lassen? Oder hatte er doch gesehen, was sie aufgeschrieben hatte? Dann machte es wiederum Sinn.

Fragen über Fragen! Ihr brummte bereits der Kopf davon, und Antworten hatte sie doch keine. Im Moment blieb ihr einfach nichts anderes übrig, als Maruk zu vertrauen. Hauptsache, sie kam aus dieser Burg hinaus und weg von diesem geistesgestörten König.

Als Maruk zu ihr zurückkehrte, betrachtete sie ihn mit mehr Misstrauen als zu Beginn ihrer Begegnung. Doch Hannah schluckte jedes Wort hinunter. Sie hatte ein Ziel und würde jede Gelegenheit nutzen, um hier fortzukommen.

»Zieh das an«, sagte er und hielt ihr einen Bündel Kleider entgegen, das er vorhin noch nicht bei sich gehabt hatte. »Beeil dich! Eine Dienstmagd wird jeden Augenblick kommen und dich ins Dorf begleiten.«

Hannah ignorierte die Sachen und stand auf.

»Sie lässt uns einfach gehen? Warum sollte sie ihrem Sohn in den Rücken fallen?«, fragte sie nun doch misstrauisch. Dabei konnte sie kaum einen ängstlichen Seitenblick auf Maruk unterdrücken. Schließlich wollte sie ihn nicht verärgern. Er war ihre Fahrkarte aus dem Grauen.

Maruk ließ die Hand langsam sinken und seufzte schwer. »Dir bleiben nicht viele Möglichkeiten, wenn du jetzt nicht mit mir mitkommen möchtest. Im nächsten Morgengrauen wird Romun dich wieder rufen lassen. Was meinst du, wird er tun, wenn er sieht, was du mit deiner Hand gemacht hast? Denkst du, er wird es dulden, dass du seine Bestrafung unterlaufen hast?«

Hannah holte unwillkürlich Luft und spürte Wut in sich hochkriechen. »Das war also Berechnung gewesen? Die Idee, meine Hand zu heilen? Damit mir keine Wahl bleibt?«

Sie fühlte sich wie eine Närrin. War es so leicht, sie zu manipulieren? Wütend und frustriert funkelte sie Maruk an, der sich davon völlig unbeeindruckt zeigte.

»Tatsächlich war es doch die beste Lösung. - Ich habe nicht gelogen, als ich sagte, dass die Verletzung uns sonst nur behindert hätte. Es wird schwer genug werden, Targon wegzuschaffen.«

»Ich hätte vielleicht besser Targon heilen sollen als meine Hand.«

»Das wäre nicht möglich gewesen, Hannah. Das wissen wir doch beide. Oder hast du vergessen, was du unter das Bett geschrieben hast?«

Verdammter Heuchler, dachte sie. Also hatte er die Schrift gesehen, aber nichts gesagt.

Resignierend nahm sie das blaue Kleid. Es war das gleiche Kleid, das die Mägde auf der Burg trugen. Sogar eine Schürze war dabei.

»Es ist nicht ungewöhnlich, dass Mägde die Burg verlassen, um auf dem Markt Besorgungen zu machen«, beantwortete Maruk ihre unausgesprochene Frage. »Niemand wird euch aufhalten.«

Hannah nickte und wollte ihn noch fragen, wo genau sie sich treffen würden, als es klopfte. Unwillkürlich zuckte sie zusammen und panische Angst vor Romun griff nach ihr. Maruk öffnete zu ihrem Entsetzen völlig ungerührt die Tür und eines der Mädchen trat ein, die Hannah schon von ihrem Bad kannte. Es war die jüngste von ihnen, die nun mit einem Knicks und einem scheuen Lächeln eintrat.

»Lady Gabalna hat mir aufgetragen, Euch zur Kräuterfrau zu begleiten. Darf ich Euch beim Umkleiden behilflich sein?«

Maruk nickte Hannah nur knapp zu und verließ ohne ein weiteres Wort den Raum. Beklommen sah sie auf die Tür, die sich hinter ihm wieder schloss und lächelte dann nicht weniger scheu das Mädchen an.

»Ja, bitte!«, sagte sie und bemerkte selbst, wie kläglich ihre Stimme klang. Aber ihre Angst machte ihre Finger steif, ebenso wie ihren Verstand. Das Mädchen hingegen wirkte völlig ruhig. Dabei musste doch auch ihr eine schreckliche Strafe drohen, wenn sie dabei erwischt wurde, wie sie Hannah zur Flucht verhalf. Aber sie schien ihren Auftrag nicht im Mindesten zu hinterfragen oder sie vertraute einfach auf den Schutz durch Lady Gabalna.

Während das alte Kleid bereits zu Boden rutschte und das Mädchen ihr in das Dienstmagdkleid half, konnte sich Hannah nicht mehr länger zurückhalten.

»Weißt du, ob mit König Romun noch ein anderes Mädchen in die Burg kam?«, fragte sie und suchte in dem Gesicht, das noch so unschuldig aussah, als ob sie die Antwort dort bereits finden konnte.

Das Mädchen schnürte mit konzentrierter Miene Hannahs Mieder und warf ihr nur kurz einen Blick zu. »Nein, davon weiß ich nichts. Wir haben kein anderes Mädchen in den Gemächern wie Euch.« Sie drehte sich zur Seite und griff nach dem Korb, den sie beim Eintreten dort abgestellt hatte. »Wenn wir gefragt werden«, sagte sie und reichte ihn Hannah, »dann gehen wir in die Unterstadt, um ein Mittel gegen die Kopfschmerzen der Königin zu holen.«

Hannah nickte und schloss fest die Hände um den Korb. Sie wusste nicht, ob sie erleichtert sein sollte. Vielleicht hatte Romun ja wirklich die Wahrheit über Marina gesagt. Dann wäre sie zurück im Hotel und, wenn auch sicherlich verängstigt und verwirrt, sicher. Aber irgendwie konnte sie das nicht glauben. Es wäre zu einfach gewesen und entsprach nicht dem Bild, das sie von Romun hatte. Im Moment konnte sie das nicht überprüfen, sie musste dringend aus der Burg fortkommen und dabei konnte ihr nur Maruk helfen. Egal, welche Ziele er verfolgen mochte, sie musste zumindest jetzt auf ihn vertrauen und Marinas Schicksal musste warten. Bei diesem Gedanken klumpte sich ihr Magen mehr und mehr zusammen.

»Ihr dürft nicht so verängstigt aussehen, Lady Hannah. Das macht die Wachen nur misstrauisch. Sie werden Euch genauer betrachten wollen.« Das Mädchen stemmte ihre Hände in die Seiten und wirkte mit einem Schlag älter. Es war ganz offensichtlich nicht das erste Mal, dass sie einen Geheimauftrag hatte. Sie war wohl doch nicht so unschuldig, wie ihr Gesicht glauben machte. »Um diese Zeit herrscht viel Betrieb auf der Burg. Viele Leute gehen und kommen. Versucht einfach unauffällig zu bleiben. Es wird uns niemand aufhalten.«

»Du machst das nicht zum ersten Mal, habe ich recht? Und bitte nenn mich nicht Lady Hannah. Ich bin keine Lady. Und wie ist dein Name? Schließlich sollte ich den wissen, falls wir doch angesprochen werden.« »Ich heiße Trudi« Das Mädchen lächelte jetzt, gab aber keine Antwort auf die andere Frage Hannahs und ging zur Tür. »Wir müssen nun los.«

Hannah folgte Trudi durch die endlos langen Gänge der Burg, in denen sie schon bald jegliche Orientierung verloren hatte. Es herrschte erschreckend viel Leben darin. Männer und Frauen eilten umher. Einige trugen Waren mit sich, einige in edle Gewänder gekleidete Männer und Frauen folgten Angehörigen der Dienerschaft, die sie sonst wohin geleiteten. Überall gab es Wachen. Hannah gab sich jede Mühe, ein unbeeindrucktes Gesicht zu machen und nicht alle anzugaffen, als wäre dies alles für sie neu. Aber genau das war es. Als die Wache sie zu Romun geführt hatte, waren sie nur durch zumeist leere Gänge gelaufen. Die Burg schien noch größer zu sein, als sie von außen den Anschein hatte. Unbehaglich fragte sie sich, wie viele Soldaten zur Burg gehören mochten. Es waren alles potenzielle Kandidaten, die ihr von Romun auf die Fersen gesetzt werden konnten. Für ihren Geschmack waren das eindeutig zu viele.

Glücklicherweise war es genauso, wie Trudi es gesagt hatte. Niemand schenkte ihnen besondere Aufmerksamkeit. Ab und zu nickte ihnen jemand zu, bevor er an ihnen vorbeihastete. Trotzdem hämmerte ihr Herz vor Aufregung bis in den Hals hinauf und es beruhigte sich auch nicht, als sie endlich das große Tor passierten und zwischen die Gassen der Unterstadt verschwanden. Auch hier eilten Leute umher und gingen ihren Beschäftigungen nach. Sie passierten eine Schmiede, aus der der scharfe Geruch nach verbranntem Horn aufstieg. Ein dickes Kaltblut stand davor und bekam von einem Mann gerade neue Hufeisen. Gutmütig stand es mit gesenktem Kopf da, während ihm das neue Eisen angepasst wurde. Hannah konnte sich nicht sattsehen. Die kleinen Häuser sahen gemütlich aus, und sie fühlte sich an einen Ausflug mit ihrer Familie nach Monschau erinnert. Fachwerkhäuser mit bunten Schildern, die über den Eingängen schaukelten und verrieten, welches Handwerk darin seine Waren oder Arbeiten feilbot. Und diesmal leerten sich die Gassen auch nicht wie bei ihrer Ankunft mit Targon.

»Als ich mit Prinz Targon hergekommen bin, haben sich die Leute in ihren Häusern versteckt. Warum?«, fragte sie, als sie an einem Brunnen vorbeikamen, aus dem einige Frauen ihre Eimer füllten und tratschend die Vorbeigehenden betrachteten. Sie hatten den ganzen Weg kein Wort gewechselt und Trudi warf ihr einen überraschten Blick zu.

»Weil er der Schwarze Prinz war«, entgegnete sie, als würde das alles erklären. »Die Menschen fürchteten ihn. Viele hier haben Angehörige durch ihn verloren. Er hat ganze Familien ausgerottet.«

Der Schwarze Prinz! Ein Begriff wie aus einem finsteren Mittelalterroman. Ganz abgesehen davon, dass sie Targon irgendwie nicht wirklich damit in Verbindung bringen konnte. Sie konnte sich nicht vorstellen, dass er ganze Familien ausgerottet haben sollte. Sie wollte sich das einfach nicht vorstellen!

Kein Mitleid klang in Trudis Worten mit. Es war ihr gleichgültig, dass er tot sein sollte. Und ihre Worte hockten sich sogleich zu dem Begriff Auftragsmörder, den Romun genannt hatte. Diese Worte und das Verhalten der Leute sollten Beweis genug sein. Warum wollte sie das nicht einsehen? Weil es nicht in seinen Augen gestanden hatte und weil er sich nicht so verhalten hatte. Ja, er hatte sie entführt, weil sein Bruder ihm das befohlen hatte, und ja, er war abweisend und kühl gewesen. Mitleid hatte er keines gezeigt. Aber es hatte deutlich Sorge in seinen Augen gestanden. Oder hatte sie sich das alles nur eingebildet?

»Wir sind da«, verkündete Trudi jetzt und klopfte an die Tür eines winzigen Häuschens. Ohne eine Antwort abzuwarten, öffnete sie die Tür, griff nach Hannahs Hand und zog sie mit sich hinein. Im Inneren herrschte ein gemütliches Halbdunkel, das von dem angenehmen Duft verschiedener Kräuter gefüllt wurde. An der Decke und über der kleinen Feuerstelle hingen überall fein säuberlich gebündelte Kräuter. Hannah erkannte den Duft von Lavendel und Rosmarin. Tief atmete sie ein und fühlte augenblicklich die beruhigende Wirkung des Lavendels in ihre Lungen kriechen, von dort breitete es sich auf ihr Herz aus, das seinen Herzschlag langsam normalisierte. Zu gerne hätte Hannah sich die Kräuterbündel gerne näher angesehen, doch Trudi lies ihr keine Gelegenheit, hier länger zu verweilen. Sie hielt sie weiterhin fest an der Hand und zog sie energisch eine steile Stiege hinauf.

»Los, zieh die Sachen aus«, befahl Trudi und bewies mit der Selbstsicherheit, die dahinter steckte, aufs Neue, dass sie ganz sicher so etwas nicht zum ersten Mal für Lady Gabalna tat oder für die Königin. »Du kannst nicht als Magd Kylnavern verlassen.«

Hannah fragte nicht weiter. Sie hatte keine Wahl, wenn sie wegwollte. Und sie war davon überzeugt, dass Maruk bereits irgendwo hier auf sie wartete. Sie wollte keine Zeit durch dumme Fragen verschwenden und dadurch womöglich entdeckt werden. Eilig schlüpfte sie aus den Sachen und ließ sich von Trudi in ein grobes Kleid helfen, das nach Kuhstall roch. An der Schürze, die Trudi ihr anschließend umschnürte, klebten einzelne Strohhalme, die ihre frischen Tage lange hinter sich hatten.

»Wenn du gleich links in die nächste Gasse biegst, triffst du auf eine Gruppe Bauern, die die Burg verlassen wollen. Denen schließt du dich an. Draußen wird Maruk dich finden.«

Hannah nahm widerspruchslos den Korb auf, den Trudi ihr wieder entgegenstreckte. Eilig warf sie ein kleines Messer in den Korb und einige Reste von Pilzen.

»Falls du gefragt wirst, hast du Pilze auf dem Markt verkauft.«

Hannah nickte und verkniff sich die Bemerkung, dass sie nicht die geringste Ahnung von Pilzen hatte. Jede Wache, die ihr dazu eine Frage stellen würde, würde sie sofort als Betrügerin entlarven. Doch daran wollte sie nicht denken. Schweigend verfolgte sie, wie ein anderes Mädchen die Stiege heraufkam und ihre Dienstmagdkleidung anzog, um ihren Platz einzunehmen.

»Mach dich auf den Weg. Die anderen warten nicht ewig auf dich.« Trudi schob sie schon wieder die Stiege hinunter und auf den Ausgang zu. »Leb wohl. Viel Glück!«

Kurz und schmerzlos, dachte Hannah, als sie sich unversehens auf der Gasse wiederfand und die Tür sich hinter ihr schloss. »Danke«, murmelte sie und fühlte sich so einsam wie selten zuvor in ihrem Leben. Ihr Blick glitt unbehaglich über die Burgmauer, die von hier am Ende der Gasse gut zu erkennen war. Immerhin sollte dahinter Maruk auf sie warten. Damit war sie wahrscheinlich doch ganz gut dran. Es brachte sie im Moment auch nicht weiter, wenn sie sich selbst leidtat. Deshalb bog sie nach links ein, wie Trudi ihr es eingeschärft hatte, und fand dort zu ihrer Erleichterung ein paar Bauern mit ihren Karren vor. Ein großer Bauer mit einem Bart, der sie an den Räuber Hotzenplotz erinnerte, winkte ihr zu.

»Beeil dich, Mädchen. Rosalie, Birte, ihr nehmt sie mit euch.«

Zwei Frauen tauchten auf, die beide ebenfalls Körbe mit sich trugen, und nahmen sie in ihre Mitte. Dann setzte sich die Gruppe in Bewegung und hielt auf das erste der Tore zu. Die Wachen warfen ihnen nur wenige Blicke zu und Hannah atmete erleichtert auf. Es schien wirklich keinen Grund zur Sorge zu geben. Niemand rechnete damit, dass sie dabei war, von der Burg zu flüchten. So folgte sie etwas ruhiger der Gruppe durch den Verteidigungsring zum zweiten Tor, das der Ausgang zu ihrer Freiheit sein würde. Das Tor war im Gegensatz zu dem in der inneren Mauer geschlossen und die Wachen auf dieser Seite sahen ihnen aufmerksamer entgegen als es Hannah lieb war.

»Ich hoffe, euer Markttag war erfolgreich?«, fragte der Mann, der Hannah am nächsten stand und seine Hellebarde etwas schräg hielt. Nicht genug, um es als Drohung zu verstehen, aber immerhin so weit, dass man nicht ungehindert an ihm und seinem Kameraden vorbeikam.

»Es reicht gerade, um die nächste Woche zu überstehen«, murrte der große Bauer, der offensichtlich der Anführer der Gruppe war. Er schien das Spielchen bereits zu kennen und reichte der Wache einen kleinen Beutel, den dieser blitzschnell in seine Jacke steckte. Dann hob er seine Waffe und nickte seinem Kameraden zu, der das Tor entriegelte. Gemeinsam öffneten sie eine kleine Tür in dem rechten Flügel, durch den gerade die Fußgänger passten. Ehe einer der Karren passieren konnte, kassierte die Wache einen weiteren Beutel ab und öffnete erst dann den ganzen Flügel.

Hannah hatte während der gesamten Zeit das Gefühl, nicht richtig atmen zu können. Die Angst, im letzten Augenblick doch noch einem der Wächter unangenehm aufzufallen, machte ihre Bewegungen steif und ihre Mimik starr. Aber Rosalie und Birte lösten sich von ihr und versuchten mit kokettem Augenaufschlag und schrillem Lachen, die Aufmerksamkeit auf sich zu ziehen. Irgendwie kam Hannah unbehelligt vorbei und trat endlich auf den von unzähligen Füßen und Karren zerfurchten Weg. Erleichtert blieb sie für einen Augenblick stehen und sah den Weg entlang, der einmal um die große Wiese herumführte und sich vor der großen Eiche gabelte. Hannah schluckte und versuchte jeden weiteren Blick auf den Baum zu vermeiden, an dem immer noch die leblosen Gestalten wie aus einem Albtraum hingen. Stattdessen fixierte sie ihren Blick auf die Weggabelung, denn dort stand ein Reiter mit zwei weiteren Pferden. Hannah erkannte sofort Radscham und die Stute Kimon und wusste im selben Moment, dass Maruk dort stand und auf sie wartete. Auch wenn sie den Mann nicht kannte, flößte ihr seine Gegenwart echte Zuversicht ein, als könnte er sie wirklich schützen und wieder heil nach Hause bringen. Als sie ihn gemeinsam mit den Bauern erreichte, warf er dem Anführer einen Beutel zu, der um einiges größer und schwerer schien als die Beutel, die dieser den Wachen gegeben hatte. Der Mann machte ein zufriedenes Gesicht und nach einer kurzen Verabschiedung zogen sie weiter in den angrenzenden Wald hinein.

Hannah fühlte sich ein wenig kläglich, wie sie vor Maruk stand, der sich erst jetzt ihr zuwandte, nachdem sie allein waren.

»Wir sind noch lange nicht in Sicherheit«, sagte er und warf ihr die Zügel Kimons zu. Dass er die Stute und Radscham bei sich hatte, freute sie zwar, aber ließ dennoch eher Misstrauen in ihr zurück. Wie hatte er die Tiere unauffällig aus der Burg schaffen können? Da musste wieder die Königin ihre Finger im Spiel haben. Aber warum hinterging sie ihren Sohn? Wohl kaum aus Menschenliebe Hannah gegenüber, dafür war sie ihr zu gefühlskalt erschienen. Oder wusste sie, dass ihr anderer Sohn noch am Leben sein sollte und wollte ihm auf diese Weise zur Flucht verhelfen?

»Zuerst holen wir Targon, danach reiten wir sofort weiter. Du wirst den ganzen Tag nicht aus dem Sattel kommen.« Maruk musterte sie kritisch, so als ob er ihr das nicht zutraute.

Hannah hob ihr Kinn und bemühte sich, Maruk energisch anzufunkeln. »Ich will auf keinen Fall wieder zurück in diese Burg zu diesem wahnsinnigen König. Ich reite, bis Kimon umfällt oder ich.«

»Gut!« Maruk ersparte sich jeden weiteren Kommentar. Auch so war sich Hannah durchaus bewusst, dass wohl nicht gerade Kimon zuerst umfallen würde. Eilig zog sie sich in den Sattel der kleinen Stute und folgte Maruk, der sein Pferd ohne übertriebene Hast antrieb. Mit dem drängenden Gefühl, am liebsten im Galopp in das Dorf zu reiten, folgte sie ihm. Sie durften in Sichtweite der Burg keine unnötige Aufmerksamkeit auf sich lenken. Maruk mochte ein Krieger sein, aber ganz gewiss hatte er nichts den Unmengen an Wachen entgegenzusetzen, die sie auf der Burg gesehen hatte.

Als sie das Dorf erreichten, war Hannah entsetzt über den Zustand der ärmlichen Hütten. Ganz im Gegensatz zu den gepflegten und ordentlichen Häusern in der Festung wirkten hier einige Hütten verfallen und schienen kaum mehr Schutz vor der Witterung zu bieten. Die einzelne Gasse, die hindurchführte, war schlammig und die Pferde hatten Mühe, sich ihren Weg zu erkämpfen. Immer wieder sanken sie mit den Hufen ein. An einer Hütte blieben sie stehen, die noch in recht gutem Zustand war. Maruk war kaum abgestiegen, als ein Junge aus der Hütte kam.

»Du bleibst hier und passt auf die Pferde auf,« sagte Maruk, der wartete, bis Hannah ebenfalls abgestiegen war, reichte ihr dann die Zügel und drehte sich dem Jungen zu. »Wie geht es ihm?«

»Unverändert!«, entgegnete der Junge, der Hannah kurz einen neugierigen Blick zuwarf, bevor er mit Maruk wieder in die Hütte verschwand.

Hannah blieb unsicher stehen und sah den beiden hinterher. Ihr Herz schlug so heftig, dass sie es im Hals spürte, der sich jeden Augenblick mehr zuschnürte. Angestrengt versuchte sie, etwas von dem mitzubekommen, was im Inneren geschah. Leider konnte sie von ihrem jetzigen Standort nicht mehr erkennen als einen schummrigen Raum. Aus dem Zwielicht schälten sich die Umrisse einer großen Truhe und einer schmalen Leiter, die nach oben führte und in einer noch dunkleren Luke verschwand. Die Türen eines einfachen Schranks standen weit offen, aus dem Geräusche drangen. Ein Stöhnen erklang, das sie unbemerkt dazu brachte, die Zügel fester zu greifen, als könnte ein Windstoß sie ihr entreißen. Neugier wühlte in ihr, genauso wie die Furcht, die ihre Füße fest auf den Boden nagelte. In ihrem Kopf rotierten die Gedanken. War es denn wirklich möglich, dass sie Targon lebend wiedersehen würde? Maruk war davon überzeugt und nachdem sie ihre eigene Hand geheilt hatte, sollte es eigentlich keinen Zweifel mehr geben. Doch das Ganze war einfach zu ungeheuerlich, als dass sie es einfach so hinnehmen konnte.

Hannah blinzelte und wechselte die Zügel in die andere Hand, da ihre Finger von dem allzu festen Griff zu schmerzen begannen. Eine Frau mit einem vollbeladenen Wäschekorb ging an ihr vorbei und warf ihr einen kurzen Blick zu. Hannah versuchte sich an einem freundlichen Lächeln, das ihr eher misslang. Doch die Frau reagierte nicht, sondern ging weiter in Richtung Fluss. Um sich abzulenken, sah Hannah ihr eine Weile hinterher. Am Ende der Straße, wo auch die letzten Häuser des Dorfes standen, traf sie auf weitere Frauen und schloss sich mit ihnen zusammen. Hannah schauderte bei dem Gedanken an das kalte Wasser im Fluss. Als sie sich wieder umwandte, schnaubte Radscham leise, der wie ein Fremdkörper auf der verschlammten Dorfstraße und zwischen den einfachen Häusern wirkte. Der Hengst begann unruhig auf der Stelle zu tänzeln, dann hielt er plötzlich inne und spitzte die Ohren. Sein schwarzglänzender Kopf richtete sich auf den Eingang der Hütte. Hannah streckte die Hand aus, um ihn zu streicheln, als ein Zittern durch seinen muskulösen Körper fuhr und ein Wiehern erklang, das ihr durch Mark und Bein fuhr.

»Ruhig, mein Hübscher«, murmelte sie und wusste doch im selben Augenblick, dass sie dieses Tier damit nicht beruhigen konnte. Sie selbst war nicht im Mindesten ruhig.

Zögernd sah sie auf den Eingang. Remik trat eilig heraus. Er hielt einen Sack in der Hand, den er mit geschickten Fingern vor Radschams Sattel band. Direkt hinter ihm erschien Maruk, der Targon in seinen Armen hielt.

Hannahs Herzschlag setzte aus, als sie ihn sah.

So bleich, dachte sie ängstlich und holte mühsam Luft. Sie konnte noch immer keinen Schritt auf ihn zu machen. Wie gelähmt blieb sie, wo sie war, und sah einfach nur zu, wie Maruk mit Hilfe des Jungen den bewusstlosen Targon auf Radschams Sattel band. Der Sack davor sollte als Polster dienen, damit er nicht direkt auf dem Hals des Hengstes hing. Dennoch sah es für sie nicht besonders bequem aus. Allerdings sah Targon auch nicht so aus, als würde es ihn kümmern; - als würde ihn irgendetwas kümmern. Erneut holte sie Luft. Er wirkte mehr tot als lebendig. Hatte sie ihm überhaupt einen Gefallen getan? Vielleicht wäre es besser gewesen, die Finger von der Sache zu lassen. Doch nun war es zu spät.

»Bist du bereit?« Die Stimme Maruks riss sie aus ihren Gedanken.

»Ja, natürlich«, log sie. Sie fühlte sich ganz und gar nicht bereit. Alles was sie wollte, war sich unter irgendeiner Decke zu verkriechen und das alles hier zu vergessen. Dennoch stieg sie in den Sattel. Zaghaft tätschelte sie Kimons Hals. Die Stute spitzte aufmerksam die Ohren und schnaubte leise.

»Gut!« Maruk nahm die Zügel seines Pferdes und stieg ebenfalls auf. Dann ließ er sich von Remik die Zügel Radschams geben. »Hier, Junge«, sagte er und reichte ihm einen dicken Beutel. »Eine kleine Entschädigung. Nimm deine Familie und sucht euch irgendwo ein neues Zuhause.«

»Danke, Maruk.« Der Junge nickte. Seine Stimme zitterte leicht, als er den Beutel entgegennahm. »Meine Eltern haben immer von einem kleinen Bauernhof geträumt. Vielen Dank! Passt auf Euch auf. Viel Glück.«

»Leb wohl!«

Maruk trieb die Pferde an und ließ sie in einen weitausgreifenden Schritt fallen. Hannah nickte stumm dem Jungen zu und folgte Maruk.

»Wir werden den Rest des Tages und die ganze Nacht durchreiten«, sagte er, als sie neben ihm aufschloss. »Wir müssen so weit wie möglich von der Burg fort sein, wenn sie die Suche nach dir beginnen.«

»Wo werden wir hingehen?«

»Das erfährst du, wenn wir dort sind.«

Verbissen presste sie die Lippen aufeinander. Wieder einmal bekam sie nur häppchenweise Informationen geliefert. Also hatte sich mit ihrer Flucht daran wohl auch nichts geändert.

»Ich möchte kein Risiko eingehen. Wir suchen einen Ort auf, an dem Targon sich in Ruhe erholen kann. Du hast ihn zwar ins Leben zurückgeholt, aber den Rest muss sein Körper selbst erledigen. Es wird wohl eine Weile dauern, bis er wieder völlig zu Kräften kommt. Und diese Zeit habe ich vor, ihm zu geben.« Maruk warf ihr einen Blick zu. »Ich will diesen Ort nicht in Gefahr bringen, falls man uns vorher einholt. Romun würde einen Weg finden, dich zum Sprechen zu bringen.«

»Wieso tust du das für Targon?«

Maruk schwieg eine Weile, bis sie das Dorf hinter sich gelassen hatten. Hannah war froh, dass sie einen Weg nahmen, der nicht an der Gerichtseiche vorbeiführte. Die Röte lief ihr über das Gesicht, als sie daran dachte, wie sie sich beim letzten Mal angestellt hatte.

»Ich war sein Lehrer«, sagte Maruk plötzlich, als sie ihre Frage beinahe schon wieder vergessen hatte.

Hannah sah ihn überrascht an. »Deshalb kannst du dich also so frei in der Burg bewegen?«

»Das dürfte jetzt vorbei sein, fürchte ich.« Maruk lächelte sarkastisch.

»Und deshalb kannte dich die Königin.« Targons Lehrer, das erklärte einiges. Hannah musterte Maruk unauffällig von der Seite. Wie ein Lehrer wirkte er eigentlich nicht gerade. Auch wenn sie sich vorstellte, dass er vielleicht feinere Kleidung trug, konnte diese doch nicht über den durchtrainierten Körper hinwegtäuschen. Seine Hände waren kräftig und sahen nicht so aus, als würden sie den Umgang mit einer feinen Schreibfeder pflegen. Um seine Unterarme trug er die gleichen Ledermanschetten, die Targon gehabt hatte. Unübersehbar ragten die Griffe von mehreren Dolchen daraus hervor. »Was für eine Art Lehrer warst du? Was hast du ihm beigebracht?«

Maruk zögerte. Es war nicht zu übersehen, dass er überlegte, was er ihr antworten würde. Während sie die Pferde auf einen schmalen Waldweg lenkten, schien er eine Entscheidung getroffen zu haben.

»Ich habe ihm beigebracht zu kämpfen«, sagte Maruk langsam und sah sie dabei aufmerksam an, »und zu töten.«

Hannah starrte ihn an. Die Worte Romuns tropften in ihren Kopf: »Er war ein Auftragsmörder, - der beste, den ich hatte.« Aber dass Targon kämpfen und töten konnte, sollte sie eigentlich nicht mehr erschrecken, schließlich hatte sie es mit eigenen Augen gesehen. Sie hatte ihn in der Wüste kämpfen sehen. Er hatte ihr damit das Leben gerettet.

»Ich schätze, dass du ein guter Lehrer warst«, brachte sie zu ihrem eigenen Erstaunen hervor.

Maruk lachte laut. »Das denke ich auch.« Doch in seiner Stimme lag eine Bitterkeit, die seine Worte Lügen strafte.

Hannah runzelte die Stirn. Maruk sah in den Wald und schwieg jetzt wieder. Was mochte ihn wirklich dazu bewegen, ihr und Targon zu helfen? Ein schlechtes Gewissen? Das konnte sie sich kaum vorstellen, oder doch? Ihr Blick fiel unwillkürlich auf Targon. Leblos hing er im Sattel. Sofort begann ihr Herz wieder zu klopfen. Wie gerne hätte sie die Hand ausgestreckt und ihn berührt. Aber sie fürchtete sich davor, und es stand ihr auch in keiner Weise zu. Wie lange würde er brauchen, um sich zu erholen? Es würde sicher Wochen dauern. Ob Maruk sie vorher nach Hause brachte?

»Wann kann ich nach Hause?«, fragte sie.

Sie erreichten eine kleine Holzbrücke, die über einen schmalen Fluss führte. Maruk zog die Zügel an und warf einen Blick in beide Richtungen.

»Während Targon gesund wird, werde ich mir überlegen, wie du am unauffälligsten nach Hause gelangen kannst.« Er trieb die Pferde wieder an und lenkte sie in das Flussbett hinein.

Hannah blieb ein wenig zurück. Damit hatte Maruk ausgesprochen, was sie vermutet hatte. Solange Targon krank war, war sie in dieser Welt gefangen, von der sie im Grunde immer noch keine Ahnung hatte, was sie war. Aber vielleicht hatte sie jetzt die Gelegenheit, etwas darüber zu erfahren. Entschlossen trieb sie Kimon an. Die zierliche Stute fiel begeistert in einen leichten Trab und durchpflügte mit ihren Hufen das glasklare Wasser, das bis zu ihren Oberschenkeln aufspritzte. Prustend fiel sie, bei Radscham angekommen, wieder in Schritt und schüttelte ausgiebig ihre üppige Mähne. Kimon wollte offensichtlich Aufmerksamkeit erringen, doch der Hengst schritt unbeeindruckt weiter, als wüsste er, wie gefährlich jede unbedachte Bewegung für seinen Reiter sein konnte. Unwillkürlich lächelte Hannah. Pferd und Reiter waren sich auf seltsame Weise ähnlich.

Während sie hinter Maruk her ritt, überlegte sie, wie sie am geschicktesten ihre Fragen stellen konnte. Maruk wirkte nicht so, als wäre er besonders gesprächig. Sie wollte die richtigen Fragen stellen, womöglich war es ihre einzige Chance. Leider war der Fluss hier zu schmal, um nebeneinander durch das Wasser zu reiten. Das gab ihr Zeit, sich alles zu überlegen. Gedankenverloren ließ sie ihren Blick über das Ufer gleiten. Büsche und Bäume säumten den Fluss, hier und dort unterbrochen von kleinen Wiesen, die mit gelben Blümchen übersät waren. Dichtes Moos polsterte die Steine, die am Ufer lagen und verlieh dem Ort etwas Weiches und Verzaubertes. Es war wunderschön. Für eine Weile genoss sie einfach nur den Ritt. Wenn sie sich nicht täuschte, waren sie jetzt schon einige Stunden unterwegs. Hannah hatte keinerlei Ahnung, wie weit sie in dieser Zeit gekommen sein mochten, aber es konnte nicht viel sein. Der Fluss verlief in emsigen Windungen durch den Wald. Sicherlich hinterließen sie so keine Spuren, aber es kostete Zeit. Doch Maruk wusste sicher, was er tat. Sie hatte auch keinen Zweifel daran, dass er die Gegend genau kannte. Inzwischen zog die Dämmerung herauf. Die Schatten wurden länger und schluckten immer mehr von dem immer spärlicher werdenden Tageslicht. Ihre Umgebung verlor die märchenhafte Ausstrahlung, doch die Verzauberung blieb und bekam nur einen düsteren Anstrich. Kälte kroch langsam über den Boden. Über ihnen ging ein runder Mond auf, der zumindest ein wenig Licht spendete. Hannah zog die Schultern zusammen. Zu ihrer Erleichterung verließ Maruk endlich das Bachbett und ritt auf eine Wiese zu. Doch wenn sie geglaubt hatte, dass sie hier eine Pause einlegten, wurde sie bitter enttäuscht. Maruk ritt über die Wiese und auf der anderen Seite wieder in den Wald hinein. Die Dunkelheit hatte hier längst die letzten Sonnenstrahlen vertrieben. Sie wurden zu Schatten zwischen den Schatten. Es war ihr ein Rätsel, wie er überhaupt noch den Weg sehen konnte. Doch Maruk ritt unerschütterlich weiter, als läge vor ihm eine Spur, die nur er sehen konnte.

Nach einer Ewigkeit hielt er an und drehte sich langsam im Sattel um. Im Mondlicht wirkte sein Gesicht älter als bei Tag. Die Falten gruben sich tief in sein Gesicht, während er sie besorgt musterte.

»Wir werden jetzt wieder auf eine große Straße treffen, Hannah. Bis zum Morgengrauen werden wir ihrem Verlauf folgen. Doch sobald der Tag anbricht, müssen wir sie wieder verlassen. Wir werden uns einen Unterschlupf suchen und eine Weile schlafen. Bis dahin musst du noch durchhalten. Schaffst du das?«

»Natürlich.« Hannah versuchte, ihrer Stimme Nachdruck zu verleihen. Sie wollte nicht für schwach gehalten werden. Sie würde durchhalten. Und wenn sie später tot aus dem Sattel fiel, aber sie würde ganz sicher nicht vorher aufgeben. Jetzt kam ihr zugute, dass sie lange Jahre die Reitschule besucht und einige Wanderritte mitgemacht hatte.

»Gut«, Maruk drehte sich wieder um und zog Radscham auf seine Höhe. Mit der Hand tastete er über Targons Gesicht und suchte dann an seinem Hals nach dessen Puls. »Es geht ihm unverändert«, sagte er und stieg ab. Maruk machte sich an seinen Satteltaschen zu schaffen. Er beförderte eine kleine Flasche hervor, die er entstöpselte. Dann ließ er einen Teil des Inhalts auf ein Tuch laufen, das er anschließend zusammendrehte und Targon leicht in den Mund schob. Hannah beobachtete genau die behutsamen Bewegungen. Das konnte kein Mann mit böswilligen Plänen sein. Der Mann dort vor ihr war ehrlich um Targon besorgt, als wäre er ein besonders enger Freund. Geduldig wiederholte er die Prozedur, bis er endlich zufrieden schien. Die steilen Falten in seinem Gesicht glätteten sich ein wenig, als er erneut über das Gesicht des Bewusstlosen fühlte. Dann steckte er die Flasche sorgfältig weg und saß auf. Ohne ein Wort ritten sie weiter und erreichten bald die Straße.

Hannah fühlte sich zwar auf der übersichtlichen Straße besser, aber dafür kroch die Angst vor etwaigen Verfolgern gezielt zwischen ihre Schultern. Wie oft sie sich in der Nacht umgedreht hatte, konnte sie hinterher nicht mehr sagen. Tatsächlich war sie froh, als der Morgen graute und Maruk das Zeichen gab, damit sie sich wieder gemeinsam in das Unterholz schlugen.

Mit langen Schritten eilte eine Wache durch die Burg.

Harbart hatte den Befehl, diese seltsame Frau zum König zu bringen, die sich seit zwei Tagen auf der Burg befand. Mit ihrem Erscheinen hatte sich eine seltsame Aufregung unter dem König und seinen getreuesten Anhängern verbreitet. Ständig saßen sie zu Gesprächen zusammen, die nur halblaut geführt wurden. Romun schien selbst seinen eigenen Soldaten nicht zu trauen und warf ihnen argwöhnische Blicke zu, ob sie möglicherweise lauschten. Harbart hasste den Posten vor des Königs Tür. Umso glücklicher war er gewesen, als er gerade den Befehl erhalten hatte, die Frau zu holen. Beinahe beschwingt war er unter den neidischen Blicken seines Kollegen verschwunden, der mit ihm den heutigen Wachdienst versah. Dieser Auftrag brachte ihn doch für einige kostbare Momente aus dem unmittelbaren Umkreis Romuns.

Leider betrat er viel zu schnell den Gang, der vor seinem Ziel endete. Widerwillig klopfte er an die schwere Eichentür.

Hoffentlich brauchte sie noch Zeit zum Ankleiden. Er hatte es gewiss nicht eilig, auf seinen Posten zurückzukehren.

Als er keine Antwort erhielt, klopfte er erneut, - lauter diesmal. Wieder erhielt er keinerlei Resonanz. Unwillig fluchte Harbart leise und hämmerte mit der geballten Faust gegen die dicken Bohlen der Tür.

»Öffnet die Tür, Lady Hannah. Der König wünscht Euer sofortiges Erscheinen.«

Stille! Harbarts Magen krampfte sich unter einer bösen Ahnung zusammen. Entschieden öffnete er die Tür und trat ein.

»Verdammt!« Mit einem einzigen Blick erfasste er die gähnende Leere des Raums. Die Frau war fort! Ungläubig durchmaß er den Raum, warf Blicke hinter den Paravent und unter das Bett. Keine Spur von ihr! Von einem Augenblick auf den anderen trocknete sein Mund aus. Sie war fort, und er war der Unglückselige, der die Nachricht überbringen musste. Instinktiv griff er sich an die Kehle. Nichts blieb mehr von dem Hochgefühl, diesen einfachen Auftrag erhalten zu haben. Jetzt fühlte er sich wie eine Ratte in der Falle. Romun hasste schlechte Nachrichten, und noch mehr hasste er die Überbringer derselben. Fieberhaft überlegte Harbart, was er tun sollte. Fliehen? Das war lächerlich …, und doch eine Möglichkeit, die nicht so unattraktiv erschien. Harbart zögerte nicht länger. Noch schneller, als er hierhergekommen war, öffnete er die Tür und verließ den Raum. Sorgfältig verschloss er die Tür. Dann rannte er den Gang hinunter. Er musste fort, so schnell es nur ging.

Als er um die Ecke am Ende des Ganges rennen wollte, prallte er beinahe auf seinen Kollegen Krail, der ihn überrascht und mit angestrengter Miene musterte.

»Was ist das für ein Benehmen?«, herrschte Krail ihn an. Noch während er sprach, sah Harbart die Gestalt dahinter und spürte, wie ihm eiskalt wurde.

Romun!

Mit hölzernen Bewegungen straffte er sich. Er war tot! So sicher, wie er jetzt diesem Mann gegenüberstand, so sicher war sein Leben verwirkt.

»Majestät …«, brachte er mit mühsamer Beherrschung hervor, während er furchtsam auf die Rektion seines Königs wartete.

Romuns Gesichtsausdruck blieb kühl, während er aufmerksam Harbart betrachtete.

»Du hattest den Auftrag Lady Hannah zu mir zu geleiten. Wieso treibst du dich hier auf dem Gang herum, anstatt meinem Befehl Folge zu leisten?«

»Ihr Zimmer ist leer, Königliche Hoheit«, stammelte er nun doch. »Lady Hannah ist nicht auf ihrem Zimmer. Ich wollte es gerade melden.«

»Wie bitte?« Romuns Gesicht verfinsterte sich mit einem Schlag. Energisch stieß er Krail zur Seite und stürmte auf die Tür zu. Mit einer heftigen Bewegung riss er sie auf und trat ein. Krail und Harbart folgten in gebührendem Abstand. Inzwischen war auch sein Kollege kreidebleich geworden. Ihm musste schnell klar geworden sein, dass es für sie beide nichts Gutes verhieß.

Romun stand in der Mitte des Raums. Er wirkte ruhig und gefasst, während seine Augen langsam durch das Zimmer schweiften, bis sie an den Schuhen hängenblieben, die vor dem Bett standen. Winzige dunkle Flecken beschmutzten den Boden davor.

»Schafft dieses Bett zur Seite«, befahl Romun mit gepresster Stimme und schrie dann: »Sofort!«

Harbarts Herz setzte für einen Schlag aus. Sie waren geliefert. Krail und er hatten hier ihren letzten Dienst. Er warf einen ängstlichen Seitenblick auf Krail. Dem schien es nicht besser zu ergehen. Sein Kollege packte gerade einen der Pfosten des Betthimmels und sah ihn beinahe flehentlich an. Harbart verstand und griff ebenfalls zu. Mit einem kräftigen Ruck bewegten sie das Bett von seinem Standort, bis es die Tür versperrte.

Ein wütender Schrei ließ die beiden Männer zusammenzucken.

»Diese verdammte Hexe!«

Romun stand mit geballten Fäusten da und starrte fassungslos auf die verschmierte Schrift auf dem Boden:

... und Targon tat einen tiefen Atemzug und kehrte zu den Lebenden zurück, um dem geschriebenen Wort zu trotzen und gegen Romun zu kämpfen, mit dem Ziel, ihn zu vernichten ...

»Ich will, dass die Burg abgesperrt wird. Niemand kommt hier raus ohne meine Erlaubnis. Holt Lord To'bal und durchsucht jeden Winkel in diesen verdammten Gemäuern. Ich will dieses Weibsstück!« Die letzten Worte schrie Romun unbeherrscht. Krail nutzte die Gelegenheit und drehte sich auf dem Absatz herum, um aus dem Raum zu stürmen. Dabei prallte er gegen das Bett, das ihm den Weg hinaus versperrte. Ungeschickt fiel er auf die große Liegefläche. Noch ehe er sich wieder aufrappeln konnte, war bereits Romun bei ihm, packte ihn am Kragen und zerrte ihn brutal zu sich.

»Wenn ihr beiden Trottel diese Frau nicht auftreiben könnt, werde ich eigenhändig dafür sorgen, dass alle eure Familienangehörigen ausgerottet werden.« Mit verächtlicher Miene ließ er Krail los und warf Harbart einen eisigen Blick zu. »Nehmt dies als Anreiz und Versprechen.«

»Zu Befehl, Königliche Hoheit. Wir werden die Frau finden.« Krail verbeugte sich und kletterte hastig über das Bett zur Tür und war bald darauf verschwunden. Harbart folgte seinem Beispiel und floh mit jagendem Herzen aus dem Raum, um Lord To'bal zu suchen.

Hannah saß nun bereits eine Weile auf ihrem aus Decken und Blättern improvisierten Lager und beobachtete Maruk, wie er die Pferde versorgte. Dabei konnte sie ganz offensichtlich kaum noch die Augen offen halten. Sie hatte sich bis jetzt tapfer geschlagen. Obwohl ihr von dem langen Ritt alle Knochen schmerzen mussten, hatte sie ohne zu klagen dabei geholfen, für Targon ein Lager zu bereiten und ihn vorsichtig darauf zu betten. Nun saß sie völlig erschöpft da, zu müde, um selbst etwas zu essen. Das dicke Brot mit dem Schinken hielt sie immer noch unberührt in der Hand.

Maruk schmunzelte in sich hinein. In ihrem Gesicht hatte den ganzen Tag der Hunger nach Antworten gestanden, aber sie hatte ihm keine einzige Frage gestellt. In gewisser Weise rang ihm dies Respekt ab. Ihm war durchaus bewusst, wie viele Fragen in ihr brennen mussten. Er wusste nicht, was sie bisher erfahren hatte, aber es konnte nicht viel sein.

»Du solltest etwas essen«, sagte er und legte dabei das Sattelzeug sorgfältig auf einen umgestürzten Baumstamm. Wie ein aufgeschrecktes Kaninchen starrte sie ihn an. Dann nickte sie, als begriff sie nur langsam, wovon er sprach, und biss herzhaft in das Brot. Ausgiebig kaute sie darauf herum. Dann begann sie, hastig das Brot, abwechselnd mit dem Schinken, in sich hineinzustopfen, bis noch nicht einmal ein Krümel zurückblieb.

»Hat es geschmeckt?« Maruk trat zu ihr und lächelte auf sie herab.

Beschämt nickte Hannah. »Es war köstlich. Danke!« Unauffällig wischte sie sich mit dem Handrücken über den Mund. Ihr Gesicht hatte ein wenig mehr Farbe bekommen.

»Maruk?«, fragte sie vorsichtig, während er sich auch auf sein Lager setzte, das er nicht so sorgfältig mit Blättern ausgepolstert hatte wie das ihre und eigentlich nur aus einer ausgebreiteten Decke bestand.

Er warf ihr einen Blick zu und griff dabei nach einem Sack, aus dem er ein großes Stück Brot und eine geräucherte Wurst herausholte. »Hannah«, entgegnete er und schnitt sich von beidem mehrere Stücke ab. »Du solltest jetzt ein wenig schlafen.«

»Ich kann nicht schlafen«, sagte sie hastig und versuchte vergeblich, dabei ein Gähnen zu unterdrücken.

»Das sehe ich.« Maruk lächelte. »Was also möchtest du wissen?«

Hannah errötete, dann ging ein Ruck durch ihren schlanken Körper, und sie setzte sich kerzengerade auf. Mit wachen Augen funkelte sie ihn an, als wollte sie ihn hypnotisieren. »Wo bin ich hier, Maruk? Ich weiß, Lady Gabalna hat mir schon ein wenig von Kylnavern erzählt – und von den Schreibern, die angeblich diese Welt geschaffen haben. Aber, was hat es damit wirklich auf sich? Wer sind diese Schreiber? Warum bin ausgerechnet ich hier?«

Maruk nickte langsam und schnitt ein kleines Stück Wurst ab, das er mit der Spitze seines Messers in den Mund führte. Wieder musste Hannah sich in Geduld üben, bis er sich seine Worte überlegt hatte. Doch sie war klug genug zu warten und starrte ihn einfach nur an.

»Ich kann dir nicht auf all deine Fragen antworten. Ehrlich gesagt weiß ich nicht, warum ausgerechnet du die neue Schreiberin bist und wie sie dich gefunden haben«, begann er endlich. »Die Schreiber aber haben unsere Welt geschaffen, das ist richtig. Wer die ersten waren, weiß ich nicht. Es gibt viele Geschichten, die erzählt werden und sich im Laufe der Zeit verändert haben. Die Bewohner dieses Landes erzählen sie sich wie Märchen, nicht ahnend, dass sie wahr sind.« Maruk hielt inne und aß von dem Brot. Hannah wagte nicht, ihm eine weitere Frage zu stellen, obwohl er davon überzeugt war, dass ihr immer neue in den Kopf schossen. Nachdem er ein wenig getrunken hatte, fuhr er fort: »Auf der Burg glaubt man, die Menschen wüssten nichts davon, aber dafür waren früher zu viele Menschen Zeugen von diesen Wundern. So etwas gerät nicht in Vergessenheit, von Generation zu Generation erzählt man sich diese Dinge weiter. Nimm die Burg. Auf dem Gelände, wo sie heute steht, tauchte eines Tages, es sind seitdem vierhundert Jahre vergangen, der damalige König mit seinem Gefolge auf. Sie stellten Zelte auf, in denen der König und sein Hofstaat wohnten, bis die Burg innerhalb einer einzigen Woche fertiggestellt war.«

»Wenn es so viele hundert Jahre her ist, ist die Wahrscheinlichkeit doch groß, dass die Entstehung der Burg sich ganz anders abgespielt hat.« Hannah wiegte skeptisch den Kopf hin und her. »Selbst wenn man eine Burg so erschaffen könnte, wäre es ja nicht mit einem Satz getan. Die Zimmer müssten positioniert werden, die Burg eingerichtet.«

»Das ist der Grund, warum es eine Woche dauerte.«

»Wie kannst du so sicher sein? Du weißt doch nur das, was überliefert wurde. Und wer sagt dir, dass die Schreiber, wenn sie so mächtig sind, nicht auch die Erinnerungen der Menschen manipuliert haben?«

Maruk verschränkte die Arme vor der Brust. Er hatte nicht erwartet, dass sie ihm ohne weiteres Glauben schenken würde. »Ich war dabei«, sagte er daher schlicht.

»Das ist unmöglich!« Die junge Frau riss die Augen auf und schnappte nach Luft. »Du wärst vierhundert Jahre alt.«

»Vierhundertsechsunddreißig Jahre, um genau zu sein.« Maruk zuckte mit den Schultern.

Hannah war verwirrt. Gedankenverloren streichelte sie Kimon, die leise zu ihr getreten war und Hannah mit ihren weichen Nüstern angestoßen hatte. »Das ist unmöglich«, flüsterte sie erneut.

»Leider nicht, nein«, entgegnete Maruk, und das Bedauern, das er dabei empfand, war noch genauso stark wie am ersten Tag. »Ich kam als junger Waffenschmied an diesen Ort. Der König hatte die Menschen zu sich gerufen und ihnen wunderbare Versprechungen gemacht. Niemand würde es an etwas mangeln. Das Dorf, das hier schnell entstand, war wohlhabend, den Leuten ging es gut. Ich hatte eine Familie und war voller Träume.« Maruk endete abrupt. Schmerz wühlte in seinem Inneren, den er so lange nicht mehr gefühlt hatte. Die Erinnerung war stark, und Bilder von geliebten Menschen standen vor seinen Augen, die er stets zurückdrängte, die sich aber jetzt nicht mehr mit ihrem Dasein in der Dunkelheit seines Vergessens zufriedengeben wollten. Er atmete durch, bevor er weitersprach: »Der König erfuhr, dass ich auch mit den Waffen umgehen konnte, die ich schmiedete, und als die ersten Neider die Burg angriffen, war ich an vorderster Front dabei. Wir siegten, nicht nur dank der Schreiber. Mir gelang es, dem König das Leben zu retten.« Plötzlicher Hass wallte in ihm auf, und Maruk schloss die Augen, um die Fassung zurückzugewinnen. Es war ein Fehler gewesen! Eine selbstlose Tat, die ihm die Aufmerksamkeit des Königs geschenkt und alles gekostet hatte. Aber das gehörte zu den Dingen, die er Hannah nicht erzählen würde. Als Maruk die Augen wieder öffnete, hatte er sich wieder im Griff, und es gelang ihm sogar, seiner Stimme einen unbeteiligten Klang zu geben: »Zum Dank hat er mich unsterblich gemacht.«

Hannah saß da und starrte ihn an. In ihrem Gesicht spiegelten sich der Unglauben und die Faszination darüber, dass es wirklich möglich war. Sie selbst hatte ja schon Beweise gesehen, dass wahr wurde, was sie schrieb.

»Was ist aus deiner Familie geworden?«, fragte sie. An ihrem Tonfall konnte er hören, dass ihr die Antwort bereits klar war. Mitleid legte sich über ihre Miene. Maruk antwortete nicht, sondern zuckte mit den Schultern, längst nicht so unbeteiligt, wie er erscheinen wollte.

Hannah presste kurz die Lippen aufeinander, dann sah er den Trotz in ihren Augen aufleuchten.

»Warum beenden wir das Ganze nicht sofort? Wenn wir Schreiber so mächtig sind, Tote ins Leben zurückzurufen und Unsterblichkeit zu verleihen, warum …«, und damit deutete sie übertrieben lässig auf Targon, »…zapfen wir ihn nicht einfach an, und ich töte Romun oder mache ihn zu einem guten König, was auch immer?«

»Weil gerade in dem 'was auch immer' die Schwachstelle liegt. Ganz abgesehen davon, dass Targon ein weiteres Anzapfen, wie du es nennst, ganz sicher nicht mehr überleben würde.« Wenn er überhaupt die nächsten Tage überlebte. Maruk warf einen langen Blick auf Targon. Er nahm zwar die Brühe auf, die er ihm immer wieder eingeträufelt hatte, aber er war bisher kein einziges Mal aufgewacht. Was mochte es für Auswirkungen haben, dass er eigentlich bereits tot gewesen war? Dann wandte er sich wieder Hannah zu, die ihn fragend ansah. Wenn es bloß so leicht wäre. »Wenn du leichtfertig die Schicksale von einzelnen Menschen veränderst, hat das Folgen auf die ganze Welt. Romun ist nicht der Einzige, der deine Macht für sich nutzen will. Er hat Verbündete, die müssten alle von dir verändert werden. Und dann gibt es Romuns Feinde, die die Schreiberin gerne für sich hätten. - Nicht zu vergessen, dass es Menschen gibt, die deinen und Targons Tod wollen, um die Manipulation durch die Schreiber bereits im Ansatz zu verhindern. Wie willst du das mit ein paar Sätzen so bewerkstelligen, dass dabei nicht etwas anderes Schlechtes herauskommt? Die Folgen sind nur schwer vorhersehbar und viel zu riskant. Besser ist es, sich kleine Unterstützungen mit Hilfe deiner Fähigkeiten zu holen. Und ansonsten Romun auf herkömmliche Weise zu stürzen. Oder würdest du ihn wirklich töten wollen?«

»Nein«, sagte sie leise und wich seinem Blick aus.

Maruk nickte seltsam erleichtert. Er hatte nichts anderes von ihr erwartet.

Ha! - Er hatte nichts anderes von ihr erwartet?

Der Mann lachte heiser in der Dunkelheit auf. Gott, wie gütig Maruk doch war!

Er hatte ihn noch deutlich vor Augen. Als ob er ihn jemals vergessen könnte. So selbstherrlich in seiner aufdringlichen bescheidenen Art.

Jähzorn durchpflügte ihn, und er ballte hilflos die Fäuste zusammen, um nicht die Beherrschung zu verlieren und erneut gegen die schroffe Höhlenwand zu schlagen. Maruk widerte ihn an. Der Mann war ein berechnender Mörder und Intrigant. Dennoch flogen ihm die Sympathien zu, himmelte ihn dieses Mädchen beinahe an.

Wie dumm musste sie sein, dass sie so blauäugig dasaß und glaubte, Maruk würde ihr helfen, nur um Romun nicht diese unendliche Macht zu verleihen. Maruk hatte seine Pläne, dessen war er sich sicher. Und dafür würde er Hannah ausliefern, genauso wie Targon. Wahrscheinlich würde er den Jungen aufpäppeln und dann doch sein Blut nehmen.

Aufgebracht lief er hin und her. Dreißig Schritte in die eine Richtung, dann nach links gewandt weitere dreiundvierzig Schritte und zurück zu seinem Ausgangspunkt. Immer wieder, getrieben von dem heftigen Verlangen, hier heraus zu kommen.

Plötzlich wurde er sich bewusst, was er tat. Ohne darüber nachzudenken, gab er sich diesen verfluchten Zeilen hin und hatte doch geglaubt, sich von all seinen Empfindungen befreit zu haben. Es war ein Trugschluss gewesen. Nichts hatte sich geändert. Es machte ihn wahnsinnig, nicht eingreifen zu können.

Abrupt blieb der Mann stehen. Mit seinen Händen tastete er blind über die Felsen. Spürte die kalte Feuchtigkeit unter seinen Fingerspitzen und die Kanten und Risse im Gestein.

Vielleicht gab es doch eine Möglichkeit. Vielleicht hatte sie etwas übersehen und sein Gefängnis war nicht ganz so abgeschottet, wie er immer geglaubt hatte.

Er musste hier raus.

Verfolgt

Harbart stand mit Krail im großen Thronsaal. Mit Mühe versuchte er, das Zittern zu verbergen, das in seinem Inneren angefangen hatte und inzwischen auf seine gesamte Muskulatur übergegriffen hatte.

Sie hatten die Frau nicht gefunden!

Jeder Winkel der Burg war förmlich auf den Kopf gestellt worden, aber sie war und blieb verschwunden. Zu allem Übel sollte der Bruder des Königs gar nicht tot sein. Romun hatte Reiter ausgesandt, die den Fluss nach seinem Körper absuchen sollten. Doch dieser war ebenfalls wie vom Erdboden verschluckt.

Lord To'bal stand nun seinem König gegenüber. Demütig hielt er den Kopf gesenkt, während er Romun den gefürchteten Bericht erstattete.

Vorsichtig warf Harbart einen Blick auf Krail. Still und kreidebleich stand er neben ihm. Nur an der heftig pochenden Ader am Hals konnte er sehen, wie aufgeregt Krail war.

Als To'bal seinen Bericht beendete, herrschte minutenlanges Schweigen. Romun saß auf dem hölzernen Thron, die einzige Regung, die er zeigte, war das rhythmische Trommeln seiner Finger auf den Armlehnen. Der Takt war schnell und hart. Harbarts Herzschlag passte sich dem Trommeln an, beinahe wie bei einem schlechten Versuch, seinem König seine absolute Unterwürfigkeit zu zeigen.

Wie auf ein geheimes Stichwort richtete sich Romuns eiskalter Blick auf Harbart und Krail.

Mit einem eleganten Schwung stieß er sich von dem Thron und schlenderte gemächlich auf die beiden Männer zu.

Nur mit Mühe blieb Harbart, wo er war. Etwas in ihm drängte danach, sich umzudrehen und zu laufen, so schnell er nur konnte, doch er wusste, dass noch mehr Wachen vor den Türen des Thronsaales standen und jeden Fluchtversuch im Ansatz ersticken würden. Also blieb er. Harbart schlug die Augen nieder und senkte den Kopf.

»Mein König«, sagte er ehrerbietig und wagte kaum zu atmen, als Romun vor ihnen stehen blieb.

»Erinnerst du dich an meinen Befehl?«, fragte Romun beinahe sanft.

»Jawohl, mein König. Ich erinnere mich«, entgegnete Harbart und atmete leise aus, als Romun sich Krail zuwandte.

»Was ist mit dir?«, fragte er ihn, doch diesmal trat etwas Lauerndes in seine Stimme.

Krail nickte heftig. »An jedes einzelne Wort erinnere ich mich«, sagte er mit einer viel zu hohen Stimme.

»Dann wisst ihr zwei auch noch, was ich euch versprochen habe, nicht wahr?«

Harbart warf einen ängstlichen Blick auf Romun, der ihn und Krail abwechselnd musterte. »Aber ich will kein Unmensch sein. Ich mache euch beiden ein faires Angebot. Findet die Frau und meinen Bruder, es ist mir gleich, ob lebendig oder seinen Kadaver, und bringt sie her und wir vergessen das alles hier.« Romun lächelte sie freundlich an. Harbart war beinahe geneigt, ihm zu glauben, und hätte fast erleichtert zurückgelächelt. Doch Romun war noch nicht fertig. Über die Schulter wandte er sich an Lord To'bal: »Um den beiden Herren die Dringlichkeit meines Anliegens zu beweisen, möchte ich, dass ihre Familien die Gastfreundschaft meiner Burg erhalten. Holt sie her!« Sein Lächeln verschwand, als er wieder Harbart aufmerksam ansah. »Und lasst sie solange in den Verliesen verrotten, bis Hannah und mein Bruder gefunden wurden.« Damit schritt er zurück zu seinem Thron, setzte sich und schlug leger die Beine übereinander. »Ihr leitet auch einen Suchtrupp, To'bal. Enttäuscht mich nicht. Ich habe genug von Enttäuschungen.«

»Ich werde nicht ohne sie zurückkehren, mein König.« Lord To'bal verneigte sich tief. Dann wandte er sich ab und ging mit einem Wink in ihre Richtung hinaus. Harbart schüttelte seine Lähmung ab und folgte ihm. In seinem Kopf überschlugen sich die Gedanken. Wenn er versagte, würde seine Familie dafür bezahlen müssen. Krail lief schweigend neben ihm her. Ihn mussten die gleichen Gedanken beschäftigen. Sie mussten zusammenarbeiten. Nur so hatten sie eine Chance.

Lord To'bal gab einem der Wachen im Gang einen Wink. »Bring die Familien von Krail und Harbart her und sperr sie in die Verliese.«

»Zu Befehl, Lord To'bal!« Der Mann nickte und machte auf dem Absatz kehrt. Mit schnellen Schritten lief er den Gang entlang und verschwand.

Harbarts Mut sank gänzlich in seine Stiefel, wenn er überhaupt jemals welchen besessen hatte. Inzwischen zweifelte er daran. Wie stolz war er gewesen, als er in die Leibgarde Romuns aufgenommen worden war. Nur die besten Männer fanden diese Anerkennung. Aber er hatte schnell bemerkt, wie gefährlich dieser Posten war. Romun war unbeherrscht und grausam. Jetzt war das, was er immer befürchtet hatte, passiert, und er selbst war zum Mittelpunkt von Romuns Willkür geworden.

Nur beiläufig hörte er, wie To'bal weitere Befehle erteilte. Offensichtlich hatte er bereits einen Plan. Das war mehr, als er selbst im Moment besaß. Alles woran er denken konnte, war seine Familie. Er musste um jeden Preis diese Frau und den Prinzen finden.

»Lord To'bal«, sagte er und räusperte sich. »Es erscheint mir sinnvoll, dass wir uns über die Suche absprechen, damit wir nicht das gleiche Gebiet absuchen.«

To'bal lächelte abfällig. »Sicher, Harbart. Ich werde alle verfügbaren Reiter aussenden. Sie können noch nicht allzu weit gekommen sein. Vielleicht sollten du und Krail erst einmal die nähere Umgebung nach Hinweisen absuchen.«

»Wir werden Euch sofort Meldung machen, wenn wir etwas finden.«

Doch To'bal hörte ihm bereits nicht mehr zu und ging davon. Mit lauter Stimme befahl er, sein Pferd zu satteln.

Harbart packte Krail am Oberarm, der ihn angespannt anstarrte.

»Wir sehen uns noch einmal in dem Zimmer der Schreiberin um. Vielleicht finden wir dort einen Hinweis.«

Krail nickte bloß. Gemeinsam rannten sie zu den Gemächern Hannahs zurück. Hektisch sahen sie sich um.

Das Bett stand immer noch dort, wo sie es hingeschoben hatten. Die Schrift auf dem Boden schien den ganzen Raum zu füllen. Nachdenklich las Harbart die Worte.

War es möglich, gab es diese Zauberei tatsächlich? Er hatte sie stets für Märchen gehalten. Und jetzt hatten diese Worte Romun nahezu aus dem Gleichgewicht gebracht.

Plötzlich drangen das Jammern und Weinen von Menschen durch das Fenster hinein. Harbart warf einen Blick hinaus und hielt den Atem an, neben ihm drängte sich Krail mit einem Fluch an das Fenster. Ihre Familien waren bereits zusammengetrieben worden. Wie Vieh scheuchten die Wachen sie über den Vorplatz der Burg. In der Mitte ging Maira mit schwerfälligen Schritten, gestützt von seinem Schwager Ruger.

»Verdammt!« Hilflos verfolgte er ihren Weg über die Brücke, dabei fiel einem kleinen Mädchen ihre Stoffpuppe in den Fluss. Augenblicklich wurde das Spielzeug unter dem lauten Geschrei des Kindes von der Strömung davongetragen.

»Das ist meine Tochter.« Krails Stimme klang plötzlich hart. »Sie ist drei Jahre alt. Und ich werde sie da wieder herausholen.«

Harbart warf ihm einen überraschten Blick zu. Krail war zwar immer noch blass, aber die Angst in seiner Miene war purer Entschlossenheit gewichen. An seinem Kiefer traten deutlich die Muskeln hervor.

Die Puppe hatte inzwischen das erste Gitter erreicht und blieb darin hängen. Traurig wehten ihre Arme auf die andere Seite des Gitters, als wollten sie dort nach der Freiheit greifen. Von einem Augenblick auf den anderen wusste Harbart, wo sie suchen mussten.

»Wir müssen dem Flusslauf folgen, Krail. Irgendwo dort muss der Prinz ans Ufer gekommen sein.«

Ohne weitere Zeit zu vergeuden, holten sie ihre Pferde und verließen Kylnavern, um ihre Suche direkt an dem zweiten Flussgitter aufzunehmen. Krail trieb sein Pferd durch die leichte Strömung auf die andere Seite. Den Blick immer fest auf den Untergrund gerichtet, ritten sie beide so dicht wie möglich am Ufer des Kyl entlang.

Der Boden war von dem Regen der letzten Tage schlammig. Immer wieder sanken die Pferde bis zu den Knöcheln in den Morast und kämpften sich schnaubend wieder frei.

Harbart hob den Blick, um dem Flusslauf zu folgen. Nicht weit vor ihnen wuchsen Büsche und Bäume bis weit an das Wasser heran. Kurz vor dem Dorf hatte der Fluss eine kleine Bucht gebildet. Möglicherweise war Targons Körper dort hineingetrieben worden.

Aber dies schien ihm unwahrscheinlich. Zwei kleine Mädchen spielten dort mit ihren Puppen. Würde ein Mensch im Wasser treiben, würden die Kinder sicherlich nicht so ruhig dort sitzen. Völlig versunken in ihrem Spiel hockten sie halb am Ufer, halb im Wasser. Während eine Puppe mit dem Rücken nach oben im Wasser trieb, tat eines der Mädchen so, als würde die andere Puppe aufschreien.

Harbart stellte sich in die Steigbügel, um besser sehen zu können.

»Was ist los?«, rief Krail von der anderen Seite.

»Komm rüber«, antwortete er und zeigte auf die Mädchen, die sie immer noch nicht bemerkt hatten. »Das kommt mir irgendwie seltsam vor.«

Während Krail sein Pferd wieder durch das Wasser trieb, spielten die Mädchen weiter. Eine Puppe zog gerade die andere ans Ufer. Erst als die Reiter direkt neben ihnen stehenblieben, sahen die Kinder auf. Schlamm verschmierte ihre rundlichen Gesichter. Die Haare hingen ihnen in feuchten Strähnen herab.

»Hallo, ihr beiden. Was spielt ihr denn da?«, fragte Krail freundlich und lächelte breit auf die Kinder herab.

»Oh, wir spielen, wie Elifs Bruder den Schwarzen Prinzen aus dem Wasser gerettet hat«, plapperte das eine Mädchen und wischte sich eine lästige Strähne aus den Augen. Augenblicklich bekam sie einen derben Stoß von dem anderen Mädchen, dass sie ganz in den Schlamm fiel. Die Puppe im Wasser bekam einen Schubs und trieb ab.

»Das ist ein Geheimnis, du dummes Ding!«, schrie sie aufgebracht.

Harbart und Krail wechselten einen Blick.

»Euer Geheimnis ist bei uns gut aufgehoben«, beschwichtigte Krail mit sanfter Stimme und stieg ab. Vorsichtig ging er in die Knie, half dem einen Mädchen auf und fischte die im Wasser treibende Puppe heraus, die er der blonden reichte. »Bist du Elif? Was ist passiert mit dem Schwarzen Prinzen?«

Das blonde Mädchen presste die nasse Puppe an sich und sah ihn misstrauisch an. Dann schüttelte sie den Kopf und stand auf.

»Ich geh jetzt nach Hause. Ich habe keine Lust mehr, mit der dummen Suse zu spielen.«

»Ich denke nicht, dass du irgendwohin gehst, Elif.« Krails Stimme bekam einen drohenden Unterton, und Harbart trieb sein Pferd um die Mädchen herum, um ihnen den Weg zu versperren.

Das Mädchen, das immer noch im Schlamm hockte, schrie auf. Ohne zu zögern schlug Krail ihr brutal auf den Mund. Die Wucht des Schlages warf sie zurück. Mit einem lauten Klatschen fiel sie bewusstlos ins Flachwasser und blieb dort liegen.

Elif stand wie gelähmt da und starrte auf ihre Freundin. Noch ehe sie richtig begriff, was geschah, war Krail schon bei ihr, packte sie grob und hielt ihr die Hand vor den Mund.

»Ich möchte jetzt von dir wissen, was es mit dem Schwarzen Prinzen auf sich hat, Elif. Wenn du deiner kleinen Freundin nicht Gesellschaft leisten willst, erzählst du mir haarklein, was dein Bruder erlebt hat.«

Krails Hand bedeckte beinahe das ganze Gesicht der Kleinen. Harbart schluckte hart über die plötzliche Brutalität seines Kameraden und sah unbehaglich zum Dorf hinüber. Niemand schien dort zu bemerken, was hier vor sich ging. Oder sie wagten es nicht einzugreifen. Ihre blauen Uniformen waren unverkennbar. Romuns Männer konnten tun, was immer ihnen beliebte.

Elif starrte Krail aus entsetzten Augen an. Eine große Träne quoll aus dem Winkel und rollte über die breite Hand. Langsam gab Krail sie frei, ließ aber mit seiner Haltung keinen Zweifel daran, sie jederzeit wieder packen zu können.

»Also, was ist passiert?«

Stockend und stammelnd berichtete Elif. Immer wieder wurde ihre Erzählung von heftigen Schluchzern unterbrochen, die ihr den Atem nahmen, aber dennoch ergab das Gestammel schnell ein Bild. Die Kinder hatten also Prinz Targon tot aus dem Wasser gefischt und anschließend Maruk aus dem Dorf zur Hilfe geholt.

Also hatte Maruk seine Finger im Spiel. Das würde die Suche nicht leichter machen.

Krail gab der Kleinen einen Stoß. Wimmernd fiel sie in den Uferschlamm, wo sie sich wie ein Wurm zusammenzog und einfach liegenblieb.

»Lass uns zu Maruk reiten. Möglicherweise finden wir in seiner Hütte einen Hinweis.« Krail sah zu ihm auf.

Harbart konnte sich über seine Verwandlung nur wundern. Krail ignorierte das verängstigte Mädchen zu seinen Füßen, obwohl er doch eine Tochter hatte, die beinahe im gleichen Alter war. Konnte ein Vater so herzlos zu anderen Kindern sein, ja, sie sogar töten, ohne mit der Wimper zu zucken, nur um das eigene Kind aus dem Verlies rauszuholen?

»War das eben nötig?«, fragte er deshalb.

Krail sah ihn abweisend an. »Du bist zu zimperlich, Harbart. Ich werde die Schreiberin und den Prinzen finden und werde jeden Menschen töten, der sich mir dabei in den Weg stellt, gleich welches Geschlecht oder Alter. Oder hast du kein Interesse daran, deine Familie zu befreien?«

»Doch! Natürlich.« Harbart hob beschwichtigend die Hände und seufzte: »Ich denke nur, dass wir mit Kindern trotzdem anders umgehen sollten. – Reiten wir ins Dorf. Ich kenne seine Hütte.«

»Woher?« Krail sah ihn überrascht an.

»Ich habe ihm früher öfters Botschaften aus der Burg überbracht.«

Krail stieg wieder in den Sattel, gemeinsam ritten sie in das Dorf, ohne noch einen Blick zurückzuwerfen. Auch wenn der letzte Auftrag schon einige Jahre her war, wusste Harbart genau, welche der ärmlichen Hütten Maruks war. Neugierige Blicke wurden ihnen zugeworfen, teilweise auch verängstigte, aber niemand sprach sie an oder versuchte gar, sie aufzuhalten, als sie vor der Hütte anhielten und abstiegen.

Die Tür stand weit offen, als hätte Maruk sich nicht mehr die Zeit genommen, um sie zu schließen. Oder es war ihm gleichgültig gewesen, weil er nicht vorhatte, zurückzukehren.

Harbart sah sich noch einmal um, dann trat er ein. Dicht hinter ihm drängte Krail nach, der getrieben von Ungeduld sogleich begann, die Möbel umzustoßen.

Als ob sie unter einem Tischbein einen Hinweis finden würden. Harbart konnte sich nur wundern, schwieg aber diesmal. Laut krachend flog der Deckel einer Truhe auf. Krail warf sich förmlich hinein, zog alle Sachen hervor und warf sie hinter sich.

Harbart schüttelte den Kopf, öffnete die Türen zu einem mannshohen Schrank und blinzelte erstaunt.

»Krail!«, rief er und schob vorsichtig die hintere Wand beiseite, die nicht sauber geschlossen gewesen war und den Blick auf eine dunkle Kammer dahinter freigab.

»Hier hat der Hund ihn also versteckt!« Krail schob sich an ihm vorbei und hob nachdenklich die dünne Decke an, die auf dem Bett lag, das die ganze Kammer nahezu ausfüllte.

»Die Frage ist nur, wo sind sie hin? Maruk wird nicht den Fehler begangen haben und den Kindern von seinem Ziel berichtet haben.«

Krail ließ die Decke sinken und sah ihn mit zusammengekniffenen Augen an. »Wie gut kennst du Maruk? Hast du eine Idee, was sein Ziel sein könnte? Wo würde er sich verstecken?«

Harbart rieb sich nachdenklich über das Kinn. Maruk hatte ihm stets etwas zu essen und trinken angeboten, während er auf die Antwort warten musste. Dabei hatten sie sich auch unterhalten. War jemals eine Andeutung dabei gewesen, was ihm wichtig war? Verzweifelt versuchte er, sich zu erinnern. Doch da war nichts. Die Gespräche waren stets ungezwungen, aber belanglos gewesen. Urplötzlich fiel ihm ein, wie er mehrfach hatte wiederkehren müssen, weil Maruk mehrere Tage nicht anwesend gewesen war. Damals hatte ihm ein Junge aus dem Dorf erzählt, er befände sich auf Verwandtschaftsbesuch im Süden. Das war es!

»Es ist nur ein Gedanke, Krail. Aber ich habe ihn damals öfters nicht angetroffen. Ein Junge erzählte mir, dass Maruk seine Familie im Süden besucht. Möglicherweise ist er dorthin unterwegs.« Er zuckte hilflos mit den Schultern. »Es ist nicht viel, aber der einzige Hinweis, den wir haben.«

»Wir sollten nach diesem Jungen suchen. Vielleicht weiß er, wo genau die Familie lebt?«, knurrte Krail und tastete bereits mit der rechten Hand nach seinem Dolch.

»Nein, ich denke nicht, dass uns dies etwas nützen würde«, beeilte sich Harbart einzuwenden. »Maruk ist kein Dummkopf. Der Junge wusste damals auch nicht, wo genau er sich herumtrieb. Ich habe ihn danach gefragt.«

Krail ließ die Hand wieder sinken und nickte. Aber an seinem Blick konnte er erkennen, dass Krail ihm nicht vollständig traute. Harbart räusperte sich unbeholfen. Krail war unberechenbar, er würde ihn im Auge behalten müssen.

Kurz darauf verließen sie die Hütte und ritten aus dem Dorf. Wieder hielt sie niemand auf. Das Dorf wirkte nahezu menschenleer. Schweigend schlugen sie den Weg in südliche Richtung ein.

Am späten Nachmittag hatten sie ihr Lager abgebrochen und sich vorsichtig durch das Wäldchen parallel zur Straße weiterbewegt. Auf diese Weise umgingen sie unbemerkt ein Gehöft und ein Dorf. Erst als die Dämmerung hereinbrach, führte Maruk sie wieder auf die Straße zurück.

Hannah folgte ihm widerspruchslos. Zu ihrer eigenen Überraschung wurde das Vertrauen in Maruk immer größer. Auch wenn sie eine Weile brauchte, um zu verdauen, dass er unsterblich sein sollte.

Unsterblichkeit! - Was für ein Wort!

Während sie dem Verlauf der staubigen Straße folgten, wechselten sie kaum ein Wort. Hannah war sich nicht sicher, ob Maruk dies so bevorzugte, um mögliche weitere Fragen auf diese Weise aus dem Weg zu gehen. Da sie jedoch offensichtlich die nächsten Wochen in seiner Gesellschaft verbringen würde, falls sie nicht von Romun gefunden wurden, hatte sie alle Zeit der Welt. Tatsächlich konnte sie im Moment auch keine weiteren Fragen formulieren. Ihre Gedanken drehten sich um die schockierenden Möglichkeiten, die sie anscheinend besaß. Im Grunde konnte es doch nicht so schwer sein, wieder in ihre Welt zurückzukehren. Zur Not würde sie Targons Blut genau für diesen Zweck benutzen und sich und Marina einfach nach Hause schreiben.

Und Targon Romuns Grausamkeiten ausliefern …

Ein Gedanke, der so unauffällig durch ihren Kopf sprang, aber eine Spur hinterließ, die sich schwer auf ihr Gewissen legte. Sicher, sie konnte fort und versuchen, alles zu vergessen, aber konnte sie auch Targon vergessen?

Verträumt warf sie einen Blick auf ihn. Das Bild hatte sich nicht geändert. Immer noch hing er bewusstlos auf dem Pferd, auch wenn sie meinte, dass sein Gesicht inzwischen wieder etwas mehr Farbe bekommen hatte.

Warum sollte sie ihn nicht vergessen? Es gab keinerlei Anzeichen, dass sie etwas in ihm berührt hatte. Ganz abgesehen davon, dass er sie entführt und an Romun ausgeliefert hatte, ohne mit der Wimper zu zucken.

Was mochten seine Pläne sein, wenn er wieder aufwachte?

Hannah atmete tief ein. Es ging sie nichts an. Sie würde dies alles hier vergessen, wenn sie erst wieder zu Hause war.

Nach einer Weile hielt Maruk die Pferde an und drehte sich leicht zu ihr um.

»Nicht weit von hier befindet sich eine verlassene Mühle. Wir werden den Rest der Nacht dort verbringen und bei Morgengrauen weiterreiten.« Prüfend warf er einen Blick in den Himmel. Immer mehr Wolken zogen auf und begannen, den Mond zu umschließen. Es würde nicht mehr lange dauern, bis der Himmel völlig zugezogen war und damit das schwache Mondlicht gänzlich versiegen würde. Maruk trieb mit einem leisen Schnalzen die Pferde an, die augenblicklich in einen leichten Trab fielen.

Hannah verzog mitleidig das Gesicht, als die sah, wie Targon bei den mächtigen Schrittfolgen Radschams durchgerüttelt wurde. Das musste mehr als unangenehm sein. Doch sie waren gezwungen, das letzte Mondlicht für den Weg nutzen.

Maruk bog auf einen schmalen Pfad ein. Schon jetzt hatte sie Mühe, den Weg in dem fahlen Licht auszumachen. Trotzdem beeilte sie sich, Maruk zu folgen. Im Gegensatz zu ihr schien Kimon die Dunkelheit nichts auszumachen. Ihre Stute trabte fröhlich wie immer hinter den anderen Pferden her, als wäre sie auf einem unterhaltsamen Ausflug.

Wie versprochen tauchten recht schnell die Umrisse eines Gebäudes aus der Dunkelheit auf. Erleichtert hielt Hannah Kimon vor der alten Mühle an und sprang beinahe leichtfüßig ab. Offensichtlich gewöhnte sie sich schnell an diese Art der Fortbewegung. Ihre Knochen taten heute nicht weh, und sie fühlte sich auch nicht so steif. Allerdings waren sie auch nicht so lange unterwegs gewesen wie am Tag zuvor.

Hannah nahm sich keine Zeit, um sich umzusehen. Sie tätschelte Kimon, die ihr leise nachwieherte und lief dann zu Maruk hinüber, der dabei war, die Seile zu lösen, mit denen Targon am Sattel festgebunden war.

»Wann werden wir unser endgültiges Ziel erreichen?«, fragte sie, während sie ein Seil von seinen Stiefeln entfernte.

Maruk warf ihr einen Blick zu. »Einen Tagesritt noch, wenn alles gut geht.«

»Denkst du, dass uns Verfolger auf der Spur sind?«

»Sicher sind sie das. Romun wird das ganze Land in Aufruhr versetzen. Es ist gut, wenn uns niemand sieht, bis wir unser Ziel erreicht haben. Wir dürfen keine Zeugen haben.«

»Aber warum ist unser Ziel denn so sicher? Wird Romun dort nicht auch nach uns suchen lassen?« Sie stellte sich eine gigantische Festung vor, in der man sie willkommen hieß und hinter deren dicken Mauern sie in absoluter Sicherheit waren.

»Es ist ein Dorf, von dem Romun nichts weiß«, sagte Maruk leichthin und zog Targon aus dem Sattel in seine Arme. Als hätte er das Gewicht eines Kleinkindes ging er mit ihm davon.

»Wenn du die Tür öffnen könntest, Hannah?«

Mit offenem Mund stand sie für einen Moment da. Ein Dorf also? Ein einfaches Dorf sollte der sichere Ort sein? Dann begegnete sie Maruks Blick mit den hochgezogenen Augenbrauen und beeilte sich, zur Tür zu laufen und diese zu öffnen. Das Holz roch feucht, und sie fürchtete, die Tür könnte unter ihrem Griff zusammenfallen, doch erstaunlicherweise hielt sie und schwang mit einem knarrenden Laut langsam auf.

»Danke.« Maruk ging an ihr vorbei in das Innere.

Hannah folgte in einigem Abstand, wobei sie sich aufmerksam umsah. Es musste Ewigkeiten her sein, dass jemand sich hier drinnen aufgehalten hatte. Der Raum war nicht sonderlich groß. Direkt rechts neben dem Eingang befand sich ein großes Holzgebilde, das fast den gesamten Raum für sich beanspruchte. Teile davon waren so verrottet, dass sie halb abgebrochen waren oder am Boden lagen. Durch die entstandenen Lücken konnte sie gut den blankgewetzten Mühlstein erkennen, der unter einem Trichter stand. Hammer und Meißel lagen darauf, als hatte noch vor kurzem jemand versucht, den Stein wieder rau und griffig zu machen.

Hannah leckte sich über die trockenen Lippen. Staub hing in der Luft und überall auf dem Boden waren Mehlsäcke und graue Mehlhäufchen verteilt.

Maruk hatte keinen Blick für seine Umgebung übrig. Er schritt zielstrebig, als wäre er nicht das erste Mal hier, auf eine breite Stiege zu, die nach oben führte.

»Oben ist es nicht ganz so staubig«, sagte er, als würde er ihren fragenden Blick im Nacken spüren. »Ich werde Targon dort hinlegen.«

Wie zur Bestätigung seiner Worte rieb sich Hannah über die kitzelnde Nase und musste niesen. Etwas unschlüssig lief sie durch den Raum, an dessen gegenüberliegender Seite eine Tür war. Neugierig ging sie hindurch.

Es musste der frühere Schlaf- und Wohnraum des Müllers gewesen sein. Eine kleine Feuerstelle befand sich direkt neben einem riesigen Loch im Mauerwerk. Das erklärte, warum Maruk Targon nicht hierher gebracht hatte. Er musste tatsächlich schon einmal hier gewesen sein.

Aber das war wohl eines der Dinge, die sie nichts anging und letztendlich auch nicht von Bedeutung war. Aufmerksam sah sie sich um und suchte nach etwas, mit dem sie Feuer machen konnte. Holzscheite befanden sich in einer Nische neben der Feuerstelle, aber sie brauchte Papier und Anzündholz. Einige Säcke lagen in einer Ecke. Große schwarze Flecken breiteten sich darauf aus. Die Reste einer mottenzerfressenen Decke waren halb davon heruntergerutscht. Hannah vermutete, dass es sich um die Schlafstätte des Müllers handelte. Mit spitzen Fingern hob sie die Decke an. Vielleicht eignete sie sich ja zum Anzünden des Feuers. Doch sie war feucht. Angeekelt ließ sie den faserigen Stoff wieder fallen.

Hinter ihr trat Maruk ein. Unwillkürlich zuckte sie zusammen. Er bewegte sich so unglaublich leise. Neidisch fragte sie sich, wie er das machte. Er war viel größer und schwerer als sie.

»Wir brauchen Zunder«, sagte er nach einem Blick auf die Feuerstelle und verschwand kurzerhand wieder durch das Loch im Mauerwerk.

Hannah kam sich ein bisschen nutzlos vor. Noch nicht einmal ein einfaches Feuer brachte sie zustande. Es war frustrierend.

Maruk kehrte bereits zurück, seine Satteltaschen über der Schulter und einen Beutel in den Händen, den er ihr zuwarf.

»Ich bring dir bei, wie man ein Feuer macht«, sagte er und kniete sich neben die Feuerstelle. »Komm her und öffne den Beutel. Du findest Zunder darin.« Wissbegierig hockte sich Hannah daneben, dann öffnete sie den Beutel und zog eine unförmige Scheibe daraus hervor.

»Das ist also Zunder?« Sie hatte natürlich schon davon gehört oder gelesen, aber noch nie echten Zunder in der Hand gehalten.

»Ein Zunderschwamm. Damit er besser brennt, wird er in Scheiben geschnitten. – Leg ihn in die Feuerstelle. Du musst noch mehr dazu tun.«

Hannah holte mehr Scheiben heraus und legte sie sorgfältig zu dem anderen Zunder, bis Maruk ihr ein Zeichen gab, dass es reichte.

»Jetzt nimmst du den Funkenschläger und diesen Feuerstein und schlägst sie gegeneinander. Achte darauf, dass du so schlägst, dass die Funken den Zunder treffen.«

Hannah nahm den Feuerstein in die rechte Hand und betrachtete kurz den Funkenschläger in der anderen. Er war geformt wie ein Wikingerboot und erinnerte sie ein wenig an einen Schlagring, da er so gefertigt war, dass sie ihn bequem über die Finger ziehen konnte.

Doch als sie den Stein und das Metall gegeneinanderschlug, passierte nicht das Geringste. Sie versuchte es erneut, wieder ohne Ergebnis. Nicht den kleinsten Funken hatte sie erkennen können. Hilflos sah sie zu Maruk, der ihr ein geduldiges Lächeln schenkte.

»Das ist eine Sache der Übung, Hannah. Du solltest nicht so schnell aufgeben. Aber ich mache es dir gerne einmal vor.«

Maruk nahm die Sachen an sich. Er schlug mit dem Metall einmal schnell gegen den Stein und ein Funken sprang knisternd auf den Zunder, verlosch dort aber schnell wieder.

»Versuch es noch einmal.«

Doch auch beim dritten und vierten Versuch bekam Hannah nicht den kleinsten Funken zustande. Missmutig gab sie auf und reicht Maruk die Sachen zurück.

»Mach dir nichts draus, du lernst es schon noch«, tröstete er sie und zauberte innerhalb weniger Minuten ein loderndes Feuer. »Wenn es heruntergebrannt ist, koche ich uns eine Suppe. – Ich werde mich jetzt um die Pferde kümmern und sie in den Stall bringen.«

»Nein, warte.« Hannah sprang auf. »Du bleibst hier und ich kümmere mich um die Pferde. Das bekomme ich hin, versprochen.«

»Gut«, sagte er knapp und wandte sich seinen Satteltaschen zu.

Diesmal verließ Hannah das Haus durch das Mauerloch und erschrak, wie dunkel es in der Zwischenzeit draußen geworden war. Um sie herum herrschte Finsternis, die Pferde links von ihr waren nur noch als dunkle Schatten zu erkennen. Ein Angstschauer lief ihr über den Rücken, aber zurückgehen kam nicht in Frage. Sie würde sich um die Pferde kümmern, wie versprochen.

Ein Lichtkegel schwang sich hinter ihr aus dem Loch und erhellte alles um sie herum.

»Hannah? Vielleicht solltest du eine Laterne mitnehmen.«

Zähneknirschend drehte sie sich um und nahm die Laterne, die Maruk ihr grinsend entgegenhielt. »Danke«, sagte sie. Zumindest konnte er in dem Licht nicht ihr rotes Gesicht erkennen. Hastig wandte sie sich wieder den Pferden zu und beeilte sich, diese zu versorgen.

»Verdammtes Hexenweib, wir sollen wir sie nur jemals finden?« Krail zog entnervt an den Zügeln und blieb mitten auf der staubigen Straße stehen. Sein Pferd ließ erschöpft den Kopf hängen, als er die Zügel einfach fallen ließ. »Niemand hat bisher auch nur eine Haarspitze von ihnen gesehen. – Wir reiten zurück und quetschen es aus dem Jungen heraus, wohin dieser Maruk immer gereist ist.«

Harbart atmete tief ein. Langsam fiel es ihm auch schwer, geduldig zu bleiben. Krail war besessen von dem Gedanken, seine Tochter zu befreien. Es war verständlich, das war keine Frage, aber diese Besessenheit machte ihn zu einem launischen und kaltblütigen Gefährten. »Wie ich es dir bereits gesagt habe, der Junge wusste nichts.«

»Oder er ist einfach nur ein geschickter Lügner. Aber das treiben wir ihm aus. Ich habe Lord To'bal oft genug beobachtet, wenn er Gefangene befragt hat.«

»Das kostet uns nur wertvolle Zeit und führt zu nichts. Ich bin davon überzeugt, dass er wirklich nichts weiß. Denk nach, Krail. Maruk ist kein Dummkopf. Warum sollte er dem Jungen so etwas anvertraut haben? – Aber wenn du umdrehen willst, halte ich dich nicht auf. Ich werde hier weitermachen.«

Krail murmelte finster vor sich hin, schließlich nickte er und nahm die Zügel wieder auf.

»Vielleicht hast du recht. Wir sind beide erschöpft und auch die Pferde brauchen dringend eine Pause. Lass uns zu dem Dorf zurückreiten und dort übernachten. Morgen sieht es vielleicht besser aus.«

»Das ist ein guter Vorschlag. Außerdem bekommen wir da wenigstens noch eine ordentliche Mahlzeit.«

Sie wendeten die Pferde und ritten in das Dorf. Vor dem kleinen Gasthaus hielten sie an und stiegen ab. An den Stimmen, die durch die Tür nach außen drangen, war zu erkennen, dass das Haus gut besucht war. Doch zuerst mussten die Pferde versorgt werden. Der Stall neben dem Haus war zwar etwas windschief, aber das Stroh in den Boxen roch frisch. Harbart sattelte zügig ab, brachte sein Tier in eine leere Box und wartete dann, bis Krail auch so weit war. Gemeinsam betraten sie den Schankraum, der bis zum Bersten mit Menschen gefüllt war. Die Unterhaltungen wurden augenblicklich leiser und brachen zum Teil ganz ab. Harbart verfluchte sich innerlich, dass sie nicht schon lange die blauen Uniformen abgelegt hatten. Aber Krail hatte darauf bestanden. Es hatte immerhin den Vorteil, dass der Wirt sie hier umsonst verköstigen und übernachten lassen musste.

Krail schien der Stimmungswechsel nicht zu kümmern. Er steuerte auf einen freien Tisch zu und winkte dem Wirt, der sie mit zusammengezogenen Augenbrauen betrachtete. Widerwillig kam er um die Theke herum.

»Ja?«, fragte er unfreundlich. Der Mann war kahlköpfig und untersetzt. Erleichtert bemerkte Harbart die ordentliche Kleidung. Die meisten Gasthäuser hielten nicht viel von Sauberkeit.

»Zu essen und zu trinken, Wirt. Und außerdem benötigen wir ein Zimmer für die Nacht.«

»Hab's befürchtet.«, murrte er und verschwand.

Harbart sah ihm hinterher. Verständlicherweise war der Mann nicht begeistert, aber es würde ihn auch nicht in den Ruin treiben. Der Raum war nicht gerade klein und dennoch war ihr Tisch der einzig freie gewesen. Hier saßen zum größten Teil Bauern, die eine gute Ernte verzechten und sie immer noch neugierig betrachteten. Langsam schwoll der Geräuschpegel wieder zur alten Stärke an. Sie waren wohl als ungefährlich eingestuft worden.

»Hier!« Der Wirt klatschte ihnen zwei Schüsseln auf den Tisch, die bis zum Rand mit einer Fleischsuppe gefüllt waren. Eine unscheinbare dünne Frau stellte zwei Krüge mit Bier ab und einen Korb voller Brot. Harbart lief das Wasser im Mund zusammen. Kleinlich war der Wirt offensichtlich nicht. Gierig stürzten er und Krail das Bier hinunter. Noch während er sich über den Mund fuhr, um den Schaum fortzuwischen, erschien wieder die Frau und stellte zwei neue Krüge auf den Tisch.

»Auf ein Wort«, sagte Harbart, einer plötzlichen Eingebung folgend.

»Ja?«

»Ist hier in letzter ein Fremder vorbeigekommen oder womöglich mehrere? Einer könnte verletzt sein.«

»Ne!« Die Frau schüttelte ihren dünnen Kopf. Ihre Augen lagen tief in ihren Höhlen und gaben ihr das Aussehen eines lebendigen Totenschädels.

»Gibt es denn hier in der Gegend Möglichkeiten, sich versteckt zu halten?«, warf Krail ein und legte eine Münze auf den Tisch.

»Wen sucht ihr denn?« Die Augen der Frau saugten sich an der Münze fest, dann sah sie langsam zu Krail.

»Zwei Mörder und eine Hexe.« Krail beugte sich verschwörerisch vor und ließ eine zweite Münze auf den Tisch gleiten. »Sie verzaubert die Männer der Gegend und ihre Begleiter bringen sie dann um. Auf diese Weise haben sie ein Dorf im Norden komplett ausgelöscht.«

Harbart hob erstaunt die Augenbrauen. Er hätte Krail nicht zugetraut, den Aberglauben im Land für sich zu nutzen. Die Frau schien auch für einen Augenblick verängstigt. Sie warf einen raschen Blick zum Wirt, dann nickte sie.

»Es gibt hier ein altes Gehöft, das vom Schwarzen Prinzen vor ein paar Wochen niedergebrannt wurde. Aber der Eiskeller ist dabei nicht zerstört worden. Die Leute glauben, dass es dort spukt. – Und die Straße weiter runter, da gibt es eine alte Mühle. Der Müller ist schon vor langer Zeit verstorben. Ein zu gewucherter Pfad führt von der Straße dort hin.«

Krail warf ihm einen raschen Blick zu. Dann lächelte er die Frau an und schob ihr die Münzen zu. »Habt Dank, Ihr wart uns eine große Hilfe.«

Geschickt ließ die Wirtin die Münzen in ihr übersichtliches Dekolleté verschwinden und eilte davon.

Krail grinste ihn breit an und hob den Krug, um ihm zuzuprosten.

»Da haben wir wohl ein neues Ziel - auf einen erfolgreichen weiteren Tag.«

Am nächsten Tag war Maruk bereits früh aufgebrochen, um nach etwaigen Verfolgern Ausschau zu halten. Targon sollte den Tag nutzen können, um ein wenig zu Kräften zu kommen.

Unbehaglich hatte Hannah Maruk hinterher gesehen, als er auf seinem Pferd davonritt. Er hatte keinen Hehl daraus gemacht, dass er Stunden fort sein würde und sie mit genauesten Angaben darüber zurückgelassen, was sie alles in der Zeit erledigen sollte.

Nicht, dass es viel gewesen wäre. Es ging mehr darum, was es war.

Hannah schämte sich, aber eigentlich wollte sie keinen Schritt ohne Maruk in die Nähe Targons machen. Doch sie konnte ihn wohl kaum dort oben liegen lassen und nicht nach ihm sehen. Außerdem sollte sie ihm zweimal am Tag einen Tee zubereiten. Dafür musste sie darauf achten, dass das blöde Feuer nicht ausging. Sie würde es ohne Feuerzeug im Leben nicht mehr zum Brennen bringen.

Mit gemischten Gefühlen ging sie aus dem Haus und überquerte einen kleinen Holzsteg, der von hier an dem Mühlrad vorbei an das steinige Flussufer führte. Hannah beugte sich vor und zog mit Schwung den Eimer durch das Wasser bis er bis zum Rand gefüllt war. Vorsichtig stellte sie ihn neben sich ab, vergewisserte sich, dass er nicht umkippen konnte, und tauchte dann beide Hände tief in das kristallklare Wasser. Tausend Nadelstiche jagten über ihre Haut. Hannah musste tief Luft holen, um den kurzen Schock der Kälte zu überwinden. Dann begann sie, in schnellen Bewegungen das Wasser über ihre Arme und in ihr Gesicht zu schaufeln.

Nach einer Weile hielt sie inne und überlegte, ob sie sich vielleicht ganz ausziehen sollte, um sich gründlich zu waschen. Doch gerade die Friedlichkeit des Ortes war es, die ihr Unbehagen bereitete. Sie fühlte sich nicht wirklich sicher. Hannah sah über ihre Schulter zu der Mühle zurück. Das alte Fachwerk bog sich an einigen Stellen schon unter der Last der Jahre nach unten. Ein großes, schadhaftes Mühlrad prangte direkt neben dem Eingang. Darüber war ein kleines Dach angebracht, das vergeblich versuchte, das Mühlrad vor den Witterungsverhältnissen zu schützen. Es hätte so idyllisch sein können. Beinahe wie eine Ferienunterkunft, dachte sie, wären da nicht die zerbrochenen Fenster gewesen und die Löcher im Dach.

Ein Frosch hüpfte neben ihr über die Steine und sprang mit einem riesigen Satz ins Wasser. Für eine Weile verfolgte sie seinen eleganten Tauchgang. Als er ihren Blicken entschwand, stand sie auf, klopfte sich den Dreck von ihrem Rock und nahm den Eimer auf. Seltsam beschwingt ging sie zurück, als ob das Wasser mehr fortgespült hatte als nur den Schmutz.

Einen Teil des Wassers füllte sie in einen Kessel, den Maruk vor das Feuer gestellt hatte, bevor er gegangen war. Er hatte noch mehr zurückgelassen. Zwei Holzbecher und Schüsseln sowie eine Kelle, daneben lag noch ein Lederbeutel. Hannah öffnete ihn. Ein herber Duft drang hervor, der sie kurz zurückzucken ließ, bevor sie eine Handvoll der getrockneten Blüten und Blätter herausholte und in den Kessel gab. Naserümpfend rührte sie mit der Kelle im Topf. Schleimige Schlieren lösten sich von den Kräutern und verfärbten das Wasser. Das Gebräu sah nicht gerade vertrauenserweckend aus, aber Maruk hatte darauf bestanden, dass sie es zubereitete.

Viel zu schnell kochte das Wasser, wie sie fand. Widerwillig schöpfte sie etwas von dem Tee in einen der Becher und atmete tief ein. Es blieb ihr wohl nichts anderes mehr übrig. Sie hatte es ihm versprochen. Wenige Schlucke reichten, hatte er gesagt. Also ging sie in den Hauptteil der Mühle. Ihr Blick lief voraus, während sie die Treppe hinaufstieg und heftete sich an Targons Gestalt, die langgestreckt unter einem kleinen Fenster lag. Maruk hatte ihm aus alten Mehlsäcken ein bequemes Lager bereitet. Hannah seufzte. Wie seit Beginn ihrer Flucht schlief er. Ob Targon jemals wieder aufwachen würde? Mit schwerem Herzen, den Becher fest mit beiden Händen umklammernd, trat sie näher. Eine Gänsehaut kroch über ihren Körper, der sich immer weiter verspannte. Sie hatte Furcht; Furcht, dass er hier oben in ihrem Beisein sterben könnte. Erneut!

Doch unter der dünnen Decke, die fast bis an sein Kinn reichte, hob und senkte sich seine Brust. Vorsichtig ging sie neben ihm in die Hocke und überlegte, wie sie ihm am besten den Tee einflößen konnte. Ihr Blick blieb dabei an seinen halbgeöffneten Lippen hängen. Unwillkürlich seufzte sie auf und erschrak selbst über den Laut, der ihr dabei entfuhr. Langsam ließ sie den Blick weiter über sein Gesicht wandern und zu der Decke, unter der sich seine muskulöse Gestalt abzeichnete.

Die Verlockung war groß. Sie war mit Targon völlig allein. Niemand bekam mit, wie sie ihn anschmachtete. Und Targon selbst schlief fest oder war immer noch bewusstlos, wo auch immer die Grenzen dafür sein mochten.

Hannah schlug die Decke behutsam zurück. Mit klopfendem Herzen starrte sie auf die Narben, die sie schon in der Wüste bemerkt hatte. Und wie damals überkam sie das Verlangen, sie zu berühren. Sämtliche Zweifel schlug sie zur Seite und legte ihre Hand behutsam auf die hellroten Narbenstränge, die sich wie kleine Schluchten in seine warme Haut gruben. Dann wanderte ihre Hand weiter zu seinem Herzen. Erstaunt runzelte sie die Stirn. Kräftig und fest schlug sein Herz wie mit Trommeln gegen ihre Hand, als wollte es sich gegen die Berührung wehren. Erleichterung durchflutete sie. Ohne jeden Zweifel war Leben in ihm, füllte seinen Körper und hoffentlich auch seinen Geist. Langsam nahm sie die Hand fort und strich ihm sanft über sein makelloses Gesicht zu den Lippen, die leicht unter ihrer Berührung nachgaben. Ihre Wangen erhitzten sich, als ihr die Intimität dieser Berührung bewusst wurde. Was um Himmels Willen tat sie da? Das war völlig falsch. Mit jeder Berührung stieg die Sehnsucht nach ihm.

Hastig zog sie die Hand zurück, umklammerte sie mit der anderen, als ob sie sich verbrannt hatte und so den Schmerz lindern konnte und wandte sich aufgebracht ab.

Konzentrier dich auf deine Aufgaben, dachte sie und nahm den Becher wieder zur Hand. Am besten, sie gab ihm von dem Tee und verzog sich dann schnellstens wieder nach unten.

Entschlossen wandte sich Hannah wieder um und schrie erschrocken auf, als sie ein Paar schwarze Augen aufmerksam betrachteten.

Dichter Nebel hüllte Targon ein, der sich nicht lichten wollte. Gleich wie oft er versuchte, die Trägheit zu überwinden und den Nebel fortzuscheuchen, wallte er nur neu auf und hüllte ihn umso dichter ein. Ein paar Mal schien er es beinahe geschafft zu haben. Dann konnte er Stimmen hören, die von weit her zu ihm herüberklangen, aber weiter war er nie aus dem Nebel aufgetaucht. Mühsam hatte er versucht, Worte zu formulieren oder eine Hand zu bewegen, um auf sich aufmerksam zu machen. Aber so sehr er auch darum gekämpft hatte, es war ihm nicht gelungen. Stattdessen versank er nur wieder in wirbelndem Nebel und verlor sich in wilden Träumen von Hannah und seinem Blut.

Aber dann hatte sich langsam etwas verändert. Zu Beginn war es kalt gewesen; um ihn herum und ebenso in seinem Inneren. Die Kälte hatte ihn erfüllt und gelähmt. Dann hatte es in seinen Fingern und seinen Zehen begonnen. Ein Kribbeln, das langsam stärker wurde und sich durch seinen Körper ausbreitete wie eine Invasion unzähliger Ameisen. Mit ihnen kamen die Wärme und das Gefühl in seinen Körper zurück.

Plötzlich spürte er etwas. Etwas berührte ihn, strich über sein Gesicht. Eine Bewegung, so leicht wie ein seidenes Tuch und so angenehm, dass er sich wünschte, es würde nicht aufhören. Die Berührung drang bis in seinen Nebel vor und drängte ihn zurück.

Schwer sank er zu Boden und ließ ihm endlich wieder einmal Luft zum Atmen. Diesmal würde er es schaffen. Targon konzentrierte sich mit all seiner Kraft darauf. Er machte einen langen Atemzug und öffnete die Augen.

Hannah!

Er erkannte sie sofort; ihre Wangen gerötet, stolperte sie zurück und starrte ihn mit großen Augen an.

»Du bist wach!«

Hannah konnte es kaum glauben. Im gleichen Moment wurde sie flammendrot.

»Die Farbe steht dir«, sagte er.

An seiner Stimme konnte sie hören, wie viel Kraft ihn die Worte kosteten. Dennoch umspielte ein Lächeln seine Mundwinkel.

»Wie geht es dir?«

Targon schloss die Augen, als müsste er erst seinem Körper lauschen, bevor er antworten konnte. Dann sah er sie wieder an.

»Ich lebe«, war alles, was er antwortete.

Hannah sah bedauernd auf den Holzbecher, den sie hatte fallen lassen. Eine dunkle Pfütze hatte sich auf dem mit Mehl und Staub verschmutzten Boden gebildet.

»Ich wollte dir einen Tee bringen, aber er ist mir vor Schreck aus der Hand gefallen. – Ich hole dir einen neuen.«

Targon antwortete nicht, sondern hob nur vielsagend eine Augenbraue.

Was hatte er mitbekommen? Die Hitze wollte nicht mehr aus ihrem Gesicht weichen. Fluchtartig verließ sie das obere Stockwerk und versuchte vergeblich, sich wieder zu beruhigen, während sie ganz langsam frischen Tee in den Becher füllte. Zu groß waren die Scham und das schlechte Gewissen, die Situation für sich ausgenutzt zu haben.

Doch sie konnte nicht ewig hier warten. Der Tee würde nur kalt werden. Mit einem skeptischen Blick auf das Feuer legte sie noch schnell ein Holzscheit nach, dann gab es keinen Grund mehr, noch länger zu warten.

Hannah atmete mehrmals durch, dann ging sie zurück zu Targon. Er hatte die Augen wieder geschlossen. Sofort hoffte sie, dass er wieder eingeschlafen war. Doch zu ihrer Enttäuschung öffnete er die Lider, als sie sich wieder zu ihm hockte, und sah sie an.

Es lagen immer noch Schatten auf seinem Gesicht. Seine dunklen Augen waren zwar matt, aber etwas leuchtete im Hintergrund, das versprach, bald wieder stärker zu werden.

»Dein Tee«, stellte sie überflüssigerweise fest und wusste nicht, was sie jetzt tun sollte.

»Ich brauche deine Hilfe.«

Hannah nickte. Unbeholfen und mit klopfendem Herzen legte sie ihm ihre Hand an den Hinterkopf und richtete ihn ein wenig auf, während sie vorsichtig den Becher an seine Lippen setzte.

Targon trank in kleinen Schlucken. Instinktiv zählte sie mit. Eins, zwei, drei, vier, dann hielt er schweratmend inne.

»Noch ein, zwei Schluck«, ermunterte sie ihn.

Targon warf ihr einen langen Blick zu, was ihr Herzklopfen noch verstärkte, aber trank folgsam. Danach ließ sie behutsam seinen Kopf zurücksinken, während er erschöpft die Augen schloss.

Hannah wollte die Gelegenheit nutzen und die Flucht nach unten antreten, als er sie plötzlich wieder ansah.

»Warum hast du es getan?«

Ihr Gesicht explodierte, und für einen schrecklich langen Herzschlag war sie nicht mehr in der Lage zu atmen oder klar zu denken. Er hatte also alles mitbekommen? Wie sie ihn betatscht hatte? Wo war das Loch, in das sie sich verkriechen konnte?

»Warum … habe ich was getan?«, stammelte sie und drehte den Becher peinlich berührt zwischen den Fingern.

»Ich war tot, Hannah. Ich bin mir sicher.« Targon holte tief Luft. Seine Stimme war nach dem Tee deutlich kräftiger geworden, doch klang sie immer noch belegt. »Und jetzt bin ich hier, und ich habe nicht die geringste Ahnung, wie ich hierher komme oder wo ich überhaupt bin.

Der Himmel scheint es mir nicht zu sein, bei all dem Staub.« Langsam hob er die Hand und deutete auf den Becher. Hannah beeilte sich und setzte ihm diesen erneut an die Lippen. Diesmal trank Targon gierig, während sein Blick sie dabei nicht losließ.

»Du warst das, habe ich recht?«

Hannah atmete unauffällig auf. Das wäre das klassische Aneinander-Vorbeireden geworden. Verlegen wischte sie sich eine Haarsträhne aus dem Gesicht und wich seinem Blick aus.

»Warum hast du das getan?«, wiederholte er seine erste Frage. Seine Augen verschlangen sie förmlich dabei. »Ich habe dich entführt. – Du hättest mich sterben lassen sollen. Möglicherweise war es deine einzige Möglichkeit nach Hause zu kommen, und du hast sie verschenkt. Das war dumm von dir.«

Fassungslos öffnete sie den Mund und schloss ihn wieder. Was hätte sie auch sagen sollen? Er hatte ja schließlich recht. Enttäuscht schürzte sie die Lippen. Ein Dankeschön wäre trotzdem nett gewesen.

»Wo bin ich jetzt?« Targon drehte den Kopf, um sich umzusehen. »Du hast mich doch nicht allein hierher geschafft oder hast du es etwa einfach geschrieben?«

Jetzt spürte sie, wie sie wütend wurde. Targon musste sie für absolut töricht halten. »Maruk hat uns hierher gebracht«, zischte sie feindselig. »Mich hat er aus der Burg befreit, und dich hatte er bereits vorher mit der Hilfe von ein paar Kindern aus dem Kyl gezogen. Der Himmel allein weiß, warum er es für angebracht hielt, dich mitzunehmen.«

Targon hob eine Augenbraue, dann grinste er plötzlich. »Wahrscheinlich hatte er den gleichen Grund wie du.«

Plötzlich drangen gedämpfte Hufschläge zu ihnen herauf.

»Maruk!«, rief Hannah erleichtert und wollte aufstehen, doch Targon legte seine Hand auf ihren Arm.

»Nicht unbedingt«, sagte er langsam. »Das sind zwei Reiter, Hannah.«

Begriffsstutzig sah sie ihn an. »Warum sollte Maruk einen anderen Reiter mitbringen?« Neugierig streckte sie sich, um durch das Fenster nach unten zu sehen und ließ sich beinahe im selben Moment neben Targon auf den Boden fallen.

»Reiter aus Kylnavern!«, keuchte sie erschrocken. »Zwei Männer in blauen Uniformen. Wo bleibt nur Maruk? Er wollte nach Verfolgern Ausschau halten, aber die Verfolger sind hier und er? Wo ist er?« Hannahs Mund trocknete mit einem Schlag aus. Abwesend trank sie den restlichen Tee und verzog angewidert das Gesicht. Der Trank war kalt und schmeckte bitter wie Galle.

»Du musst verschwinden«, drängte Targon und löste seinen Griff. »Verschwinde auf der Stelle und versteck dich!«

»Und du?« Hannah warf vorsichtig einen Blick durch das Fenster. Der eine Reiter war abgestiegen und sah sich aufmerksam um, während der zweite Reiter mit seinem Pferd an den Fluss ritt. Genau an der Stelle, an der sie den Eimer gefüllt hatte, ließ er die Zügel fallen. Sein Pferd streckte den Hals und begann zu saufen.

Hannahs Herz raste. Ein Klumpen aus Angst und Sorge drückte ihren Magen zusammen. Sie konnte Targon doch nicht einfach hierlassen.

»Und was ist mit dir?«, fragte sie wieder.

»Sie werden mich wohl mitnehmen«, sagte er gelassen. »Das ist alles. Verschwinde jetzt!«

»Das ist alles?« Fieberhaft sah Hannah sich um. Wo blieb bloß Maruk? Sie allein konnte gegen die beiden Männer nichts ausrichten. Um Targon wegzutragen, war er zu schwer.

»Mach endlich, dass du wegkommst.« Targons Stimme klang müde, dennoch lag eine deutliche Schärfe darin. Er drehte den Kopf und sah nach oben. »Verschwinde durch die Luke und zieh die Leiter hoch, Hannah. Es macht keinen Sinn, wenn sie uns beide bekommen. Und ich kann hier nicht weg.«

Hannah folgte seinem Blick. Schweren Herzens stand sie auf und lief los. So leise wie möglich kletterte sie hinauf. Jemand machte sich an der Eingangstür zu schaffen. Panisch kroch sie auf den staubigen Boden und drehte sich um, um die Leiter hochzuziehen. Das Ding war schwerer, als sie gedacht hatte und entglitt ihren Fingern. Hannah versuchte noch danach zu greifen, aber die Leiter fiel ein Stück zur Seite und blieb schräg gegen einen Balken gelehnt stehen. Verzweifelt streckte sie sich, doch ihr Arm war zu kurz. Sie berührte das raue Holz mit den Fingerspitzen, bekam es aber nicht richtig zu fassen.

Da schwang im Erdgeschoß die Tür auf und Hannah zog sich erschrocken von der Luke zurück. Ganz langsam legte sie sich flach auf den Boden und spähte aus ihrer Position nach unten.

Durch den plötzlichen Luftstrom wurde der Staub aufgewirbelt und tanzte im Sonnenlicht der offenstehenden Tür langsam zu Boden. Sich aufmerksam umschauend traten die beiden Männer ein. Beide hielten ihre Schwerter kampfbereit in den Händen. Sie waren groß und bewegten sich wie zwei Raubtiere durch den Raum. Hannah wagte kaum noch zu atmen.

»Geh nach oben und sieh da nach, Harbart. Ich werde mich hier unten umsehen.« Der ältere der beiden zeigte nach oben. Sein Gesicht wirkte kalt und gefährlich, während er sich umsah. Auf dem glänzenden Stahl seines Schwertes verfing sich die Sonne und lief daran herunter wie flüssiges Gold.

Harbart kam langsam die Treppe hinauf, dabei wanderte sein Blick umher. Die Augen in seinem noch weichen Gesicht wurden groß, als sie Targon entdeckten.

»Schnell, Krail! Er ist hier.« Eilig lief er die letzten Schritte zu Targon, der wieder die Augen geschlossen hatte. Ob er nur so tat oder wirklich wieder eingeschlafen war, wusste Hannah nicht. Krail sprang die Stufen herauf und grinste triumphierend. »Hab' ich's doch gewusst. Ha!«

»Lebt er überhaupt noch?« Harbart stieß Targon vorsichtig mit der Spitze seines Schwertes an.

»Sei nicht so zimperlich!«, knurrte Krail und stellte sich breitbeinig über Targon in Position. Dann packte er ihn unter den Armen und riss ihn hoch, als würde er nichts wiegen.

Hannah presste sich die Faust vor den Mund, um keinen Laut zu machen. Der Mann schüttelte Targons schlaffe Gestalt und schrie: »Mach die Augen auf!«

Blinzelnd schlug Targon die Augen auf. Hannah konnte sehen, dass es ihn Mühe kostete, überhaupt zu begreifen, was vor sich ging. Er musste also tatsächlich wieder eingeschlafen sein.

»Wo ist die Frau?«, herrschte er ihn an und schüttelte ihn wieder.

»Sei vorsichtig, Krail«, sagte jetzt der andere und sah sich unbehaglich um, als könnte sie jemand bei etwas Verbotenem beobachten. »Romun wird uns umbringen, wenn ihm etwas geschieht. Von unseren Familien ganz zu schweigen.«

»Romun will ihn tot oder lebendig. Hast du das vergessen? Und er wird schon nicht gleich krepieren.« Krail starrte Targon mit zusammengekniffenen Augen an. »Wo ist diese Hexe? Wo hat sie sich versteckt?«

»Fort«, erwiderte Targon schwach. »Sie ist weggelaufen. Und du wirst sie ganz sicher nicht bekommen.«

»Verdammter Mistkerl!« Krail versetzte Targon einen brutalen Schlag, der seinen Kopf zur Seite warf und ließ ihn einfach zu Boden fallen. Regungslos blieb er liegen.

Hannah schloss gequält die Augen. Sie musste sich vollständig auf ihre Atmung konzentrieren, die stoßweise durch ihre Lungen jagte, angetrieben von der Angst, dass die Kerle Targon etwas antaten.

»Der läuft uns nicht weg«, sagte Krail und spuckte verächtlich aus. »Lass uns nach diesem Weibsstück suchen. Weit kann sie ja nicht sein.«

»Vielleicht ist sie ja da oben.«

Hannah hielt entsetzt den Atem an. Jetzt nur keine falsche Bewegung.

Die beiden Männer stellten sich unter die Luke und sahen misstrauisch nach oben.

»Unwahrscheinlich. So wie die Leiter dasteht, ist da niemand hochgekommen. Lass uns im Stall nach ihr suchen.«

Die Schritte entfernten sich. Erst als die Tür geschlossen wurde, wagte Hannah, sich wieder zu bewegen. Auf allen Vieren kroch sie zur Luke und sah zu Targon. Er lag immer noch so da wie er gestürzt war, das Gesicht ihr zugewandt. Ein dunkler Blutfaden lief an seinem Gesicht herunter. Hannahs Blick saugte sich daran fest.

Der Gedanke kam schnell, mit dem Augenblick des Erkennens, dass es sich um Blut handelte. Hannah reckte den Hals, um einen Blick aus dem Fenster zu werfen. Doch alles, was sie erkennen konnte, waren das silbrige Band des Flusses und Büsche und Bäume. Keine Spur von den Männern. Es blieb ihr nichts anderes übrig, sie musste hier runter. Unsicher warf sie einen Blick auf die Leiter, von dort nach unten. Sie würde springen müssen. Mit klopfendem Herzen ließ sich Hannah rückwärts aus der Luke gleiten. Für einen kurzen Moment baumelte sie über der Tiefe, dann ließ sie sich fallen.

Schmerzhaft schlug sie auf. In dem aufwirbelnden Staub stolperte sie vor und fiel dann auf die Knie. Fluchend rappelte sie sich wieder auf und lief zu Targon. Hastig tippte sie den Finger in das schwarze Rinnsal. Diesmal war sie auf das warme Gefühl vorbereitet, das sich in ihr ausbreitete und sogar in ihren Kopf stieg. Ja, sie sehnte sich förmlich danach, ließ sich aber nicht davon ablenken.

Mit der rechten Hand wischte sie eilig den Staub vom Boden und schrieb:

Maruk kam

»Shit!«, fluchte sie. Das Blut reichte nicht. Das Nasenbluten hatte aufgehört.

»Dann müssen wir eben erst einmal ohne die Frau zur Burg zurück.«

Hannah erstarrte, als sie die Stimme Krails unter dem Fenster vernahm. Sie kamen zurück.

Was dann? Sie würde sich auf keinen Fall wehrlos gefangen nehmen lassen.

Instinktiv fuhr ihre Hand zu dem Dolch, den sie von Targon in der Wüste bekommen hatte und seitdem immer bei sich trug.

Der Dolch!

Die Tür schwang knarrend auf.

Hannah zerrte den Dolch hervor, griff hastig nach Targons Hand und stach ihm kurzerhand in den Zeigefinger. Augenblicklich quoll Blut hervor, das Hannah mit dem Finger aufnahm. Mit der linken Hand begann sie zu schreiben, während sie mit der anderen Hand den Finger fester zusammendrückte, um noch mehr Blut zu bekommen.

... zur Mühle jet ...

Schmerz explodierte in ihrer Seite, als ein Tritt sie zur Seite warf. Nach Luft schnappend fiel sie auf Targon und blieb dort benommen liegen.

»Verfluchte Hexe!«

Eine Hand packte sie an ihrem Hinterkopf, und das Gesicht Krails schob sich neben sie. Sein zischender Atem strich über ihre Wangen.

»Das hast du dir so gedacht.« Wütend riss er sie hoch.

Hannah heulte auf und griff nach seinen Händen, um seinen Griff zu lockern.

»Krail!«

»Was willst du, Harbart? Soll ich ihr eine freundliche Einladung schicken? Ihretwegen sitzt meine Tochter in einem kalten und feuchten Verlies. Kein Grund, um besonders freundlich zu ihr zu sein.«

Hannah verstand nicht, wovon er sprach, aber sie musste irgendwie Zeit gewinnen.

»Aber Grund genug zu glauben, dass Romun deine Tochter frei lässt, wenn du Targon und mich in Kylnavern ablieferst?«, vermutete sie ins Blaue hinein. Ihre Seite brannte von dem Tritt wie Feuer. Hoffentlich hatte der Grobian ihr keine Rippen gebrochen.

Der Griff in ihren Haaren verstärkte sich. Schmerzhaft zog sich ihre Kopfhaut darunter zusammen. Hannah keuchte auf.

»Was willst du damit sagen?«

»Dass Romun ein eiskalter und grausamer Mistkerl ist und du deine Tochter vielleicht niemals lebend wiedersehen wirst.« Mit pochendem Herzen wartete sie auf seine Reaktion. Krail starrte sie eine Ewigkeit an, dann endlich ließ er sie los. Erleichtert sank Hannah auf den Boden und atmete tief durch. Insgeheim betete sie darum, dass Maruk endlich auftauchen möge. Wo er nur blieb?

Unschlüssig standen die beiden Männer vor ihr.

»Was ist, wenn sie recht hat?« Harbart strich über die rötlichen Bartstoppeln an seinem Kinn.

»Wir haben wohl kaum eine andere Wahl.« Krail schüttelte stur den Kopf. »Wir werden es darauf ankommen lassen müssen. Ich für meinen Teil werde nicht tatenlos zusehen, wie meine Tochter im Verlies sitzt. Wir bringen beide nach Kylnavern. Zur Not tue ich es auch allein, wenn du kein Interesse mehr hast, deiner Familie zu helfen.«

»Nein, auf keinen Fall gehst du allein. Ich komme mit.«

»Gut!« Krail ergriff Hannah am Oberarm und zog sie wieder in den Stand. Unsanft drehte er ihre Arme auf den Rücken und band einen groben Strick darum, dessen Fasern sich kratzend in ihre Haut bohrten. »Bring sie runter. Ich komme mit dem Prinzen nach.«

»Komm!« Harbart schenkte Hannah einen beinahe mitleidigen Blick, als er das Seil nahm und sie daran die Stufen hinunter und aus dem Haus führte.

Draußen sah sie sich unauffällig um. Nicht die geringste Spur von Maruk. Ob das Schreiben nicht funktionierte, wenn der Satz nicht zu Ende geschrieben worden war? Oder hatte sie etwas anderes falsch gemacht? Enttäuschung machte sich breit. Sie wusste einfach zu wenig darüber, um sicher sein zu können, dass es funktionierte.

»Hier lang.« Harbart zog sie an die Häuserwand neben den Stall. Mehrere Eisenringe waren in die Mauer eingelassen. Die beiden Pferde der Männer standen bereits hier und schauten ihnen aufmerksam entgegen. Wie ein Pferd band Harbart sie an einen der freien Ringe daneben. Mehrfach ruckte er prüfend an dem Knoten, dann deutete er mit einem Nicken auf den Stall.

»Du bleibst brav hier, während ich eure Pfer ...« Abrupt verstummte er. Seine Augen weiteten sich ungläubig, während er einen steifen Schritt nach vorne machte. Hannah wich erschrocken zurück, als Harbart die Arme hob, um sich an ihr festzuhalten. Sein Griff ging ins Leere und er fiel mit dem Gesicht voran zu Boden. Aus seinem Nacken ragte der Griff eines Messers.

Maruk!

Maruk konnte sich nicht wirklich erklären, warum er plötzlich das Bedürfnis gehabt hatte zur Mühle zurückzukehren. Aber offensichtlich hatte er keinen Augenblick später kommen dürfen.

Hannah stand steif vor dem Haus und sah auf den Toten zu ihren Füßen, dann hob sie den Blick und ließ ihn suchend über die Büsche und Bäume wandern. Zwei Pferde standen neben ihr angeleint. Also musste sich noch ein weiterer Mann hier befinden.

Maruk musste ihn finden, bevor er seinen toten Kameraden entdeckte. Die Gefahr war zu groß, dass er dann Targon als Geisel nahm.

Maruk lief leichtfüßig durch die Büsche auf das Haus zu und hockte sich in einen dichten Strauch. Konzentriert lauschte er auf die Geräusche, die aus dem Haus drangen. Schwere Schritte und Keuchen näherten sich der Tür. Ganz offensichtlich hatte der zweite Mann an Targon schwer zu tragen. Er musste jeden Augenblick mit ihm durch die Tür kommen.

Maruk spannte sich an. Ein Dolch glitt wie von allein aus der Unterarmmanschette in seine Hand.

»Du kannst mir ruhig helfen, Harbart. Verflucht, ist der Kerl schwer!«, schimpfte der Mann. »Harbart!«

Maruk fluchte leise. Der Mann trug Targon so über der Schulter, dass er von dessen Körper nahezu vollständig abgeschirmt wurde. Es war nicht möglich, ihn mit einem einzigen Wurf zu töten. Die Gefahr war zu groß, Targon dabei zu verletzten. Vorsichtig änderte er seine Position, als der Mann seinen toten Kameraden entdeckte.

»Was zur Hölle?«, schrie er aufgebracht.

Instinktiv schleuderte Maruk den Dolch auf die Kniekehle des Mannes. Sein Bein gab unter ihm nach und er stürzte mit einem schmerzvollen Aufschrei zu Boden. Targon fiel wie ein Sack auf ihn.

Maruk schoss aus seinem Versteck, den nächsten Dolch bereits in der Hand. Noch bevor der Mann nach einer Waffe greifen konnte, war Maruk bei ihm und schnitt dem Wehrlosen mit einer schnellen Bewegung die Kehle durch.

Ein erstaunter Blick aus rauchgrauen Augen traf ihn, begleitet von einem kurzen Röcheln, als der Mann starb.

Maruk wandte seine Aufmerksamkeit Targon zu. Angespannt tastete er nach seinem Puls, der kräftig gegen seine Finger schlug. Erleichtert hob er ihn auf seine Arme und trug ihn zu einer Bank, die schief an der Hauswand lehnte. Targon hatte der Tag Ruhe ganz offensichtlich gutgetan. Vorsichtig bettete er ihn auf das brüchige Holz. Dann ging er zu Hannah hinüber, die ihm bleich, aber gefasst entgegensah.

»Alles in Ordnung?«, fragte er und schnitt das Seil durch.

Hannah folgte mit runden Augen dem Dolch, den er unauffällig wieder zurück an seinen Platz in der Manschette schob. Erst jetzt nickte sie.

»Ja, mir geht es gut«, hauchte sie. »Ich muss mich nur setzen.« Sie machte zwei unsichere Schritte fort von dem Toten und ließ sich auf den Boden sinken. Langsam zog sie die Beine an und vergrub den Kopf in ihren Armen. »Es geht gleich wieder.«

»Gut! - Ich werde uns etwas zu essen machen und dann brechen wir wieder auf.« Flüchtig dachte er darüber nach, ihr von den drei Männern To'bals zu erzählen, auf die er gestoßen war und die diese Begegnung nicht überlebt hatten. Dann verwarf er den Gedanken. Es war nicht wichtig und würde sie nur weiter ängstigen. Aber sie konnten es auch nicht riskieren, hier noch viel länger zu bleiben.

»Er war wach«, sagte sie jetzt und hob den Kopf, um ihn anzusehen. Er konnte an ihren Augen sehen, dass sie kurz davor war zu weinen. Doch sie beherrschte sich und hüstelte, um den Augenblick zu überspielen. »Und er hat mit mir gesprochen.«

»Das sind wirklich gute Neuigkeiten, Hannah.« Er lächelte sie ruhig an. Am liebsten hätte er laut gelacht vor Freude. Seine Befürchtungen waren also umsonst gewesen. »Wenn alles gut geht, werden wir in zwei Tagen das Dorf erreichen. Dort wird er ausgiebig Gelegenheit haben, sich zu erholen, und dann bringen wir dich nach Hause.«

»Das wäre schön.« Hannah warf einen unsicheren Blick auf den Toten und stand auf. »Ich weiß nicht, ob das Feuer noch brennt.«

Jetzt musste er doch lachen. Die ganze Anspannung entlud sich in diesem Geräusch. Hannah sah ihn beinahe erschrocken an. »Das ist wohl unser geringstes Problem. – Ich werde nach dem Feuer sehen und dem Essen, und du kümmerst dich um Targon.«

»Ich werde vorher die Sachen von oben holen.«

Etwas in ihrer Stimme ließ Maruk aufhorchen. Misstrauisch schaute er ihr nach, wie sie sorgfältig einen Bogen um die toten Männer schlagend in der Mühle verschwand. Aus einem Impuls heraus folgte er ihr und fühlte sich bestätigt, als er bemerkte, wie sie sich leicht versteifte. Es war ihr ganz offensichtlich unangenehm, dass er mitkam.

Warum, wurde ihm sofort klar, als er neben Targons Lager trat. Die Schrift war zwar verwischt, aber doch deutlich zu erkennen. Hannah versuchte noch unauffällig die Decke darüber gleiten zu lassen, doch sie war nicht schnell genug.

»Was hast du dir dabei gedacht?«, fragte er ruhig und zog langsam die Decke fort.

Hannah wich schuldbewusst seinem strengen Blick aus und zuckte verlegen mit den Schultern.

»Ich …, ich wusste nicht, was ich tun sollte. Ich saß dort oben …«, sagte sie und deutete auf die dunkle Luke im Gebälk, » …und musste mit ansehen, wie sie ihn geschlagen haben. Ich hatte Angst, dass sie Targon mitnehmen könnten. Dann sind sie auf der Suche nach mir raus gegangen und ich …, ich bin runter und habe einfach geschrieben.«

»Einfach geschrieben? Du warst also in Sicherheit und hast es dennoch riskiert, dass sie dich auch noch gefangen nehmen?« Unter seinem Blick schrumpfte sie immer mehr in sich zusammen. Ihr Gesicht glühte vor Scham. Hilflos senkte sie ihre geröteten Augen. »Was hätte ich sonst tun können?« Plötzlich hob sie wieder den Kopf und sah ihn voller Trotz an. »Was hätte ich sonst tun können, Maruk? Ich bin kein Krieger, ich komme nicht einmal aus dieser verrückten Welt.« Wütend ballte sie die Hände. »Alles hier ist völlig fremd für mich. Schon das geschwollene Gequatsche auf der Burg war kaum auszuhalten.« Zorn verdunkelte jetzt ihre blauen Augen, und sie funkelte ihn kämpferisch an. »Ich habe nicht darum gebeten, hier zu sein. Ich will wieder nach Hause. Da will niemand mit dem Blut von anderen Menschen irgendwelche kranken Fantasien aufschreiben. Da glaubt man nämlich nicht an solchen Hokuspokus. Da liest man höchstens Bücher über so etwas, um sich damit die Zeit zu vertreiben. – Hier ist es schmutzig und finster und sämtliche Leute könnten sich wesentlich öfter mal waschen. Ich habe es satt, hier einfach nur fehl am Platz zu sein und ständig belehrt zu werden, als wäre ich ein kleines Kind. Ich habe da oben gesessen und nach der einzigen Waffe gegriffen, die ich habe. Und genau das hat dich hierhergebracht und uns gerettet.« Die letzten Worte schrie sie ihm aufgebracht entgegen. Dann verstummte sie schlagartig und sah ihn aus großen Augen erschrocken an.

Maruk seufzte. Das Mädchen hatte ja recht.

»Ich weiß, dass man in deiner Welt nicht mehr um sein Überleben kämpfen muss«, entgegnete er besänftigend. »Aber diese Welt ist eben anders, Hannah, wie du selbst so scharfsinnig bemerkt hast. Wir können im Moment nichts daran ändern, dass du hier bist. Aber solange wir dich nicht zurückbringen können, solltest du einfach ein wenig vorsichtiger sein. Du weißt noch zu wenig über deine Fähigkeiten, als dass du dich auf ihre Wirksamkeit so verlassen könntest.«

Zögernd nickte sie. »Ich werde vorsichtiger sein. Versprochen!«

Maruk nickte und wollte gehen, als ihn ihre Stimme zurückhielt: »Romun hat ihre Familien.«

Langsam drehte er sich um. Hannah hatte ihre Arme um den Körper geschlungen, als wäre ihr kalt und sah ihn aus riesigen Augen an. »Ich habe nur bruchstückhaft verstanden, worum es ging. Aber Romun hat offensichtlich ihre Familien als Druckmittel verwendet. – Was soll jetzt aus ihnen werden?«

Maruk zuckte ganz bewusst gleichgültig mit den Schultern. »Das ist nicht unser Problem, Hannah«, sagte er hart und ignorierte, dass sie dabei leicht zusammenzuckte. »Wir können und werden nichts für sie tun.«

Ohne eine Antwort abzuwarten, ging er hinunter, um sich endlich um das Essen zu kümmern. Sie konnten nicht eingreifen. Auch wenn es Hannah so leicht vorkam, wieder Blut von Targon zu nehmen, um die Familien der Männer zu retten. Besser sie begriff von Anfang an, dass das Schreiben nicht immer die Lösung für alles bedeutete.

Das Feuer schwelte noch. Er legte einige dünnere Holzscheite nach und gab noch von der Birkenrinde dazu, die er für Hannah zu dem Holz gelegt hatte. Dann warf er einen prüfenden Blick in den Kessel. Das Gebräu darin war inzwischen beinahe dunkelbraun. Maruk nahm den Kessel vom Haken und leerte ihn aus dem Loch hinaus.

»Maruk!«, erklang da Hannahs Stimme. »Er ist wieder wach!«

Sofort stellte er den Kessel ab und lief zur Bank.

Hannah half Targon gerade, sich aufzusetzen. Schwach lehnte er den Kopf mit geschlossenen Augen gegen die lehmige Wand in seinem

Rücken. Sein Atem ging stoßweise, als hätte ihn dies bereits große Kraft gekostet.

»Targon?«, fragte er vorsichtig. Er hatte immer noch Angst, dass der Tod ihn verändert haben könnte.

»Maruk« Die Lider hoben sich, und Targon sah ihn an.

Nein, dachte Maruk, das waren die Augen des Jungen. Und neben der Schwäche, die unübersehbar darin lag, war doch deutlich die Herausforderung zu sehen, mit der er ihn immer betrachtet hatte. Erleichtert atmete er auf.

»Du wirst bald in Sicherheit sein«, sagte er, nur um irgendetwas zu sagen.

»Hannah hat mir bereits von diesem Dorf erzählt.« Er schloss kurz die Augen. Ein Zittern lief durch seinen Körper. »Ich schätze, ich bin dir zu Dank verpflichtet.«

Hannah entfuhr ein überraschter Laut. Undeutlich murmelte sie etwas und zog sich einige Schritte zurück. Maruk lächelte in sich hinein. Er konnte sich so ziemlich genau vorstellen, was sie gerade gesagt hatte. Wahrscheinlich hatte sie auch von Targon überschwänglichen Dank für ihre Hilfe erwartet. Aber wie er Targon kannte, hielt er ihre Tat eher für unüberlegt und übereilt und hatte ihr womöglich genau das bereits gesagt.

Maruk schüttelte den Kopf und nahm das Hemd Targons, das Hannah neben ihm auf die Bank gelegt hatte.

»Ich wollte ihm gerade dabei helfen, es anzuziehen«, warf sie ein wenig spitz ein.

»Dann tu das auch bitte. Ich werde mich dann wieder um das Essen kümmern. Und anschließend reden wir.«

Hannah biss sich auf die Lippen und nickte wortlos. Dann nahm sie das Hemd und griff vor sich hin murrend nach Targons Hand, der seine Augen fest auf die junge Frau gerichtet hielt.

Maruk konnte sich ein Schmunzeln nicht verkneifen und wandte sich ab, um sich endlich um das Essen zu kümmern.

Nichts!

Enttäuscht blieb er mit beiden Händen an die Höhlenwand gelehnt stehen. Minutenlang, ja, vielleicht sogar stundenlang. Seine Handflächen waren inzwischen völlig taub von dem rissigen Gestein. Immer wieder hatte er das Blut an seiner Kleidung fortwischen müssen, um noch etwas fühlen zu können. Der metallische Geruch hing wie eine Glocke über ihm. Zum Schluss war er sogar mit seinem Gesicht über die Wand gefahren, damit ihm auch nicht der kleinste Riss oder Lufthauch entging.

Er hatte jeden noch so winzigen erreichbaren Fleck abgetastet.

War sie wirklich so gründlich darin gewesen, sein Gefängnis abzuschotten?

Sie war schon immer gut in solchen Dingen gewesen. Das musste er neidlos anerkennen.

Was hätte er jetzt für einen Eimer voller Wasser gegeben, in dem er seine Hände hätte kühlen können?

Seine Seele vermutlich, wenn er noch eine gehabt hätte.

Müde löste er sich aus seiner Stellung. Sein Blick suchte nach dem Buch, das immer noch von dem unheilvollen Licht umgeben war. Die Geschichte schrieb und schrieb sich fort.

Wer hätte gedacht, was sie auslösen würden? Was aus jedem einzelnen Wort entstehen würde? Er nicht, ganz gewiss hatte er nicht einen Augenblick daran verschwendet.

Vielleicht fand er in dem Buch eine Möglichkeit, um hier heraus zu kommen. Schließlich musste darin geschrieben stehen, wie sie ihn hier eingesperrt hatte.

Mit neuer Hoffnung ging er zu dem Buch und schlug es auf. Doch zuerst wollte er wissen, was zuletzt passiert war, wie es Targon ging.

Ohne dass es ihm selbst bewusst war, knirschte er mit den Zähnen, während er las, was sich an der Mühle abgespielt hatte.

Etwas machte ihn stutzig. Er musste die ersten Male nicht darauf geachtet haben, aber diesmal sprang es ihn an. Sie sehnte sich nach dem warmen Gefühl, das die Berührung mit Targons Blut in ihr auslöste!

Das Gefühl kannte er nicht!

Er war immer nur von einem unglaublichen Machtgefühl erfüllt gewesen und danach hatte er sich sicherlich auch gesehnt. Aber das Blut selbst hatte keinerlei Empfindungen in ihm ausgelöst, wobei er eigentlich immer die Feder zum Schreiben benutzt hatte und nicht den Finger.

Wieder und wieder las er die Zeilen und runzelte die Stirn. Offensichtlich hatten ihre Berührungen Targon aus seinem bewusstlosen Zustand gerissen. Zwischen den beiden war etwas, das er nicht erklären konnte. Nachdenklich fuhr er sich durch seine vor Schmutz starrenden Haare.

Ihm waren die Träger der Tinte immer gleichgültig gewesen. Es hatte keinen Unterschied gemacht, ob es sich um eine Frau oder um einen Mann gehandelt hatte.

Warum war es bei Hannah anders? Und bei Targon?

In Gedanken versunken tippte er auf die Zeilen. Die Lösung musste irgendwo zwischen den endlosen Seiten zu finden sein. Dabei fiel ihm ein, dass er eigentlich nach etwas anderem suchen wollte. Leise seufzte er auf und begann damit zurückzublättern.

Zwei Tage später erwachte Hannah noch bevor Maruk sie wecken konnte. Obwohl sie die vergangenen Tage stets bis tief in die Nacht hinein geritten waren, war sie nicht mehr im Geringsten müde. Sie war aufgeregt und konnte es kaum erwarten, in dieses Dorf zu kommen. Hastig erhob sie sich und rollte ihre Decke zusammen. Feine Nebelschwaden bedeckten den Boden der Lichtung, an deren Rand sie übernachtet hatten. Der Kopf eines Rehs schwebte über dem grauen Nichts und wandte sich mit aufmerksam gespitzten Ohren in ihre Richtung. Hannah hielt für einen Augenblick den Atem an, um das Tier nicht zu verscheuchen. Dennoch setzte es in großen und eleganten Sprüngen davon und verschwand, als wäre es nie da gewesen. Was für ein Anblick! Hannah seufzte zufrieden und zuckte zusammen, als hinter ihr leise Maruks Stimme ertönte: »Man sollte sich immer die Zeit nehmen, das Schöne zu betrachten. Schon bald könnte man keine Gelegenheit mehr dazu bekommen.«

Hannah sah sich überrascht um. Maruk sah an ihr vorbei in den Nebel hinein. Er hatte verträumt geklungen, als ob er genau wusste, wie recht er damit hatte. Dann lächelte er sie gutmütig an: «Du kannst es wohl kaum erwarten, hier wegzukommen, Hannah. Aber auch ich freue mich auf dieses Dorf. Ich war schon so lange nicht mehr dort.«

»Was ist das für ein Dorf, Maruk? Wieso bist du so überzeugt davon, dass wir dort sicher sein werden? Sind nicht alle Menschen bereit, uns für eine Belohnung zu verraten?«

»Weißt du, Hannah, jeder von uns braucht eine Zufluchtsstätte, zu der er hin und wieder zurückkehren kann und sich besinnt, wer er eigentlich ist. Dieses Dorf ist meine Zufluchtsstätte. Ich liebe die Menschen, die dort leben und würde für sie alles tun. Eigentlich kehre ich diesmal nur ungern dorthin zurück, weil ich sie damit ganz sicher in Gefahr bringe. Wenn Romun von ihnen erfährt, wird dort kein Stein auf dem anderen bleiben. Aber Targon muss erst wieder zu Kräften kommen, und ich muss zugeben, dass ich keinen anderen Ort in der Nähe weiß, an dem dies möglich ist. Mir bleibt keine Wahl.«

»Wie bist du an dieses Dorf gekommen? Ich meine, so eine Verbundenheit entsteht ja nicht einfach so«, fragte sie, und ihre Neugier wuchs, als sie den schmerzvollen Ausdruck in seinen braunen Augen sah.

»Es ist mein Heimatdorf. Ich bin dort aufgewachsen«, entgegnete er knapp. »Aber lass uns keine Zeit mehr vertrödeln. Ich versorge die Pferde, und du kümmerst dich um Targon.«

Maruk ging davon. Hannah sah ihm sprachlos nach. Sein Heimatdorf? Jetzt konnte sie die Neugier kaum noch ertragen. So viele Fragen schossen durch ihren Kopf, doch sie wagte nicht, Maruk danach zu fragen. Sie musste auf einen geeigneten Augenblick warten. Stattdessen hastete sie jetzt zu Targon und ließ sich neben ihm auf die Knie sinken.

»Guten Morgen«, sagte er und sah sie aufmerksam an. Hannahs Herz machte einen freudigen Sprung. Dieser Morgen war einfach zu perfekt.

Brige

Bereits am späten Vormittag erreichten sie das Dorf. Sie hatten gerade den Wald verlassen und standen etwas erhöht auf einem Hügel, an dessen Fuß sich eine Reihe ordentlicher Fachwerkhäuser in unterschiedlichen Größen drängten. In ihrer Mitte befand sich ein runder Platz, der von einem riesigen Baum gekrönt wurde. Um das Dorf herum erstreckten sich Wiesen und Felder. Hannah erkannte eine Weide, auf der Kühe standen. Der Tag schien wirklich perfekt zu werden.

»Wir sind da«, sagte sie überflüssigerweise. Maruk lachte leise und glücklich, wie sie erstaunt bemerkte.

»Ja, wir sind da«, bestätigte er und deutete auf das Dorf hinunter. »Das vorletzte Haus gehört mir, dorthin werden wir zuerst Targon bringen.«

»Du hast ein eigenes Haus dort? Wer kümmert sich darum?«

»Oh,- alle«, antwortete er schlicht und trieb sein Pferd an.

Diese Menschen dort unten mussten wirklich etwas Besonderes sein. Hannah folgte ihm ungeduldig. Auch die Pferde schienen es nicht erwarten zu können, in das Dorf zu gelangen. Sie fielen in einen flotten Trab, und Hannah hatte Mühe, ihre Stute zurückzuhalten. Vor dem Dorf spielten zwei kleine Jungen, die ihnen neugierig entgegensahen. Sie trugen schlichte Leinenkleidung und hielten zwei kurze Holzschwerter in der Hand, die sie sinken ließen, als Maruk und Hannah sie erreichten.

»Seid gegrüßt, ihr zwei«, sagte Maruk und verhielt sein Pferd vor den Kindern. »Seid Ihr die Wache dieses schmucken Dorfes?«

Die Jungen sahen sich verlegen an und schüttelten dann nahezu gleichzeitig die blonden Köpfe.

»Nein, Herr«, entgegnete einer der beiden, der etwa ein halben Kopf größer als sein Kamerad war. Vorwitzige blaue Augen leuchteten ihnen aus einem sommersprossigen Gesicht entgegen. »Unser Dorf braucht keine Wachen, Herr. Können wir Euch behilflich sein, sucht Ihr jemanden?«

»Nein, Junge. Nur laufe bitte zu Jormund, dem Vorsteher, und sage ihm, Maruk sei gekommen.«

»Maruk? – Ihr...s...seid Maruk?«, stammelte der Junge, jetzt offensichtlich aus der Fassung gebracht. Dann nickte er eilfertig, während sein Freund nur entgeistert auf die Ankömmlinge starrte. »Natürlich werde ich Euch ankündigen.« Der Junge strahlte über das ganze Gesicht, er griff seinen immer noch stummen Freund am Arm und wollte ihn mit sich ziehen, als er sich eines anderen besann und sich noch einmal umdrehte.

»Ich bin Owain, Herr. Der Sohn von Armenis.« Dann drehte er sich um und rannte wie ein Wiesel ins Dorf hinein, während er bereits laut brüllte: »Maruk! Maruk ist zurückgekehrt!«

Hannah lachte. Ihr war seit langem leicht ums Herz. Und auch Maruk wirkte völlig entspannt, als sie langsam zwischen die Häuser ritten. Selbst Targon war wach. Er hielt sich einigermaßen aufrecht im Sattel und sah sich neugierig um. Innerhalb kürzester Zeit strömten aus allen Teilen des Dorfes Menschen auf sie zu, die ein Durchkommen nicht mehr möglich machten. Begeisterte Begrüßungen wurden ihnen entgegengerufen. Als sie den runden Platz erreichten, blieben sie stehen. Maruk schwang sich aus dem Sattel. Sofort wurde er von Männern und Frauen umringt, und selbst die meisten Kinder drängten sich noch dazwischen. Hannah bemerkte, dass sie selbst über das ganze Gesicht strahlte, und es einfach nicht abstellen konnte. Bereits jetzt wusste sie, was Maruk damit gemeint hatte, dass es ihr hier gefallen würde. Das Menschenknäuel um Maruk löste sich ein wenig auf, und die ersten Menschen kamen auf sie und Targon zu, um auch sie zu begrüßen. Der Junge von vorhin ergriff die Zügel und verbeugte sich vor ihr.

»Darf ich mich um Euer Pferd kümmern, Herrin?«

»Sehr gerne«, entgegnete sie und rutschte ebenfalls aus dem Sattel. »Aber du brauchst mich nicht Herrin zu nennen. Ich bin Hannah.«

»Herzlich willkommen in Brige, Hannah«, sagte er und lachte sie an.

Hannah sah sich um und begegnete überall nur freundlichen Gesichtern. Die Menschen nahmen ihre Hände und schüttelten sie herzlich, während sich ein paar Männer um Targon kümmerten. Sie wusste nicht, was sie sagen sollte oder konnte. Alle Sorgen fielen für diesen Moment von ihr ab. Romun existierte hier nicht und auch nicht ihre Angst um Marina, und dass sie vielleicht nie wieder nach Hause zurückkehren konnte. Die Menschen nahmen sie auf und gaben ihr durch ihre offene Art ein Gefühl der Geborgenheit. Maruk war aus ihrem Sichtfeld verschwunden, und sie machte sich nicht die geringsten Gedanken, wohin. Auch Targon war plötzlich fort, doch als sie es bemerkte, ergriff Owain sie an der Hand.

»Komm Hannah, Maruk hat gesagt, ich soll dich in sein Haus bringen.«

Hannah nickte ihm dankbar zu und ging mit ihm. Er hielt sie mit überraschend festem Griff, während er sie und ihr Pferd vom Platz fortführte. Hannah sah sich neugierig um. Die Häuser waren einfach, aber ordentlich. Und die Menschen waren bereits wieder dabei, ihr normales Tagwerk aufzunehmen. Gerade gingen sie an einer ältlichen Frau vorbei, die auf einer Holzbank vor dem Haus saß und mit schnellen, geübten Bewegungen eine Gans rupfte. Die Federn warf sie in einen hohen Korb neben sich. Sie lächelte Hannah offen an:

»Schick nur meinen Enkel, wenn du etwas brauchst, Mädchen«, rief sie kurz, während sie weiter die Gans bearbeitete.

»Danke, das werde ich gerne tun«, antwortete sie gerührt und wollte stehenbleiben, doch Owain zog sie unerbittlich weiter.

»Maruk hat gesagt, ich soll dich…«

»Ja, ich weiß, Owain. Danke.«

Hannah schmunzelte über den Eifer des Jungen, der erst anhielt, als sie vor einem weißen Haus standen, an das eine offene Schmiede angebaut war. Kein Feuer brannte und die Esse war kalt. Nichts deutete darauf hin, dass diese Schmiede überhaupt benutzt wurde.

»Wir sind da«, verkündete der Junge mit seiner fröhlichen Stimme, während er das Pferd geschickt an einen Holm band. »Ich kümmere mich um dein Pferd. Du kannst dich schon einmal umschauen. Nachher kommt jemand und sieht nach dir. Maruk hat erst einige Gespräche zu führen und euer Begleiter ist bereits im Haus. Brauchst du noch was?«

»Danke, Owain. Ich habe wirklich alles, was ich brauche, vielen Dank.«

»Du brauchst nur über die Straße nach mir zu rufen, wenn etwas ist. Ich komme dann so schnell ich kann«, sagte Owain mit großer Ernsthaftigkeit und ein leises Flehen in der Stimme verriet ihr, dass er viel lieber hiergeblieben wäre.

»Das mache ich.« Hannah lächelte, so wie sie bereits lächelte, seitdem sie dieses Dorf erreicht hatten. Sie ließ Owain stehen und wandte sich dem Haus zu, das aus grobgehauenem grauem Stein bestand. Das Dach war über und über mit Moos und Flechten bewachsen und versteckte sorgsam, was darunter lag. Während sie langsam um das Haus herumwanderte, kam ihr ein gleichmäßiges Rauschen entgegen, das ihre Neugier weckte. Langsam eröffnete sich ihrem Blick eine sattgrüne Wiese, die am unteren Ende von niedrigen Sträuchern und einigen knorrigen Obstbäumen begrenzt war. Die Sträucher bewegten sich in einem leichten Wind. Durch die Lücken erhaschte sie dabei den Blick auf einen wildsprudelnden breiten Bach. Hannah atmete tief durch. Der Anblick war traumhaft schön, und sie schleuderte spontan die Schuhe von ihren Füßen. Voller Genuss setzte sie die nackten Sohlen auf das weiche Gras und lief zum Bach. Ein kleiner Sandstrand begrüßte ihre Füße, auf dem Steine in den unterschiedlichsten Formen und Größen lagen. Alle waren vom Wasser glattgeschliffen und ähnelten ihren großen störrischen Geschwistern im Wasser, die eisern dessen Drängen standhielten und ihre Plätze verteidigten. Hannah seufzte glücklich und ließ sich auf einen großen Gesteinsbrocken nieder, von dem sie ihre Füße in das eisige Wasser streckte. Ein wohliges Gefühl überlief sie. Dieser Ort war unglaublich friedlich. Hoffentlich konnten sie hier eine längere Zeit bleiben. Die Last der vergangenen Tage schien von dem Wasser davongetragen zu werden. Sie war hier völlig allein und musste zugeben, dass sie es nicht im Mindesten interessierte, wo sich Targon und Maruk aufhielten. Hannah seufzte. Sie wünschte, sie hätte einen Fotoapparat oder wenigstens ihr Handy dabei. Dann hätte sie jetzt unzählige Bilder gemacht. Wie hatte Maruk nur jemals freiwillig diesen Ort verlassen können?

»Du musst Hannah sein.«

Überrascht sah sie auf. Hannah war so sehr in ihren Träumereien versunken gewesen, dass sie gar nicht bemerkt hatte, wie sich jemand genähert hatte. Vor ihr stand nun eine junge Frau, die ungefähr im gleichen Alter sein mochte wie sie selbst. Sie hatte weizenblonde Haare und blickte sie aus unglaublich blauen Augen freundlich an. Auch sie hatte nackte Füße und spielte mit ihren Zehen im weichen Sand.

»Ich bin Kiesha«, sagte sie und setzte sich kurzerhand neben Hannah, als kannten sie sich schon seit Ewigkeiten. Kiesha strich ihren einfachen braunen Rock glatt und sah sie neugierig von der Seite an.

Hannah lächelte ebenfalls. Kiesha war ihr auf Anhieb sympathisch. Trotz ihrer etwas rundlichen Figur glich sie mit ihrem hübschen Gesicht und ihrer leicht nach oben gebogenen Nase eher einer Elfe als einem Dorfmädchen.

»Ja, ich bin Hannah. Wer hat dich denn davor gewarnt, dass ich hier bin?«

Kiesha grinste spitzbübisch und schüttelte gutgelaunt ihre Locken.

»Ich bin nicht vor dir gewarnt worden. Ich war bloß neugierig, nachdem ich dich mit meinem Onkel und dem Prinzen ins Dorf habe kommen sehen. Dann habe ich ein wenig gelauscht und habe gedacht, du könntest etwas Gesellschaft gebrauchen und naja, hier bin ich.« Sie blinzelte Hannah verschwörerisch zu und spritzte dabei ein wenig Wasser mit den Zehen umher. »Inzwischen weiß ich nur zu gut, dass ich von meinem Onkel nie eine direkte Antwort auf meine Fragen erhalte, also habe ich gedacht, ich frage einfach dich.«

Hannah grinste nun auch.

»Ich weiß genau, was du meinst.« Dann stockte sie verwirrt, als sie die Worte Kieshas richtig begriff. »Onkel?«, fragte sie daher.

»Oh, naja. Eigentlich ist er nicht wirklich mein Onkel, eher einer mit furchtbar vielen ,Urs' davor, wenn du verstehst? – Es ist im Dorf kein Geheimnis, dass er unsterblich ist, deshalb gehe ich davon aus, dass du auch Bescheid weißt. Ansonsten hätte er dich nicht hierhergebracht, denke ich. Aber um auf deine Frage zurückzukommen. Mein Vater ist der direkte Nachfahre seiner Schwester. Alle Kinder aus unseren Familien wachsen mit Onkel Maruk auf, der regelmäßig hierher zurückkehrt.« Plötzlich verschwand der fröhliche Gesichtsausdruck und Kiesha zog ihre Beine an sich, als wäre ihr plötzlich kalt geworden. »Manchmal frage ich mich, warum er das tut? Ob er der schönen Zeiten hier gedenken will? Mein Vater sagte einmal, dass Maruk sich die

Schuld dafür gibt, was mit seiner Familie passiert ist.« Kiesha zuckte ein wenig ratlos mit den Schultern.

»Was ist mit seiner Familie passiert?«, fragte Hannah ratlos. »Ich weiß nur, dass der König ihn zum Dank für seine Dienste hat unsterblich werden lassen. Wenn er das nicht mit seiner Familie gemacht hat, ist sie wohl inzwischen verstorben.«

»Zum Dank? Hat Maruk dir das so erzählt?« Prüfend sah Kiesha ihr in die Augen. »Der König hat sich in Maruks Frau verliebt. Sie war die schönste Frau weit und breit. Als sie nicht auf sein Werben einging, denn sie liebte meinen Onkel unsterblich, ließ der König einfach die Schmiede niederbrennen und meine Tante in die Burg entführen. Der zehnjährige Sohn der beiden starb in den Flammen. Als Maruk nach Hause kam, fand er nur noch verkohlte Überreste vor und wurde fast wahnsinnig vor Schmerz und Hass. Seine Nachbarn erzählten ihm, was geschehen war. Daraufhin nahm er alles an Waffen, was er besaß und ritt zur Burg. Dort forderte er meine Tante zurück und einen Zweikampf auf Leben und Tod mit dem König. Doch der König ließ ihn gefangen nehmen und foltern. Um seine Qual zu verlängern, hat er ihn unsterblich gemacht, heißt es. - Und ich glaube, das ist ihm auch gelungen.«

Hannah bemerkte erst, als Kiesha ihre düstere Erzählung beendete, dass sie die Luft angehalten hatte. Als tauchte sie aus den Tiefen der Erzählung auf, schnappte sie nach Luft und benötigte einen Augenblick, um ihre Gedanken zu ordnen. Was für ein grausames Schicksal. Ihr fehlten die Worte, und Mitleid machte ihr Herz schwer, als lägen die Felsbrocken aus dem Bach plötzlich darin.

»Das, … das ist unfassbar«, stammelte sie nach einer Weile. Kiesha nickte zustimmend, stand auf und deutete dann auf das Haus in ihrem Rücken.

»Schluss mit der Trübsal. Wir sollten ins Haus gehen. Ich habe vorhin einen Kessel mit Suppe aufgesetzt und Wein habe ich dir auch mitgebracht. Komm, das wird dir guttun.«

Hannah nahm dankbar Kieshas Hand, die sie ihr entgegenstreckte und folgte ihr in das kleine Haus, das sie mit einem Mantel aus Wärme und Geborgenheit umhüllte, sobald sie durch die niedrige Tür geschritten war. Das Innere war schlicht, aber sauber und ordentlich.

Ein blankgescheuerter Tisch stand in der Gesellschaft von vier Stühlen vor einem Fenster, von dem aus sie über die Wiese schauen konnte. Auf der Feuerstelle hing an einer Kette ein großer Kessel, aus dem es einladend blubberte und der einen Duft verströmte, der Hannahs Magen attackierte und vor Hunger wie ein wildes Tier knurren ließ.

»Entschuldige«, sagte sie mit einem schnellen Seitenblick auf ihre neue Freundin, die jedoch nur gutmütig abwinkte.

»Komm, setz dich und iss. Und danach legst du dich in ein Bett und schläfst einmal richtig aus. Wenn ich deine Ringe unter den Augen sehe, scheint das bei dir schon eine ganze Weile her zu sein. Der Prinz liegt bereits oben in Maruks Bett und schläft.«

Hannah ließ sich dankbar in die Fürsorge Kieshas fallen. Sie aß so gut wie schon lange nicht mehr, genoss die Nebel, die der süße Wein in ihrem Kopf auslöste, und fiel anschließend in ein herrliches Bett, unter deren dicker Daunendecke sie sich einigelte und einschlief mit dem festen Willen, hier nie wieder fortzugehen.

Dieses Gefühl änderte sich auch nicht im Laufe der nächsten Tage. Die Menschen waren freundlich. Besonders Kiesha kümmerte sich aufmerksam um Hannah. Jeden Morgen erschien sie bereits bei Sonnenaufgang, um sie abzuholen. Maruk hatte sie gebeten, Hannah etwas über Kräuterkunde beizubringen. Das erste, was Hannah zu ihrem Leidwesen erfuhr, war, dass sie offensichtlich nie wieder ausschlafen durfte. Denn fast alle Kräuter sammelte man beim ersten Morgentau.

Doch wider Erwarten hatte Kiesha ihr nach vier Tagen eröffnet, dass sie vorerst genug Kräuter beisammen hätten. Sorgfältig hatte sie erklärt, wie man die Kräuter richtig trocknen und sie weiterverarbeiten musste. Und zu ihrer eigenen Verwunderung machten Hannah all diese Tätigkeiten Spaß. Sie banden bunte und hübsche Kräutersträuße und hängten sie in der Hütte von Kieshas Familie an die Balken. Einige

Sträuße nahm sie mit zu sich nach Hause. Ein starker und würziger Duft ging von ihnen aus. Hannah entdeckte schnell ihre Vorliebe für Lavendel. Sie mochte die Farbe und den Duft. Nachdem Kiesha ihr von dessen beruhigender Wirkung erzählt hatte, hatte sie mehrere kleine Sträußchen in den Schlafbereichen der Hütte verteilt. Dabei hatte sie sorgfältig darauf geachtet, dass Targon schlief, während sie seinen Raum damit ausstattete. Viele Worte hatte sie bisher nicht mit ihm gewechselt, und sie war auch nicht gerade unglücklich, dass Maruk sich beinahe ausschließlich um ihn kümmerte. Am vergangenen Abend hatten sie dann zum ersten Mal gemeinsam am Tisch eine Mahlzeit eingenommen. Targon hatte schnell erschöpft gewirkt, sich aber geweigert, nach dem Essen sofort wieder ins Bett zu gehen. Stattdessen hatte er damit begonnen, ohne Hilfe um den kleinen Tisch zu laufen, bis seine Beine vor Schwäche so stark zitterten, dass er sich wieder setzten musste. Maruk hatte schweigend zugesehen, während Hannah das Gefühl hatte unterdrücken müssen, ihm hinterherzulaufen, um ihn im Notfall auffangen zu können. Stur war er irgendwann wieder aufgestanden und hatte sich allein die Stufen nach oben geschleppt.

So vergingen die ersten beiden Wochen wie im Fluge. Hannah hatte sich inzwischen so gut eingelebt, dass es ihr nichts ausmachte, als Maruk ihr eröffnete, für zwei Tage fortzureiten. Er wollte erneut nach etwaigen Verfolgern Ausschau halten und sich nach einem Sturmmeister erkundigen. Kiesha hatte ihr für diese beiden Tage mit einem Augenzwinkern frei gegeben. »Du wirst dich wohl ausgiebig um Targon kümmern müssen«, hatte sie mit einem verschmitzten Lächeln gesagt und war dann hastig Hannahs Schlag ausgewichen.

Als sie am zweiten Morgen von Maruks Abwesenheit aus dem Haus trat, musste sie bei dem Gedanken daran schmunzeln. Kiesha war ihr nach dieser kurzen Zeit bereits so ans Herz gewachsen, dass sie sich eine Trennung nur schwer vorstellen konnte.

Erstaunt blieb sie im Türrahmen stehen, als sie Targon entdeckte. Er saß mit dem Rücken an einen Baum gelehnt auf der Wiese und sah auf den Fluss hinaus. Wie war er dort hingekommen? Suchend sah sie sich um. Maruk wollte doch erst am Abend wieder zurück sein.

Als sie niemand entdeckte, ging sie neugierig näher. Vielleicht brauchte er Hilfe, obwohl sie im selben Moment bezweifelte, dass er sie annehmen würde.

Als sie nur noch wenige Schritte entfernt war, drehte er ihr das Gesicht zu. Er sah müde aus, aber auch zufrieden.

»Guten Morgen«, grüßte Hannah. »Brauchst du Hilfe?«

»Dir auch einen guten Morgen, Hannah.« Seine Lippen verzogen sich flüchtig. »Ich brauche keine Hilfe, nein. Ich muss mich nur eine Weile ausruhen. – Aber du könntest mir Gesellschaft leisten.«

Erstaunt sah sie ihn an. »Ja, warum nicht. Kiesha holt mich heute nicht ab.« Langsam setzte sie sich neben ihn in das weiche Gras, das rund um die Birke wuchs, und zog die Beine an. Sie seufzte unwillkürlich auf, als sie nun auch auf den friedlichen Fluss blickte. Es war einfach wunderschön hier. Kein Wunder, dass Targon so zufrieden wirkte.

»Ganz anders als deine Welt, oder?«

Erst als Targon sprach, wurde Hannah bewusst, dass sie offensichtlich ihre Gedanken laut ausgesprochen haben musste.

»Vermisst du es? Strom? Die Autos, dein Handy? Hier musst du ohne diese Bequemlichkeiten auskommen – und ohne deine Familie und Freunde. Es tut mir leid.«

Für einen kurzen Moment war sie tatsächlich sprachlos. Er hatte sich zwar schon im Schloss bei ihr entschuldigt, aber damals hatte er dem Tod ins Auge gesehen. Jetzt war es etwas völlig anderes. Ehrliches Bedauern lag in seinen Augen.

»Wenn ich ehrlich bin, vermisse ich nur meine Familie und meine Freunde. Auf den anderen Kram kann ich gut verzichten. Ich habe oft von einer Welt ohne all diese Dinge geträumt. - Okay, eine Dusche wäre toll.« Hannah lachte. »Und es wäre schön, wenn ich Fotos machen könnte. Von der Umgebung, von Kiesha und Maruk – und von dir.«

»Von mir?« Um Targons Mundwinkel zuckte es leicht. »Gibt es einen Grund, warum du dich an mich erinnern möchtest?«

Oh ja, den gab es! Hannah schluckte und blinzelte wie hypnotisiert in die dunklen Abgründe seiner Augen, die so unglaublich nahe waren; so wie alles von ihm so nahe war. Aber diesen Grund würde sie ihm ganz gewiss nicht auf die Nase binden.

»Ich möchte einfach alles ganz genau aufschreiben und die Beschreibungen von euch sollen so detailgetreu wie möglich sein. Schließlich wäre ich mir auch gerne sicher, dass ich das alles nicht nur geträumt habe.«

»Komme ich dir wie ein Traum vor?« Targon lachte leise.

Der Klang ging wie ein warmer Sommerregen auf sie nieder. Es tat gut, ihn lachen zu hören. Auch wenn er ihr wie ausgewechselt vorkam und eindeutig eine Spur zu verführerisch.

»Eher wie ein Alptraum«, sagte sie daher frech und atmete erleichtert auf, als Targon sich wieder ein Stück zurückzog. »Meinst du, Romun hat die Wahrheit gesagt und Marina ist sicher in unserem Hotel?«

Der friedliche Ausdruck in seiner Miene verschwand mit einem Schlag. Hart traten seine Kiefermuskeln hervor, als er ganz leicht den Kopf schüttelte.

»Ich fürchte nicht, Hannah. Man kann meinem Bruder nicht trauen. Möglicherweise befindet sie sich immer noch als Gefangene in der Burg.«

Hannahs Magen klumpte sich unter dem Schock zusammen. Sie hatte im Grunde nichts anderes erwartet, aber sich doch an die vage Hoffnung geklammert, dass Marina tatsächlich in Sicherheit sein könnte. Targon griff nach ihrer Hand und drückte sie. Unwillkürlich zuckte sie dabei zusammen. Es war ihr nicht klar gewesen, wie viel Kraft er bereits wieder besaß.

»Ich bin für das alles hier verantwortlich. Ich habe dich hierhergebracht, und ich werde dich auch wieder nach Hause bringen, Hannah. Das verspreche ich dir. Und ich werde nach Marina suchen.«

»Danke«, flüsterte sie ergriffen. Er meinte es ganz offensichtlich ernst, so wie er sie ansah. Ein ganzer Schwarm Schmetterlinge flog in ihrem Bauch auf. Verlegen wich Hannah seinem Blick aus. »Warst du schon öfters in meiner Welt?«, fragte sie, nur um von der Situation abzulenken. »Oder war der Aufenthalt in Tunesien das erste Mal?«

»Ein paar Mal«, erwiderte er langsam und ließ den Blick nachdenklich über sie wandern. »Das erste Mal musste ich mehrere Wochen bleiben. Ich war froh, als ich endlich wieder hierher zurückkonnte. Ich frage mich, wie man dort leben kann. Alles ist hektisch und laut.«

»Ich weiß, was du meinst. Aber so wachsen wir eben auf. Es ist normal für uns, wir kennen es nicht anders. Viele ziehen sogar freiwillig ins Stadtzentrum, um mittendrin sein zu können.«

»Und du?«

Hannah brauchte nicht lange zu überlegen. »Ich wohne mit meinen Eltern und meiner Großmutter am Stadtrand. Ich laufe bloß eine Straße hinunter und stehe schon auf freiem Feld, und es ist mir immer noch zu zentral.«

Targon lächelte leicht. Ein Grübchen bohrte sich dabei unauffällig in seine Wange. Hannah seufzte innerlich auf. Die Stimmung war seltsam gelöst.

»Wie ist es bei dir auf der Burg? Ich habe deine Mutter kurz kennengelernt. Aber was ist mit deinem Vater?«

»Er ist seit vielen Jahren verschwunden. Ich war zehn, als er auf eine Reise ging, von der er nicht mehr zurückkehrte.«

»Das tut mir leid.«

»Das muss es nicht.« Targon veränderte ein wenig seine Position und saß nun schräg ihr zugewandt. »Er war ein großartiger Mann und König.« Wieder lächelte er und sein Blick glitt in weite Ferne, als könnte er ihn dort vor sich sehen. Doch plötzlich verschwand der gelöste Ausdruck in seiner Miene und wich der Kälte, die sie sonst zumeist darin gesehen hatte. »Ganz anders mein Bruder.«

Erst als er sich gedankenverloren über die Brust fuhr, bemerkte Hannah, dass er die ganze Zeit ihre Hand gehalten hatte.

»Was ist das eigentlich für ein Zeichen auf deiner Brust?«, fragte sie und wurde rot bei der Erinnerung daran, wie sie mit den Fingern darübergestrichen war.

Targon betrachtete sie und schien dabei über etwas nachzudenken. Täuschte sie sich oder blitzte tatsächlich Spott in seinen Augen auf? Aber er konnte unmöglich davon wissen, dass sie ihn dort berührt hatte. Oder?

»Das ist ein Brandzeichen«, erklärte er dann unumwunden. »Es kennzeichnet mich als persönliches Eigentum des Königs.«

Hannah starrte ihn mit offenem Mund an. »Bitte was? –Warum?«

»Es war die Strafe für einen Ungehorsam und sollte mich daran erinnern, wo ich stehe.«

Jetzt war sie endgültig sprachlos. Romun war mehr als geisteskrank. Aber warum wunderte sie das noch nach dem, was sie auf der Burg erlebt hatte?

»Wie alt warst du?«, fragte sie leise.

»Sechzehn«

»Gütiger Himmel!« Hannah musste tief durchatmen. Welch unvorstellbare Qualen. Mitleid überflutete sie und brachte die Schmetterlinge dazu, noch kräftiger mit ihren Flügeln zu schlagen. »Was soll es darstellen? Es ist schwer, ein Schriftzeichen oder so etwas daraus zu erkennen.«

»Es zeigt eine Feder, aber ich habe kurz darauf versucht, es unkenntlich zu machen.«

Und das war ihm auch gelungen. - Alles klar. Die ganze Familie hatte ganz eindeutig ein Problem. Ein Teenager, der versuchte, sich irgendwelche Zeichen zu entfernen? Das alles war einfach unvorstellbar.

»Warum hat deine Mutter nicht eingegriffen?«

»Oh, wenn sie nicht eingegriffen hätte, würdest du mich ganz bestimmt nicht so ansehen, wie du es jetzt immer tust.« Targon grinste breit. »Sie kam dazu, als der Henker meinen Kopf auf eine Folterbank presste, um mir dieses Zeichen ins Gesicht zu brennen.«

Schwindel erfasste Hannah bei dem Gedanken an diese Grausamkeiten. Betroffen rieb sie sich mit den Händen über ihr Gesicht, als könnte so das Bild verschwinden, das sich in ihrem Kopf einbrannte.

»Was hast du denn getan, was so eine brutale Strafe verdient?«

»Ich habe vor versammeltem Hofe meinem Bruder nicht den ihm gebührenden Respekt gezollt.«

Ungläubig schüttelte Hannah den Kopf. »Wieso bist du nicht einfach fortgegangen?«

Targon zuckte mit den Schultern, dann lächelte er beinahe amüsiert über ihre Reaktion. »Weil ich eben so aufgewachsen bin«, entgegnete er schlicht. Dann grinste er plötzlich und warf einen schnellen Blick zum Haus hinüber. »Und ich bin so aufgewachsen, dass es immer etwas zum Essen in der Burgküche gab. Ich habe einen Bärenhunger.«

Hannah lachte, erleichtert, von den düsteren Beschreibungen seines Lebens fortzukommen. »Dann werde ich mal sehen, was Kiesha mir hier schon alles beigebracht hat.«

Nach dieser Unterhaltung war Targon wieder wie ausgewechselt. Als hätte es dieses Gespräch und diese seltsame Stimmung dort unten am Fluss nie gegeben, war er wieder distanziert und kühl. Als Maruk ohne nennenswerte Nachrichten zurückkehrte, begannen die beiden Männer mit einem täglichen Training. Neugierig sah Hannah dabei zu, wenn sich die Gelegenheit bot.

Als sie eines Morgens mit Kiesha aus dem Wald zurückkehrte, traten die beiden gerade auf die Wiese hinter dem Haus.

»Oh, endlich gibt es mal was zu sehen.« Kiesha kicherte und stieß Hannah leicht in die Seite. »Lass uns hier draußen die Pilze putzen. Die Bank ist doch ideal.«

»Warum nicht«, Hannah zuckte mit den Schultern und tat unbeteiligt. »Wenn du unbedingt zusehen musst. Ich hoffe nur, dein Geriiem wird nicht eifersüchtig.«

»Ach was!« Kiesha winkte leichthin ab und stellte ihren Korb auf den Boden neben die Bank. »Ich denke, dazu gibt es keinen Grund, schließlich weiß er, dass du …«

»Lass es!« Hannah hob abwehrend die Hände. »Du fantasierst dir da etwas zusammen, Kiesha. –Ich gehe schnell ins Haus und hole uns eine große Schüssel.« Eilig lief sie davon und kehrte mit der größten Schüssel zurück, die sie hatte finden können.

Neugierig warf sie einen Blick auf Maruk und Targon, die sich bis jetzt einfach nur gegenüberstanden und leise miteinander redeten. Kiesha sah ungeduldig zu ihr auf, während sie beiläufig, aber äußerst geschickt, die Pilze von Dreck und Fraßspuren reinigte.

»Er schwankt ganz schön. Bist du sicher, dass Targon sich lange auf den Beinen halten kann?«

»Das werden wir ja sehen.«

»Ja!« Kiesha seufzte glücklich auf und lehnte sich entspannt an die Hauswand in ihrem Rücken.

»Fehlt nur noch das Popcorn«, kommentierte Hannah und grinste.

»Was?« Kiesha sah sie neugierig an. »Ist das wieder so ein Ding aus deiner Welt?«

»Ja, das ist so süßes Zeug, das man aus Mais und Zucker herstellt.«

»Das hört sich gut an. – Warum machst du uns nicht für das nächste Training was davon? Wir haben genug Mais im Speicher. – Autsch!«

Maruk ließ sich unvermittelt in die Hocke fallen und grätschte Targon mit einem eleganten Schwung die Beine wie mit einer Sense weg. Haltlos stürzte er in das weiche Gras. Maruk hatte sich bereits wieder aufgerichtet und wartete nun geduldig darauf, bis Targon wieder stand. Mit einer fließenden Bewegung zog er sein Schwert und schlug zu.

Hannah hielt den Atem an und wollte am liebsten die Augen schließen, aber Targon gelang es, den Schlag abzufangen. Ihm fehlte jedoch noch die Kraft, um ihn völlig aufzuhalten und so schlugen die beiden Klingen mit den breiten Seiten gegen seinen linken Oberschenkel. Im nächsten Augenblick schlug Maruk mit der Faust zu. Targon wich aus, war aber eine Spur zu langsam. Der Hieb traf ihn an der Schulter und warf ihn wieder zu Boden. Diesmal brauchte er etwas länger, um wieder aufzustehen. Aber Maruk wartete geduldig mit vor der Brust verschränkten Armen.

»Das sieht mir ganz danach aus, als würde Maruk ihn nach Strich und Faden verprügeln. Wozu soll das bitte gut sein?«

Vor ihnen flog Targon wieder der Länge nach auf die Wiese.

»Sie nennen es Training.« Hannah verzog mitfühlend das Gesicht, als Maruk Targon die Arme wegtrat, mit denen er sich gerade wieder hochstemmte.

»Aha! Na dann.« Kiesha lachte glucksend und stieß Hannah in die Seite. »Vielleicht solltest du besser nicht zusehen. Du bist ganz blass um die Nase geworden.«

Hannah schnaubte abfällig. Targon rappelte sich unermüdlich wieder auf. Im Stillen bewunderte sie ihn dafür. Sie wäre schon längst einfach liegen geblieben. Langsam hob er sein Schwert. Die Bewegung kostete ihn unübersehbar seine ganze Kraft. Das Schwert zitterte heftig, dennoch schlug er zu. Diesmal war es Maruk, der den Hieb abfing und mit der freien Hand nach Targons Schwertarm griff. Doch dieser zauberte plötzlich einen Dolch hervor, mit dem er nach Maruk stieß.

Kiesha keuchte auf. Maruk ließ sich einfach zur Seite fallen und trat Targon einmal mehr die Beine weg.

»Fünf!«, rief Kiesha und lachte, als hätte sie eine Wette gewonnen. »Morgen hätte ich gerne von diesem Popmais.«

Hannah verdrehte die Augen. »Ich will mir das, glaube ich, nicht unbedingt jeden Tag ansehen.«

»Ach, Hauptsache, Maruk zerschlägt ihm nicht das hübsche Gesicht. – Uh!«, schrie Kiesha auf und sprang von der Bank, als ein Fausthieb Targon ins Gesicht traf.

Hannah schloss entsetzt die Augen. Er war wie ein Baum umgestürzt und rührte sich nicht mehr. Schweigend sahen sie und Kiesha dabei zu, wie Maruk sich über ihn beugte und ihn wie einen Sack Mehl lässig über die Schulter warf. Als er an ihnen vorbeischritt, zwinkerte er ihnen verschwörerisch zu und sagte, von ihrem Entsetzten vollkommen unbeeindruckt: »Er hätte sonst nie von allein aufgegeben.«

Als To'bal die Gemächer des Königs betrat, scheuchte dieser gerade eine halbbekleidete Frau aus seinem Schlafbereich. Mit einem Stirnrunzeln sah er der frisch vermählten jungen Lady Ribon hinterher, die mit zusammengerafften Bettlaken und hochrotem Gesicht an ihm vorbei durch die Tür schlüpfte.

Ein ungünstiger Zeitpunkt für ungünstige Nachrichten, dachte er und versuchte dabei, den Gedanken nicht weiter zu verfolgen.

»Tretet ein, Lord To'bal, und berichtet.« Romun winkte ihn herein, während er vollkommen ungerührt seine Hose hochzog und schloss.

»Mein König«, begann To'bal und beugte demütig ein Knie. Er senkte den Blick auf den blankpolierten Marmorboden. Beinahe meinte er, sein

Gesicht darin erkennen zu können. Wie begann man einen Bericht, der einen den Kopf kosten konnte?

»Ich fürchte, dass ich Euch nicht nur den Morgen verdorben habe, indem ich Euren Gast mit meinem plötzlichen Auftauchen echauffiert habe. Meine Männer und ich haben bisher nicht die geringste Spur von den Flüchtigen entdeckt. Wir haben jeden Winkel durchsucht. Es scheint beinahe so, als hätte die Erde selbst sich aufgetan und sie verschluckt.« Und möglicherweise war es ja auch genauso gewesen. Möglicherweise hatten sie die Fähigkeiten der Schreiberin für ihre Flucht benutzt. Aber er hütete sich, dies zu äußern. Romun hasste es, wenn Menschen sich wanden und Ausreden für ihr Versagen suchten. »Ich habe Euch enttäuscht und versagt, mein König.«

Romun lachte leise. To'bals Nackenhaare richteten sich auf, aber er verharrte in seiner Position, nur zu genau wissend, wie dicht er dem Tod persönlich gegenüberstand.

»Ich bin davon überzeugt, dass Ihr zutiefst betrübt seid, mein Freund. Schließlich seid Ihr derjenige, der sonst voller Hingabe die erforderlichen Bestrafungen für mich durchführt.« Romun schlenderte durch den Raum und trat dann unmittelbar vor ihn. Die Spitzen seiner Stiefel befanden sich genau unter seinen Augen. Unwillkürlich schluckte To'bal. »Hättet Ihr nur nach dem Mädchen suchen sollen, wäret Ihr jetzt bereits tot. Sie ist viel zu naiv für diese Welt. Sie hat mir sogar geglaubt, dass ich ihre Freundin wieder nach Hause geschickt habe. – Aber da wir ja inzwischen wissen, dass Maruk an ihrer Seite ist, ändert sich die Lage. Nehmt es mir nicht übel, - Ihr seid der Beste, den ich habe, aber Maruk hat Euch ein paar Jahrhunderte voraus. Ich denke, ich kann Euch noch eine Chance einräumen, zumal ich einen neuen Auftrag für Euch habe.«

To'bal hob den Kopf und blinzelte überrascht.

»Mein König, ich …«, begann er, doch Romun schnitt ihm mit einer Bewegung das Wort ab. Langsam machte er einen Schritt zurück, ging zu seinem Schreibtisch und lehnte sich entspannt dagegen. Wie beiläufig ergriff er einen Brieföffner und wirbelte ihn erstaunlich geschickt zwischen den Fingern. Dann stoppte er abrupt und ließ den Öffner fallen. Vibrierend blieb er mit der Spitze voran in dem dicken Holz des Tisches stecken.

»Steht auf, To'bal, bevor ich Euch den Kopf abschlage, nur weil Ihr gerade so günstig dort kniet«, sagte er kalt und beobachte ihn mit schmalen Augen, wie er aufstand.

Der Lord straffte sich. Er schien diesmal wirklich Glück gehabt zu haben.

»Ich weiß, wie wir die Suche vereinfachen werden, und Ihr bekommt dabei noch eine Chance, mir zu beweisen, aus welchem Holz Ihr tatsächlich geschnitzt seid.«

»Alles, was Ihr befiehlt, mein König.«

»Bringt mir alle Sturmmeister hierher. Dabei werdet Ihr zudem noch ausreichend Gelegenheit haben, nach den Flüchtigen zu suchen.«

»Mein König?« To'bal riss die Augen auf. »Die Sturmmeister?«

»Wenn wir das Mädchen nicht finden können, müssen wir zum einen verhindern, dass sie wieder nach Hause kann und zum anderen möchte ich mit den Sturmmeistern ein paar Gespräche führen. Sie werden uns bei der Suche nach ihr und meinem Bruder behilflich sein können.«

»Aber sie werden nicht kommen. Die Sturmmeister sind seit jeher unabhängig. Sie werden sich nicht an der Suche beteiligen.«

»Dann wird es Zeit, mit alten Traditionen zu brechen. – Und wer hat gesagt, dass ich vorhabe, ihnen eine Wahl zu lassen?«

Die Wochen vergingen in Brige wie im Fluge. Hannah konnte sich längst nichts anderes mehr vorstellen, als nahezu täglich mit Kiesha zusammen irgendetwas Essbares im Wald und auf den Wiesen zu sammeln und anschließend daraus Mahlzeiten zuzubereiten oder Heilmittel, die sie für das Dorf brauchten. Dafür, dass Kiesha sogar ein Jahr jünger als sie selbst war, wusste ihre neue Freundin doch so unendlich mehr als sie. Ihre eigene Welt rückte in unerreichbare Ferne. Maruk verschwand zwischendurch immer wieder für einige Tage, kam aber stets mit den gleichen Nachrichten zurück. Keine Verfolger und, was viel schlimmer war, keine Sturmmeister. Doch die Enttäuschung hielt sich in Grenzen. Hannah hatte nicht gelogen, als sie Targon gesagt hatte, dass sie nur Freunde und Familie vermisste. Vielleicht sollte sie ihn irgendwann um sein Blut bitten und sich einfach nach Hause schreiben. Aber etwas hielt sie davon ab. Unsicher warf sie einen Blick zu seinem Zimmerfenster hoch, während sie vor der Hütte stand und auf Kiesha wartete, die mit ihr heute den Markt in einem etwas größeren Dorf besuchen wollte.

Langsam kam ein Karren die Dorfstraße heruntergefahren. Auf dem Bock saßen Geriiem und Alrus, sein bester Freund. Während Geriiem ihr freundlich zunickte, stierte Alrus sie mit großen Augen an.

»Hallo Hannah«, sagte er schüchtern und fuhr sich verlegen durch die strohblonden Haare.

Noch bevor sie antworten konnte, schob sich Kieshas Kopf zwischen die breiten Schultern der jungen Männer und lachte sie an. »Hallo Hannah. Komm steig ein. Wir brauchen nicht zu Fuß zu gehen. Geriiem muss für seinen Vater einigen Besorgungen machen.«

Nur allzu gerne kam sie der Aufforderung nach und ließ sich von Kiesha auf die Ladefläche des Karrens ziehen.

Der Weg schlängelte sich gemächlich durch die hügelige Landschaft. Die beiden großen Kaltblüter zockelten so langsam, dass Hannah zeitweilig befürchtete, sie könnten eingeschlafen sein. Doch offensichtlich störte die langsame Gangart niemand anderen. Eher im Gegenteil. Kiesha war zu Geriiem auf den Kutschbock geklettert und unterhielt sich leise mit ihm. Ihre Augen strahlten den Sohn des Müllers dabei an, als wollten sie ihn verbrennen. Das gefiel Geriiem ganz offensichtlich. Er hatte sich so auf den Bock gesetzt, dass seine beeindruckende Größe und Statur unübersehbar waren. Hannah schmunzelte.

»Hannah?«, riss sie die Stimme von Alrus aus ihren Gedanken. »Hast du mir überhaupt zugehört?«

»Entschuldige, was hast du gesagt? Ich habe wohl mit offenen Augen geträumt.« Verlegen sah sie Alrus an. Tatsächlich hatte sie kein Wort von dem mitbekommen, was er gesagt hatte. Sein langes Gesicht verzog sich ein wenig beleidigt, aber dann winkte er ab.

»Ist schon gut«, sagte er. »Ich wollte eigentlich nur wissen, ob du jetzt immer bei uns bleiben wirst?«

Hannah schluckte. Das war eine gute Frage, und tatsächlich wusste sie nicht so recht, was sie darauf antworten sollte. Sie hätte ewig hierbleiben können, aber ein kleiner Teil wollte auch wieder nach Hause. Außerdem war da auch noch Marina. An sie wagte sie kaum noch zu denken, aus Angst, was Romun alles mit ihr angestellt haben konnte. Dann wurde ihr der Blick bewusst, mit dem Alrus sie musterte, und plötzlich wollte sie eigentlich noch nicht einmal mehr mit ihm hier auf der Ladefläche bleiben. Seine Augen brannten mindestens genau so heftig wie Kieshas. Und für ihren Geschmack war er ihr inzwischen viel zu nahe gerückt. Wann war er ihr so nahegekommen, dass sie sich sogar berührten? Vorsichtig legte er seine Hand sanft auf ihr ausgestrecktes Bein. Das reichte!

»Ich will ehrlich gesagt nur weg von hier. Ich hasse das Landleben!«, fuhr sie ihn heftig an. Sie griff nach seiner Hand und schob sie demonstrativ von ihrem Bein.

Alrus verzog beleidigt das Gesicht und rückte von ihr ab.

»Habe ich gleich zu Geriiem gesagt, dass du zu fein für uns bist. Du bist mehr auf den Prinzen aus, nicht wahr?«

Wütend verbiss sie sich eine Antwort. Das führte zu nichts. Alrus war einfach beleidigt, dass sie ihn abgewiesen hatte. Schweigend saßen sie danach den Rest des Weges auf dem Wagen.

Als sie den Markt erreichten, hatte sie denkbar schlechte Laune. Alrus tat ihr beinahe leid. Sie war vielleicht ein wenig zu heftig gewesen. Leider war sie nicht besonders geschickt darin, jemand eine Abfuhr zu erteilen. Geriiem lenkte den Wagen zu einem kleinen Stall am Ortsrand, wo sie abstiegen. Alrus schien nicht nachtragend zu sein. Mit einem verlegenen Lächeln reichte er ihr eine Hand, um ihr beim Absteigen zu helfen. Normalerweise wäre sie lieber ohne Hilfe einfach auf den Boden gesprungen, aber sie wollte ihn nicht erneut verletzen.

»Entschuldige«, sagte er leise, als sie die Hand ergriff und abstieg.

Hannah schüttelte den Kopf und lächelte ihn aufrichtig an. »Ich muss mich auch bei dir entschuldigen. Ich war nicht besonders höflich zu dir.«

Alrus wiegte den Kopf leicht hin und her. »Dann lass uns das einfach vergessen.«

Erleichtert nickte Hannah und ließ sich wenige Augenblicke darauf bereits von Kiesha fortziehen.

»Jetzt suchen wir dir erst einmal ein paar schöne Stoffe aus, damit wir dir neue Kleider nähen können«, sagte sie gutgelaunt und hakte sich bei ihr unter.

»Eine Hose, Kiesha. Ich möchte eine Hose und ein Hemd.«

»Ach ja, du wieder. Diesen komischen Stoff, von dem du mir erzählt hast, gibt es hier bei uns aber nicht. Wir müssen da etwas anderes finden.« Entschlossen zog sie Hannah auf die bunten Stände zu, die den großen Dorfplatz füllten.

Hannah reckte neugierig den Kopf. Eigentlich war dieses Dorf doch schon eher eine kleine Stadt. Rund um den Marktplatz standen Fachwerkhäuser, die wesentlich größer waren als die in Brige. An einigen Hausfassaden hingen Holzschilder und verrieten den Bäcker oder den Tuchhändler, der darin seinen Laden führte. Vor den Häusern befanden sich die Marktstände, die bereits von unzähligen Besuchern bevölkert waren, sodass sie nichts von den Waren erkennen konnten. Vielfältige Stimmen waren zu hören und zwischen dem Gelächter drang sogar Musik durch.

»Spielmänner!«, rief Kiesha begeistert und deutete in die Menge.

Zwei Männer wanderten zwischen den neugierigen Marktbesuchern umher. Während der eine auf einer Laute zupfte, ließ der andere mit geübter Schnelligkeit die Stöcke über die Trommel fliegen. Wo sie entlangschlenderten, teilte sich die Menge wie von selbst.

Für eine Weile hörten sie den beiden zu. Hannah schmunzelte über den Text. Mit klarer Stimme sangen sie von einem Mann, der nach einer durchzechten Nacht nicht im Bett seiner Liebsten aufwachte, sondern auf dem Friedhof.

»Schau, da vorne sind einige Tuchhändler.« Kiesha zupfte an Hannahs Ärmel und zeigte nach rechts. Ihre Wangen waren vor Begeisterung gerötet, und ihre Augen leuchteten immer noch so, als würde Geriiem neben ihr stehen. Ohne dass sie es bemerkt hatte, waren sie immer weiter im Markttrubel untergetaucht und standen jetzt genau in der Mitte. Mit einem Lachen folgte sie ihrer Freundin. Wenn sie nicht zu genau darüber nachdachte, konnte sie auch glauben, zu Hause einfach auf einem mittelalterlichen Markt zu sein. Nur dass hier alles echt war.

Während sie sich staunend umsah und die Fülle der Waren kaum bewältigen konnte, schob sich Kiesha zielstrebig zwischen eine Gruppe von Frauen. Dahinter tat sich der Stand eines Tuchhändlers auf, dessen Stoffe in allen erdenklichen Farben leuchteten. Dreist griff sie nach einem Stück Stoff und zog es zu sich heran.

»Sieh her, Hannah! Ist der nicht großartig?«, sagte sie und wandte sich halb zu ihr um. Begeistert streichelte Hannah über den weichen dunkelroten Stoff. Kiesha hielt ihr beinahe im selben Atemzug einen anderen vor die Nase.

»Schau nur dieses Schwarz. Ich glaube, das würde dir wunderbar stehen. Es passt zu dir.«

Hannah ließ den roten Stoff sinken und ergriff den anderen. Auch dieser war fantastisch. Leicht lag er auf der Haut, als bestünde er aus den verletzlichen Flügeln eines Schmetterlings. Unglaublich, dass solch ein feiner Stoff mit der Hand gewebt wurde.

»Eine Hose in diesem dunklen Rot und dazu passend ein schwarzes Hemd?«

Hannah lächelte Kiesha an. Es war beinahe so, als würde die Freundin sie seit Ewigkeiten kennen.

»Ja, das wäre wunderbar.« Vorsichtig legte sie die beiden Stoffe zurück und griff nach ihrem Geldbeutel. Wie zufällig sah sie dabei über den belebten Marktplatz und erstarrte. Durch die Menschen bewegte sich eine Gruppe dunkelblau gekleideter Soldaten, angeführt von einem Mann, dessen kalte Miene sie niemals würde vergessen können, Lord To'bal.

»Kiesha«, flüstere Hannah tonlos. Instinktiv senkte sie den Kopf und drehte sich weg.

»Was ist los mit dir? Du bist plötzlich so blass.« Kiesha sah Hannah besorgt ins Gesicht.

»Hinter mir«, brachte sie nur mühsam hervor. Eiseskälte breitete sich in ihr aus, während sie Kiesha am Arm griff und langsam mit sich in die andere Richtung zog, fort von Lord To'bal. »Da sind Leute aus Kylnavern. Ich bin mir nicht sicher, ob sie mich bereits gesehen haben. Lass uns hier verschwinden.«

Kiesha warf einen hastigen Blick hinter sie. »Sie kommen in unsere Richtung. Komm.«

Entschlossen ergriff sie Hannahs Hand. Gemeinsam schoben sie sich durch die bunt zusammengewürfelte Menge an Händlern und Käufern, die teils nur unwillig Platz machten. Jetzt war Hannah mehr als dankbar für die geschäftige Enge, die hier herrschte. Schweigend gingen die beiden Freundinnen so schnell wie möglich weiter. Ab und zu warf Kiesha einen Blick über ihre Schulter.

»Sie haben sich getrennt, aber dieser Lord scheint dich wirklich erkannt zu haben. Er versucht, immer schneller hinter uns her zu kommen.«

Hannah drückte fest Kieshas Hand, dann ließ sie diese los. »Du musst mich allein gehen lassen, Kiesha. Ich will nicht, dass dir etwas passiert.«

»Das kommt überhaupt nicht in Frage.« Kiesha packte wieder resolut nach Hannahs Hand und hielt sie fest umklammert. »Du kennst dich hier nicht aus. Und ich weiß, wie wir ungesehen zurück ins Dorf kommen.«

Gemeinsam arbeiteten sie sich weiter voran. An einem Stand, der Krüge voller frisch gebrautem Bier anbot, standen Geriiem und sein Freund Alrus. Kiesha klopfte Geriiem auf die breiten Schultern und flüsterte ihm etwas ins Ohr. Der kratzte sich kurz am Kopf und sah an Hannah vorbei. Dann nickte er und grinste. »Lass das nur unsere Sorge sein. Bring du sie zurück ins Dorf.«

»Was hast du vor?«, fragte Hannah, doch Kiesha zog sie einfach weiter.

»Er wird für Aufregung sorgen«, entgegnete sie nur knapp.

Hinter sich hörte Hannah einen wütenden Schrei. Neugierig drehte sie sich um. Geriiem packte gerade Alrus an der Schulter und schubste ihn auf die umstehenden Menschen. Aufgebrachtes Gemurmel entstand.

»Dieb! Du hast meinen Geldbeutel geklaut!«, schrie Geriiem und baute sich drohend vor seinem Freund auf.

»Du solltest nicht so viel von dem fauligen Gesöff hier trinken, wenn du es nicht verträgst, alter Säufer.« Mit einem Schrei warf sich Alrus seinerseits auf Geriiem, der unter der Wucht des Aufpralls zurücktaumelte und in den Bierstand fiel. Mit lautem Krachen brach der

Tisch zusammen, Krüge fielen auf den Boden. Bier spritzte und Scherben flogen umher. Der Händler brüllte auf. Geschrei und wildes Durcheinander folgten. Lord To'bal versuchte vergeblich, sich an dem entstehenden Gerangel vorbeizuschieben. Ein Stoß von einem Umstehenden ließ ihn taumeln. Als er sich gefangen hatte, sah er direkt in Hannahs Richtung. Wütend rief er etwas zu seinen Männern, das sie in dem Lärm der anhaltenden Schlägerei nicht verstanden.

»Komm!« Kiesha und sie wirbelten herum und rannten los. So schnell sie ihre Beine trugen, rannten sie mit fliegenden Röcken über den Marktplatz. An seinem Ende bog Kiesha in eine schmale Gasse, die eher einer Rinne glich, die in den Boden eingelassen worden war, um Regen ablaufen zu lassen. Die Gasse führte leicht nach oben, bis sie plötzlich zwischen zwei Häusern einen Knick machte. Lärm und Trubel des Marktplatzes waren mit einem Schlag verschwunden, als existierten sie nicht. Doch die beiden Frauen liefen weiter aus dem Ort hinaus.

»Können wir denn den Weg zu Fuß überhaupt schaffen, Kiesha? Wir sind heute Morgen mit dem Karren gekommen«, rief Hannah keuchend.

»Geriiem hat einen Umweg genommen. Wenn wir dem Fluss folgen, sind wir wesentlich schneller dort«, antwortete Kiesha und rannte zielsicher auf den schmalen Fluss zu, der auch an Brige vorbeifloss. An seinem Ufer verlangsamten sie ihre Geschwindigkeit und folgten seinem Lauf. Dichtes Gebüsch und Bäume wuchsen schnell zu einem undurchdringlichen Grüngürtel an, der sie vor den Blicken etwaiger Verfolger schützte. Als das Ufer zu schmal und rutschig wurde, wich Kiesha mit einem geschickten Sprung auf die Steine im Wasser aus. Hannah sah ihr zweifelnd hinterher. Die Steine waren sicherlich rutschig.

»Komm schon. Spring!« Kiesha war auf einem flachen Stein stehen geblieben und drehte sich abwartend um.

Unsicher versuchte Hannah, die Entfernung für den Sprung zu schätzen. Es mussten ungefähr anderthalb Meter sein. Das musste selbst sie schaffen können. Tief holte sie Luft, sprang und kam mit rudernden Armen auf dem ersten Stein auf. Erleichtert atmete sie auf.

»Prima. Und jetzt weiter.« Kiesha sprang schon weiter. Geschickt setzte sie mit einem Fuß auf und setzte beherzt weiter auf den nächsten.

Hannah nickte und sprang ebenfalls. Bei den ersten Steinen hielt sie nach jedem Sprung zunächst an und sah sich um, auf welchen sie als nächstes springen sollte. Doch bald folgte sie Kieshas Beispiel und sprang einfach weiter. Von Stein zu Stein wurde sie geschickter und bekam Spaß daran. Nach einer Weile drehte sich Kiesha lachend um.

»Wir sind fast zu Hause«, sagte sie und deutete auf eine Wiese am Ufer. Hannah erkannte sie. Die Frauen des Dorfes wuschen ihre Wäsche dort.

»Ich könnte noch ewig so weiter ...«, rief sie, als sie auf einer von Moos überwucherten Stelle aufkam und wegrutschte, als hätte ihr jemand den Fuß weggerissen. Mit einem lauten Klatschen fiel sie in das eiskalte Wasser. Prustend und hustend kam sie wieder hoch und saß mit angezogenen Beinen in der leichten Strömung. Glücklicherweise war der Fluss hier nicht besonders tief.

Schadenfroh lachend kam Kiesha zu ihr zurück und streckte ihr helfend eine Hand entgegen.

»Ich habe schon die ganze Zeit darauf gewartet, dass du reinfällst.«

»Ach was«, entgegnete Hannah, packte Kieshas Hand und zog einmal kräftig daran. Da ihre Freundin nun auch auf dem Moos stand, hatte sie keinen festen Halt und rutschte weg. Wasser spritzte hoch und erstickte ihren spitzen Schrei, als sie direkt neben Hannah der Länge nach ins Wasser fiel.

Lachend rappelten sich beide auf und wateten den Rest durch das Wasser. Kiesha stieg ans Ufer und packte ihren Rock. Mit beiden Händen knotete sie den Stoff zusammen, um das Wasser herauszuwringen. Hannah folgte ihrem Beispiel. Obwohl sie sich bei dem Anblick von To'bal zu Tode erschrocken hatte, fühlte sie sich seltsam beschwingt. Doch als sie sich umdrehten, um weiterzulaufen, sahen sie sich unvermittelt Maruk und Targon gegenüber. Maruk grinste über das ganze Gesicht, während Targon sie abschätzend mit hochgezogener Augenbraue musterte. Beide Männer hielten ihre Schwerter in den Händen. Offensichtlich hatten Kiesha und sie beim täglichen Training gestört. Targons Brust hob und senkte sich unter schweren Atemzügen. Seine Haare hingen in feuchten Strähnen herab, während der Schweiß in Rinnsalen über sein Gesicht lief. Er war noch immer nicht vollständig genesen und arbeitete verbissen an seiner Kondition.

»Du hast eine seltsame Art, ein Bad zu nehmen«, sagte er und verzog seinen Mund zu einem spöttischen Lächeln.

»Wenn ich dich so ansehe, würde dir ein Bad auch ganz guttun«, entgegnete Hannah schnippisch und schnupperte demonstrativ in seine Richtung.

Kiesha kicherte hysterisch auf und steckte Hannah damit an. Hilflos brach sie in Gelächter aus.

Während Hannah sich in ihrem Zimmer aus den nassen Kleidern schälte, kam ihr Unbehagen zurück. Ob To'bal gezielt in dieser Gegend nach ihnen suchte? Oder war es nur ein Zufall gewesen? Letztendlich war es völlig gleichgültig, denn er hatte sie sicher gesehen. Hannah seufzte. Ihr Magen ballte sich unter bösen Vorahnungen zusammen. Sie musste dringend Maruk und Targon davon berichten. Hastig schlüpfte sie in ein neues Kleid, band die Haare zu einem Zopf zusammen und lief die Treppe hinab, um Maruk zu suchen. Außer ihr schien niemand im Haus zu sein, also lief sie zur Tür und riss sie auf. Im Türrahmen prallte sie unversehens gegen Targon, der sie missbilligend ansah.

»Wann hattest du vor, uns von deiner Begegnung mit Lord To'bal zu berichten?«, fuhr er sie scharf an und schob sie zurück in das Haus. »Denkst du eigentlich auch einmal nach, Hannah?«

Sie war so verblüfft, dass es ihr im ersten Moment die Sprache verschlug. Hinter Targon traten Maruk und Geriiem ein. Das Schlusslicht bildete Kiesha, die sie schuldbewusst anblickte. In Geriiems Gesicht prangte ein blutunterlaufenes blaues Auge.

»Ich war gerade auf der Suche nach euch, um euch davon zu erzählen«, entgegnete sie trotzig. »Und du brauchst mich wirklich nicht in deiner selbstherrlichen Art abzukanzeln wie ein kleines Schulmädchen.«

Targon kniff die Lippen zu einem schmalen Strich zusammen und sah sie finster an.

»Wir werden Brige verlassen müssen«, meldete sich Maruks Stimme gelassen.

Hannah fuhr zu ihm herum. »Nein, das ist nicht dein Ernst?« Sie wollte nicht eher hier fort, als dass man ihr eine Möglichkeit bot, wieder ganz nach Hause zurückzukehren. In den letzten Wochen hatte sie sich hier eingelebt, Freunde gefunden und ihre Aufgaben gehabt.

»Lord To'bal hat dich erkannt. Geriiem ist sich absolut sicher. Er muss wohl noch sehr unangenehm geworden sein, als Kiesha und du in der Menge verschwunden seid.«

Geriiem deutete mit einer Hand auf sein Gesicht. »Das war der feine Lord, nicht Alrus. Ich kann von Glück sagen, dass er mich nicht mit dem Schwert erstochen hat. Er war völlig außer sich und hat geflucht wie ein Bierkutscher. Aber er ist nicht auf die Idee gekommen, dass Alrus und ich uns mit Absicht geprügelt haben.«

»Das tut mir leid, Geriiem«, sagte Hannah. »Ich bin dir wirklich dankbar und bin froh, dass du mit einem blauen Auge davongekommen bist.«

Geriiem winkte ab und versuchte zu grinsen, doch es blieb bei dem Versuch. Schmerzhaft zuckte er zusammen. »Es hat sogar Spaß gemacht, Hannah.«

»Wann brechen wir auf?«, mischte Targon sich ein.

»So schnell wie möglich. Morgen.« Maruk sah in die Runde und ignorierte dabei Hannahs entsetzten Gesichtsausdruck.

»Aber …«, stammelte sie. »Morgen ist die Hochzeit von Rami und Korven. Kommt es denn auf den einen Tag an?«

Targons Miene wurde abweisend, aber Maruk schien ernsthaft darüber nachzudenken. Rami war seine Nichte und hatte sich gewünscht, von ihm zum Bräutigam geführt zu werden.

»Der Lord hat den Markt mit seinen Männern in die andere Richtung verlassen. Wenn er jetzt damit beginnt, die umliegenden Dörfer systematisch abzusuchen, wird er erst in ein paar Tagen hier auftauchen.« Geriiem sah bei seinen Worten zu Kiesha, die rot wurde und ihn dankbar anlächelte.

»Bist du dir absolut sicher?«, fragte Maruk, während Targon ungehalten schnaubte.

»Willst du das wirklich riskieren, Maruk?«

Maruk begegnete ruhig dem aufgebrachten Blick Targons. »Ich bin so oft auf der Flucht gewesen, dass ich jeden besonderen Augenblick genieße. Ich würde Rami nur ungern enttäuschen und nicht bei der Hochzeit dabei sein. Wenn es also machbar ist, werde ich sie zu Korven führen. Aber wir müssen uns absolut sicher sein, dass To'bal hier nicht plötzlich auftaucht.« Er verschränkte die Arme vor der Brust und sah von einem zum anderen. »Ich werde zum Markt reiten und sehen, ob ich dort noch etwas herausfinden kann. Wir werden jedoch vorher alles für einen schnellen Aufbruch zusammenpacken.« Dann richtete er seinen Blick auf Hannah und sagte: »Mach dir keine allzu großen Hoffnungen. Sollte ich auch nur den geringsten Eindruck gewinnen, dass To'bal im Laufe des nächsten Tages hier auftauchen kann, werden wir unverzüglich nach meiner Rückkehr Brige verlassen.«

Hannah nickte unglücklich. Der Abschied ließ sich wohl nicht verhindern.

Entdeckt

Die Zeremonie der Trauung war viel zu schnell vorüber, und das gesamte Dorf strömte auf den großen Platz. Tische und Bänke waren aufgereiht und in der Mitte brannte bereits ein großes Lagerfeuer. Die Stimmung war glücklich und unbeschwert, und selbst die Eiche schien zu tanzen und schwang ihre Äste federleicht im Wind zum Takt der einsetzenden Musik. Es wurde gelacht und getanzt; gesungen und gegessen und Bier und Wein machten die Runde. Hannah beobachtete mit einem zufriedenen Lächeln, wie Kiesha mit Geriiem flirtete. Der gutaussehende Sohn des Müllers war ihren Reizen vollkommen erlegen und schon bald tanzten sie ausgelassen über den Platz. Hannah freute sich für die beiden. Kiesha hätte sich keinen netteren Mann aussuchen können.

Inzwischen war die Sonne untergegangen und immer mehr Menschen stellten sich um das Feuer. Die Geräusche wurden gedämpfter. Die meisten unterhielten sich flüsternd, bis auf einige wenige, die laut singend in dunkleren Ecken saßen und wohl ein wenig zu viel von dem Bier gekostet hatten.

Plötzlich spürte sie, wie jemand hinter sie trat. Targon! Er stand direkt hinter ihr. So nah, dass sein Atem warm über ihren verschwitzten Nacken strich. Nur mühsam unterdrückte Hannah ein Seufzen, als ein wohliger Schauer über ihren Rücken regnete. Der Wunsch, sich einfach gegen ihn zu lehnen, wurde übergroß. Hannah schwankte leicht und versteifte sich, um nicht tatsächlich gegen ihn zu sinken.

»Müde, Hannah?«, hauchte er erschreckend nah an ihrem Ohr und brachte sie damit beinahe um ihren Verstand.

Demonstrativ schüttelte sie den Kopf und holte tief Luft, aber erwiderte nichts. So standen sie eine Weile schweigend beieinander, eingebettet in die herzliche Gemeinschaft dieses Dorfes und in der verzauberten Stimmung, die die Hochzeit von Rami und Korven hervorgerufen hatte. Hannah fühlte sich unglaublich wohl und betrachtete fasziniert die Gesichter der Umstehenden. Der rote Schein, der vom Lagerfeuer ausging, zeichnete ihre Gesichter weich und verträumt in den Abend. Jedem Einzelnen stand das gleiche Wohlbehagen ins Gesicht geschrieben, das sie selbst empfand.

»Das Licht des Feuers zaubert aus jedem Gesicht eine Schönheit.« Targon sprach aus, was sie dachte. »Nichts scheint übrig zu bleiben von der Härte des Alltags, findest du nicht? Das Feuer bringt sie näher aneinander, damit jeder etwas von der Wärme abbekommt.«

»Also darum rückst du mir so dicht auf die Pelle?«, fragte Hannah und hoffte inständig, dass er nicht bemerkte, wie sehr sie seine Nähe genoss. Doch zu ihrer Enttäuschung wich er ein wenig zurück. Das Gefühl, ihn spüren zu können, flog davon und beinahe augenblicklich fröstelte es sie in ihrem Rücken, während ihr Gesicht von der Hitze nahezu versengt wurde.

»Ein anderes Mal vielleicht gern, wenn das eine Einladung gewesen ist. Aber, nein, ich stehe nur hier, um deinen Rücken zu schützen. Es schleichen Fremde durchs Dorf. Wir haben keine Ahnung, wer sie sind. Zur Sicherheit werden wir noch heute Nacht das Dorf verlassen. Maruk spricht bereit mit Jormund.«

Hannah fiel der Stock aus der Hand und landete mit seinem oberen Ende im Feuer, das augenblicklich mit langen Zungen gierig daran entlang leckte. Targon griff geistesgegenwärtig danach und warf ihn ganz in das Feuer, dann nahm er sie wie selbstverständlich an der Hand und drückte sie leicht. Hannah war wie gelähmt. Sie hatte gewusst, dass sie nicht ewig hierbleiben konnten, dennoch war es ein Schock.

»Wir müssen gehen, Hannah«, flüsterte Targon jetzt sanft, aber umso eindringlicher. »Es muss möglichst unauffällig sein, verstehst du? Die Leute dürfen nicht misstrauisch werden. Sie sollen denken, dass wir uns aus anderen Gründen zurückziehen.« Damit beugte er sich vor und sah ihr forschend ins Gesicht. Er lächelte verheißungsvoll, was sie auf erschreckende Weise daran erinnerte, welch ein ausgezeichneter Schauspieler er war.

Hannah nickte betäubt. Seine Miene wirkte völlig ruhig, nicht die geringste Aufregung stand darin, während sie am liebsten laut geschrien hätte. Sie wollte nicht fort von hier. Beängstigende Leere breitete sich in ihrem Inneren aus und hatte die Hitze des Feuers mit einem Bissen verschlungen. Selbst als Targon seinen Arm um sie legte und sie an sich zog, als wären sie ein Paar, und sie langsam, aber bestimmt vom Feuer wegzog, spürte sie nichts außer dieser schrecklichen Leere in sich. Doch sie durfte sich nicht gehen lassen. Das war sie diesen Menschen schuldig. Hannah straffte sich und schlang ebenfalls einen Arm um Targons Mitte und ging mit ihm. Fort von den Menschen, die sie so sehr in Herz geschlossen hatte, fort von dem Feuer und hinein in die Dunkelheit, die um sie herum lauerte und eine ungewisse Zukunft vor ihr verborgen hielt.

Als die anderen sie nicht mehr sehen konnten, löste Targon die Umarmung, ergriff ihre Hand und zog sie mit schnellen Schritten mit sich. Hannah entwand ihm die Hand.

»Es ist nicht nötig, mich hinter dir her zu zerren wie einen störrischen Esel. Ich habe verstanden, worauf es ankommt, Targon. Ich komme ja mit. Ich will nicht, dass den Brigern was passiert.«

»Ich weiß. Es tut mir leid.« Targons Miene verzog sich betroffen, dann rannten sie gemeinsam das letzte Stück bis zur Schmiede. Maruk war bereits dort und zog den Sattelgurt um Ginaschs Bauch fest. Der Hengst schlug unwillig mit seinem Schweif. Auch er schien nicht die geringste Lust zu verspüren, das Dorf um diese Zeit zu verlassen.

»Ihr müsst euch beeilen. Ich habe immer noch keine Ahnung, wer die Männer sind. Sie schleichen äußerst geschickt durch das Dorf und scheinen uns noch nicht gefunden zu haben.« Maruk hob eine Tasche auf und befestigte sie geschickt am Sattel. »Pack ein paar Sachen zusammen, Hannah, und dann brechen wir auf. Targon und ich kümmern uns um dein Pferd.«

»Ich beeil mich«, versprach sie leise und lief auf der Stelle ins Haus. Dunkelheit umfing sie. Natürlich durfte sie jetzt nicht mit einer Laterne auf sich aufmerksam machen. Darum tastete sie sich so schnell wie sie konnte durch die Dunkelheit voran, bis sich die vertraute Wölbung des Treppengeländers in ihre Hand schmiegte. Mit klopfendem Herzen stieg sie die Stufen in das obere Stockwerk und tastete sich von dort an der Wand entlang bis zu ihrem Zimmer. Zielsicher landete ihre Hand auf dem Türknopf, als sich plötzlich etwas Kaltes an ihren Hals legte und sich ein Arm von hinten um ihre Mitte schlang.

»Kein Wort oder deine beiden Freunde sind mausetot.«

Hannah erstarrte. Zu spät, dachte sie entsetzt. Wir waren zu langsam.

»Du wirst jetzt brav mit mir nach unten kommen«, zischte es an ihrem Ohr, während sich das Messer vorsichtig von ihrem Hals löste und stattdessen einen Wimpernschlag später in ihre linke Seite bohrte.

»Wer sind Sie?«, keuchte sie. Ihr Herz raste vor Anspannung und fraß ihren Atem.

»Das kann dir vollkommen gleich sein, meine kleine Schreiberin. Nur so viel, dass es noch andere als den König gibt, die Interesse an deinen Fähigkeiten haben.«

»Dann wisst Ihr ja sicher auch, dass Ihr Targon nicht leichtfertig töten könnt. Ich benötige zum Schreiben sein Blut«, entfuhr es ihr triumphierend.

Eine Ohrfeige war die Antwort, die ihren Kopf zur Seite und Flammen auf ihre Wange warf, wie es die Hitze des Lagerfeuers nicht vermocht hatte.

»Hast du bereits vergessen, wie einfach es ist, den Prinzen ausbluten zu lassen? Ich kann mir durchaus das Risiko sparen, Romuns Kettenhund mitzuschleppen und ihn auch durchfüttern zu müssen. - Die Einzige, die ich wirklich lebend brauche, bist du.« Die Stimme war kalt und erbost und ließ keinen Zweifel an der Entschlossenheit ihres Besitzers.

»Nein, nein, bitte...«, bettelte sie und hasste sich im gleichen Augenblick für ihre Schwäche.

Statt einer Antwort packte der Unbekannte sie grob an den Unterarmen und drehte sie auf den Rücken. Wütend unterdrückte sie einen Schmerzenslaut und ließ sich von ihm die Treppe hinunter drängen. Vor der Tür blieb er stehen, als sie beinahe im selben Moment von außen geöffnet wurde. Targons große Gestalt zeichnete sich als schwarzer Schemen gegen das blasse Mondlicht ab. In der Hand hielt er bereits ein Messer, als hätte er geahnt, dass etwas nicht stimmte.

»Lasst sie los, wer immer Ihr auch seid«, knurrte er gefährlich.

Der Griff um sie verstärkte sich, genau wie der Druck der Messerspitze in ihrer Seite. Hannah wagte kaum noch zu atmen. Was wollte Targon ausrichten?

»Ich denke, ich werde Euch den Gehorsam verweigern, mein Prinz. Aber dieses Mädchen und Ihr werdet mich widerstandslos begleiten, wenn Ihr nicht den Tod all der braven Menschen von Brige verantworten wollt. Da draußen befinden sich genügend Männer, die nur auf ein Zeichen von mir warten. Es wäre doch ein bedauerliches Ende für so eine schöne Festlichkeit, nicht wahr?« Der Unbekannte klang beinahe amüsiert und war sich seines Sieges sicher. »Sei so nett und mach uns ein wenig Licht, Kleine«, bat er übertrieben höflich und bohrte das Messer noch ein wenig mehr in Hannahs Seite.

Hannah versuchte dem Druck etwas zu entgehen, indem sie sich zur Seite bog, doch die Spitze der Klinge folgte ihr unausweichlich, bis sie einen leichten Schmerz verspürte. Warm sickerte Blut aus der Wunde. Es hatte keinen Sinn, er hatte tatsächlich gewonnen, dachte sie mutlos und entzündete eine Laterne, die auf dem Tisch stand. Mit einem Zischen flackerte sie auf, erhellte den Raum, Targons zu Eis erstarrtes Gesicht und den Schrecken an ihrer Seite.

»Lord Rutger«, entfuhr es Targon überrascht, während der Mann an ihrer Seite sich höhnisch verbeugte. Er war groß und untersetzt. Sein breites Gesicht wurde von einer großen Nase und einem gepflegten Schnauzbart dominiert. Viel zu gut für einen Gauner, dachte Hannah, als ihr Blick auf die feine Kleidung fiel. Der Gedanke war nicht beruhigend, sondern hatte die gegenteilige Wirkung. Offensichtlich kannte Targon ihn, der wie eine Statue im Türrahmen stand und seinen Widersacher nicht aus den Augen ließ. Seine Gestalt wirkte angespannt, und in seinem Gesicht stand die Niederlage. Verzweifelt fragte Hannah sich, ob sie diesen Namen schon einmal gehört haben sollte? In der kurzen Zeit auf der Burg waren nicht viele davon in ihrem Gedächtnis geblieben.

Hinter Targon tauchten unvermittelt mehrere Gestalten auf, die ihn in den Raum drängten und sich hinter ihm wie eine Front aufbauten.

»Fesselt ihn«, befahl Rutger kalt.

Einer der Männer nahm Targon das Messer ab und legte es achtlos auf den Tisch, dann nahm er ein Seil von seinem Gürtel und trat wieder hinter Targon. In diesem Moment klatschte etwas von außen gegen das kleine Fenster, neben dem Hannah und Rutger standen. Hannah erschrak bis ins Mark, und Rutger riss den Kopf herum. Diesen winzigen Augenblick nutzte Targon, griff blitzschnell das Messer vom Tisch und schleuderte es in einer einzigen fließenden Bewegung.

Rutger riss erneut den Kopf herum und starrte mit weitgeöffneten Augen Targon an, der sich bereits den Männern in seinem Rücken zugewandt hatte. Gleichzeitig drängte Maruk durch die Tür, griff den ihm am nächsten stehenden Mann und zerrte ihn mit einem Ruck nach draußen.

Der Arm, der Hannah fest umschlungen hielt, löste sich und sackte herab. Das Messer fiel klappernd aus der kraftlosen Hand. Rasch bückte sie sich, hob es auf und wich in eine Ecke des plötzlich viel zu kleinen Zimmers zurück. Erst von dort erfasste sie die ganze Lage. Der Lord stand seltsam steif und unbeweglich, als hatte die Zeit aufgehört für ihn zu existieren. Hannahs Blick fiel auf das Messer, das bis zum Heft in seiner Brust steckte. Unwillkürlich schluckte sie. Auf dem Wams bildete sich ein dunkler Fleck, der schnell größer wurde. Rutger glitt langsam zu Boden. Niemand außer ihr nahm Notiz davon. Targon kämpfte gerade gegen einen weiteren Mann, während der erste schon leblos auf einem umgestürzten Stuhl lag. Auch dieser Kampf war kurz und wohl von Beginn an entschieden. Der große Mann hatte trotz seiner überlegenen Stärke der Wendigkeit Targons nichts entgegenzusetzen. Sein Schwert behinderte ihn mehr, als dass es ihm von Nutzen war. Und selbst Hannah erkannte, dass er nicht besonders geschickt im Umgang damit war. Targon parierte einen schwerfällig geführten Hieb, lehnte sich zur Seite und ergriff den Schwertarm seines Gegners, um ihn mit einem Ruck aus dem Gleichgewicht zu bringen. Noch während der Mann nach vorne stolperte, stieß Targon zu und der schwere Körper fiel auf den Tisch, der unter der plötzlichen Last mit lautem Krachen zusammenbrach.

Hannah schluckte erneut und wäre noch weiter zurückgewichen, wenn sie nicht bereits die hölzerne Wand im Rücken gespürt hätte. Fassungslos starrte sie Targon an. Es war alles unglaublich schnell gegangen. Und jetzt stand er beinahe unbeteiligt da und sah sich in dem Chaos um. Die Worte Romuns hämmerten durch ihren Kopf, passten sich dem Rhythmus ihres rasenden Herzens an. Auftragsmörder, Auftragsmörder, Auftragsmörder! Romun hatte sie nicht angelogen. Hier war der Beweis.

Hannah riss den Kopf zur Seite und starrte zur Tür, durch die Maruk jetzt trat.

»Alles in Ordnung, Hannah?«, fragte er und warf ihr einen besorgten Blick zu.

»Ja«, hauchte sie tonlos und bemerkte entsetzt, wie nun auch Targon sich ihr zuwandte.

»Du bist verletzt.« Mit hochgezogener Augenbraue musterte er sie und deutete auf den Riss in ihrer Seite, um den sich in der Zwischenzeit ebenfalls ein dunkler Fleck gebildet hatte.

»Das ist nichts«, wehrte sie ab. »Ich werde zu Kiesha gehen und sie bitten, sich das einmal anzusehen.«

»Wie du meinst«, antwortete Targon mit einem Achselzucken. Damit war die Angelegenheit für ihn erledigt. Nachdenklich blickte er auf den Leichnam Rutgers herab.

»Wir hätten schon nicht bleiben sollen, als To'bal hier aufgetaucht ist. Es war ein Fehler. Das Dorf ist nicht mehr sicher, Maruk.« Seine Stimme war ernst.

Hannah schauderte. Er hatte recht. Er hatte von Anfang an recht gehabt.

»Wer ist dieser Mann? Bin ich ihm schon begegnet?«

Targon nickte ernst. »Lord Rutger war bei dem Festmahl anlässlich meines Todes zugegen, Hannah. Er war ein enger Verbündeter meines Bruders. Und ich frage mich, wie er uns so schnell gefunden hat. Er ist nicht gerade ein Freund von Lord To'bal, deswegen bezweifle ich, dass dieser ihn hierhergeführt hat.«

»Das ist eine Frage, die wir im Moment nicht klären können«, warf Maruk ein. »Wir dürfen keine Zeit verlieren. Und diesmal werden wir kein Risiko mehr eingehen. Niemand in diesem Dorf ist mehr sicher. Wir müssen sie fortbringen. Uns bleibt keine andere Wahl.«

»Fortbringen? Aber wohin?« Hannah starrte entgeistert von Targon zu Maruk und wieder zurück. Wie stellten sie sich das vor? Ein ganzes Dorf auf ihrer Flucht mitzunehmen? Nahm der Albtraum denn niemals ein Ende? Maruk stand ihr gegenüber und betrachtete sie nachdenklich.

»Wir führen sie zu einem anderen Dorf. Es befindet sich gute drei Tagesreisen von hier. Dort werden sie sicher sein und alles vorfinden, was sie für einen Neuanfang benötigen. Ich werde zum Vorsteher gehen und mit ihm reden. Wir müssen so schnell wie möglich aufbrechen.«

»Jormund wird nicht begeistert sein.« Targon grinste schwach.

»Wir wussten alle, dass dies eines Tages passieren würde. Die Leute sind nicht ganz unvorbereitet.«

»Wohin willst du sie bringen?« Hannah verstand gar nichts? Nicht ganz unvorbereitet; was sollte das nun wieder bedeuten?

»Weißt du, das ist der Vorteil, wenn man schon einige Jahrhunderte hinter sich hat. In all den Jahren, in denen ich hierherkam, hatte ich Zeit genug, darüber nachzudenken, wie lange diese Zuflucht für mich sicher sein würde und was ich zu tun habe, wenn sie es nicht mehr ist. Ich hatte Zeit genug und habe für diesen Fall ein Dorf von einem Schreiber erbauen lassen. Zurzeit leben dort nur wenige Menschen, die nach dem Rechten sehen. Unser Dorf wird dort eine gute Bleibe finden. Mach dir keine Sorgen, Hannah.« Damit klopfte er ihr auf die Schulter und lächelte sie flüchtig an, bevor er das Haus verließ.

Hannah beeilte sich, ebenfalls das Haus zu verlassen. Auf keinen Fall wollte sie mit Targon allein zurückbleiben. Hastig lief sie den kurzen Weg zu dem Haus ihrer Freundin, in der Hoffnung sie dort auch vorzufinden. Vielleicht hatte sie sich noch nicht von Geriiem trennen können. Doch glücklicherweise war Kiesha zu Hause und öffnete überrascht die Tür. In knappen Worten erzählte sie, was geschehen war, während Kiesha mit kundigen Griffen ihre Wunde versorgte.

»Er hat sie getötet, als wäre es nichts, Kiesha. Es ging so schnell, dass ich gar nicht richtig mitbekam, wie er es gemacht hat. Ich meine, verstehe mich nicht falsch, schließlich hat er mich gerettet, aber…« Hannah schluckte kurz, bevor sie fortfuhr: »Romun hat es mir gesagt, aber ich wollte es nicht glauben. Ich habe gedacht, er wollte Targon nur in meinen Augen zu einem Monster machen, obwohl doch er selbst das Monster war. – Dabei habe ich es ja eigentlich gewusst. Schon in der Wüste hat er mit Leichtigkeit einige Angreifer getötet.«

Kiesha befestigte sorgfältig den Verband, dann trat sie einen Schritt zurück.

»Frag ihn doch einfach, Hannah. Anders wirst du wohl keine Ruhe finden.«

»Ja, natürlich. Tolle Idee. Ich kann ihn doch nicht einfach fragen, ob er für seinen Bruder Auftragsmorde begangen hat. Es geht mich ja auch nichts an.«

»Aber du bist verliebt in ihn, natürlich interessiert dich die Wahrheit.«

Hannah fühlte sich ertappt und schnaubte abfällig, während sie ihren Kopf senkte und sich eingehend auf das Schnüren des Mieders konzentrierte. Hoffentlich sah Kiesha nicht, wie rot sie geworden war.

»Hannah! Es braucht dir nicht peinlich zu sein. Jeder kann es sehen. Es steht dir doch deutlich ins Gesicht geschrieben, wenn er in deiner Nähe ist.«

»Oh, vielen Dank auch. Schön zu erfahren, wie wenig Gewalt ich offensichtlich über meine Mimik habe.« Hannah zuckte verlegen mit den Schultern. »Dennoch gibt mir das nicht wirklich einen Grund, ihn danach zu fragen.«

»Aber er wird dir antworten, weil ihm auch etwas an dir liegt. Du bist blind wie meine Großmutter, Hannah. Aber die bekommt mehr mit als du.« Jetzt grinste Kiesha über das ganze hübsche Gesicht und tiefe Grübchen verzauberten es als Dank.

Hannah schüttelte den Kopf, obwohl die Worte wie ein belebendes Getränk waren und sie gerne mehr davon gekostet hätte.

»Targon wechselt nicht mehr Worte als nötig mit mir. Ich denke nicht, dass ihm etwas an mir liegt. - Ich will einfach nur zurück in meine Welt. Alles was mir bisher auf diesem Weg gelungen ist, ist dafür zu sorgen, dass auch ihr alle euer Zuhause verliert. Wie kann ich mir da noch Gedanken machen, ob Targon etwas für mich empfindet?« Hannah fühlte sich schuldig. Eigentlich wollte sie aufstehen und Kiesha beim Packen ihrer Habe behilflich sein, stattdessen beraubte sie dieses Gefühl plötzlich sämtlicher Kraft. Hilflos blieb sie sitzen.

»Oh, nein«, rief ihre Freundin entschieden, kniete sich vor sie und ergriff sie hart bei den Schultern. »So etwas darfst du nicht sagen. Es ist nicht deine Schuld. Und auch nicht die von Targon. Ihr seid beide unschuldig in die Sache hineingeraten, naja, Targon vielleicht nicht ganz so unschuldig, dennoch. Romun ist derjenige, der schuldig ist. Ihm ist die mögliche Macht zu Kopf gestiegen. Ihm und seiner Mutter, niemandem sonst.«

Kiesha umarmte sie herzlich und Hannah ließ sich nur zu bereitwillig in diese Wärme fallen. Es tat so gut. Wie sehr hatte sie die Umarmung einer Freundin vermisst. Und gleichzeitig hatte sie ein schlechtes Gewissen und dachte unwillkürlich wieder an Marina. Mehrfach atmete sie ein und aus, dann schob sie Kiesha sanft von sich.

»Danke, Kiesha. Ich danke dir für deine Freundschaft.«

Die Freundin lächelte sie nur verständnisvoll an, stand auf und stemmte die Fäuste in ihre runden Hüften, während sie sich kritisch in ihrer Kammer umsah.

»So, und was muss jetzt alles mit?«

Noch während der Nacht brach Betriebsamkeit in den Häusern aus. In aller Eile wurden die wichtigsten Dinge zusammengepackt und auf bereitgestellten Karren verladen. Als Hannah und Kiesha ihre Sachen verstaut hatten, halfen sie den anderen, so gut es ging. Sieben Karren waren bis zum späten Vormittag voll beladen. Und sie kam gerade dazu, um Zeugin einer unangenehmen Auseinandersetzung zu werden.

Maruk stand mit versteinertem Gesicht neben dem vordersten der Karren, auf dem gerade ein Käfig voller Hühner festgebunden wurde. Die Tiere waren völlig aufgelöst und flatterten mit lautem Gegacker gegeneinander, soweit die Enge ihres Gefängnisses zuließ. Federn glitten wie Schneeflocken zu Boden.

»Wir werden die Hühner verlieren, Maruk. Gibt es keine andere Möglichkeit in dieses neue Dorf zu kommen?« Der Besitzer der Hühner baute sich breitbeinig vor Maruk auf und funkelte ihn herausfordernd an.

Hannah mochte ihn nicht. Armin war ein selbstgerechter Mensch, der stets grimmig dreinblickte. Er war der einzige gewesen, der offen gezeigt hatte, wie sehr er ihre Anwesenheit missbilligte. Maruks linke Augenbraue wanderte in einem spitzen Winkel nach oben, während der Bauer aufgebracht weitersprach: »Ich meine, das musst du doch einsehen. Es ist schließlich nicht unser Verschulden, dass ihr gejagt werdet. Wir haben euch wie stets unsere Gastfreundschaft gewährt, und zum Dank, dass wir diese Hexe beherbergt haben, müssen wir um unsere Existenz und unser Leben fürchten.«

»Armin, was redest du da?« Armins Frau war zwischenzeitlich dazu getreten. Die kleine Frau packte ihren Mann an der Hand und wollte ihn mit sich ziehen. Doch er entzog sich ihrem Griff und knurrte sie unwillig an.

»Ich weiß genau, was du meinst«, antwortete gerade Maruk gefährlich sanft. »Ich verstehe, dass die Tiere wichtig für dich sind. Sie stellen natürlich einen beträchtlichen Wert dar, sind es doch zurzeit die einzigen Hühner im Ort. Dennoch kann ich keine Rücksicht auf sie nehmen. Es steht dir natürlich frei, hierzubleiben. Dann passiert zunächst auch deinen Hühnern nichts. Jedenfalls nicht, solange Romuns Häscher hier nicht auftauchen.« Seine Stimme wurde immer leiser, war aber immer noch klar zu verstehen, als Maruk fortfuhr: »Wenn sie aber da sind, mein lieber Armin, werden sie die Tiere ausnehmen und rupfen, nachdem sie das gleiche mit dir und deiner lieben Frau gemacht haben. Also entscheide dich. Entweder du bleibst hier oder du nimmst die Möglichkeit in Kauf, dass deine Hühner vielleicht die Reise nicht überstehen.«

»Aber…, aber…«, Armin verstummte kurz, dann deutete er mit der ausgestreckten Hand auf Hannah. »Aber sie könnte doch mit ein wenig Blut vom Schwarzen Prinzen alles gut machen.«

Hannah konnte sich ob der einfachen Ausdrucksweise des Mannes das Grinsen nicht verkneifen. Offensichtlich hatten die Worte Maruks ihn empfindlich getroffen. Und er hatte recht. Warum nutzten sie nicht diese Möglichkeit? Doch Maruk schüttelte bereits demonstrativ den Kopf.

»Ihr alle verflucht die Beeinflussung durch die Schreiber und habt Angst davor. Wie wollen wir den Missbrauch dieser Fähigkeit durch den König stoppen, wenn wir sie nutzen, sobald wir in Schwierigkeiten geraten? So funktioniert das leider nicht, Armin. Es bleibt dabei, wenn du mitkommst, besteht die Möglichkeit, dass die Hühner es nicht überleben. Die Leute werden dir für die knusprigen Braten dankbar sein.« Damit war der Disput für ihn erledigt, und er ging fort. Armin stand da und starrte ihm hinterher; seine Hände zu Fäusten geballt. Maruk hat sich einen neuen Feind geschaffen, dachte Hannah beklommen und ging in das Haus von Owains Großeltern. Die alte Frau saß verloren im Inneren auf einer Bank und sah ihren Kindern und Enkelkindern dabei zu, wie sie die letzten Habseligkeiten aus dem Haus trugen. Stumme Tränen liefen über ihr faltiges Gesicht, und die Augen, die Hannah sonst so lebendig angeblickt hatten, waren stumpf und ohne Glanz. Hannah brach bei dem Anblick das Herz. Traurig setzte sie sich neben Ebba und griff nach ihren Händen. Sie waren federleicht und bestanden nur noch aus Haut und Knochen, doch die Wärme pulsierte ungebrochen durch sie hindurch; die gleiche Wärme, die sie wie eine Aura umgab. »Vergib mir, Ebba. Ich wünschte, ich könnte dieses Haus mit allen Erinnerungen einfach an den neuen Ort setzen.« Sie verstummte. Der Kloß in ihrem Hals drückte auf die Stimmbänder und lähmte sie.

Ebba hob ihr Gesicht und lächelte sie an. Ihre Finger schlossen sich mit einer erstaunlichen Kraft um Hannahs Hände und drückten sie dankbar.

»Oh, nein, mein Kind. Es gibt nichts zu vergeben. Ich weiß dein Mitgefühl zu schätzen, aber wir können die Dinge nun einmal nicht mehr ändern. Sie sind, wie sie sind. Ich habe mein ganzes Leben hier verbracht und meine Vorfahren auch. Das fällt mir schwer, ja, aber meine Erinnerungen…«, und sie nahm eine Hand und legte sie sich auf ihr Herz und danach an die Stirn, »…sind hier drin und hier. Fest verwahrt und so nehme ich sie auch mit. Ich habe ein gutes Leben gehabt, aber jetzt habe ich Angst davor, was auf meine Enkel wartet. Und auf dich!« Ihr Blick hatte sich wieder geklärt und die Trauer darin war wie fortgewischt. »Und jetzt, meine Liebe, hilf mir auf und bring mich zu dem Karren, der das nutzlose Zeugs mitnimmt. Da wird ja wohl mein Platz sein.« Spitzbübisch zwinkerte sie Hannah zu. Erleichtert, etwas tun zu können, sprang Hannah auf und zog die Alte von der Bank hoch. Mit kurzen Schritten gingen sie zu einem der Wagen, die Maruk mit Bänken hatte versehen lassen. Er hatte tatsächlich schon sehr früh an alles gedacht. Dort fanden die alten Leute Platz, der kranke Merken und die hochschwangere Alma. Doch wie sollte sie ohne Hilfe Ebba dort hinauf bekommen? Ratlos blieben sie davor stehen und betrachteten die

Leiterstufen, die auf die Ladefläche führten. Die alte Frau konnte bereits die erste Trittfläche nicht mehr erreichen.

»Kann ich den beiden Damen behilflich sein?«

Überrascht wandte Hannah sich um. Targon stand hinter ihnen und lächelte sie an. Ihr Herz machte einen Satz, auch wenn dieses Lächeln Ebba an ihrer Seite galt, die sich ebenfalls umgedreht hatte.

»Ich bekomme Ebba nicht allein die Stufen hinauf. Wenn du ihr bitte hinaufhelfen könntest?«, entgegnete Hannah und ignorierte das verschwörerische Drücken von Ebbas Hand. Wahrscheinlich hatte Kiesha recht, jeder schien zu sehen, was in ihr vorging, auch wenn er blind war.

»Selbstverständlich.« Targon verbeugte sich vor Ebba und reichte ihr galant eine Hand, die sie kichernd und Hannah erneut zuzwinkernd, ergriff. »Wenn Ihr gestattet?«

Ohne eine Antwort abzuwarten hob er die alte Frau kurzerhand auf seine Arme, die mit einem leicht erschrockenen Aufschrei reagierte. Targon trug sie die Stufen hinauf und setzte sie auf einem Platz direkt hinter dem Kutschbock ab. Dann nahm er eine Decke und legte sie ihr fürsorglich über die Beine.

»Ich danke dir, mein Junge. Wenn ich ein paar Jahre jünger wäre, würdest du ganz schön viel Ärger mit meinem Graig bekommen.« Ebba war erstaunlich rot im Gesicht geworden, und ihre Augen leuchteten und funkelten Targon an.

»Oh, für eine schöne Frau nehme ich solch eine Gefahr gerne in Kauf«, lächelte er und wollte sich gerade abwenden, als sie sie ihn ergriff und zu sich herunterzog. Ebba flüsterte ihm etwas ins Ohr und gab ihn erst frei, als er ihr eine Antwort gegeben hatte. Dann lehnte sie sich mit einem zufriedenen Lächeln zurück und schloss die Augen.

Targon sprang mit einem federnden Satz neben Hannah.

»Was hat sie von dir gewollt?«, fragte sie, bevor er sie stehen lassen konnte.

Seine schwarzen Augen funkelten sie beinahe mit der gleichen Intensität an, die sie kurz zuvor bei Ebba gesehen hatte.

»Sie wollte wissen, was ich von dir halte«, erklärte er. Seine Mundwinkel zuckten amüsiert, dann ging er gelassen davon.

Hannahs Wangen erhitzten sich. Glücklicherweise konnte Targon das nicht mehr sehen.

Was hatte er geantwortet? Für einen peinlichen Augenblick wusste sie nicht, was sie hier eigentlich wollte. Um sie herum herrschte letzte Geschäftigkeit. Es würde nicht mehr lange dauern und sie würden aufbrechen. Die Sonne stand jetzt auf dem höchsten Punkt, und Maruk hatte verkündet, dass sie vor Einbruch der Dunkelheit bereits eine große Strecke zurückgelegt haben mussten, bevor sie einen Platz für ein Nachtlager finden würden. So saßen auch schon die ersten Frauen und Männer auf den Kutschböcken und der Rest der Dorfbewohner verteilte sich um die Karren. Einige Kinder liefen bereits den Weg hinunter, der in Richtung ihrer neuen Heimat führte und eine Herde, bunt zusammengewürfelt aus Kühen, Schweinen und ein paar Schafen, bildete das Schlusslicht. Maruk sprach noch ein paar Worte mit dem Vorsteher, dann gab er das Zeichen und der lange Tross setzte sich in Bewegung. Hannah ging zu Fuß neben dem Karren her, auf dem Ebba saß, so wie viele andere auch. Der größte Teil musste den Weg zu Fuß zurücklegen, sämtliche Pferde und Esel waren mit Habseligkeiten beladen und wurden geführt. Lediglich Maruk und Targons Pferde trugen keine Lasten, da sie abwechselnd die Strecke vor und hinten ihnen zur Sicherheit und zum Schutz abreiten würden. Aber auch sie gingen jetzt zu Fuß und führten die Tiere.

So folgten sie stundenlang dem Weg, der sie durch eine abwechslungsreiche Landschaft in eine unbekannte Zukunft führte.

Stunde um Stunde arbeiteten sie sich langsam, aber unaufhörlich den Weg in ein neues Zuhause weiter. Der Tag schien viel mehr Stunden als üblich zu haben. Hannah sehnte sich schon lange nach einer ausführlichen Pause. Doch Maruk trieb sie unerbittlich voran. Er lief an der Spitze, während Targon hinter dem letzten Wagen herschritt. Immer mehr Kinder wurden auf den Wagen gesetzt, auf dem auch Ebba saß, die sofort begann, ein Märchen nach dem anderen zum Besten zu geben. Am späten Nachmittag wurden auch die größeren Kinder müde. Da für sie kein Platz mehr auf den Karren zu finden war, hob Targon kurzerhand ein Kind nach dem anderen auf Radscham, der sich das gutmütig gefallen ließ. Vier Kinder hielten sich auf seinem breiten Rücken und strahlten über das ganze Gesicht. Owain lief unterdessen mit stolzgeschwellter Brust neben Targon her, weil er Radscham führen durfte. Als auch er vor Erschöpfung zu taumeln begann, hob Targon die achtjährige Minna von Radscham und setzte sie sich auf die breiten Schultern, während Owain glücklich Minnas Platz auf dem stolzen Hengst einnahm. Hannah schaute sich immer wieder verstohlen um. Irgendwie konnte sie nicht so recht glauben, was sie sah. Die Kinder klebten wie die Kletten an Targon, der doch immer noch nicht seine alten Kräfte zurückerlangt hatte und trotzdem nicht die geringste Spur von Erschöpfung zeigte, während sie nur noch automatisch einen Fuß vor den anderen setzte. Erst als die Sonne dem Horizont bereits gefährlich nahe gerückt war und lange Schatten warf, hielten sie endlich an. Die letzten Sonnenstrahlen wurden genutzt, um eilig das Lager für die Nacht zu bereiten. Die Pferde wurden von den Wagen abgespannt und zusammen mit den anderen Tieren unter der Aufsicht von einigen jüngeren Männern des Dorfes in einer Herde untergebracht. Hannah war todmüde. Sie war nur einen halben Tag gelaufen und hatte es bereits vollkommen satt. Ihre Füße schmerzten und die Beine auch, und sie wollte eigentlich nichts anderes, als sich endlich, endlich hinzusetzen. Doch das war nicht so einfach. Bis auf die Kinder, die unter den Karren zu Bett gebracht wurden, hatte jeder noch etwas zu tun. Während sich Kiesha mit einigen der anderen Frauen daran machte, Essen für die gesamte Schar zuzubereiten, kümmerten sich die Männer um die Karren und die Tiere. Die Karren wurden in einem großen Rund aufgestellt und erinnerten Hannah ein wenig an eine Wagenburg, die sie einmal in einem Westernfilm gesehen hatte. Mit einem Stöhnen, das sich Hannah voller Selbstmitleid gönnte, trat sie an das große Lagerfeuer.

»Was kann ich tun?«, fragte sie halbherzig und hatte augenblicklich ein schlechtes Gewissen. Kieshas Mutter, die eine nach einem Häuserbrand verkrüppelte Hand hatte, knetete bereits ohne ein Zeichen der Ermüdung, geschweige denn von schlechter Laune, einen großen Klumpen Teig. Sie hob den Kopf mit den grauen Haaren und strahlte sie aus einer älteren Version des Gesichts von Kiesha freundlich an.

»Ach Hannah, das ist schön. Komm her und übernimm einen Teil des Teigs für mich, Liebes. Ich habe mir da wohl ein bisschen zu viel vorgenommen.«

»Gern, Armenis«, antwortete Hannah und meinte es auch so. Das Lächeln Armenis' war so herzlich und ihr so offen zugetan, dass sie gar nicht anders konnte. Also setzte sie sich auf den harten Boden und nahm der Frau die Hälfte des Teiges ab. Er war immer noch so groß wie ein Fußball. Wie hatte Armenis bloß die gesamte Menge bewältigen wollen? Hannah begann im gleichen Takt wie Armenis zu kneten, die ein großes Brett vor sich liegen hatte, auf das sie den Teig immer wieder mit lautem Klatschen warf. Hannah folgte ihrem Beispiel und bald erfüllte das abwechselnde Klatschen des Teigklumpens die Runde. Neben ihr saß Ericca, die Frau Armins, die mit gramvoll zerfurchter Stirn ein totes Huhn rupfte.

»Oh je, Armin ist fuchsteufelswild. Vier Hühner haben den Tag nicht überlebt, wer weiß, wie das noch weitergeht«, jammerte sie. Vor ihr stand ein Weidenkorb, in dem noch zwei weitere Hühner mit traurig herabhängenden Flügeln lagen. Ihre Schnäbel waren weit aufgerissen, als hätten sie bis zuletzt um ihr Leben gegackert. Rieke, die Frau des Sattlers, der Hannah die neuen Schuhe gefertigt hatte, hockte ihr gegenüber und sah sie mit mühsam unterdrücktem Grinsen an.

»Ihr habt doch noch genügend Viecher. Ich weiß gar nicht, warum Armin sich so anstellt. Besser die Hühner, als dass dir die Zunge so unelegant aus dem Hals hängt, Ericca«, sagte sie. Bei den letzten Worten kicherte Ericca nun doch, während sie ein weiteres Huhn ausnahm und es säuberlich in mundgerechte Stücke schnitt, bevor sie die Stücke mit Schwung in einen großen Topf warf, der auf dem Lagerfeuer stand und in dem es bereits köchelte.

Die anderen stimmten in das schadenfrohe Gekicher ein, und eine Frau, die ein paar Wurzeln in Scheiben schnitt und mit Rieke im stillen Wettstreit diese ebenfalls in hohem Bogen in den Topf beförderte, sagte: »Armin hat kein Grund zum Heulen. Ich habe genau gesehen, wie er von Maruk einen Geldbeutel bekommen hat. Da war genug drin, um für jeden von uns ein Dutzend Hühner zu bezahlen.«

»Maruk ist viel zu gutmütig«, lächelte Violina verträumt, die gerade hinzutrat und nur die letzten Worte mitbekommen hatte.

Wieder brachen die Frauen in Gekicher aus, doch diesmal war es gutmütig. Jeder wusste, dass die hübsche Witwe ein Auge auf Maruk geworfen hatte.

Hannah konnte nicht anders. Sie lächelte glücklich vor sich hin, während sie dem sorglosen Getratsche der Frauen einfach nur zuhörte und ihren Teil des Teiges knetete.

»Das ist genug, Hannah. Wir formen jetzt kleine Klöße daraus und legen sie in die Suppe, hörst du?« Armenis zupfte mit geübten Fingern ein wenig Teig von ihrem Klumpen, formte einen Kloß von der Größe eines Eis und legte ihn auf ihr Brett.

Hannah folgte wieder ihrem Beispiel und schnell hatten sie eine stattliche Anzahl Klöße geformt, die Hannah in den Topf gleiten ließ. Inzwischen waren zwei weitere große Töpfe dazugekommen, da die Suppe sonst nicht für alle gereicht hätte. Kiesha streute gerade duftende Kräuter hinein und rührte das Ganze mit einem langen Holzstab um, als Targon zwischen den Wagen hervortrat, die kleine Minna tiefschlafend im Arm. Ihre braunen Zöpfe baumelten selbst im Schlaf lustig hin und her, so wie sie es den ganzen Tag über taten, wenn das Mädchen voller Übermut umhersprang. Hannah lächelte unwillkürlich. Rieke sprang auf und ging zu den beiden.

»Wo soll ich die Kleine hinlegen?«, fragte Targon leise.

»Hier unter den Wagen, bitte. Ihr Bruder schläft auch schon dort.« Rieke deutete auf den Wagen, der direkt hinter ihm stand. Targon drehte sich um, kniete sich nieder und legte seine kindliche Fracht behutsam ab. Dann erhob er sich, winkte kurz ab, als Rieke sich bei ihm bedanken wollte und verschwand so plötzlich, wie er gekommen war.

»Ich wünschte, Armin wäre nur ein wenig wie er«, seufzte Ericca inbrünstig.

»Ja, einmal in diesen Armen einschlafen…«, warf eine andere Frau ein, während Violina lachend sagte: »Da ist aber zuerst einmal Hannah dran.« Und wieder brachen alle Frauen in übermütiges Gelächter aus. Hannah lachte mit. Was blieb ihr auch anderes übrig? Sie hatte es ja längst verstanden, dass alle über sie Bescheid wussten, und die Frauen meinten es nicht böse. Glücklicherweise gab Kiesha jetzt das Zeichen, dass die Suppe fertig war, sodass sie das Thema nicht weiter vertiefen konnten. Hannah lief schon längst das Wasser im Mund zusammen und den anderen erging es bestimmt nicht besser. Ein köstlicher Geruch stieg aus den Töpfen und verteilte sich über den Platz. Ihr Magen knurrte wie ein Wolf. Ericca und zwei andere Frauen holten kleinere Kessel von ihren Habseligkeiten und füllten sich dann etwas für ihre Familien ab, bevor sie sich zu den Lagerfeuern begaben, an denen ihre Männer inzwischen ungeduldig warteten. Violina und Rieke blieben, da sie die Nacht zwischen den Wagen verbringen würden. Hannah füllte ebenfalls einen Kessel für Targon, Maruk und sich selbst. Kurz überlegte sie, wo sie die beiden finden konnte, dann entschied sie sich für die Pferde und ging dorthin. Wie erwartet fand sie Targon dort, der bei den Tieren an einem kleinen Feuer saß und aufblickte, als sie nähertrat. Der Schein des Feuers tanzte in roten Schlieren über sein Gesicht und ließ es jung und unglaublich verletzlich wirken. Doch in seinen dunklen Augen lag ein Funkeln, der diesen Eindruck augenblicklich Lüge strafte.

»Du bleibst nicht bei den Frauen am Wagen?«, fragte er überrascht und nahm dankbar eine Schüssel entgegen, die sie schnell gefüllt hatte und ihm reichte.

»Sie gesellen sich alle zu ihren Familien. Sie sind zwar sehr herzlich zu mir, aber ich gehöre nicht wirklich dazu.«

Targon nickte langsam. »Ich weiß genau, was du meinst.« Langsam begann er die Suppe zu löffeln.

»Woher? Du gehörst in diese Welt, du hast ein Leben hier und du hast, auch wenn er dir zurzeit nach dem Leben trachtet, einen Bruder und eine Mutter. Mehr als ich habe, schätze ich.«

Targon stellte die Schüssel ab und lachte leise, aber es klang nicht heiter.

»Du hast nicht die geringste Ahnung, wie mein Leben aussieht. Diese Leute lachen noch mit mir, und die Frauen flirten. Sie sind dankbar, wenn ich sie aus einer gefährlichen Lage rette, aber sie beginnen auch, mich im selben Moment zu fürchten. So sind die Menschen, Hannah, gleich in welcher Welt. Aus dem heldenhaften Krieger wird ganz schnell das gefürchtete Ungeheuer. Der Ruf des Schwarzen Prinzen ist immer und jederzeit in ihren Köpfen – und in deinem. Sieh dich selbst an. Ich habe in deine Augen gesehen, nachdem ich die Männer im Haus getötet habe. Du bist vor mir zurückgewichen und hattest nichts Eiligeres zu tun, als das Haus zu verlassen. Weil du es nicht ertragen konntest. Weil du mich nicht allein ertragen konntest und das, was ich getan habe. Du siehst, ich gehöre noch viel weniger irgendwo hin.«

»So ist das nicht«, stammelte sie und wusste doch, dass er mit jedem einzelnen Wort genau ins Schwarze getroffen hatte. Also beschloss sie, dass es besser war, die Wahrheit zu sagen: »Es war nur so, dass mir danach immer etwas durch den Kopf ging, was dein Bruder zu mir gesagt hat. Romun sagte mir damals in der Burg, ich sollte nicht um dich weinen, du wärst nur ein Auftragsmörder gewesen und hättest es nicht besser verdient.«

»Du hast um mich geweint?«, fragte er gelassen und musterte sie interessiert.

Hannah wischte die Bemerkung mit einer ärgerlichen Handbewegung fort.

»Ich will nur wissen, ob es stimmt.« Hannah zwang sich, Targon anzusehen. Sein Gesicht hatte allen Zauber verloren, als ob das weiche Licht der Flammen nicht mehr die Kraft besaß, ihn zu verklären.

»Ob es stimmt, dass ich ein Mörder bin?«, fragte er kalt und sah sie mit offener Grausamkeit an. »Meinst du, einer der Bauern hätte die Männer in Maruks Haus so töten können, wie ich es getan habe? – Denk nach, Hannah, auch wenn dir nicht gefällt, wie deine Schlussfolgerung aussieht. Ich bringe den Tod, noch bevor jemand merkt, dass er überhaupt in der Nähe ist. Maruk hat mich von klein auf trainiert. Mit sechzehn Jahren habe ich meinen ersten Auftragsmord begangen. Das sind zu viele Jahre und zu viele Tote, um noch ein Herz in der Brust zu haben, das ich verschenken könnte.«

Targon stand abrupt auf und ging. Er warf keinen einzigen Blick mehr auf Hannah. Ihr bleiches Gesicht mit den verschreckten Augen hatte er auch so deutlich vor Augen. Er musste dringend fort. Eiseskälte breitete sich in ihm aus und fraß alles auf, was auch nur eine Spur von Gefühl hätte sein können. Er flüchtete in die Dunkelheit, fort von den fröhlichen Feuern, an denen diese Menschen saßen, als befänden sie sich auf einem unterhaltsamen Ausflug und nicht auf der Flucht.

Targon lief und blieb erst stehen, als die Feuer nur noch als schwacher Schein die Nacht erhellten. Tief atmete er durch und genoss die klare Nachtluft. Es war ihm ein Rätsel, warum die meisten Menschen Angst vor der Dunkelheit hatten. Für ihn hielt sie keine Schrecken bereit, sondern legte einen gnädigen Mantel über die Dinge, die er am Tag kaum ertragen konnte.

Etwas veränderte sich in seiner Umgebung, von dem er nicht sagen konnte, was genau dies war, dennoch riss es ihn aus seinen Gedanken, und Targon spannte sich leicht an. Als er den Grund für die Veränderung erkannte, lockerte er sich wieder.

»Bist du mir nachgeschlichen?«, fragte er in die Finsternis, aus der sich beinahe im selben Moment die Gestalt Maruks herausschälte.

Maruk ignorierte die Frage »Warum hast du das getan? Sie so vor den Kopf zu stoßen? Du hättest ihr die Wahrheit sagen können.«

»Das hätte die Morde, die ich begangen habe, nicht weniger gewichtig gemacht, mein Freund. Es hätte so ausgesehen, als würde ich nach Ausflüchten suchen, doch es gibt keine dafür. Ich habe getan, was ich getan habe.« Targon verstummte verbittert und verschränkte die Arme vor der Brust.

»Sie liebt dich, Targon. Es ist ihr nicht gleichgültig, was du getan hast, aber Hannah ist eine starke Persönlichkeit. Sie kann mit dieser Vergangenheit leben. Du kannst nicht leugnen, dass sie dich berührt. Ich habe dich in den vergangenen Jahren beobachtet. Du hast eine Maske aus Arroganz und Rücksichtslosigkeit getragen, um dein wahres Tun zu verbergen. Das hat dich viel gekostet. Dein Ruf als Schwarzer Prinz eilt dir voraus und verbreitet Furcht und Schrecken. Seitdem sie hier ist, hast du diese Maske nicht mehr aufgezogen. So, wie du heute mit den Dörflern umgegangen bist, das hätte der Schwarze Prinz nicht getan. Er hätte niemals einen Haufen schmutziger Kinder auf sein Pferd gesetzt und noch eines dazu auf seinen Schultern getragen. Jetzt hast du endlich einmal die Gelegenheit, die Leere in dir zu vertreiben.«

»Was würde mir das bringen? Sie will fort von hier, und ich kann nicht in ihrer Welt sein. Es lohnt sich nicht, noch mehr Schmerz zu erzwingen. Besser, sie hält mich für ein Ungeheuer.«

Maruk klopfte ihm sachte auf die Schulter und deutete auf das Feuer, an dem er Hannah zurückgelassen hatte.

»Das Ungeheuer kauft sie dir längst nicht mehr ab. Wenn sie dich bekommt, wird sie dich nicht mehr freiwillig verlassen, dessen bin ich mir absolut sicher. Hannah weiß genau, was sie will. Also verschenke dieses Glück nicht, viel mehr wird dir das Leben vielleicht nicht geben.«

Targon seufzte und fuhr sich mit der Hand durch die schwarzen Haare. Maruk hatte recht und mehr als alles andere wollte er wieder zu ihr hinübergehen, aber er war wie gelähmt. Sie wollte nach Hause, es wäre nicht richtig, sie in dieser Welt festzuhalten.

»Ich kann nicht«, antwortete er daher nur knapp.

Berauschend

Am nächsten Tag brach der Tross bereits bei Morgengrauen auf. Die Feuer wurden eilig gelöscht und der Zug setzte sich schwerfällig in der gleichen Formation wie am Tag zuvor in Bewegung. Hannah sah Targon nur kurz in der Ferne. Er schien genau so wenig wie sie selbst das Bedürfnis einer Begegnung zu haben. Sie war aber auch zu blöd gewesen. Was, um Himmels Willen, hatte sie denn erwartet, das er antworten würde? Oh, ja Hannah. Ich habe Menschen getötet, und ich bedauere es zutiefst. Komm, rette meine Seele vor dem Abgrund, über dem sie schon so lange baumelt? Verärgert verdrehte sie die Augen und stapfte wütend vor sich hin, die merkwürdigen Blicke ihrer Begleiter ignorierend.

»Was machst du denn für ein Gesicht, Hannah?«

Hannah sah überrascht neben sich. Kiesha war mit neugierigem Gesicht herangekommen und hatte sich unbemerkt zu ihr gesellt.

»Ich habe Targon gestern gefragt«, brummte sie unwillig zur Antwort.

»Euer Gespräch ist demnach wohl nicht ganz nach Plan gelaufen, hm?«

»Och, Targon meidet mich wie eine Pestkranke, aber sonst ist alles gut«, antwortete sie leichthin, ohne sich so zu fühlen. Verstohlen ergriff sie ihre Freundin am Arm und zog sie mit sich auf die Wiese. Der Weg führte den Tross jetzt langsam über eine lange Hügelkette. Dahinter sollte sich nach Maruks Auskunft das neue Dorf befinden. Es machte nichts aus, wenn sie auf die Wiese auswichen, da der Weg sich in schmalen Windungen bergan schlängelte und sich ihre Gruppe immer weiter auseinanderfächerte. Aufmerksam vergewisserte Hannah sich, dass ihnen keiner zuhörte, dann erzählte sie ausführlich von ihrem Gespräch mit Targon. »Er ist einfach davongegangen und hat mich stehenlassen«, endete sie schließlich.

»Du hast ihn verletzt«, stellte Kiesha nüchtern fest. »Targon muss ja denken, dass du Angst vor ihm hast. Ich dachte, du würdest ein bisschen feinfühliger vorgehen und nicht so ... direkt.«

»Feinfühligkeit ist kein Wort, das in meiner Welt große Bedeutung hat, Kiesha. Und ich habe leider auch nicht sehr viel Erfahrung im Umgang mit sensiblen Kriegern, die sich sofort auf den Schlips getreten fühlen.«

»Auf den Schlips getreten?« Kiesha sah sie verständnislos an.

»Ach, vergiss es, das ist eine Redensart in unserer Welt. Es ist jetzt sowieso zu spät. Er hat mir ja ganz klar gesagt, dass er kein Herz mehr hat. Was er damit gemeint hat, ist wohl offensichtlich. Aber das ist auch gut so, dann kann ich mich wirklich auf meinen Heimweg konzentrieren.«

»Du bist ganz schön kompliziert, Hannah. Und ich glaube auch nicht, dass er dich meidet. Zufällig habe ich heute ein Gespräch zwischen Maruk und Targon gehört. Maruk hat ihn gebeten, schon einmal über den Hügelkamm zu reiten. Wir kommen wohl bald an eine Kreuzung, und Maruk ist noch unschlüssig, welchen Weg wir nehmen sollen. Er will sich erst entscheiden, wenn er von Targon einen Bericht hat. Das ist auch schon alles.«

»Tatsächlich?« Hannah fühlte sich wie ein Esel. Wie zur Bestätigung von Kieshas Worten zeichnete sich ein Reiter auf der Spitze des Hügels ab, der sich anschickte, ihnen entgegenzukommen. Radscham trabte mit großartig hochgeworfenen Beinen den Hang herunter. Seine Mähne und der Behang an seinen Hufen flatterten im Wind, und Hannah erwischte sich dabei, wie sie beinahe aufgeseufzt hätte.

Ein Seufzen von der Seite zeigte ihr, dass nicht nur sie für den Anblick von Ross und Reiter empfänglich war. Kiesha blinzelte ihr verschwörerisch zu, als Targon an ihnen vorbeiritt und ihnen kurz zum Gruß zunickte.

»Doch nicht ganz die Pestkranke, hm? – Du solltest die Gelegenheit nutzen und hören, was er Maruk zu berichten hat. Schließlich sind sie deine Weggefährten, da ist nichts dabei. Und bei der Gelegenheit kannst du Targon zeigen, dass du keine Angst vor ihm hast.«

Der Ellbogen ihrer Freundin bohrte sich aufdringlich in Hannahs Rippen. Unschlüssig sah sie Targon nach, der gerade vor Maruk anhielt und mit elegantem Schwung abstieg. Kiesha hatte recht. Sie nickte schnell und schlenderte dann betont gemütlich zu den beiden Männern, die ihr nur flüchtig einen Blick zuwarfen, bevor sie in ihrem Gespräch fortfuhren.

»Man würde uns von der Burg sehen können. Ein langer Treck wie dieser würde ihre Aufmerksamkeit auf sich ziehen, und das ist nicht, was wir wollen. Also werden wir den anderen Weg einschlagen. Das kostet uns einen Tag, aber ich will kein Risiko eingehen.«

»Ich denke auch, dass es besser so ist. Allerdings möchte ich zur Burg reiten. Ich muss herausfinden, wer sich dort aufhält. Ich kann mir kaum vorstellen, dass mein Bruder sich wieder für die Anlage interessiert. Die Burg steht seit Ewigkeiten leer und liegt recht weit ab von sämtlichen üblichen Handelsrouten. So schnell wird mein Bruder nicht von ihrem Wiederaufbau erfahren, wenn jemand das geheim halten will. Ich denke, es könnte für uns interessant sein, wer dort Position bezogen hat.«

Maruk kniff nachdenklich die Augen zusammen und sah Hannah an, aber nahm sie nicht wirklich dabei wahr. Offensichtlich plagten ihn düstere Gedanken und er brauchte einen Moment, um sie abzuwägen. Dann nickte er.

»Gut, reite hin, aber sei vorsichtig. Wer immer dort ist, sollte dich nicht in seine Finger bekommen. Wir werden inzwischen weiterreisen.«

»Nimm mich mit«, mischte sich nun Hannah ein und sah Targon fest an. Er musste einfach ihre Entschlossenheit spüren und durfte auf keinen Fall ablehnen. Sie wollte unbedingt mit, wollte endlich einmal das Gefühl haben, etwas Sinnvolles tun zu können.

Targon musterte sie kritisch, und es war deutlich zu sehen, wie er mit sich kämpfte. Hannahs Mut sank bereits, als er den Kopf leicht hin und her wiegte.

»Warum nicht?«, sagte Maruk und kam einer Antwort Targons zuvor. »Du kannst sie als Boten benutzen, wenn es notwendig werden sollte.«

Targons Gesicht verschloss sich ablehnend, doch dann kapitulierte er.

»Ich weiß nicht, ob es nicht vielleicht ein Fehler ist. Aber wenn du mir versprichst, zu tun, was ich dir sage, ohne mit mir darüber diskutieren zu wollen, dann komm mit. Sattle dein Pferd.«

Hannahs Herz hüpfte wie ein Springball in ihrer Brust, und sie hätte es beinahe ebenfalls getan, als sie seinen missbilligenden Blick sah.

»Das ist kein Spaziergang, Hannah. Es könnte wirklich gefährlich werden. Ich muss mich auf dich verlassen können«, sagte er eindringlich.

»Ich weiß. Du kannst dich auf mich verlassen. Wenn du sagst, spring, dann werde ich springen.«

»Gut. Beeil dich, ich warte.« Damit wandte er sich um und stieg auf Radscham.

Diesmal zwinkerte Maruk ihr verschwörerisch zu. Hannah zögerte nicht länger und lief zu ihrem Pferd. Voller Hast griff sie nach Trense und Sattel. So schnell wie nie war Kimon gesattelt. Die kleine Stute wackelte fröhlich mit den Ohren und stupste Hannah an, um ein paar Liebkosungen einzufordern.

»Ist ja gut, meine Hübsche. So viel Zeit muss sein«, flüsterte sie zärtlich und lehnte ihr Gesicht kurz gegen den warmen Hals, während sie ausgiebig die Mähne verstrubbelte. Dann zog sie sich in den Sattel, nahm die Zügel auf und trieb Kimon an die Seite von Targon, der ihr ruhig entgegensah.

Gemeinsam ritten sie nebeneinander aus dem Lager. Hannah tastete vorsichtig an ihrem Bein hinunter, aber alles war da, wo es sein sollte. Die Rolle Pergament steckte in ihrem Stiefelschaft und darin konnte sie den schmalen Griff einer Feder ertasten.

Nur für den Fall, dachte sie und genoss das aufgeregte Kribbeln, das über ihren Körper kroch. Nur zu gerne hätte sie Targon gefragt, was er erwartete zu finden, aber sie schwieg. Zum einen wollte sie nicht riskieren, dass er es bereits jetzt bereuen würde, sie mitgenommen zu haben, und zum anderen verließen sie gerade den Weg und ritten querfeldein. Sie bewegten sich von ihrem eigentlichen Ziel fort. Warum?

»Wir werden von der anderen Seite heranreiten. Ich möchte nicht, dass sie uns zu früh entdecken«, sagte Targon, als hätte er ihre Gedanken gelesen.

»Du willst in den Wald?«, fragte sie vorsichtig und betrachtete ihn von der Seite.

»Der Wald gibt uns genügend Deckung. Die Ruine grenzt an einer Seite direkt an ihn. Wir können die Pferde zwischen den Bäumen zurücklassen und von dort zu Fuß näher an die Burg kommen.«

Die Pferde zurücklassen? Hannah schluckte nervös. Gut, das bedeutete also, dass sie nicht einfach so im Ernstfall davonreiten konnte. Ihr Mund trocknete gefährlich aus und sie leckte sich über die Lippen. Targon schmunzelte wortlos, sagte aber nichts, und dafür war sie dankbar. Jetzt konnte sie wirklich keine spöttische Bemerkung gebrauchen. Ihre Handinnenflächen wurden immer feuchter, als wäre sämtliche Feuchtigkeit aus ihrem Mund dorthin gewandert. Beinahe bereute sie ihre Entscheidung, ihn zu begleiten. Aber sie hatte es satt, immer nur das lästige Anhängsel zu sein. Sie würde hier ihren Beitrag leisten und alles dafür tun, Targon eine Hilfe zu sein.

Während sie einen recht großen Bogen ritten und endlich den Wald erreichten, hatte sich die Aufregung gelegt. Targon lenkte Radscham zielsicher zwischen die Bäume, als wäre er bereits hunderte Male hier gewesen. Die Ruine war von hier nicht zu sehen. Keine Geräusche verrieten die Gegenwart von anderen Menschen. Und auch von ihnen selbst war nicht viel mehr zu hören als das leise Auftreten der Hufe auf den mit Tannennadeln übersäten Boden, von dem ein leicht harziger Duft aufstieg, der Hannah flüchtig an Weihnachten erinnerte.

Targon warf ihr einen warnenden Blick zu und legte sich einen Finger auf den Mund. Sofort sah sich Hannah um, aber sie konnte nichts Verdächtiges erkennen. Targon verhielt Radscham und stieg lautlos ab. Augenblicklich folgte Hannah seinem Beispiel. Das Herz schlug ihr wieder bis in den Hals hinauf. Sie biss sich auf die Lippen und band Kimon an den gleichen Baum, an dem Radscham stand. Sorgfältig überprüfte sie ihren Knoten und folgte dann Targon, der sich bereits einige Schritte entfernt hatte. Grobes Mauerwerk war hinter ihm zwischen den Bäumen zu erkennen. Eine Mauer! Sie hatte gar nicht bemerkt, dass sie sich schon so nah an ihrem Ziel befanden. Dunkelgraue Steine, die mit dichtem Moos bewachsen waren. Hannah ließ ihren Blick an der Mauer entlangwandern. Die Ruine schien keine Ruine mehr zu sein. Vorsichtig tippte sie Targon auf den Arm und deutete auf eine Stelle, an der hellgraues Gestein zwischen den alten Steinen herausstach und von der Abendsonne in rote Flammen getaucht wurde.

»Ich muss herausfinden, wer die Burg wieder aufbauen will. Sie steht seit Jahrzehnten leer und vergessen. Mein Bruder kann es unmöglich sein.« Targon sprach leise und sah Hannah an. »Ich werde einen Weg in die Burg suchen. Du wirst hierbleiben. Sollte ich bis Morgengrauen nicht wieder bei dir sein, reite zu Maruk.«

Wieso war es so wichtig, wer die Burg wieder aufbaute? Hannah wollte gerade aufbegehren und stockte, als sie seinen Blick sah. Er erwartete nichts anderes von ihr. Aber sie hatte es versprochen. Hannah nickte daher zögernd und sagte stattdessen: »Du kannst dich auf mich verlassen. Ich werde Maruk informieren, wenn du nicht zurückkehrst.«

Die letzten Worte fielen ihr schwerer, als sie sich eingestehen wollte. Er musste einfach wiederkommen. Sie wollte gar nicht darüber nachdenken, wie sie den Weg zurückfinden sollte. Aber es würde ihr schon gelingen, irgendwie.

Targon lächelte sie aufmunternd an, erhob sich und wollte davonschleichen. Doch nach einigen Schritten drehte er sich noch einmal zu ihr um.

»Pass auf dich auf, Hannah«, flüsterte er und seine Stimme war schwer vor Sorge.

»Du auch«, antwortete sie ebenso leise und sah ihm hilflos nach, wie er an der Mauer entlanglief und verschwand.

Er kannte die Burg! Targon lief geduckt an der hohen Mauer entlang, fort vom Haupttor, das sich auf der Nordseite der Burg befand. Er konnte sich nicht täuschen. Es war zwar Ewigkeiten her, aber wenn er sich richtig erinnerte, war dies die Burg seines Paten. Er hatte mit Romun einen ganzen Winter hier verbracht, als auf Kylnavern eine Krankheit grassierte. Sie waren beide knapp acht Jahre alt gewesen und hatten jede freie Minute genutzt, um die Burg bis in den letzten Winkel zu erkunden. Damals hatten sie auch den Geheimgang gefunden, der ihm jetzt hoffentlich den Weg in das Innere der Anlage ermöglichen würde. Targon lief so schnell er konnte. So groß hatte er die Burg nicht in Erinnerung, aber er war sich sicher, dass sie es sein musste. Nach dem Tod seines Paten hatte der neue Mann an der Seite seiner Patentante Verrat am König begangen. Dafür hatte sein Vater die Burg schleifen lassen und seine Tante mitsamt ihren Töchtern in ein Kloster verbannt. Das war Jahre her, und die Burg war in der Zwischenzeit immer mehr verfallen. Doch jetzt machte sich unübersehbar jemand die Mühe, sie wieder aufzubauen. Das dichte Strauchwerk, das sonst auf dieser Seite unmittelbar an der Mauer gewachsen war, war komplett entfernt worden.

Die Sträucher hatten dazu gedient, den Geheimgang vor neugierigen Blicken zu verbergen. Wenn er nicht zugemauert worden war, musste es jetzt ein Leichtes sein, ihn zu finden. Ein Felsen ragte wenige Schritte von der Mauer zwischen den Bäumen hervor. Targon blieb abrupt stehen. Hier musste es sein. Sein Blick fiel sofort auf einige kleinere Steinbrocken, die lose in eine Öffnung gestopft worden waren. Der Geheimgang! Sofort griff er nach den Steinen und legte innerhalb weniger Minuten den Eingang frei. Es war ihm ein Rätsel, warum der Gang nicht ordentlich verschlossen worden war. Wieso maß man ihm so wenig Bedeutung bei? Aber möglicherweise war der Gang im Laufe der Jahre eingestürzt. Er würde es herausfinden. Targon bückte sich und trat in den Gang. Er war nicht sehr hoch, sodass er gezwungen war, den Kopf einzuziehen. Das immer spärlicher werdende Licht des Tages wurde von der Dunkelheit des Ganges augenblicklich aufgesogen. Targon befand sich bereits nach wenigen Schritten in völliger Dunkelheit. Vorsichtig legte er die Hände an das raue Gestein und tastete sich voran. Romun und er waren stets ohne Fackeln durch diesen Gang gelaufen. Es war ihre Mutprobe gewesen, in der Romun es immer wieder gelungen war, ihn auf die eine oder andere Weise zu ängstigen. Einmal hatte er sogar einen der Bediensteten angewiesen, einen Toten in den Gang zu hängen. Targon war vorangegangen und direkt in den kalten stinkenden Körper hineingelaufen. Romun hatte ihn allein zurückgelassen, und er hatte sich verängstigt in eine Ecke gehockt, bis

Maruk ihn nach Stunden gefunden hatte. Damals hatte sein Bruder niemandem verraten, wo er zu finden war. Noch heute empfand Targon Wut darüber. Sein Bruder hätte ihn sterben lassen, dessen war er sich inzwischen sicher. Offensichtlich hatte er ihn immer gehasst, wenn er es auch nie offen gezeigt hatte. Ärgerlich wischte Targon die demütigenden Erinnerungen fort. Er durfte sich davon nicht ablenken lassen, sondern musste sich auf seinen Weg konzentrieren. Immer wieder strauchelte er in der Dunkelheit. Auf dem Boden lagen Steine, die früher nicht da gewesen waren, aber der Gang war zum Glück nicht eingestürzt. Dennoch atmete er erleichtert auf, als seine Finger endlich über Holz tasteten. Die Tür! Er hatte es geschafft. Die neuen Bewohner der Burg schienen überzeugt zu sein, dass die Tür genug Schutz vor unliebsamen Eindringlingen bot. Mit einem leichten Grinsen strich er über das zerfaserte Holz bis er den Hebel fand, mit dem sich die Tür öffnen ließ. Vorsichtig drehte er ihn bis er zur Gangdecke zeigte, dann zog er ihn zu sich heran. Ein gespenstisches Scharren und Knacken erfüllten den Gang. Der Mechanismus funktionierte also tatsächlich auch noch. Targon grinste jetzt breit in die Dunkelheit. Nach all den Jahren. Er konnte sein Glück kaum fassen. Während er den Hebel in seiner gegenwärtigen Position hielt, tastete seine freie Hand vom Hebel aus nach links über die Mauer und fand die Nische, die er zu finden gehofft hatte. Alles war genauso wie in seiner Kindheit. Ohne zu zögern griff er in die Nische hinein, fand eine metallene Schlaufe und zog kräftig daran. Mit einem lauten Quietschen schwang die Tür langsam auf. Dahinter lag ein Gang, in den diffuses Licht drang. Am Ende zeichnete sich eine Leiter ab, die an der Wand lehnte. Das schwache Licht fiel von oben herein, fächerte sich in Strahlen auseinander, in denen die frisch aufgewirbelten Staubteilchen verräterisch umherschwebten. Targon lief den Gang bis zum Ende. Dort legte er den Kopf in den Nacken und sah nach oben. Alles schien ruhig zu sein und so ergriff er die Leiter und stieg daran hinauf. Unter einem Gitter, das den Weg hinaus versperrte, verharrte er einen Augenblick und versuchte, etwas von seiner Umgebung zu erkennen. Niemand war zu sehen, lediglich gedämpfte Stimmen drangen zu ihm. Targon vergewisserte sich, dass die Stimmen nicht näherkamen, dann ergriff er das Gitter, drückte es leicht hoch und schob es gerade so viel zur Seite, dass er durch die so entstandene Lücke passte. Während er aus dem Gang kletterte, sah er sich aufmerksam um. Er war in der alten Burgküche gelandet, die wohl zurzeit als Lager diente. Die Kochstelle war kalt und leer. Nichts deutete darauf hin, dass sie genutzt wurde. Auf den Arbeitsflächen und auf dem Boden stapelten sich Kisten in verschiedenen Größen, Stoffballen lagen darauf und neben einer Tür hingen drei geräucherte Schinken. Anscheinend schien man die Küche in naher Zukunft wieder nutzen zu wollen.

Targon schob das Gitter zurück auf seinen Platz und schlich zu der Tür, die halb offenstand. Vorsichtig spähte er hindurch und orientierte sich kurz. Der Gang dahinter war leer. In einer Richtung war eine Treppe, die, soweit er sich richtig erinnerte, direkt zur großen Halle führte, während in der anderen Richtung eine Tür lag, die auf den Burghof führte. Die Stimmen, die er hörte, kamen aus der großen Halle. Entschlossen lief er auf die Treppe zu, sah vorsichtig nach oben und schlich dann die Stufen hinauf. Die Stimmen kamen jetzt näher. Targon versteckte sich hinter einem schweren blutroten Samtvorhang, der zu beiden Seiten des Eingangs der großen Halle hing. Der Stoff roch frisch und war weich und konnte noch nicht lange hier hängen. In der großen Halle standen drei Männer beisammen und unterhielten sich miteinander. Einer von ihnen trug ein Wams in einer ebensolchen blutroten Farbe wie der Vorhang. Auch wenn der Mann ihm den Rücken zukehrte, kam er Targon bekannt vor, während er die anderen beiden Männer, deren Profil er gut sehen konnte, noch nie gesehen hatte.

»Ich halte das für keine gute Idee. Der König wird hier alles dem Erdboden gleich machen, wenn er davon erfährt. Ihr solltet wenigstens damit warten, bis die Burg vollkommen hergerichtet ist, denn sonst haben wir nicht die geringste Chance.« Der kleinste der Männer redete mit Händen und Füßen auf den Rotgekleideten ein. Er trug einen eleganten Ziegenbart, dessen Spitze bei seiner Rede aufgeregt auf und ab hüpfte.

»Ich muss Perenn zustimmen, mein Lord«, pflichtete jetzt der dritte der Männer seinem Kameraden bei. Er überragte die beiden anderen um gut einen Kopf und war breit wie ein Bär. »Der König ist unberechenbar. Und seit der Flucht seines Bruders lässt er jeden am

Galgen baumeln, dem er misstraut. Lasst uns erst die Burg fertigstellen, bevor wir uns offen zeigen. Es sind nur noch wenige Wochen. Zwei vielleicht, meint der Baumeister.«

Der Rotgewandete verschränkte die Arme vor der Brust und schwieg. Dann ging er weiter in den Raum hinein, fort von Targons Versteck. Beinahe gemächlich schlenderte er an den Reihen der Tische und Bänke entlang, bis er am Kopf der Tafel stehenblieb. Dann drehte er sich langsam herum. Targon hielt unwillkürlich den Atem an, als er den Mann erkannte. Wieder traf er unvermittelt auf einen engen Verbündeten seines Bruders. Lord Glenwinn sah nachdenklich an seinen beiden Beratern vorbei. Für einen schrecklichen Moment ruhte sein Blick auf dem Vorhang, in dessen Falten sich Targon verbarg. Dann nickte er langsam, ließ die Arme wieder sinken.

»Nun gut, Ihr mögt Recht haben, Perenn. Und Ihr auch, Flamen, aber Ihr müsst meine Ungeduld verstehen. Ich habe das Gefühl, dass wir mit einem Angriff rechnen müssen. Sicher ist Romun an dem Tode Rutgers nicht unschuldig. Wahrscheinlich hat er ihn aus dem Weg schaffen lassen, weil er ihm nicht mehr getraut hat. Und er traut mir seit dem Festbankett auch nicht mehr über den Weg.«

Targon versteifte sich in seinem Versteck. Wie konnte sich der Tod Rutgers so schnell verbreitet haben? Das Ganze war erst zwei Nächte her. Aber Maruk hatte ja vermutet, dass er nicht alle Männer Rutgers gefunden hatte. Auf wessen Seite stand Lord Glenwinn?

Plötzlich erklangen hinter ihm Schritte, die die Treppe heraufkamen. Targon spähte vorsichtig zwischen den dicken Falten des Vorhangs hervor. Ein Soldat trug mit hoch konzentrierter Miene ein Tablett die Stufen hinauf. Es war ihm deutlich anzusehen, dass dies nicht seiner üblichen Tätigkeit entsprach. Sein Blick hatte sich an den goldenen Kelchen und der Karaffe festgesaugt, als könnte er sie so an ihren Plätzen halten. Doch es kam, wie es kommen musste. Der Mann stolperte. Mit einer linkischen Bewegung versuchte er noch, das Unvermeidliche zu verhindern. Während er einen riesigen Schritt machte, um nicht selbst zu fallen, warf er seine Arme nach vorne und mit ihnen das Tablett samt Ladung. Die kostbaren Kelche wurden im hohen Bogen durch die Luft geschleudert und klatschten mit lautem

Geschepper gegen die Wand, während der schwere Krug einfach zu Boden stürzte und direkt vor Targons Füße rollte.

»Pass besser auf, du Tölpel«, rief Perenn aufgebracht, während alle drei Männer herumfuhren und den Soldaten abfällig betrachteten.

»Vergebt mir, Lord Glenwinn. Ich werde sogleich in die Küche eilen und neue Kelche holen.«

Der Soldat sammelte mit hochrotem Gesicht die Kelche auf und trat an den Vorhang. Gerade als er sich nach dem Krug bückte und mit gerunzelter Stirn die Schuhspitze betrachtete, trat Targon zu. Der Tritt katapultierte den Überraschten zurück und die Treppe hinunter, an deren Ende er regungslos liegenblieb.

Lord Glenwinn erfasste mit einem Blick die Situation.

»Wachen!«, brüllte er und riss im selben Atemzug sein Rapier aus der Scheide.

Targon sprang auf dem Absatz herum und rannte die Treppe hinunter, die er gekommen war. Am Fuß sprang er über den leblosen Körper des Soldaten hinweg und setzte mit langen Sätzen an der Küche vorbei, auf die Tür zu, die auf den Burghof führen musste. Hinter sich hörte er bereits das Gepolter von vielen schweren Stiefeln, die die Stufen herunterrannten. Targon erreichte die Tür und riss sie auf. Vor ihm öffnete sich ein kleiner Balkon, der gute zehn Fuß über dem Burghof lag. Verdammt. Da hatte ihm doch seine Erinnerung einen Streich gespielt. Hinter ihm kamen die ersten Soldaten in Sicht und er warf mit Schwung die Tür zu, die den ersten der Männer in das überrascht verzerrte Gesicht traf. Lautes Poltern und Fluchen, die Tür wurde wieder aufgestoßen. Doch Targon sprang bereits auf die Brüstung des Balkons und sah sich hektisch um. Nicht weit vor ihm stand ein Holzkonstrukt mit drei Galgen, gespenstisch angeleuchtet von den Fackeln im Hof. Targon hechtete ohne nachzudenken nach vorne. Seine Hände umfassten knapp den Querbalken eines Galgens. Nur flüchtig warf Targon einen Blick auf den Unglücklichen, der am Ende des Seiles baumelte und ihn jetzt freudlos angrinste, als wollte er ihn einladen, doch gleich dazubleiben. Mit einem Ruck zog er seinen Oberkörper hoch und schwang ein Bein zur Seite, um es ebenfalls über den Balken zu ziehen. Targon achtete nicht auf die Soldaten, die ihm wütend hinterher brüllten, während er sich in eine sitzende Position brachte und von dort aufstand. Durch das Gebrüll aufgeschreckt, tauchten immer mehr Soldaten auf. Einige brachten Langbögen in Position, während Targon auf dem Galgen balancierte und bis zu dessen Ende lief. Von dort setzte er erneut zu einem Hechtsprung an und ergriff das dicke Seil eines Lastkranes, der auf der Wehrmauer angebracht war.

»Schießt!«, gellte eine sich überschlagende Stimme. Targon zuckte leicht zusammen, als ein Pfeil knapp an ihm vorbei sirrte. Schnell kletterte er an dem Seil hinauf. Mehr Pfeile flogen in seine Richtung, und die ersten Soldaten rannten auf die Wehrgänge. Targon fluchte lautlos und schwang seinen Körper wie auf einer Schaukel hin und her. An der höchsten Stelle ließ er das Seil los und griff nach der neuen Holzverkleidung des Wehrganges. Mit zitternden Muskeln zog er sich erneut hoch. Sein Atem ging schnell, und sein Blick flog über seine nähere Umgebung. Von links stürmten Soldaten auf ihn zu. Rechts von ihm war eine große Lücke in der Mauer, die an dieser Stelle noch nicht wieder repariert worden war. Auf der anderen Seite befand sich ein weiterer Kran, dessen Ausleger nach außerhalb der Mauern gerichtet war. Eine Musketenkugel zerfetzte den Ärmel seines Hemdes. Targon stürzte los. Seinen Blick fest auf die andere Seite der baufälligen Mauer gerichtet, sprang er mit einem gewaltigen Satz hinüber und ließ seine Verfolger verblüfft zurück. Ohne sich umzublicken, kletterte er auf den Ausleger, lief bis zu dessen Ende und fand sich in schwindelerregender Höhe wieder. Plötzlich blitzte hinter ihm etwas auf. Ein lautes Krachen folgte. Noch bevor er begriff, was geschehen war, kippte der Ausleger unter seinen Füßen weg, und Targon stürzte in die Tiefe.

Hannah hockte schon seit gefühlten Ewigkeiten zwischen einer Gruppe niedriger Sträucher am Rande des Waldes. Inzwischen war es Nacht geworden und eine völlig neue Geräuschkulisse erfüllte den Wald hinter ihr. Ab und zu sah sie sich unbehaglich um, aber mit der Zeit gewöhnte sie sich daran. Die Gefahr lag irgendwo vor ihr. Was trieb

Targon nur so lange? Geschrei gellte durch die Nacht, und sie schrak zusammen.

Targon! Hannah sprang auf und rannte erst in die Richtung, in die er gegangen war. Närrin, schalt sie sich und stoppte. Denk nach, bevor du blind losläufst, sonst bist du keine Hilfe. Sie mussten ihn entdeckt haben. Plötzlich wurde ihr übel. Was sollte sie tun? Erneut erklang Geschrei, diesmal aus einer anderen Richtung. Besser sie lief in Richtung des Haupttores. Irgendwie hatte sie das Gefühl, das Targon von dort kommen würde. Der Mond war inzwischen aufgegangen und beleuchtete beinahe freundlich ihren Weg, als sie die Mauer entlanglief. Immer wieder starrte sie nach oben, doch sie konnte nichts entdecken. Alles was ihr blieb war das Gebrüll, das aus dem Inneren zu ihr drang. Nicht weit vor ihr hatte die Mauer im oberen Bereich ein großes Loch. Licht fiel von dort auf die Wiese vor der Burg und beleuchtete ein kranartiges Gebilde, dessen Ausleger weit über die Mauer ragte. Plötzlich tauchte eine Gestalt darauf auf. Targon!

Hannahs Herz machte einen schmerzhaften Satz, als sie ihn erkannte. Er lief auf dem Ausleger entlang, als hinter ihm etwas explodierte, und der Kran nach vorne sackte. Targon verlor den Halt und rutschte in die Tiefe, im letzten Augenblick konnte er eines der Seile ergreifen, mit denen der Kran gesichert gewesen war. Sein Stöhnen schnellte bis in ihr Herz, als das Seil seinen Sturz mit einem schmerzhaften Ruck an den Armen abbremste. Mit den Beinen rudernd, baumelte er ungefähr zwei Meter über dem Boden. Dann ließ Targon los. Sich überschlagend kam er auf dem Boden auf, blieb dort einen Moment benommen liegen, als sich das Fallgitter am Haupttor unter lautem Rasseln der Ketten hob und Soldaten herausstürmten.

»Targon!« Hannah schrie und rannte auf ihn zu. Sie wusste nicht, warum sie das tat und wie sie ihm helfen konnte. Ihren Verstand hatte sie offensichtlich bei den Pferden zurückgelassen.

Targon stemmte sich hoch, sein Gesicht ihr zugewandt. Die Erschöpfung stand deutlich darin, dennoch kam er taumelnd hoch, warf einen Blick über die Schulter auf die näherkommenden Soldaten und rannte dann ebenfalls auf sie zu. Im Laufen riss er einen Dolch hervor und zog ihn durch seine Hand.

»Schreib«, fuhr er sie an. Riss ein großes Blatt von einem Strauch neben sich. Er presste seine Hand zusammen und in dem Augenblick begriff sie endlich. Dunkel quoll Blut zwischen seinen Fingern hervor und tropfte auf das Blatt. Mit einem hastigen Blick auf die Soldaten reichte er ihr das blutige Blatt, riss sein Schwert heraus, wirbelte herum und rannte ihnen wieder entgegen.

Das war Wahnsinn. Es waren viel zu viele Soldaten. Blinde Panik keimte in Hannah auf. Der schwere Geruch des Blutes schob sich in ihre Nase und wieder wollte Übelkeit sie überwältigen. Hannah kniff die Nase zusammen. Sie wollte eine Hilfe sein, hier war ihre Chance. »Schreib«, hatte er gesagt und es war klar, was er wollte. Ihr Herz jagte, ihre Finger zitterten, aber sie griff entschlossen in den Stiefelschaft. Spürte das knisternde Pergament in ihren Fingern und zog es hervor. Ihr Atem beschleunigte sich, während sie es auseinanderrollte und die zierliche Feder herausfiel. Hannah ignorierte das Klirren der Schwerter, die aufeinandertrafen, ignorierte das Stöhnen der Männer, wenn jemand getroffen wurde. Die Rufe verblassten und die Möglichkeit, dass Targon derjenige sein konnte, der getroffen worden war. Alles verschwamm und wurde unwichtig. Hannah kniete sich auf den Boden und breitete sorgfältig das hellschimmernde Pergament vor sich aus. Dann nahm sie die Feder, tauchte deren Spitze leicht in das Blut und setzte sie auf das Pergament.

Das Fallgitter glitt unvermittelt zu Boden und keine weiteren Soldaten konnten aus der Burg in den Kampf eingreifen...

Hannah stockte und runzelte die Stirn. Das war irgendwie nicht richtig. Mit zusammengekniffenen Augen starrte sie zum Haupttor hinüber. Dort war nichts geschehen. Außer dass Targon wie ein Wirbelwind zwischen den Soldaten einen verzweifelten Kampf kämpfte, den er nicht gewinnen konnte.

»Hannah, schreib endlich«, schrie er zu ihr hinüber, als hatte er ihren Blick auf sich gespürt.

»Ich… ich kann nicht. Etwas stimmt nicht!«, schrie sie zurück. Bisher hatte das Blut immer gefunkelt und geschimmert, Wärme war durch ihren ganzen Körper gekrochen. Doch diesmal geschah nichts. Fieberhaft überlegte sie, was daran schuld sein konnte. Targon gelang es gerade, sich ein wenig Luft zwischen seinen Gegnern zu verschaffen. Sein Schwert schlug so schnell zu, dass Hannah den Schlägen kaum mehr folgen konnte.

Was war nur der Grund?

»Was war anders, Hannah?« Targons Schrei lenkte ihre Aufmerksamkeit wieder auf ihn. »Denk nach. Was genau hast du gemacht, als du mir das Leben gerettet hast?«

Es war wie ein Blitz, als die Erkenntnis in ihren Kopf schoss und ihr die Augen öffnete. Ja, natürlich. Es musste die Feder sein. Romun besaß die Feder der Schreiber. Sie hatte eine andere hier. In ihrer Verzweiflung hatte sie damals mit den Fingerspitzen auf den Boden geschrieben. Das musste es sein.

Hannah packte das Pergament mit neuer Entschlusskraft und tauchte die Spitze ihres Zeigefingers in das Blut. Augenblicklich durchzog ein warmes Gefühl ihren Körper, ein Prickeln folgte, das rhythmisch immer stärker wurde, bis in dem Rhythmus ein kräftiger Herzschlag die Oberhand gewann. Ihr eigenes Herz beruhigte sich und wurde leicht, unbeeindruckt vom Geschehen um sie herum und angetrieben von dem anderen, stärkeren Herzschlag. Als sie den Finger hob, um ihn auf das Papier zu setzen, folgte diesem eine leuchtende schwarze Spur in der Luft, die einen Moment verharrte, bevor sie zerfiel. Ja, so war es gewesen. Ihr Herz jubilierte. Hannah wollte gerade beginnen zu schreiben, als sie jemand grob an der Schulter packte und herumriss.

Hannah konnte später nicht mehr sagen, wie sie es gemacht hatte, aber sie ergriff geistesgegenwärtig die Feder, die sie neben sich auf den Boden gelegt hatte und stach damit zu. Ihr Angreifer packte sich mit einem Gurgeln an den Hals und kippte nach hinten. Immer noch im Bann des Blutes drehte sie sich wieder um, als wäre nicht das Mindeste geschehen. Erst als sie sah, dass ihr Angreifer auf das Pergament und das Blatt mit dem Blut getreten war, schrie sie voller Panik auf.

»Targon!«, schrie sie und nahm wieder voll Entsetzen wahr, wie er verzweifelt gegen eine Übermacht von Soldaten kämpfte. Wie hatte er nur solange aushalten können? Aber immer wieder gelang es ihm, die Soldaten zu überraschen und eine Bresche in seine Angreifer zu schlagen. »Targon, ich brauche neues Blut.«

»Du kannst bald alles haben, wenn du dich nicht beeilst.«, brüllte er zurück, schlug einem Soldaten dabei seinen Helm vom Kopf und griff mit seiner Linken in ein Schwert seiner Gegner. Hannah hielt den Atem an, aber Targon schien genau zu wissen, was er tat. Er packte den Helm des Mannes, presste seine Hand zusammen und ließ das Blut in den Helm hineinlaufen, den er anschließend in einem flachen Winkel in ihre Richtung schleuderte. Instinktiv lief sie los und fing den Helm auf. Alles kam ihr unwirklich vor, als würde sie von jemand gelenkt werden. Ohne anzuhalten lief sie weiter. Aber was nun? Das Pergament war nicht zu gebrauchen, und es gab hier keinen flachen Steinboden. Dann bemerkte sie, dass sie genau auf die Burg zulief. Die Mauer! Sie rannte schneller und tauchte ihren Finger noch im Laufen in das Blut. Wieder Wärme, die sie ergriff, stärker noch als zuvor und die sich mischenden Herzschläge. Binnen weniger Wimpernschläge stand sie an der Mauer und begann, mit fliegenden Fingern zu schreiben.

Targon keuchte, seine Muskeln zitterten gefährlich und seine Bewegungen wurden immer langsamer. Lange hielt er nicht mehr durch. Es waren einfach zu viele Soldaten, die jedoch nie gleichzeitig angriffen, höchstens zu zweit. Das gab ihm Rätsel auf, aber jetzt hatte er keine Zeit darüber nachzudenken. Er parierte mit Mühe einen Schlag, der von oben herab auf ihn ausgeführt wurde. Der Kerl war ein Gigant und hatte Bärenkräfte. Ein neuer Schlag, dem er nur knapp auswich und den Giganten vorantrieb. Targon wirbelte herum und trat dem Mann in den Hintern, als ein lautes Rasseln ertönte. Das Fallgitter rauschte wie von Geisterhand herab und verschloss die Burg. Beinahe gleichzeitig fielen seine Angreifer einfach zu Boden. Gespenstische Stille folgte den Kampfgeräuschen und nur sein eigener keuchender Atem erhob sich in die kühle Nacht. Targon ließ sein Schwert auf den Boden fallen und stützte sich schwer auf seinen Oberschenkeln ab. Es dauerte einen Moment bis er wieder zu Atem kam und begriff, was geschehen war. Sein Blick fiel auf Hannah, die mit einem breiten Grinsen im Gesicht vor der Burgmauer stand. Hinter ihr leuchtete dunkel eine Schrift auf dem hellen Gestein. Neugierig trat er näher, um zu lesen, was sie geschrieben hatte.

Das Fallgitter glitt unvermittelt zu Boden und alle Soldaten fielen um. Targon und Hannah gelingt die sichere Flucht.

»Und alle Soldaten fielen um? – Das ist alles, einfach so?« Überrascht starrte er sie an.

»Es hat funktioniert oder nicht?«, entgegnete sie mit einem leicht beleidigten Unterton in der Stimme und schob ihre Unterlippe wie ein trotziges Kind vor. »Und wie es funktioniert hat. Das ist einfach toll, findest du nicht auch? Und ich, - ich fühle mich einfach großartig.« Hannah kicherte haltlos und drehte sich mit schwingenden Armen wie im Tanz um sich selbst. »Ich fühle mich so berauscht…«, lachte sie und trat dicht an ihn heran. Ihre Augen strahlten mit unnatürlich geweiteten Pupillen zu ihm hinauf.

»Das muss mein Blut sein«, vermutete er, und Hannah nickte übertrieben.

»Dein Blut, deine Nähe…« Unbeschwert lehnte sie sich an ihn und legte ihren Kopf gegen seine Brust. »…dein Herz, das so kräftig schlägt, obwohl du doch keines mehr hast, wie du mir gesagt hast.«

Targon atmete tief ein und schloss für einen Moment die Augen. Angesichts ihrer unerwartet kindlichen Offenheit fühlte er seine Erschöpfung doppelt. Beides zusammen machte ihn hilflos. Nur mühsam konnte er dem Impuls widerstehen, seine Arme um sie zu schlingen und sie an sich zu ziehen. Targon seufzte schwer. Sanft ergriff er sie bei den Schultern und schob sie ein wenig auf Abstand. Hannah war nicht sie selbst. In diesem Zustand konnte er sie unmöglich zurück ins Lager bringen. Wie zur Bestätigung verdrehte sie plötzlich die

Augen und sackte zusammen. Instinktiv fing er sie auf. Ihre Flucht sollte ihnen zwar gelingen, dennoch konnten sie unmöglich hierbleiben. Targon ging etwas in die Knie, warf sich Hannah über die Schulter und ging mit schleppenden Schritten in den Wald. Als sie bei den Pferden ankamen, bettete er sie behutsam auf den weichen Waldboden. Dann legte er sich neben sie, nicht mehr in der Lage, noch irgendetwas anderes zu tun, und einfach nur froh, seinen müden Körper endlich ausstrecken zu können.

Verbissen blätterte der Mann durch die Seiten, den Blick stoisch immer auf die Zeilen gerichtet, über die die Finger seiner rechten Hand wanderten. Worte sprangen daraus hervor, Namen, die ihn lockten auf der Seite zu verharren und dort weiterzulesen. Es gelang ihm nur mühsam, sich immer wieder davon loszureißen, während er dabei ihren Namen wie ein Mantra vor sich her murmelte.

Targon …

Romun …

Maruk …

Maruk …

Er schüttelte grimmig den Kopf, Maruk trieb sich für seinen Geschmack viel zu häufig auf der Burg herum.

Es war schwer, sie links liegen zu lassen. Aber er musste sich auf eine Sache konzentrieren, wollte er sich jemals durch all diese Seiten arbeiten.

… *»Dein Vater wäre stolz auf dich, Targon«, sagte Grimbold leise.*

Grimbold!

Er stockte. Sein alter Freund!

Leise seufzte er auf. Nur kurz einen Blick darauf werfen. Schließlich hatte er alle Zeit der Welt.

Vorsichtig blätterte er zu der Stelle, wo der Absatz begann.

Grimbold saß in seinem Sessel mit Blick auf das offene Fenster und wartete. Die Nacht war so dunkel, dass sie sich kaum hinter dem Fenster abhob. Es war beinahe so, als hätte jemand jedwedes Licht ausgelöscht. Kein Mond stand am Himmel, der mild auf das Geschehen unter sich herabsah. Keine Sterne funkelten ihre Hoffnung herab. Es war der ideale Zeitpunkt.

Grimbold erschauderte. Er brauchte lediglich hier zu sitzen und zu warten. Er würde schon kommen, um seinen Auftrag auszuführen.

Widerstrebend löste der Mann seinen Blick von den Worten, unsicher, ob er wirklich weiterlesen wollte. Ein dumpfes Gefühl breitete sich in seinem Magen aus und verhieß nichts Gutes. Auf wen mochte Grimbold warten? Allein? Im Dunkeln?

Es sah ihm nicht ähnlich, die Rolle des Wartenden einzunehmen. Er hatte sich stets bewegt und alles in Erfahrung gebracht, was es zu wissen gab.

Er fühlte sich wie eine Maus, der man ein Stück Käse hinhielt. Unmöglich konnte er widerstehen.

Irgendwo erklang das Bellen eines Hundes. Grimbolds Nackenhaare richteten sich langsam auf.

Es war so seltsam still. Wie vor einem nahenden Sturm fiel ihm die Klarheit der wenigen Geräusche auf, die durch das geöffnete Fenster drangen.

Das Weinen eines Kindes schraubte sich durch die Nacht und war doch nur das schaurige Schreien einer rolligen Katze. Grimbold hasste dieses Geräusch. Unwillkürlich hatte er immer das Bild eines hilflosen Babys in der Dunkelheit vor Augen.

Doch plötzlich verstummten auch die letzten Geräusche. Stille legte sich über sein Haus, wie sie wohl nur der Tod kannte.

Vollkommen lautlos schob sich ein Schatten durch das Fenster und trat in den Raum. Grimbolds Herzschlag beschleunigte sich. Nervös umfingen seine Finger die Lehnen seines Sessels und klammerten sich daran fest.

»Guten Abend, Targon«, sagte er und war selbst überrascht, wie gefasst seine Stimme klang. »Ich habe dich bereits erwartet.«

Doch wenn er geglaubt hatte, sein Gegenüber zu überraschen, hatte er sich getäuscht.

Licht flammte auf und erhellte die schlanke Gestalt an der Wand.

»Das dachte ich mir«, entgegnete er ruhig und entzündete eine Kerze, die neben ihm auf einem Schränkchen stand. »Ihr wart schon immer sehr gut darin, alles zu wissen, bevor es geschieht.«

Grimbold lachte auf, doch es lag keine Heiterkeit darin. Der Junge hatte Recht. König Robert hatte nie einen besseren Informanten gehabt.

Langsam entspannte er sich, obwohl sein nächtlicher Besucher unübersehbar mit einer stattlichen Anzahl von Waffen ausgestattet war. Um seine Unterarme hatte er die Manschetten geschlungen, die Maruk einst für ihn gefertigt hatte. Fein säuberlich gefüllt mit Dolchen in den verschiedensten Größen. Über seiner linken Schulter ragte der Griff eines Schwertes, das er sich auf den Rücken gebunden hatte. Gelassen, als wäre er zu einem Plauderstündchen erschienen, lehnte er sich gegen das Fensterbrett.

»Wenn Ihr wusstet, dass ich komme, warum habt Ihr keine Vorkehrungen getroffen, um Euch zu retten?«

»Wären diese hilfreich gewesen?«

Targon schüttelte den Kopf. »Nein! Das wissen wir wohl beide.«

Grimbold nickte. »Es gibt wohl nicht viel, was ich nicht weiß oder in Erfahrung bringen kann. – Auch über dich gibt es vieles. Es dürfte mehr sein, als das, was du selbst von dir zu wissen glaubst.«

»Wenn Ihr erwartet, dass Ihr mich mit diesem Gerede von meinem Auftrag abhalten könnt, Grimbold, dann seid Ihr nicht der Mann, der ich dachte.«

»Nein, nein.« Beschwichtigend hob er die Hände. Er fühlte sich ein wenig wie der Großvater dieses Jungen. Vom Alter her war es auch durchaus möglich. Seine besten Jahre lagen lange hinter ihm. Aber er wollte die Gelegenheit auch nutzen, um etwas zur Sprache zu bringen, was ihm schon so lange auf der Seele lag. »Ich weiß nur zu gut, dass der Schwarze Prinz seinen eigenen Weg geht. Einen sehr verschlungenen und riskanten Weg, der jederzeit entdeckt werden könnte.«

»Das ist mit ein Grund für mein Hiersein. Ihr wisst zu viel und gefährdet damit alles.«

Grimbolds Kehle verengte sich eine Spur. Wer hätte je gedacht, dass er einmal zu viel wissen würde.

»Würde ich dein Geheimnis verraten wollen, hätte ich es dann nicht schon längst an den König verkauft?« Grimbold hörte sich selbst schwafeln und kannte doch nur zu genau die Antwort.

»Wenn der Preis stimmt oder Euch der Zeitpunkt geeignet erscheint«

»Ich hätte mein Leben damit retten können, wenn ich Romun von deinem Verrat erzählt hätte.«

»Er hätte Euch dennoch nicht verschont.« Targon betrachtete ihn ruhig. Dann glitt ein Dolch in seine geöffnete rechte Hand. Die viel zu lange und viel zu spitze Klinge funkelte unheilvoll. Langsam schloss sich eine eiserne Klammer um Grimbolds Brust.

»Bitte, erspar mir das«, bat er leise und deutete auf den Dolch. »Seit jeher ist diese Waffe mir zutiefst verhasst. Erspar mir das blutige Gemetzel und gestatte mir, dass ich Gift nehme.«

Targons dunkle Augen fixierten ihn. Darin war nichts Dämonenhaftes, nicht die Gier nach seinem Tod, wie man es vielleicht erwarten sollte. Stattdessen blickte er ihn mitfühlend an und machte eine Geste mit der Hand zu dem Glas Wein, das neben Grimbold auf dem kleinen Tischchen stand. Der Dolch war fort, so schnell verschwunden, wie er zuvor aufgetaucht war.

»Wenn es Euer Wunsch ist.« Targon verneigte sich leicht. »Nehmt es als ein Zeichen meines Dankes, dass Ihr meinem Vater stets ein treuer Verbündeter wart.«

Grimbold nickte und öffnete eine kleine Dose, die er vorausschauend bereits neben das Glas gestellt hatte. Mit einem winzigen Löffel, der in den Deckel eingelassen war, entnahm er ein wenig von dem Pulver, streute es in den Wein und rührte langsam um.

Nachdenklich betrachtete er den gelblichen Schaum, der sich kurz bildete und nahezu im gleichen Augenblick wieder auflöste. Er schnupperte kurz. Nichts verriet die tödliche Manipulation. Fest nahm er das Glas in beide Hände, beinahe als hielte er einen dampfenden Becher Tee in der Hand, um sich daran zu wärmen.

»Dein Vater wäre stolz auf dich, Targon«, sagte Grimbold leise. »Ich denke, das solltest du wissen.«

»Er wäre gewiss nicht stolz darauf, dass ich hier bin, um Euch zu töten.«

»Das meine ich nicht, und das weißt du auch. – Erlaube mir im Angesicht meines bevorstehenden Todes einige offene Worte, für die ich keine Bezahlung erwarte.« Ohne einen weiteren Blick auf das Glas und seinen trügerischen

Inhalt zu werfen, hob Grimbold es an seine Lippen. Er musste sich beeilen, bevor ihn seine Angst dazu brachte, auf die Knie zu fallen und um sein Leben zu betteln. Targon konnte ihn nicht verschonen. Er selbst hätte es nicht getan.

Er stürzte den Wein hinunter und stellte das Glas mit Schwung zurück auf den Tisch. Dann sah er den Jungen an. Er musste diesen Augenblick nutzen und Targon von der Tinte zu erzählen und von seinem Schicksal, das Romun für ihn plante. Der Junge musste endlich die Wahrheit erfahren. Vielleicht würde er dann noch einmal überdenken, wem er wirklich Loyalität schuldete und wem nicht.

Grimbold räusperte sich. Er ignorierte das Kältegefühl, das sich langsam von seinen Fingern und seinen Zehen auszubreiten begann.

»Hast du dich nie gefragt, warum deine Augen so schwarz sind, dein Blut nahezu ebenso? Die Wahrheit ist ein gut gehütetes Geheimnis, von dessen Ausmaßen du nicht die geringste Ahnung hast.« Grimbold sah, wie die glatte Stirn Targons sich runzelte. Bevor er etwas fragen konnte, musste er weitersprechen. Die Kälte hielt bereits Arme und Beine fest in ihren todbringenden Klauen. Schon bald würde sie seinen Brustkorb erreichen und seinen Herzschlag einfrieren. »Du und Romun, ihr seid in Wirklichkeit …«

Targon spannte plötzlich seine Gestalt und warf sich in einer Geschwindigkeit zur Seite, die den tödlichen Schmerz in seiner Kehle noch übertraf. Grimbold wollte an seinen Hals greifen, aber seine Hand versagte ihm den Dienst. Verzweifelt versuchte er, seinen Satz zu beenden, aber alles, was er noch über seine Lippen brachte, war ein blutiges Gurgeln.

Targons Gesicht schob sich über ihn. Flüchtig registrierte er die Verwirrung darin, dann verschwamm es. Kälte kam und löschte selbst den warmen Quell, der aus seiner Kehle strömte.

Keuchend schnappte der Mann nach Luft.

Wer war der Mörder?

Targon konnte es nicht gewesen sein. Niemals hätte er den letzten Wunsch dieses Mannes missachtet.

Wieder eine neue Frage, die ihn von seinem eigentlichen Vorhaben ablenkte. Er wusste, dass es ein Fehler gewesen war, diese Stelle zu lesen. Das Buch bestand aus vielen dieser tückischen Fallen, die ihn ohne Einsatz von Gewalt zu fesseln vermochten. Dennoch war es gut zu wissen, wer Interesse an des Informanten Tod gehabt hatte. Wenn

Grimbold vorgehabt hatte, Targon die ganze Wahrheit zu erzählen, dann gab es drei Verdächtige, deren Namen ihm augenblicklich in den Kopf schossen. Keiner von ihnen hatte es sich leisten können, dass Targon zu viel erfuhr und sich dann vielleicht nicht mehr so leicht manipulieren ließ.

Die entzündeten Fackeln ließen die Burgmauer erstrahlen, als kämen sie aus einer anderen Sphäre. Lord Glenwinn stand vor der Inschrift, die von der Schreiberin an die Mauer geschmiert worden war. Immer und immer wieder las er die einfachen Worte. Er konnte nicht glauben, dass sie so nah gewesen waren, so naiv … Hass kroch in ihm hoch, wenn er nur daran dachte, dass sie das hatte, was er so dringend benötigte. Glenwinn ballte die Fäuste und entspannte sie sogleich wieder. Er musste Ruhe bewahren.

»Wir werden diese Schmiererei abwaschen lassen, mein Lord.«

Glenwinn warf einen abfälligen Blick auf Flamen, dem die Entrüstung ins Gesicht geschrieben stand. Der Mann hatte nicht die geringste Ahnung.

»Das wird nichts nützen, aber bitte, entfernt die Schrift«, antwortete er, dabei fiel sein Blick auf etwas Blitzendes, das halb im Gebüsch verborgen lag. Interessiert trat er an das Gebüsch und bückte sich, um unter die Blätter zu spähen. Ein Helm lag dort. Glenwinn griff danach und hob ihn auf. Sein Atem beschleunigte sich beinahe augenblicklich. Er taumelte leicht, so dicht daran, seine Beherrschung zu verlieren. Der Helm war blutverschmiert! Aber es war nicht das rote Blut seines ursprünglichen Besitzers. Das Blut war beinahe schwarz und noch feucht. Tinte! Hastig presste er den Helm an seine Brust, als ihm bewusst wurde, dass er nicht allein war. Unter Aufbietung all seiner Beherrschung zwang er sich, den Helm sinken zu lassen und nachlässig in einer Hand zu halten.

»Ich werde mich zurückziehen«, sagte er um Gelassenheit bemüht. Dann schritt er davon, mit zwanghaft gemäßigtem Schritt. Erst als er sich allein wähnte, rannte er los, tausende Teufel in seinem Rücken, die nach dem Inhalt glotzen wollten. Als er seine Gemächer endlich erreichte, schlotterte er am ganzen Leib. Als erstes trat er ans Fenster und warf einen Blick in die Nacht. Dunkle Baumkronen drohten wie schwere Gewitterwolken über die Mauer hinweg.

Der Wald!

Ob der Junge in den Wald geflüchtet war und sich vielleicht sogar noch darin aufhielt?

Selbst wenn, das kleine Biest hatte mit ihrem Satz geschickt dafür gesorgt, dass sie in Sicherheit waren. Vorerst!

Glenwinn atmete zitternd und zog den schweren Vorhang zu, um unliebsame Beobachter auszuschließen. Nervös fuhr er sich mit der Zunge über die spröden Lippen. Das magere Licht einer einzelnen Kerze reichte nicht aus, um ihm das zu zeigen, was er sehen wollte. Aber tatsächlich brauchte er es nicht mehr zu sehen. Er war sich auch so absolut sicher. Sein Magen rebellierte bereits, sein Inneres löste sich in Flammen auf. Alles untrügliche Zeichen.

Widerstrebend legte er dennoch den Helm aus der Hand, nicht ohne sich vorher davon zu überzeugen, dass er dort nicht einfach umkippte und seinen kärglichen, aber auch so wertvollen Inhalt verlor.

Nachdem er den Helm von allen Seiten sorgfältig mit Büchern und einem Tintenfass abgestützt hatte, konnte er sich endlich darauf konzentrieren, für mehr Licht zu sorgen.

Seine Hand zitterte wie die eines alten Mannes, als er jede Kerze entzündete, derer er habhaft werden konnte. Immer wieder leckte er sich dabei über die Lippen, ohne dass es ihm bewusst wurde. Endlich schien es genug. Prüfend sah sich Glenwinn im Raum um und lächelte verhalten. Dann nahm er voller Ehrfurcht den Helm aus seiner kleinen Festung und starrte wie hypnotisiert auf die winzige kleine Blutlache darin.

Seine Zunge zuckte vor wie die einer Schlange, langsam, diesmal mehr genießerisch, fuhr er sich über die Lippen. Der unbeschreibliche Duft von Eisen sprang direkt von seiner Nase und seinem geöffneten Mund in seinen Magen und heizte die Glut darin aufs Neue an. Hitze stieg in Glenwinn auf, die ihn schon so lange verbrannte und die er in den letzten Jahren bis auf ein lästiges kleines Glimmen zurückgedrängt hatte. Voller Gier entrang sich seiner Kehle ein heiseres Stöhnen. Wie unter einem inneren Zwang streckte er den Zeigefinger aus. Nur ein klein wenig davon, dachte er. Das konnte wohl nicht schaden.

Doch kurz bevor er das Blut berührte, schüttelte er den Kopf. Was um alles in der Welt tat er da?

Suchend sah er sich um. Er brauchte ein Gefäß, irgendetwas, in dem er das Blut aufbewahren konnte. Sein Blick streifte über eine kleine Phiole, die in einem der Bücherregale stand. Sie hatte genau die richtige Größe und sie war leer. Glenwinn nahm sie herunter und entfernte den Korken. Vorsichtig fächelte er sich etwas von dem Geruch zu. Von dem Schlafmittel, das sich einst darin befunden hatte, war nichts mehr zu riechen. Dennoch nahm er etwas Wasser aus einer Karaffe und spülte sie sorgfältig aus. Dann nahm er den Helm. Vorsichtig, um nicht einen Tropfen zu verschwenden, goss er das Blut in die winzige Öffnung der Phiole. Es gelang ihm für diesen Moment, das Zittern zu unterdrücken, bis er fertig war. Schnell stopfte er den Korken wieder in die Öffnung und stellte die Phiole zurück ins Regal.

Glenwinn schluckte nervös und schloss gequält die Augen. Der betörende Duft des Blutes lag schwer in der Luft und bedrängte ihn, schrie förmlich nach ihm. Unwillkürlich knurrte er auf. Es war so lange her.

Hätte er auch nur im Entferntesten geahnt, dass Targon der Träger der Tinte war, er hätte ihn schon vor langer Zeit in seine Gewalt gebracht. Aber irgendwie war es König Robert gelungen, dies sorgfältig vor ihm und allen anderen zu verbergen. Selbst der Junge hatte nichts davon gewusst, sonst wäre er auf dem Festbankett nicht so überrascht gewesen. Ein gut gehütetes Geheimnis. Die Menschen im Land flüsterten zwar von den Schreibern und ihren Fähigkeiten, aber niemand ahnte auch nur, woher die spezielle Tinte dafür kam.

Mit Zeigefinger und Daumen rieb er sich über die brennenden Augen, dabei wurde ihm bewusst, dass er schwitzte. Kalter Schweiß lief an seinen Schläfen herunter und von seiner Stirn. Wieder knurrte er auf wie ein wildes Tier, das Witterung aufgenommen hatte. Seine Nasenflügel blähten sich und saugten die Luft ein. Zum wiederholten

Mal schoss sein Zunge hervor und benetzte seine Lippen. Wie unter Zwang wanderte sein Blick in den Helm, den er immer noch in der Hand hielt. Langsam, wie ein Kind, das heimlich den Finger in die Teigschüssel der Mutter steckte, fuhr er mit dem Zeigefinger über die kühle Innenfläche und wischte die Reste des Blutes aus. Ein Schauer lief über seinen Rücken. Stöhnend schloss Glenwinn die Augen. Die feinen Härchen auf seinen Armen richteten sich auf, als er bedächtig den Finger hob.

Feine Schlieren lösten sich, tanzten seine Bewegungen nach und zerfaserten dann wie schwarzer Nebel. Glenwinn lachte laut auf. Wie sehr hatte er das vermisst.

Mit einem unbeschreiblichen Gefühl der Vorfreude steckte er den Finger in seinen Mund und saugte genussvoll daran. Der Geschmack explodierte auf seiner Zunge. Die Druckwelle schoss seinen Hals hinab und lief in Wellen durch seinen Körper. Glenwinn stöhnte auf und fiel auf die Knie. Hitze und Kälte übermannten ihn, füllten ihn mit einer Energie, die er so lange schon vermisst hatte.

Zwei Tropfen nur, dachte er und leckte sich über die Lippen. Sein Blick wanderte zu der Phiole. Er wollte mehr!

Komm, dachte er und streckte den Arm, um die Phiole aufzufangen, die wie von allein in seine geöffnete Hand flog.

Als Hannah am nächsten Morgen aufwachte, stand die Sonne bereits hoch am Himmel und verzauberte den Wald mit ihren Strahlen in eine Märchenlandschaft. Das Grün schimmerte frisch und jung auf den Pflanzen, und das Moos wirkte wie das weiche Fell eines Tieres und lud zum Streicheln ein. Dennoch kniff Hannah die Augen schnell wieder zusammen und verdeckte mit einer Hand ihr Gesicht. Die Sonne verzauberte zwar den Wald, grub sich aber gnadenlos durch die Augen direkt in ihren Kopf und schlug dort wie ein Hammer ein. Übelkeit wallte in ihrem Magen auf, als hätte sie sich am Abend zuvor furchtbar betrunken.

Der Abend zuvor! Hannah setzte sich ruckartig auf, als die Erinnerung zurückkam. Beschämt stöhnte sie auf. Eine Hitzewelle gesellte sich aufdringlich zu Kopfschmerz und Übelkeit. Wort für Wort fiel ihr wieder ein, die sie zu Targon gesagt hatte, bevor sie ohnmächtig geworden war. Welcher Teufel hatte sie nur geritten und ihr Herz direkt auf die Zunge gelegt? Nie wieder würde sie ihm ins Gesicht sehen können.

»Guten Morgen, Hannah!«

Der Schreck fuhr durch ihre Glieder und schenkte ihrem Kopf eine weitere Schmerzwelle, als sie betroffen zusammenzuckte. Sie hatte ihn nicht gehört. Targon kniete sich zu ihr und reichte ihr einen Becher, während er sie musterte. Er hatte offensichtlich kein Problem damit, sie anzusehen.

»Guten Morgen«, nuschelte sie verlegen und fixierte ihren Blick an den Becher, den sie entgegennahm und unschlüssig zwischen den Händen drehte. »Danke.«

»Wie geht es dir? Du siehst schrecklich aus«, stellte er fest.

»Vielen Dank für das Kompliment«, brummte sie unwillig und strich sich eine widerspenstige Haarsträhne über die Augen, um sie vor ihm zu verbergen. Er musste ja nicht bemerken, wie peinlich ihr das Ganze war. Sie wusste selbst, dass ihr Benehmen die Situation nicht gerade einfacher machte. Vielleicht war es besser so zu tun, als wäre nichts passiert. Entschlossen schnupperte sie am Inhalt des Bechers und trank ihn dann mit einigen großen Schlucken aus. Das frische Wasser löschte den unangenehmen Geschmack in ihrem Mund und kühlte auch den Kopf ein wenig ab.

»Danke«, sagte sie und gab den Becher wieder zurück. »Kann ich noch mehr haben, bitte? Ich habe furchtbaren Durst.«

»Natürlich.« Targon stand auf und ging zu Radscham. Dort nahm er den Wasserschlauch vom Sattel und füllte erneut den Becher.

Hannah folgte jeder seiner Bewegungen mit den Augen. Unverhohlen bewunderte sie seine Geschmeidigkeit, unbelastet von jedweder Erschöpfung, als hätte er nicht noch vor wenigen Stunden erbittert um sein Leben gekämpft. Er schien inzwischen doch wieder völlig genesen zu sein.

Als er zu ihr zurückkehrte, senkte sie nicht mehr den Blick.

»Das Schreiben hat wirklich funktioniert. Ich war bei Sonnenaufgang bei der Burg. Alles dort ist ruhig. Sie beschäftigen sich mit den Reparaturarbeiten, als wäre nichts passiert. Kein Anzeichen dafür, dass sie nach uns suchen.«

Während Hannah erneut das Wasser durstig hinunterschüttete, beobachtete er sie kritisch.

»Was ist?«, fragte sie unumwunden, nachdem sie den Becher abgesetzt hatte.

»Ich frage mich, was gestern genau mit dir passiert ist. Nachdem du an die Mauer geschrieben hattest, warst du wie betrunken. Deine Pupillen waren unnatürlich geweitet. Irgendetwas ist dort mit dir geschehen. - Möglicherweise eine Nebenwirkung, vielleicht auf den Kontakt mit meinem Blut. Ich weiß es nicht, aber es hat mir nicht gefallen. Du warst nicht Herr über dich selbst.«

»Ich weiß. Ich kann mich daran erinnern.« Hannah sprach leise, widerstand aber der Versuchung, Targons Blick auszuweichen. »Maruk wird uns den Kopf abreißen, wenn er davon erfährt.«

»Das wird sich wohl kaum verhindern lassen«, entgegnete Targon und wedelte dabei mit seiner Hand, um die er ein Stück Stoff gewickelt hatte. »Er ist zwar steinalt, aber wohl kaum blind.«

»Lass mich die Wunde ansehen. Kiesha hat mir in den letzten Wochen viel gezeigt.«

»Ich habe sie bereits selbst versorgt, danke.« Targon winkte entschieden ab und wollte sich zum Gehen wenden.

»Hat sich das Risiko eigentlich gelohnt? Konntest du etwas in der Burg herausfinden?«

Targon drehte sich wieder zu ihr um und nickte unschlüssig. »Ein wenig. Zu wenig, fürchte ich. Zumindest habe ich herausgefunden, dass Lord Glenwinn diese Burg ohne das Wissen meines Bruders für sich ausbaut. Aus einem Gespräch konnte ich schließen, dass er etwas gegen ihn plant. Aber leider hat man mich dann entdeckt. Den Rest hast du ja selbst erlebt.«

»Glenwinn? War das nicht der Mann, der als einziger aufbegehrte, als dein Bruder dir die Pulsadern aufschneiden ließ?«

»Ja. Eigentlich ein sehr enger Verbündeter. Nur deswegen hat er auch vermutlich seine Fürsprache für mein Leben überlebt. Jeden anderen hätte Romun augenblicklich hinrichten lassen.«

»Aber Rutger war doch auch ein Verbündeter deines Bruders, oder? Warum treffen wir innerhalb so kurzer Zeit auf diese Männer? Ich verstehe die Zusammenhänge nicht wirklich, noch weniger, wer auf welcher Seite steht.« Hannah runzelte verwirrt die Stirn.

»Wenn ich ehrlich bin, kann ich mir im Moment auch keinen Reim darauf machen. Allerdings bin ich mir sicher, dass sie mich erkannt haben. Sie haben gestern Abend mehrfach die Gelegenheit gehabt, mich zu töten. Dafür waren es einfach zu viele Männer. Aber sie haben es nicht getan. Entweder wollten sie mich lebend haben oder sie wollten, dass ich entkomme.« Targon warf einen Blick zwischen die Bäume, als könnte er dort die Burg sehen. »Wir werden hier keine Antwort darauf finden. Vielleicht weiß Maruk etwas. Auf jeden Fall sollten wir ihn informieren. Ich fürchte, das neue Brige wird zu dicht an dieser Burg sein, um sicher sein zu können.«

»Wir könnten es sicher machen.« Hannah schob trotzig ihr Kinn vor. »Wieso sollten wir nicht das Dorf einfach sicher schreiben? Ich würde mich damit wohler fühlen, wenn wir wieder aufbrechen.«

»Ich bin mir nicht sicher, ob ich das will. Solange wir nicht wissen, was genau diese Schreiberei für eine Wirkung auf dich hat, gefällt mir der Gedanke nicht besonders.«

»Einmal nur, Targon. Wenn die Briger ihre neue Heimat bezogen haben. Bis dahin vergehen bestimmt noch ein paar Tage, und wir können sie mit ruhigem Gewissen verlassen. Was soll schon groß passieren, außer dass ich wieder peinliche Dinge tue?« Hannah stand auf und legte Targon eine Hand auf den Arm. »Bitte. Ich bin bereit, das Risiko einzugehen.«

Targon starrte sie an. Seine Brust hob und senkte sich unter tiefen Atemzügen. Dann presste er die Lippen kurz aufeinander. Seine Augen wurden noch dunkler, als wanderte ein Schatten darüber. »Wir werden sehen.« Damit drehte er sich von ihr fort und ging zu seinem Hengst. »Wenn es dir gut geht, sollten wir zurückkehren«, sagte er über die

Schulter und löste bereits die Zügel, die um einen dicken Ast geschlungen waren.

»Mir geht es gut, ja.« Der Kopfschmerz hatte nachgelassen und die Übelkeit war nur noch als flaues Gefühl im Magen zurückgeblieben. Der Ritt würde sicher kein Problem sein.

Hannah nahm ebenfalls die Zügel Kimons, tätschelte ausgiebig den schlanken Hals und stieg dann in den Sattel. Sie wollte so schnell wie möglich zurück zu den Brigern. Zurück in die Geborgenheit dieser liebevollen Gemeinschaft, die sie um jeden Preis in Sicherheit bringen wollte. Um jeden Preis!

Maruks Gesicht verfinsterte sich, als würde ein riesiger Schatten die Sonne, die über ihm hell und klar am Himmel stand, verschlingen. Seine Augen wurden schmal, und sein Mund glich einem geraden Strich, fest zusammengepresst, während er schwieg, bis Targon seinen Bericht beendet hatte.

Hannah kaute nervös auf ihrer Unterlippe herum. Ihre Hände krallten sich wie von allein in den derben Stoff ihrer Hose. Targon hingegen lehnte gelassen mit dem Rücken an einem der Karren und wartete mit vor der Brust verschränkten Armen auf eine Reaktion.

»Ihr beide habt äußerst unvorsichtig gehandelt.« Maruks Stimme war ungewöhnlich kalt und mühsam beherrscht. Hannah konnte sich nicht entsinnen, ihn jemals so gesehen zu haben.

»Wie konntest du zulassen, dass sie schreibt?« Maruk schoss einen Blick auf Targon ab, der Hannah frösteln ließ, doch Targon zeigte sich davon vollkommen unbeeindruckt und zuckte lediglich aufreizend gleichgültig mit den Schultern.

»Wie hätten wir sonst entkommen können?«

Eisiges Schweigen folgte, während Maruk langsam auf Hannah zuging. Mit jedem seiner Schritte beschleunigte sich unwillkürlich ihr Herzschlag, und der Impuls, zurückzuweichen wurde beinahe übermächtig. Hannah schluckte. Es war verrückt. Sie vertraute ihm blind, dennoch verspürte sie Unbehagen, das unterschwellig die ganze Zeit in ihr gelauert hatte und jetzt immer größer wurde. Der Ursprung war schlicht ein schlechtes Gewissen. Sie hatte ihn enttäuscht und wusste genau, dass sie es wieder tun würde. Wenn sie die Gelegenheit hatte und in einer ähnlichen Situation steckte, würde sie wieder Targon um sein Blut bitten und schreiben. Genaugenommen plante sie ja bereits schon wieder, etwas zu schreiben und ihn wieder zu hintergehen.

»Was genau hast du geschrieben?«

Er stand jetzt direkt vor ihr und musterte sie unbarmherzig. Die Worte hatten sich unauslöschlich in ihre Erinnerung gebrannt, so deutlich, dass sie die dunkel schimmernde Schrift bildhaft vor Augen hatte. Hannah holte tief Luft und sagte leise: »Das Fallgitter glitt unvermittelt zu Boden und alle Soldaten fielen um. Targon und Hannah gelingt die sichere Flucht.«

Unsicher sah sie zu ihm auf. Diesmal atmete Maruk tief ein. Eine Augenbraue wanderte bedrohlich steil nach oben.

»Wenn du etwas schreibst, musst du jedes einzelne Wort genau überdenken. Jedes Wort wiegt mit seinen möglichen Konsequenzen unendlich schwer. Diese darfst du niemals außer Acht lassen. Hast du nur auch die geringste Ahnung, was der Satz … und alle Soldaten fielen um… bedeutet?«

Hannah hatte unbewusst den Atem angehalten. Während Maruk wieder einen Schritt zurücktrat, holte sie Luft, als ob er erst jetzt wieder Raum dafür gab. Schuldbewusst schüttelte sie den Kopf.

»Die Männer werden solange nicht mehr aufstehen, bis du es ihnen wieder gestattest. Die Macht deiner Worte ist beinahe zu ungeheuerlich, als dass man sie genau beschreiben könnte, oder gar einem unbedachten Menschen diese Gabe geben sollte.«

»Das bedeutet also, Targon muss mir erneut von seinem Blut geben, und ich schreibe, dass es den Soldaten wieder gut geht?«

»Nein! Genau das bedeutet es nicht«, entgegnete er scharf. Seine Augen blickten hart, als er fortfuhr: »Wir wissen nicht, auf welcher Seite sie stehen. Vorerst stehen sie damit für uns auf der Seite unserer Gegner. Wir können kein Risiko eingehen. In ihrem jetzigen Zustand stellen sie für uns keine Gefahr dar. Also belassen wir es dabei.«

Hannah nickte mechanisch. Hatte sie die Männer damit nicht dem sicheren Tod ausgesetzt? Wie sollten sie Nahrung aufnehmen? Wie sollte sie sich überhaupt das Ganze vorstellen? Im Augenblick ging diese Sache über ihr Vorstellungsvermögen. Ein dumpfes Gefühl breitete sich in ihrem Bauch aus, und Übelkeit stieg auf, die nicht so einfach weichen würde. Dabei beobachtete Maruk sie weiter, ohne ein Wort. Nur die wissenden Augen, die über ihr Gesicht tasteten, dann kurz zu Targon flogen und sich mit schrecklicher Unnachgiebigkeit wieder an ihr festsaugten.

»Wie ist es ihr dabei ergangen, Targon?«

Genau diese Frage hatte sie nicht hören wollen. Plötzlich fiel es ihr schwer noch weiterhin aufrecht vor ihm stehen zu bleiben. Ihre Beine zitterten genau so sehr wie ihr Herz und ihr Gewissen. Die dunkle Stimme Targons antwortete, ohne zu zögern und unerbittlich: »Sie war nicht sie selbst, machte auf mich den Eindruck einer Betrunkenen. Ihre Augen waren weit aufgerissen, genau wie ihre Pupillen, und sie redete wirres Zeug.«

Wirres Zeug! Hannah knurrte innerlich. Dennoch war sie im Stillen dankbar dafür, dass er nicht wiedergab, was sie gesagt hatte.

»Das habe ich mir gedacht.« Plötzlich veränderte sich Maruks Miene und Mitleid schwemmte die Härte daraus fort. »Bevor ich mit Hannah allein rede, denke ich, wir sollten uns über euren Aufbruch unterhalten.«

Hannah riss die Augen auf. »Aufbruch? Wann?«

»Noch heute! Ich halte es für besser, wenn ihr uns nicht mehr nach Neu-Brige begleitet. Ihr solltet sofort nach Portano aufbrechen. Es ist der einzige Ort, an dem noch ein Sturmmeister sein kann. Soviel ich in Erfahrung bringen konnte, wird dort ein Sturmsegler erwartet. Ihr solltet dort sein, wenn der Segler eintrifft. Lord Glenwinn ist gefährlich. Wir kennen seine Pläne nicht. Hannah muss so schnell wie möglich zurück in ihre Welt.«

»Ich stimme dir da zu.« Targon nickte zu Hannahs Leidwesen. »Wirst du nachkommen?«

»Sobald ich die Briger zu ihrem neuen Zuhause gebracht habe, werde ich euch folgen.« Maruk verzog nachdenklich das Gesicht. »Sollte ich euch in einer Woche nicht erreichen, schick sie fort. Wenn vorher Romuns Männer auftauchen, wartet ebenfalls nicht mehr auf mich.«

Hannah sah von einem zum anderen. Das konnte doch nicht wirklich ihr Ernst sein. Die beiden hatten nichts Eiligeres zu tun, als sie loszuwerden? »Wieso können wir nicht noch nach Neu-Brige? Dieser Glenwinn hat doch keine Ahnung, wohin wir unterwegs sind. Und ich habe geschrieben, dass wir sicher sind.«

Maruk lächelte, aber das Lächeln erreichte nicht seine Augen. »Du hast von einer sicheren Flucht geschrieben. Die könnte man wohl genau genommen für den Augenblick als beendet betrachten, denn niemand hat eure Verfolgung aufgenommen. Lord Glenwinn ist nicht dumm, Hannah. Er wird nach euch suchen lassen. Sei es, weil er euch für seine eigenen Zwecke braucht oder um sich bei Romun anzubiedern. Der Grund ist gleichgültig. Ihr müsst fort!« Für einen Moment sah er so aus, als wollte er noch etwas sagen. Dann presste er die Lippen aufeinander und schwieg.

»Du hast schon einmal unsere Abreise verzögert. Sieh endlich einmal ein, dass das zu nichts geführt hat, außer, dass die Briger ihr altes Zuhause verloren habe.«

»Na, vielen Dank auch!«, wütend fuhr Hannah zu Targon herum und stieß mit dem Zeigefinger gegen seine Brust. »Du bist doch derjenige, der mich überhaupt hierhergebracht hat.« Verstohlen rieb sie sich über den Finger. Der Stoß war schmerzhaft gewesen. Diese Brust war eindeutig hart.

»Darum bin ich es auch, der dich wieder zurückbringt.« Targon bedachte sie mit einem arroganten Blick, der ihr die Sprache verschlug. Sie hatte ganz offensichtlich hier nichts mitzureden.

»Lass uns jetzt bitte allein, Targon«, meldete sich Maruk zu Wort. »Ihr habt den ganzen Weg nach Portano Zeit, euch weiter zu streiten.«

Beschämt wich Hannah einen Schritt zurück. Targon warf ihr noch einen kurzen Blick zu, dann nickte er knapp und verschwand lautlos zwischen den Wagen. Sie wäre ihm gerne gefolgt und hätte sich unter die Briger gemischt. Vielleicht konnte sie dort die Geschehnisse vergessen und dieses schlechte Gefühl, das in diesem Moment immer intensiver wurde. Was mochte jetzt kommen? Wieso wollte er sie allein sprechen? Er hatte doch keine Geheimnisse vor Targon, oder doch?

Hilfesuchend sah sie Maruk an, der ihr mit einer Geste deutete, dass sie sich an die Feuerstelle setzen sollte, die jetzt schwarz und kalt war, ohne ein wärmendes Feuer, das vielleicht auch ihr Inneres hätte wärmen können. Dennoch folgte sie dankbar der Einladung. Ihre Knie schlotterten und ihre Hände schmerzten, als sie ihren Griff endlich aus dem Hosenstoff lockerte.

»Normalerweise zeigt ein Schreiber keinerlei Reaktion, wenn er schreibt«, begann Maruk, während er sich ihr gegenüber im Schneidersitz auf den Boden sinken ließ.

Hannah löste ihren Blick von der Asche und horchte auf. Normalerweise, hatte er gesagt.

»Bei dir sind zwei Dinge anders, als ich sie von den anderen Schreibern kenne, denen ich in meinem Leben begegnet bin. Du schreibst mit dem Finger, weil dir die Feder der Schreiber fehlt ...« Jetzt zögerte er kurz und lächelte sie beinahe sanft an. Als ob er den Ärger, den er doch gerade noch empfunden haben musste, bereits wieder vergessen hatte. »Hinzu kommt, du bist auch noch in den Träger der Tinte verliebt.«

Hannahs Gesicht glühte auf, als wäre das Feuer plötzlich wieder zum Leben erwacht. Doch Maruk tat so, als bemerkte er nichts davon. »Du verfällst nach Targons Beschreibung in eine Art Rauschzustand. Es muss daran liegen, dass du keine Feder benutzt. - Du sehnst dich nach ihm und seiner Nähe, und wenn du mit seinem Blut in Kontakt kommst, hast du plötzlich all dies in deinen Händen und noch mehr. Sogar das Schicksal des geliebten Menschen liegt in deiner Macht. Wenn das nicht ein Grund ist, sich berauscht zu fühlen, dann weiß ich es auch nicht.« Maruk lächelte jetzt ehrlich, wurde aber schlagartig wieder ernst. »Ich habe keine Ahnung, was das für Folgen nach sich ziehen kann. Als du auf der Burg geschrieben hast, warst du zwar recht aufgedreht, aber nicht so, dass ich darüber nachgedacht habe. Es schien mir mehr deine Reaktion auf das Wunder deiner Schreiberei zu sein. Jetzt erscheint es mir so, als würde es schlimmer werden. Ein Rausch, dem vielleicht kein Einhalt mehr zu gebieten ist, und der dich vielleicht vergessen lässt, worum es in Wirklichkeit geht. Du solltest in euer beider Interesse nicht mehr sein Blut zum Schreiben benutzen. Kannst du mir das versprechen?«

Hannah versuchte Maruks Blick möglichst offen zu begegnen. Dennoch spürte sie, wie sich verräterische Wärme in ihre Wangen schlich. Sollte sie ihn so offen anlügen? Oder einfach nichts antworten? Da nickte er plötzlich. »Ich verstehe«, sagte er gedehnt. Sorge verdunkelte seine Augen. »Dann versprich mir wenigstens, wirklich vorsichtig zu sein und nicht überstürzt zu handeln.«

»Das verspreche ich dir.« Hannah sprang impulsiv auf und umarmte Maruk. »Danke. - Für alles!«

Überrascht erwiderte Maruk die Umarmung. Hannah genoss den Moment. Es tat gut und gab ihr ein Gefühl von Geborgenheit, aus dem sie sich nur ungern löste.

Nach einer Weile räusperte sich Maruk verlegen. »Du solltest dich jetzt verabschieden gehen. Ich denke, das wird eine Weile dauern.«

»Mach ich.« Hannah ließ die Arme sinken und wich ein wenig zurück. Maruk sah sie aufmerksam an, und ein verständnisvolles Lächeln schob sich in sein Gesicht.

»Wirst du es ihm sagen?«, fragte sie vorsichtig.

»Meinst du nicht, dass er es ohnehin schon weiß? Er mag ja sein Herz vor vielen Dingen verschlossen haben, aber er ist nicht tot.« Maruks Lächeln wurde noch breiter. »Aber du kannst beruhigt sein, ich werde nichts zu ihm sagen. Warum hätte ich sonst zu dir unter vier Augen sprechen sollen? Dennoch werde ich auch ihn ausdrücklich davor warnen, dir sein Blut zu geben.«

»Danke, Maruk.« Hannah lächelte erleichtert und eine kleine Last polterte zu Boden. Dann drehte sie sich hastig um und machte sich auf den Weg, um nach Kiesha Ausschau zu halten.

Ein Weg nach Hause?

Zwei Stunden später sah Hannah unglücklich den Brigern hinterher, die in einer langen Reihe Maruk auf dem Weg in ihr neues Zuhause folgten. Leise seufzte sie auf. Wehmut bedrückte sie. Dennoch hatte sie ihr Vorhaben nicht einen Augenblick vergessen. Direkt neben ihrem Standpunkt, einige Schritte vom Weg entfernt, befand sich ein etwa mannshoher Felsen, flankiert von einigen Preiselbeersträuchern. Dicke rote Beeren hatten vorhin noch an den Zweigen gehangen, die inzwischen alle in den kleinen Mündern der Dorfkinder verschwunden waren. Hannah lächelte bei dem Gedanken daran und stieg ab.

»Was tust du?« Targon hatte Radscham einige Meter weiter angehalten und betrachtete sie mit gerunzelter Stirn.

»Du weißt, was ich tun will. Wir haben darüber gesprochen, erinnerst du dich?«

»Hast du nicht verstanden, was Maruk gesagt hat oder bist du bloß stur?« Langsam kam er nähergeritten und sah missbilligend von dem hohen Rücken seines Reittieres auf sie hinab. Doch Hannah hatte nicht vor, sich von ihm einschüchtern zu lassen, und schüttelte entschlossen den Kopf.

»Wie könnte ich«, entgegnete sie. Mit einer Hand griff sie in Radschams Zügel und sah flehend zu Targon hinauf. »Nur noch dieses eine Mal, Targon. Bitte! Was soll schon passieren, wir wissen ja schließlich beide, worauf wir uns einlassen. Danach reiten wir nach Portano, du bringst mich auf diesen Sturmsegler, ich kehre nach Hause zurück und werde nie wieder mit deinem Blut in Berührung kommen.« Auch wenn das nicht das ist, was ich mir wünsche, fügte sie noch in Gedanken hinzu, und die Wehmut in ihrem Herzen wurde noch erdrückender. Targon saß reglos in seinem Sattel und zeigte nicht die geringste Regung. Seine dunklen Augen wirkten wie Tore, hinter denen sich alles befinden konnte.

»Du bist es mir schuldig«, griff sie jetzt an und wusste nahezu im selben Moment, wie töricht sie war.

»Das würde voraussetzen, dass ich ein Schuldbewusstsein habe.« Seine Mundwinkel verzogen sich zu einem zynischen Lächeln und gruben dieses vermaledeite Grübchen in seine Wange.

Hannah schnaubte wütend.

»Ich gehe kein Stück weiter, wenn du mir nicht hilfst.«

»Oh, Hannah, das ist doch nicht dein Ernst? Du weißt, dass ich dich nach Portano bringen werde, ob du willst oder nicht. Zur Not auch gefesselt auf dem Rücken Kimons. Es ist deine Entscheidung, wie bequem die Reise für dich ist.« Mit diesen Worten schwang er ein Bein über den muskulösen Hals Radschams, rutschte nachlässig an dessen Seite herab und kam auf sie zu. Hannah wich erschrocken zurück und hob abwehrend die Hände. »Aber, auch wenn es dir erstaunlich vorkommen mag, werde ich deinem Drängen nachgeben. Dieses Mal noch werde ich dir mein Blut geben, und ein letztes Mal, wenn ich dich darum bitte, danach nicht mehr. Maruk hat uns gewarnt, und diese Warnung sollten wir nicht leichtfertig in den Wind schlagen.«

»Aber…«, Hannah wusste im ersten Augenblick nicht, was sie sagen sollte. Tatsächlich hatte sie die ganze Zeit daran gezweifelt, dass Targon ihr das Blut geben würde. Dass er dies jetzt doch tat, verblüffte sie über alle Maßen. »Ich danke dir«, stammelte sie glückselig. »Und ich bin dir was schuldig.«

»Ich werde dich daran erinnern«, erwiderte er grimmig. »Ich hoffe, du hast dir genau überlegt, was du schreiben wirst? Du hast Maruk gehört, die Folgen sind nicht zu überblicken.«

»Ich habe bereits, seit wir Brige verlassen haben, nichts anderes getan und versucht, an alles zu denken. Ich werde den Schutz so eng wie möglich fassen, um nicht in natürliche Geschehnisse einzugreifen. Alles was ich will, ist ein Schutz vor den Dingen, die mit unserem Aufenthalt hier zu tun haben könnten. Mehr nicht.«

»Gut.« Targon nickte. »Gib mir einen Becher.« Fordernd streckte er eine Hand aus. Hannah sah ihn überrascht an, bevor sie begriff. Sofort wühlte sie in ihren Satteltaschen nach einem der gedrechselten

Holzbecher und reichte ihn Targon. Fasziniert beobachtete sie, wie er wieder mit einer leichten Bewegung des Handgelenkes einen kleinen Dolch in seine Handfläche zauberte. Dann löste er den Verband und legte die Wunde frei, die rot und empfindlich aussah. Targon setzte die Klinge genau auf die Wunde und öffnete sie mit einem raschen Schnitt. Unwillkürlich verzog Hannah das Gesicht. Targon zuckte mit keiner Wimper, sondern schloss die Hand zu einer Faust, dass die Knöchel weiß hervortraten. Dunkel tropfte sein Blut daraus hervor und füllte langsam den Becher, bis dessen Boden bedeckt war. Dann reichte er ihn wortlos zurück.

»Danke.« Hannah zögerte einen Moment, dann gab sie sich einen Ruck. »Könntest du dich bitte ein wenig zurückziehen und mich das hier allein machen lassen? Ich …, es ist mir peinlich, weißt du, wenn ich wieder anfange, wirres Zeug zu reden.«

Für einen Atemzug wirkte Targon misstrauisch, doch dann nickte er erneut.

»Ich ziehe mich bis zu den Bäumen zurück. Keinen Schritt weiter. Ich kann dich nicht völlig unbeobachtet lassen. Wer weiß, welchem Wanderer du sonst noch um den Hals fällst.« Ein spöttisches Lächeln erschien in seinen Mundwinkeln, dann wandte er sich ab, ging zu Radscham und zog sich bis zu einer Gruppe von Birken zurück, die gute hundert Schritte entfernt waren. Hannah seufzte, das musste wohl reichen. Schließlich hatte er auch nicht unrecht mit seinen Bedenken. Entschlossen packte sie den Becher mit beiden Händen und kniete sich vor den Felsen. Vorsichtig schob sie ein paar Zweige beiseite, fischte ein Seil aus ihrer Umhängetasche und band damit die Pflanzen so zur Seite, dass sie eine ausreichende Fläche von dem Stein freigaben. Nervös blickte sie wieder zu Targon, der an dem schwarz-weißen Stamm einer Birke lehnte und sie nicht aus den Augen ließ. Konnte er denn nicht eine einzige Sekunde woanders hinsehen? Hannah fluchte leise und drehte sich mit dem Rücken zu ihm. Sollte er ruhig zu ihr herüberstarren, er würde trotzdem nicht erkennen können, was sie gerade tat. Eilig ergriff sie den Becher, dessen Inhalt dunkel und geheimnisvoll schimmerte wie ein schwarzer See. Sie wollte nicht riskieren, dass er misstrauisch werden würde und zu ihr herüberkam, bevor sie fertig war. Hannah atmete mehrfach tief durch. Hoffentlich machte sie keinen Fehler.

Lautlos murmelte sie die Worte wie eine Zauberformel vor sich hin und tauchte entschlossen die Fingerspitze in den Becher.

Langsam wurde er ungeduldig. Eigentlich hatte er vorgehabt, die nächste Nacht in einem Gasthaus zu verbringen. Doch ein Blick zum Himmel überzeugte ihn davon, dass er sein gestecktes Ziel nicht erreichen würde. Hannah hatte bereits viel zu lange gebraucht, um sich zu verabschieden, und jetzt kostete sie diese kleine Zauberei wertvolle Zeit. In aller Seelenruhe kniete sie vor diesem Felsen und hantierte umständlich mit dem Becher. Mit Sicherheit war sie anschließend nicht in der Lage zu reiten.

»Dann binde ich dich eben auf deinem Gaul fest«, knurrte er leise. Verdient hätte sie es. Dann seufzte er. Worauf hatte er sich bloß eingelassen? Warum ließ er es zu, dass sie alles auf den Kopf stellte? Ärgerlich auf sich selbst verschränkte er die Arme vor der Brust, ließ sie aber augenblicklich wieder sinken. Während des Kampfes bei der Burg hatte er nichts gesehen, aber jetzt blinzelte er verblüfft mit den Augen. Gerade tauchte sie erneut ihren Finger in den Becher und setzte zum Schreiben an. Dabei folgte ein schwarzer Schimmer ihren Bewegungen, verharrte kurz und löste sich dann in Nichts auf. Hannah schrieb konzentriert, als hätte sie nichts davon bemerkt. Ihr schlanker Körper war angespannt wie eine Feder. Selbst der Felsen schien diese Spannung in sich aufzunehmen. Täuschte er sich oder vibrierte der Stein tatsächlich? Unbewusst trat Targon Schritt für Schritt näher. Hannah sah beinahe gleichzeitig zu ihm herüber und stand auf. Dabei strahlte sie ihn mit der gleichen Intensität an, die sie bereits bei der Burg gezeigt hatte. Leicht schwankend stand sie da und deutete auf den Felsen.

»Ich habe es wirklich gut gemacht. Ein wahres Kunstwerk, nur schade, dass es niemand bewundern wird.« Mit vor Glück fast berstender Stimme klatschte sie wie ein kleines Kind begeistert in ihre Hände und lachte. Wieder drehte sie sich wie im Tanz, völlig selbstvergessen. Ihre Bewegungen waren voller Anmut und Natürlichkeit. Targons Herz meldete sich mit einem verstohlenen Herzschlag, als traute es sich diese Gefühlsregung nicht zu. Er schluckte trocken. Hannah hatte anscheinend nicht die geringste Ahnung, welche Wirkung sie auf ihn hatte. Geschickt wich er aus, als sie auf ihn zuschlenderte und warf hastig einen Blick auf die Inschrift. Die Worte schimmerten noch feucht, hatten sich aber tief in den Stein gegraben.

Das Dorf Neu-Brige und seine Bewohner ...

Noch bevor er zu Ende lesen konnte, schwangen die Zweige mit einem leisen Rascheln zurück an ihre ursprünglichen Plätze und verdeckten vollends die Schrift. Hannah stand leicht schwankend neben ihm, mit dem dünnen Seil in der Hand, lächelte ihn unschuldig an und plumpste völlig unvermittelt zu Boden. Von Anmut keine Spur mehr saß sie erstaunt da und sah ihn aus ihren großen wunderschönen Augen an.

Genug! Jetzt war er es, der Zeit verplemperte. Kurzentschlossen packte er sie, etwas gröber, als es nötig gewesen wäre. Hannah keuchte erschrocken auf, als er sie auf Kimon hob. Unsicher suchten ihre Hände in der dicken Mähne nach Halt, während ihr Oberkörper leicht schwankte. Genau, wie er befürchtet hatte. So würde sie nicht lange im Sattel bleiben. Ärgerlich fluchte er vor sich hin, während er ein Seil von Radschams Sattel löste. Dann würde er sie eben auf Kimon festbinden, sie hatte es ja nicht anders gewollt.

»Dort unten liegt Portano.« Targon zog die Zügel an. Radscham senkte schnaubend den schwarzglänzenden Kopf, als wollte er genau wie sein Reiter auf die Stadt tief unter ihnen blicken. Hannah lenkte

Kimon daneben und hielt ehrfürchtig den Atem an. Sie befanden sich an der Abbruchkante einer langgestreckten Steilküste. Unter ihnen lag die Hafenstadt, die den Rand einer sanft geschwungenen Bucht säumte. Das bunte Treiben, das dort in den Gassen herrschte, war selbst aus dieser Entfernung gut zu erkennen. Zusätzlich belebten unzählige Segelschiffe und Boote die Szenerie. Es war unglaublich! Instinktiv suchte Hannah das Meer ab, als könnte jeden Augenblick ein Piratenschiff am Horizont auftauchen.

»Es ist unglaublich schön«, hauchte sie.

Regenschwere Wolken zogen als fließende Einheit hinaus aufs Meer. Eine Möwe riss den Schnabel auf und stieß einen durchdringenden Schrei aus, während sie mit den Aufwinden spielte, die an diesem Ort herrschten. Wie eine Feder tanzte sie an der steilen Wand hinauf, ließ sich aufs Meer hinausziehen, kehrte mit kräftigen Flügelschlägen zurück und sank in einem beherrschten Sturzflug nach unten, nur um das gleiche Spiel erneut zu beginnen. Hannah lächelte. Beinahe war es ihr, als wäre der Vogel genauso zwischen dem Ruf der Ferne und dem verlockenden Land hin- und hergerissen wie sie selbst. Der Abschied rückte näher. Bei diesem Gedanken raste ihr Herz. Nach Hause oder hierbleiben? Und Marina zurücklassen? Targon hatte versprochen nach ihr zu suchen. Aber hatte sie überhaupt eine Wahl? Ihre Gedanken und Gefühle überschlugen sich. Sie wandte ihren Blick Targon zu und betrachtete sein Profil. Eine leichte Brise spielte mit seinen schwarzen Haaren, während er mit hoch erhobenem Kopf über die bleigraue See sah. Er passte perfekt in diese Welt. Hannah seufzte leise. Der Moment erinnerte sie daran, wie sie das Reh im Nebel beobachtet hatte. Auch dieser Augenblick war unwirklich und schön gewesen, und viel zu schnell war das Reh verschwunden. Genauso würde es mit diesem Augenblick sein.

»Ich wollte früher immer fliegen können wie diese Möwen. Fliegen, wohin man will.« Targons Stimme riss sie aus ihren Gedanken. Er lächelte sie an, und Hannahs Herz stockte kurz, bevor es hastig weiter raste. Mein Gott, diese Augen, dachte sie benommen und zwang sich, ruhig zurückzulächeln. Doch sein Lächeln vertiefte sich und aus der Dunkelheit seiner Augen stieg ein Leuchten auf. Alle Härte war aus seinem Gesicht gewichen und zum allerersten Mal hatte sie das Gefühl, dass dieses Lächeln tatsächlich ihr gehörte.

»Ich habe als Kind von Orten wie diesem hier geträumt. Ein Buch nach dem anderen habe ich verschlungen und mich nach so einer Welt gesehnt«, erzählte sie leise.

»Und nun verlässt du sie bald wieder.« Sein Lächeln verebbte. »Irgendwo dort unten liegt ein Sturmsegler. Wenn alles gut geht, bist du vielleicht schon in wenigen Tagen zu Hause.«, sagte er sachlich und nahm die Zügel wieder auf.

Damit war das Reh wieder im Nebel verschwunden. Hannah seufzte. Der Himmel allein wusste, was in diesem Mann vorgehen mochte. Sein gleichgültiger Tonfall schmerzte sie. Aber hatte sie wirklich erwartet, dass es ihn berühren würde, wenn sie ging? Wortlos folgte sie ihm, als er Radscham antrieb und den schmalen Pfad entlangritt, der zur Bucht hinunterführte.

Sie brauchten eine weitere gute Stunde, bis sie Portano erreichten und in das Durcheinander eintauchten, das dort in den Gassen herrschte. Hannah wusste nicht, wo sie zuerst hinsehen sollte. Sie kam sich vor, als steckte sie mitten in einem dieser historischen Filme, die sie so liebte. Kutschen und Lastkarren fuhren an ihnen vorbei, derbe Rufe erfüllten die Luft und der Geruch von Salz, Holz, ungewaschenen Menschen und Laster lag wie ein Tuch über dem Hafen. An der ersten Taverne hielt Targon an, schwang sich aus dem Sattel und warf ihr die Zügel zu.

»Warte hier. Ich werde hineingehen und fragen, ob wir hier Unterkunft bekommen.« Damit verschwand er durch den Eingang, über dem ein verrottendes Holzschild hing. Mit Mühe konnte sie gerade noch die Zeichnung eines Skelettes in der Nacht erkennen, das an einem Steilufer stand und mit einer Laterne einem Segelschiff Zeichen gab. Darunter prangte in großzügiger Schrift der wenig vertrauenerweckende Name Smugglers Cot. Unbehaglich blickte Hannah sich um. Angetrunkene Seeleute stolperten gerade aus der Tür. Wahrscheinlich hatten sie hier ihre ganze Heuer versoffen, dem Zustand nach zu schließen, in dem sie sich befanden. Doch die Männer nahmen keinerlei Notiz von ihr und wankten laut singend und grölend die Straße weiter. Noch bevor sie von Kimon absteigen konnte, kehrte Targon zurück. Auf seinen Fersen folgte ein schmächtiger, etwa zwölf Jahre alter Junge, der ihr die Pferde abnahm und mit ihnen hinter der Taverne verschwand.

»Wir haben ein Zimmer. Der Wirt lässt uns gerade ein Essen zubereiten. Morgen früh werde ich dann die ‚Sturmwind' aufsuchen.«

»Ein Zimmer?«, fragte sie töricht.

»Ein Zimmer mit einem Bett«, bestätigte er, und ein sarkastisches Lächeln zuckte um seine Mundwinkel.

Gemeinsam gingen sie in die Taverne, in der schummriges Licht herrschte. Es roch nach Qualm und billigem Fusel. Zwischen den dichtbesetzten Tischen eilten zwei dralle Frauen mit Essen umher, deren schrilles Lachen so gut in diesen Raum passte wie ihre fleckigen Schürzen. Targon dirigierte sie zu einem freien Tisch an einem Fenster, das offensichtlich seit der Erbauung des Hauses nicht mehr geputzt worden war. Die Tischplatte sah nicht besser aus. Misstrauisch beäugte Hannah die dunklen Punkte darauf und wollte nicht genauer darüber nachdenken, ob der eine Fleck gerade Beine gehabt hatte.

Mit einem lauten Poltern schwang eine der Frauen einen großen Teller mit Braten und Brot vor ihr auf den Platz. Soße spritzte über den Tisch, und einer der Flecken huschte davon. Hannah schluckte angeekelt, lenkte dann aber ihr Augenmerk amüsiert auf die Frau, die Targon mit einem bezaubernden Lächeln auf ihrem verlebten Gesicht anblinzelte.

»Dein Braten, mein Hübscher«, gurrte sie und stellte sanft den Teller vor ihm ab, während sie sich möglichst weit vorbeugte, um Targon einen Blick in ihren großzügigen Ausschnitt zu gönnen.

»Ich danke Euch. Sowohl Ihr als auch der Braten sind auf das angenehmste appetitanregend.« Damit schenkte er ihr ein charmantes Lächeln und zauberte eine Silbermünze hervor, die er in ihren Ausschnitt fallen ließ.

Die Frau kicherte geschmeichelt und schlenderte mit geübtem Hüftschwung zurück zur Theke.

Hannah sah ihr fasziniert hinterher, dann wandte sie sich wieder ihrem Teller zu. Der Braten sah wirklich appetitlich aus. Dazu stieg ein würziger und frischer Duft von ihm und dem Brot auf. Ihr Magen knurrte laut und vernehmlich, doch das Geräusch ging glücklicherweise in der allgemeinen Lautstärke unter. Entschlossen schob sie alle Bedenken beiseite und schnitt ein großes Stück vom Braten ab. Das Fleisch beschenkte ihren Mund mit einem köstlichen Geschmack aus zartem Fleisch, kräftigen Gewürzen und Kräutern. Der Wirt verstand seine Arbeit, dachte sie zufrieden, und hieß die Müdigkeit willkommen, die sich in ihren Knochen ausbreitete. Nur halbherzig versuchte sie, ein Gähnen zu unterdrücken. Auch Targon sah müde aus. Die letzte Nacht rächte sich. Für einen flüchtigen Augenblick beschlich sie die Andeutung eines schlechten Gewissens. Ihretwegen war er die ganze Nacht hindurch geritten, um die verlorene Zeit wieder einzuholen. Hannah grinste leicht. Sie hatte auf Kimons Rücken eigentlich ganz gut geschlafen. Und das Mittel, das sie vorsorglich von Kiesha gegen die Kopfschmerzen danach bekommen hatte, hatte auch recht gut gewirkt. Trotzdem folgte sie ihm erleichtert, als er sich erhob und sie endlich das Zimmer aufsuchen konnten.

Neugierig trat sie ein. Der Raum war nicht sonderlich groß, lediglich ein schmaler Tisch mit zwei Stühlen und ein Bett, das gerade groß genug für sie beide war, befanden sich darin.

»Ich habe uns Wasser bringen lassen. Du kannst dich also gerne waschen, wenn du möchtest.«

Mit wenigen Schritten durchmaß Hannah den Raum und blieb beinahe ehrfürchtig vor dem Tisch stehen. Zwei Krüge standen darauf und eine große Waschschüssel. Sofort schüttete sie mit Schwung Wasser in die mit großen rosafarbenen Blüten bemalte Porzellanschüssel. Doch dann stockte sie in der Bewegung und drehte sich zu Targon um, der mit hochgezogener Augenbraue ihrem Blick begegnete.

»Ich werde mich umdrehen, keine Sorge.«

Hannah nickte und wandte sich mit klopfendem Herzen der Schüssel zu. Zögerlich knöpfte sie ihr Hemd auf, schalt sich dabei gleichzeitig eine Närrin. Worüber machte sie sich Gedanken? Sie hatten inzwischen so viele Nächte miteinander verbracht.

Entschlossen zog sie daher ihre Kleidung aus und legte sie an die Seite, wobei sie noch einen schnellen Blick zu Targon warf. Er saß mit dem Rücken zu ihr auf dem Bett und schnürte die Unterarmmanschetten auf. Jeden Dolch zog er daraus hervor und wischte sorgfältig mit einem Tuch darüber, bevor er sie wieder zurücksteckte. Er machte nicht die geringsten Anstalten sich nach ihr umzudrehen und einen heimlichen Blick auf sie zu werfen. Beinahe enttäuscht seufzte sie leise auf und tauchte ihre Arme in die Schüssel. Das Wasser war eiskalt. Erschrocken keuchte sie auf, genoss aber das nadelspitze Kribbeln, das über ihre Haut jagte und sie mit Gänsehaut überzog. Die Erfrischung tat gut, und sie vergaß vollständig ihr Unbehagen Targon gegenüber. Als sie nach einer gefühlten Ewigkeit fertig war, trocknete sie sich ab und schlüpfte schnell in das frische Unterhemd, das Kiesha ihr vor der Abreise geschenkt hatte.

»Ich bin fertig, wenn du jetzt möchtest?« Langsam drehte sie sich um. Targon saß nach wie vor mit dem Rücken zu ihr und betrachtete eine Karte, die er vor sich ausgebreitet hatte. Zögernd sah er auf, als bemerkte er erst jetzt wieder ihre Gegenwart.

»Gut«, entgegnete er abwesend und stand auf.

Hannah huschte an ihm vorbei, schlüpfte in das Bett und zog die Decke über ihre Beine. Beinahe im selben Augenblick bereute sie es. Der Stoff war grob und steif vor Schmutz. Mit einem angeekelten Laut stieß sie die Decke wieder von sich.

»Du solltest besser deine eigene Decke nehmen, Hannah.« Targon verkniff sich ein Grinsen und deutete auf die Stelle, an der er gerade noch gesessen und auf der er seine Decke säuberlich ausgebreitet hatte.

Hannah schnaubte verärgert und zog ihre Decke aus ihren Sachen hervor. Leise vor sich hin schimpfend und mit spitzen Fingern, versuchte sie ihre Decke so auszubreiten, dass möglichst nichts mehr von der Matratze darunter hervorschaute. Die Decke reichte nicht ganz, und so setzte sie sich mit misstrauischem Blick auf das Bett. Augenblicklich zog sich die Decke ein wenig zusammen und gab an den Seiten den Blick auf die alte Matratze frei.

»Verflucht! Ich würde viel lieber irgendwo draußen schlafen.«
Verzweifelt zog sie ihre langen Beine an sich und umschlang sie mit den
Armen. Ihr war kalt, und ihre Stimmung sank wie ein Stein auf den
Grund eines modrigen Gewässers. »Ich meine, das ist vielleicht mein
letzter Abend hier, und ich hole mir Wanzen und eine
Lungenentzündung und…« Erschöpft hielt sie inne. Targon warf ihr
einen kurzen Blick zu. Er erwiderte nichts, sondern drehte sich um und
begann, sich auszuziehen. Eigentlich sollte sie jetzt wegsehen, aber ihre
Augen wollten sich nicht von seinem Körper lösen. Ihr Gesicht glühte
zwar warnend auf, als er vollständig nackt vor der Waschschüssel
stand, doch Hannah ignorierte es und betrachtete ausgiebig das Spiel
seiner Muskeln, während er sich wusch.

Schäm dich, dachte sie nach einer Weile. Targon hatte wenigstens
den Anstand gehabt, sie nicht heimlich zu beobachten. Vielleicht auch,
weil es für ihn nichts Interessantes zu sehen gab. Hannah atmete tief ein
und aus und zwang sich, ihre Augen zu schließen. Doch sein Anblick
hatte sich fest in ihren Kopf gebrannt. Wenn es möglich war, glühten
ihre Wangen noch heißer auf.

»Du kannst die Augen wieder öffnen.«

Zögernd folgte sie der Aufforderung. In seiner Stimme hatte etwas
Amüsiertes gelegen, doch seine Miene wirkte gleichgültig. Sie hatte gar
nicht bemerkt, dass er sich wieder angezogen hatte. Nur noch sein
Oberkörper war nackt, was Hannah beunruhigend genug fand. Und es
sah auch nicht so aus, als ob er vorhatte, sein Hemd wieder anzuziehen.
Stattdessen bemerkte sie mit einem Stirnrunzeln, dass es in der Schüssel
lag.

Er hatte es gewaschen? Targon entsprach so gar nicht ihrem Bild
eines Mannes dieser Welt, der mit Dienstmägden auf einer Burg
aufgewachsen war.

»Wir sollten nicht riskieren, dass du dir eine Lungenentzündung
holst. Hier, nimm meine Decke.« Damit zog er seine Decke vom Bett
und legte sie ihr um die Schultern. Für einen Moment nur ruhten seine
Hände mit sanftem Griff darauf. Hannah fühlte sich wie eine Katze, die
sich am liebsten dagegen gedrückt hätte, um mehr einzufordern. Das
Gefühl war angenehm, doch viel zu schnell nahm er seine Hände
wieder zurück. Verlegen zog sie den weichen Stoff fester um sich und

atmete tief seinen Geruch ein, während Targon zurück zu seinem Hemd ging, es auswusch, anschließend auswrang und über den Stuhl zum Trocknen aufhing.

Immer noch verlegen rieb sie sich über die Nase. Sie wusste nicht, was sie von dem hier halten sollte.

»Was ist?«, fragte er, als er ihren Blick bemerkte.

»Oh …« Hannah setzte sich auf und versuchte, sich nicht anmerken zu lassen, was in ihr vorging. »Ich …, ich bin einfach nur immer wieder über dich überrascht.«

»Wieso?« Targon legte sich neben sie auf das Bett, rollte sich auf die Seite, winkelte den Arm an und stützte seinen Kopf auf einer Handfläche ab.

Er lag da wie hingegossen und lächelte dieses Lächeln, das er ihr an der Steilküste geschenkt hatte. Hannah räusperte sich verlegen und widerstand der Versuchung, von ihm fortzurücken. Zu deutlich spürte sie den Bettrand neben sich. Sie wollte jetzt wirklich nicht vor seinen Augen wie ein Sack Kartoffeln aus dem Bett fallen.

»Du verhältst dich anders als die Männer, denen ich auf der Burg begegnet bin: Lord To'bal oder seine Wachen. Vor ihnen hätte ich in dieser Situation so allein Angst gehabt.«

Hallo, Hannah, was redest du denn da?, dachte sie entsetzt und hielt den Atem an. Er musste sie für völlig verrückt halten.

»Du vergisst, dass ich eine entsprechende Erziehung genossen habe.« Sein Lächeln wurde breiter, während er sie aus seinen dunklen Augen genau beobachtete. Der Blick zog sie magisch an, und beinahe hätte sie sich vorgebeugt, um noch tiefer hineinsehen zu können.

Verdammt! Sie war sich absolut sicher, dass er genau wusste, was in ihr vorging. Er bewegte sich keinen Millimeter, nicht ein Muskel zuckte an ihm.

»Stimmt, deine Erziehung.« Hannah bemühte sich, das Gespräch aufrecht zu halten. »Ich vergesse immer wieder, dass du ein Prinz bist.«

»Ich auch.« Unvermittelt wurden seine Augen schmal und das Lächeln erlosch. Targon setzte sich auf und lehnte sich mit dem Rücken gegen die Kopfseite des Bettes.

Das war nicht gut gelaufen. Warum waren solche Augenblicke bloß immer so kurz? Und warum hatte sie jetzt ausgerechnet davon angefangen? Sie wusste es selbst nicht, aber seine Gegenwart blockierte ihren Verstand.

»Es tut mir leid. Ich wollte nicht…« Hannah verstummte hilflos. Was mochte er alles erlebt haben, dass er auf die Tatsache, dass er ein Prinz war, derart brüsk reagierte? In Brige hatte er ihr nur einen kleinen Einblick in sein Leben gewährt, als er ihr erklärt hatte, woher das Brandzeichen auf seiner Brust kam. Aber mehr hatte er nie preisgegeben. »Du hast mir gesagt, dass ich nicht die geringste Ahnung habe, wie dein Leben aussieht. Aber ich würde es gerne wissen. Ich möchte gerne wissen, wie du aufgewachsen bist. Warum du…?«

»Warum was?«, fragte er scharf. Er sah sie nicht unfreundlich an, dennoch fröstelte es Hannah.

»Warum du mich auf den Wink deines Bruders hin einfach so aus meiner Welt entführt hast. Ich meine, es war sehr schnell offensichtlich für mich, dass du damit nicht einverstanden warst. Trotzdem hast du es getan. Warum?«

»Ich glaube nicht, dass du mich so gut kennst, um das beurteilen zu können. Und was würde dir dieses Wissen nutzen, Hannah? Es wird nichts ändern. Dieses Geplauder ist vollkommen sinnlos.« Seine Lippen verzogen sich zu einem zynischen Lächeln, das die Augen nicht erreichte, die sie kalt musterten.

»Es ist nicht sinnlos. Ich will dich besser kennenlernen. Ich will mehr von dir erfahren.«

»Möglicherweise gefällt dir aber nicht, was du von mir erfährst. Möglicherweise findest du zu viel Dunkelheit und Furcht und nicht das glückliche Happy End wie aus deinen Büchern und Filmen zu Hause.«

»Mag sein. Aber Menschen ändern sich. Ich habe keine Furcht vor dem, was du erzählen könntest, weil mir der Mann gefällt, den ich jetzt sehe.« Hannah senkte ihren Blick und ihre Stimme. Jetzt war es raus und das in einer Situation wie dieser. Aber sie wollte morgen nicht im Streit von ihm gehen, auch wenn sie sich nie wiedersehen würden.

»Es lohnt sich nicht, mich besser kennenzulernen. Du wirst nicht finden, was du suchst, und du wirst morgen diese Welt verlassen. Kein Grund also, dir mehr von mir zu erzählen.«

Damit war das Gespräch für Targon ohne Zweifel beendet. Er nahm die Karte wieder auf und begann, sie intensiv zu studieren. Hannah rutschte langsam auf der Matratze herum und streckte sich aus. Sie war vollkommen erschöpft; erschöpft von dieser Welt und von diesem Mann, der, dessen war sie sich inzwischen plötzlich sicher, auch für sie etwas empfand. Aber Morgen würde sie zurückkehren.

Es sollte nicht sein. Vielleicht in einem anderen Leben, zu einer anderen Zeit...

Am nächsten Morgen verließ Targon fluchtartig die Taverne.

Endlich Luft zum Atmen! Die Atmosphäre im Zimmer war nicht länger zu ertragen gewesen. Allein mit Hannah, mit ihrem unschuldigen Gesicht, das ihn in den Wahnsinn trieb. Hätte er auch nur einen einzigen Blick auf sie geworfen, als sie sich ausgezogen hatte ... Es war nur eine Frage der Zeit gewesen, wann er seine Beherrschung verloren hätte. Angespannt ballte er die Fäuste und lief zielstrebig den Hafen entlang. Noch immer kochte sein Blut. Eine leichte Brise strich über den Hafen, die die Taue an den Schiffen zum Schwingen brachte, aber nicht genügend Kraft besaß, um ihn abzukühlen. Verbissen versuchte er, jeden Gedanken an sie zu verbannen. Es machte keinen Sinn, schon bald würde Hannah fort sein. Verärgert über sich selbst suchte Targon mit zusammengekniffenen Augen die Schiffe ab. Die ‚Sturmwind' lag etwas von der Pier entfernt vor Anker. Er würde ein Boot benötigen, um zu ihr überzusetzen. Im Hafen wimmelte es von kleinen Ruderbooten, die Passagiere oder kleinere Waren zwischen den Schiffen und dem Hafen hin und her transportierten. Targon winkte einen Mann heran, der gerade sein Ruderboot vertäuen wollte. Beeindruckende Muskelberge sprangen aus den verschlissenen Hemdsärmeln und stellten ihn als erfahrenen Rudermann vor.

»Könnt Ihr mich zur ‚Sturmwind' übersetzen?«, rief Targon.

»Das kostet Euch sieben Kupfermünzen, mein Herr«, antwortete der Mann und taxierte Targon, als ob er ihn abschätzen wollte, wie viel es wohl bei ihm zu verdienen gab.

»Ihr bekommt zwanzig, wenn Ihr am Schiff auf mich wartet und mich wieder zurückbringt.«

Eilfertig nickte der Mann. Mit einem breiten Grinsen riss er seinen alten Strohhut vom haarlosen Schädel und lud Targon mit wildem Schwenken in sein Boot ein.

Kaum hatte Targon darin Platz genommen, ruderte der Mann bereits mit kräftigen und gleichmäßigen Schlägen durch den Hafen. Dabei ging er äußerst geschickt vor und wich problemlos zahlreichen anderen Booten aus. Es herrschte reges Treiben, nicht weit von ihnen entfernt schoben sich mehrere lange, miteinander vertäute Boote heran, die voll mit Waren beladen waren. Es war der schwimmende Markt, für den Portano weithin berühmt war. Auf jedem dieser Boote saß ein Verkäufer inmitten von Früchten, Fisch, Stoffen oder was sie sonst noch zu bieten hatten und pries laut singend seine Waren an. Targon beachtete sie nicht weiter, er nutzte die Zeit und sah sich die ‚Sturmwind' genauer an. Sie war ein erstaunlich schmales Schiff mit lediglich zwei Masten. Um ihren Bug schlangen sich zwei Meerjungfrauen, jede hatte einen Arm erhoben und reckte einen Schild gegen das Meer. Kaum zu glauben, dass sie schweren Stürmen trotzen sollte. Doch ihr Zustand schien tadellos zu sein, jedenfalls soweit er dies beurteilen konnte. An Deck herrschte Ruhe, kein Mann war zu sehen. Sie wirkte nicht so, als wollte sie bald auslaufen. Doch das würde er gleich selbst feststellen. Mit einem dumpfen Geräusch ging das Boot längsseits, und sowohl Targon als auch sein Rudermann legten den Kopf in den Nacken, um an der Bordwand nach oben zu sehen. Targon wollte gerade etwas rufen, als sich auch schon ein Gesicht über die Reling schob, das aber keinen von ihnen wirklich betrachtete.

»Wer seid Ihr? Was wollt Ihr?«, leierte eine desinteressierte Stimme.

»Ein Kunde bittet, an Bord kommen zu dürfen und den Kapitän zu sprechen«, rief Targon hinauf.

»Ein Kunde? Wir nehmen keine neuen Kunden mehr an. Macht, dass Ihr fortkommt.«

Damit verschwand das Gesicht.

»Warte hier«, wandte sich Targon an seinen Rudermann und packte kurzerhand die Strickleiter, die über ihnen baumelte und mit jedem leichten Wellengang an die Bordwand schlug.

»Für zwanzig Kupfermünzen verhau ich auch den Kerl da oben«, murmelte der Mann und grinste ihn an, als ob diese Möglichkeit für ihn ein zusätzlicher Spaß werden könnte.

Targon schüttelte den Kopf und ignorierte den leicht enttäuschten Ausdruck auf dem Gesicht seines Gegenübers. Dann stieg er eilig an der Strickleiter hinauf und betrat das Schiff.

»Hey! Ich hab' dir doch gesagt, dass wir keine neuen Kunden annehmen. Na, dir werde ich Beine machen.« Wütend ergriff der Seemann von vorhin einen Belegnagel und kam damit drohend auf Targon zu. Buschige Augenbrauen beherrschten sein von Wind und Wetter gegerbtes Gesicht, die sich grimmig zusammenzogen wie eine Gewitterfront.

»Ihr solltet Euch gut überlegen, ob und auf welche Weise Ihr mit mir diskutieren wollt. Erspart uns das und bringt mich sofort zu Eurem Kapitän.« Targon verschränkte demonstrativ die Arme vor der Brust, wohlwissend, dass dabei seine Unterarmmanschetten mit den Dolchen darin zum Vorschein kamen.

Die Augenbrauen wanderten erschrocken nach oben, als der Blick des Seemannes auf seine Arme fiel. Erst dann schien er Targon genauer zu betrachten. Eine auffällige Blässe schlich über sein Gesicht. Seine kräftige Gestalt versteifte sich, und seine Hände zuckten, als wären sie ratlos, wo sie nun bleiben sollten. Doch er stellte sich schnell auf die neue Situation ein und fasste sich.

»Gut, wie Ihr wollt. Wartet hier einen Moment. Ich werde Euch melden.« Damit wandte er sich um, rannte über das Deck und verschwand durch ein Schott, dass seine nackten Füße laut über die Planken platschten. Nur wenige Augenblicke später kehrte er zurück. Hinter ihm erschien eine großgewachsene Gestalt, die sich bücken musste, um durch das Schott zu passen. Selbst dann wurde es knapp, denn seine Schultern waren beinahe so breit wie der Rahmen. Targon hob erstaunt die Augenbrauen, als er das Gesicht des Mannes sah. Er musste jünger als er selbst sein, vielleicht achtzehn Jahre alt. Sein Gesicht war bar jeglicher Erfahrung, aber seine Augen erzählten vom Sturm und von der See, von Untergang und vom Übergang in eine andere Welt, Hannahs Welt.

»Ihr wünscht mich zu sprechen?« Sturmgraue Augen tasteten Targon ab und weiteten sich kurz, bevor der junge Mann sich hastig verneigte.

»Prinz Targon!«, rief er überrascht. »Mein Vater wird voller Stolz sein, wenn er erfährt, dass Eure Königliche Hoheit diese Planken betreten hat. Darf ich mich vorstellen? Mein Name ist Rone Stormbyn.«

»Ich danke Euch.« Targon erwiderte die Verbeugung. »Aber nennt mich nicht Königliche Hoheit. Diese Anrede steht mir nicht zu, Kapitän Stormbyn.«

»Ich bin überzeugt davon, dass sie Euch mehr denn je zusteht,«, antwortete er geheimnisvoll und warf einen kurzen Blick auf den Seemann, der mit zusammengekniffenen Augen versuchte, der Unterredung zu folgen. »Wenn Ihr mir auf das Achterdeck folgen wollt, dort können wir uns ungestört unterhalten.«

Gemeinsam gingen sie zum Achterdeck, während der Seemann mit enttäuschtem Gesichtsausdruck zurückblieb. Kapitän Stormbyn schritt mit dem weitausholenden Gang eines Seemannes über Deck. Er musste wohl auf diesem Schiff aufgewachsen sein. Aber hatte er ausreichend Erfahrung, um den Stürmen zu trotzen?

Der Kapitän der Sturmwind warf einen Blick zurück, wo der Seemann ihnen unentschlossen nachsah. Lautlos formten seine Lippen Worte, die Targon nicht verstand und blies dabei leicht in Richtung der offenen See. »Verzeiht, dass ich Euch nicht in meine Kajüte bitte, aber Jorge gehört leider nicht zu den Crew-Mitgliedern, denen mein Vertrauen gehört. So hat er nicht die Möglichkeit, an der Kajütentür zu lauschen, und der Wind trägt jetzt unsere Worte aufs Meer davon.« Dann hob er seine Stimme und rief: »Geh in die Kombüse und bereite das Frühstück für unseren Passagier zu, Jorge.«

»Aye, Kapitän!« Jorge rannte augenblicklich davon.

Kapitän Stormbyn wartete bis er unter Deck verschwunden war und setzte sich dann auf eine dicke Taurolle. Mit einer Bewegung seiner Hand lud er Targon ein, seinem Beispiel zu folgen.

»Also, Prinz, was kann ich für Euch tun?«

»Ich habe einen Passagier für Euch, der so schnell wie möglich in die ‚Andere Welt' gebracht werden muss. Für Eure Dienste zahle ich Euch gerne das Dreifache der üblichen Summe.«

Stormbyn hatte ihm aufmerksam zugehört und schüttelte nun bedauernd den Kopf.

»Es tut mir leid, Euch enttäuschen zu müssen, aber mein Vater ist der Sturmmeister. Ich selbst bin noch nicht vollständig ausgebildet und kann das Schiff nur in unseren Gewässern segeln. Mein Vater ist für ein paar Tage fort. Ich rechne in einer Woche mit seiner Rückkehr. Wenn Ihr dann wiederkommen wollt?«

»Eine Woche?« Targon versteifte sich unmerklich. Gleichzeitig wechselten sich Erleichterung und Enttäuschung in ihm ab. Hannah würde noch bleiben.

»Ja! Ich bedaure, Euch nicht selbst behilflich sein zu können. Mein Vater ist zu einer Zusammenkunft gerufen worden. Es geht das Gerücht, dass Ihr den Tod aller Sturmmeister im Sinn habt. Genau genommen plant Ihr Eure Flucht in die ‚Andere Welt', tötet vorher alle Sturmmeister, bis auf einen, nämlich den, der Euch hinüberbringt. Dann werdet Ihr auch ihn töten und so die Tore für immer verschließen, damit Euch niemand mehr folgen kann. Zum Schutz vor Euch und der Schreiberin sollen sich die Sturmmeister in Kylnavern einfinden.«

Eine Falle! Er war in eine Falle gelaufen. Mühsam beherrscht blieb Targon sitzen und sah sich dabei aufmerksam um, auf der Suche nach Romuns Männern. Sein Gegenüber hob beschwichtigend die Hände.

»Ihr könnt beruhigt sein, Prinz. Wir kennen die Wahrheit. Es ist niemand hier, der Euch gefangennehmen will.«

»Aber das wäre für Euch die Gelegenheit, die Gunst des Königs zu erkaufen.« Targon sah den Jungen überrascht an, der ihm auf einmal gar nicht mehr so jung vorkam. Sein Gesicht war immer noch unbefleckt, wie es bei jungen Menschen oft der Fall war, aber dennoch besaß er etwas, was das Gesicht Lügen strafte. Nur konnte Targon es nicht in Worte fassen. »Ihr versteht es falsch. Die Sturmmeister sind immer unabhängig von jeglichen Machtbestrebungen in Kylnavern gewesen. Wir beobachten schon lange mit Sorge die Geschehnisse in unserem Land. Nur wenig ist uns verborgen geblieben, gleichgültig wie geschickt Ihr etwas zu verbergen suchtet. Wir kennen Euch, den Schwarzen Prinzen.« Rone hielt kurz inne, und sein Blick verflüchtigte sich, als lauschte er hingebungsvoll einer Stimme, die nur er hören konnte. Seine Augen spiegelten den Himmel wider, in dem die Wolken sich langsam, aber sicher zu ganzen Bergen auftürmten und ein drohendes Unwetter ankündigten.

»Wie könnt Ihr mich kennen?«, fragte Targon misstrauisch. »Bisher bin ich nur einem Sturmmeister begegnet. Er nennt sich Kerim und lebt vornehmlich in der ‚Anderen Welt'. Mehr Kontakt hatte ich bisher nicht mit euresgleichen.«

»Ihr habt recht! – Mein Vater sagt, dass König Romun Kerim oft für seine Reisen nutzt«, entgegnete er schlicht und nickte. »Von Kerim haben wir nichts erfahren. Aber es gibt einen Sturmmeister, der direkt am Hofe lebt. Er versorgt uns mit Neuigkeiten.«

»Ihr sendet Boten durch das Land?«

Der Kapitän lächelte, dann schüttelte er den Kopf.

»Der Wind ist unser Bote«, sagte er. »Es gibt zwei Sturmmeister, die dem Wind Nachrichten übergeben können und die noch mehr hören. Der Wind trägt alles über das Land. Mein Vater ist einer davon und Quirin von Kylnavern. Wir anderen können nur die Worte empfangen, die uns gezielt gesandt werden. «

Targon konnte nicht glauben, was der Junge ihm mitteilte. War das möglich?

Wir kennen Euch, hatte er gesagt, und Targon ahnte, was genau er damit meinte.

»Was, wenn mein Bruder von diesen Fähigkeiten weiß? Er wird nichts unversucht lassen, zumindest einen der Sturmmeister auf seine Seite zu ziehen – entweder mit List oder mit blanker Gewalt. Damit gibt es keinen Ort mehr, der sicher ist.«

Stormbyn sah ihn beinahe mitfühlend an. »Noch ist es aber nicht so weit. Leider kann ich Euch aber auch nicht helfen. Eine Zeit kommt auf Euch zu, in der Ihr von vielen Menschen gejagt werdet, dabei ist es gleich, ob sie nur Euer Blut oder doch Euren Tod wollen.«

Targon nickte langsam und erhob sich von der Taurolle.

»Und Ihr könnt nicht versuchen, den Übergang mit ihr zu schaffen? Das wäre wohl das sicherste Versteck.«

»Nein, tut mir leid. Das letzte, was ein Sturmmeister erlernt, ist das Öffnen der Tore. Zuerst muss er perfekt jede Art von Sturm beherrschen. Die Folgen wären nicht auszudenken, wenn ein Ungeübter sie öffnet. Wenn man nicht aufpasst, ziehen sich die Stürme aus beiden

Welten gegenseitig an. Der Sturm, der dabei entsteht, wäre nicht zu beherrschen und würde beide Welten zerstören.«

»Ich verstehe.«

Kapitän Stormbyn erhob sich nun ebenfalls und reichte Targon die Hand, die dieser ergriff.

»Manchmal kann man einer Konfrontation so wenig ausweichen wie einem Sturm, mein Prinz.«

»Ihr habt recht, Kapitän. Vielen Dank.« Targon wollte gerade gehen, als ein elegant gekleideter Mann das Achterdeck erklomm. Er trug eine leuchtend grüne Jacke und enge rotbraune Hosen, die in auf Hochglanz polierten Stiefeln steckten. Seine Gestalt war beinahe weiblich zu nennen, so zierlich waren seine Gliedmaßen.

»Kapitän Stormbyn, seid gegrüßt. Gibt es Neuigkeiten? Kehrt Euer Vater bald zurück? Ich kann nicht ewig die Gastfreundschaft Eures Schiffes in Anspruch nehmen. Meine Goldschmiede wartet auf mich.« Mit leicht zappelnden Bewegungen blieb er vor Targon und dem Kapitän stehen. Targon verkniff sich ein Grinsen, als er die getuschten Wimpern und den Schönheitsfleck auf der Wange bemerkte. Der Fremde blinzelte ihn interessiert an und reichte ihm mit einer gezierten Bewegung die Hand, an der filigran gefertigte Ringe funkelten.

»Darf ich mich vorstellen? Alexis Mirabeau, Goldschmied aus der ‚Anderen Welt‘.«

Ein Goldschmied! Targon kam ein Gedanke. Konsequent ignorierte er die Hand und verbeugte sich stattdessen elegant. »Sehr erfreut Euch kennenzulernen, mein Herr. Ihr müsst ein wahrer Künstler auf Eurem Gebiet sein, wenn diese edlen Schmuckstücke aus Eurer Hand gefertigt wurden.«

Mirabeau verzog leicht beleidigt das Gesicht, als Targon sich nicht vorstellte. Dennoch fächelte er sich geschmeichelt mit einer Hand Luft zu und nickte gnädig. »Das möchte ich meinen. Wenn Ihr wollt, fertige ich Euch auch ein Stück nach Euren Wünschen. Ich muss mir die Wartezeit hier wohl noch ein wenig länger vertreiben.«

»Ich hätte tatsächlich einen Wunsch. Vielleicht ein wenig ausgefallen, aber ich denke, dass Eure Kunstfertigkeit ihn mit Leichtigkeit vervollkommnen wird.«

Der Goldschmied errötete tatsächlich und ergriff in einer Anwandlung von Euphorie Targons Arm, der nur mühsam dem Gefühl widerstand, zurückzuzucken.

»Es ist gleich zu sehen, dass Ihr ein Mann von Kunstverständnis seid. Ihr solltet wirklich ein Stück tragen, das Eure außergewöhnliche Erscheinung noch unterstreicht. Wenn Ihr mir bitte in meine Kabine folgen wollt. Dort werde ich zunächst eine Zeichnung nach Euren Wünschen anfertigen müssen.«

»Es wird mir ein Vergnügen sein.« Targon zwang sich zu einem Lächeln und fuhr an den Kapitän gewandt fort: »Ihr entschuldigt mich?«

»Ungern«, grinste dieser breit zurück. »Der Wind wird Euch begleiten und vergesst nicht, was ich Euch gesagt habe.«

Targon nickte und beeilte sich dann, dem Goldschmied zu folgen, der für seinen Geschmack mit viel zu anmutigen Bewegungen vor ihm über Deck lief.

Auch Hannah hielt es nicht länger in dem Zimmer aus, nachdem Targon verschwunden war. Er war noch wortkarger als sonst gewesen. Wahrscheinlich konnte er es kaum noch abwarten, sie endlich auf diesem Sturmsegler abzusetzen. Unentschlossen stand sie vor der Taverne und ließ ihren Blick desinteressiert über den Hafen schweifen. Was gestern noch eine unglaubliche Faszination auf sie ausgeübt hatte, wirkte jetzt nur noch chaotisch, dreckig und laut. Nichts, was sie vermissen würde, wenn sie endlich wieder zu Hause saß. Die Sehnsucht nach ihrem Zuhause, nach ihrer Großmutter und ihren Freunden war im Laufe der glücklichen Wochen in Brige so sehr verblasst, dass es sie erstaunte, mit wie viel Gewalt sich dieses Gefühl zurückmeldete. Zwischen dem ganzen Trubel fühlte sie sich erschreckend allein und verloren. Lustlos schlenderte sie eng an den Häuserwänden entlang, den Blick auf ihre Stiefel gerichtet, die der Sattler in Brige für sie gefertigt hatte. Brige! Hannah seufzte. Auch dort hatte sie eine Art Zuhause gehabt, mit Freunden; Kiesha, die wie eine Schwester für sie gewesen war. All das verlor sie, ohne dass ihr wirklich bewusst gewesen war, dass sie es überhaupt gehabt hatte.

»He, pass doch auf!«

Erschrocken wich Hannah einem grobschlächtigen Kerl aus, der gerade aus einem Hauseingang trat und dabei beinahe mit ihr zusammengestoßen wäre. Eine Mappe fiel aus seiner Hand und auf die Pflastersteine, woraufhin der Mann unflätig schimpfte und mit der Faust drohte.

Hannah murmelte eine Entschuldigung und drehte sich um. Es machte keinen Sinn. Besser sie kehrte zurück in die Taverne und wartete auf Targon. Sie konnte die Zeit hier doch nicht länger festhalten.

Als sie kurz darauf den Gastraum betrat, war es seltsam still. Weder der Wirt noch eine seiner beiden Bedienungen war zu sehen oder zu hören. Nur ein Eimer mit schmutzigem Wasser und eine ausgefranste Schrubberbürste auf einem der Tische zeugten davon, dass jemand hier sein musste. Froh, niemandem zu begegnen, schlich sie die Treppe hinauf und blieb vor der Tür zu ihrem Zimmer stehen, die nur angelehnt war. Hatte sie die Tür nicht richtig zugemacht, als sie gegangen war? Mit einem Stirnrunzeln zog sie die Tür auf und erstarrte. Neben dem Bett lag wie leblos die Kellnerin vom gestrigen Abend. Hannah unterdrückte einen Schrei und sah beinahe zu spät die Gestalt, die am Ende des Raumes in Targons Tasche wühlte und mit einem Fluch herumfuhr. Geistesgegenwärtig schlug sie die Tür wieder zu, wirbelte herum und rannte los; lief die Empore entlang und stürzte die Treppe hinunter in den Gastraum. Sie konnte hören, wie hinter ihr die Tür wieder aufgerissen wurde. Ein Mann kam heraus, der kurzerhand über die Brüstung sprang, um ihr zuvorzukommen. Hannah schrie laut, packte den vollen Eimer und warf ihn blind hinter sich. Aus den Augenwinkeln sah sie den Unbekannten stürzen, erreichte die Tür, riss sie auf und stieß mit einem Kutschpferd zusammen, das gerade vorbeikam. Das Tier stieg wiehernd und sprang in seinem Geschirr panisch zur Seite, woraufhin ein weiteres Wiehern erklang und ein knirschendes Geräusch, das ihr einen Schauer über den Rücken jagte. Aber sie achtete nicht weiter darauf, sondern rannte los. So schnell sie konnte flüchtete sie die Hafenstraße entlang und hörte doch bereits den schnellen Atem ihres Verfolgers hinter sich.

Auf der ‚Sturmwind' atmete Targon auf, als er endlich wieder das Deck betrat. In der Kajüte des Goldschmiedes war es schrecklich heiß gewesen, was zum Teil wohl auch an den unübersehbaren Avancen Mirabeaus gelegen hatte. Targon verzog leicht gequält das Gesicht. Als ob nicht bereits genug in ihm brodelte.

Eine leichte Brise kühlte seine Stirn. Instinktiv richtete er seine Aufmerksamkeit auf das Achterdeck. Wie erwartet stand dort Kapitän Stormbyn und grüßte ihn mit leicht erhobener Hand. Targon erwiderte den Gruß und ging auf den Mann zu, der jedoch plötzlich zum Hafen hinüber starrte. Eine dunkle Vorahnung beschlich Targon, als sich Stormbyn mit ernster Miene wieder ihm zuwandte.

«Ihr müsst sofort an Land zurückkehren, Prinz. Die Schreiberin ist in Gefahr. Jemand hat gerade eines der Mädchen in der Taverne getötet. Ich fürchte, das gilt Euch.»

Flüssiges Eis lief seinen Rücken hinab und griff nach seinem Herz. Hannah!

Targon setzte sofort an die Reling und suchte nach seinem Boot. Der Ruderer wartete wie abgemacht.

»Wir müssen zurück«, rief Targon hinunter, ergriff ein freischwingendes Tau, schwang sich über Bord und rutschte eilig daran hinunter. »Schnell! Es wird sich für Euch lohnen.«

Das ließ sich der Mann nicht zweimal sagen. Hastig ergriff er die Ruder und stieß das Boot damit kräftig von der Bordwand ab. Targon zwang sich, ruhig auf einer der Bänke Platz zu nehmen, während seine Augen die Taverne fixierten.

Sie waren viel zu weit weg. Wenn Hannah etwas passierte, war es seine Schuld. Warum hatte er sie auch allein gelassen? Wütend auf sich selbst presste er die Zähne zusammen und knirschte. Sie kamen viel zu langsam voran. Aber der Ruderer bemühte sich sichtlich. Er ruderte so schnell wie er konnte und zerpflügte mit den Riemen das Wasser. Dennoch war er nicht schnell genug. Gerade schoben sich die Boote des Schwimmenden Marktes von der Seite heran, die gut doppelt so lang waren wie ein normales Boot.

Targon knurrte. Der Rudermann fluchte und ruderte heftig mit einem Riemen, um den Booten auszuweichen, die unaufhaltsam in ihrer ganzen Länge bis zur Pier den Weg versperrten. Sein Herz schlug hohl in seiner Brust. Das würde wertvolle Zeit kosten; zu viel Zeit! Plötzlich kam ihm ein Gedanke.

»Nein! Weich ihnen nicht aus. Halte auf sie zu«, brüllte Targon den Mann an, der überrascht tat, wie ihm geheißen. Targon stand bereits und warf ihm kurzerhand einen schweren Beutel mit Münzen zu, den dieser achtlos zwischen die Ruderduchten fallen ließ und weiter ruderte als wäre der Leibhaftige hinter ihm her. Dann maß Targon kurz den Abstand zu dem nächsten Boot und sprang. Eine dunkelhäutige alte Frau saß inmitten von Wassermelonen, Bananen und anderen exotischen Früchten. Wütend schrie sie auf, als das Boot bei dem Aufprall gefährlich schwankte und hielt sich mit beiden Händen panisch an der Außenwand fest. Targon achtete nicht auf sie. Mit breiten Schritten, um das Gleichgewicht zu halten, durchquerte er die kostbare Fracht bis zum Bug und setzte dort mit einem neuen kraftvollen Sprung auf das nächste Boot über. Der Händler darin, ein dürrer und pickliger junger Mann, erwartete ihn bereits.

»Mach, dass du ins Wasser kommst, du Spinner!«, kreischte er mit sich überschlagender Stimme und schlug mit einem Ruder nach Targon, der geschickt darüber sprang und weiter rannte. Der Junge wurde durch seinen eigenen Schwung nach vorne gerissen. Das Boot kippte, Targon verlor das Gleichgewicht, warf sich jedoch instinktiv auf die andere Seite, wo er in einem Korb voller Räucherwürste landete. Sofort rappelte er sich wieder auf und lief weiter, sprang und lief und überquerte auf diese Weise fünf Boote. Er zertrat Waren und wich wütenden Händlern aus und deren Wurfgeschossen, immer darum bemüht, das Gleichgewicht der Boote zu halten. Es gab nur ein Ziel. Er musste an Land, musste es schaffen, zu Hannah zu gelangen, bevor der Mörder sie erreichte.

Endlich hatte er das letzte Boot erreicht, das mit seinem schmalen Bug bereits in einen Kanal einfuhr, der weiter ins Landesinnere führte. Der Mann darin hatte eine bullige Gestalt, sein Gesicht war aufgedunsen und rot vor Zorn, als er aufstand und sich Targon in den Weg stellte. Gleichzeitig erklang schrilles Wiehern vom Land her. Targons Augen flogen zu der Taverne und weiteten sich. Genau davor standen zwei Kutschen, die offensichtlich ineinander verkeilt waren. Pferde wieherten markerschütternd, doch was viel schlimmer war, war die schlanke Gestalt, die dahinter auftauchte und in fliegender Hast die Straße herunterlief, einen Verfolger auf den Fersen.

Ein Hieb des Händlers zwang Targon, seine Aufmerksamkeit wieder auf diesen zu richten. Targon fing die Faust des Mannes ab und trat ihm in die Seite, sodass dieser förmlich aus dem Boot katapultiert wurde. Das schmale Boot kippte und Targon sprang zu einer Leiter, die an der Kanalwand nach oben führte. Hinter ihm kenterte das Marktboot und riss mit seinem Schwung das nächstfolgende mit um.

Targon ignorierte die Schimpftiraden und das wüste Durcheinander hinter ihm. Eilig kletterte er die Leiter hinauf und rannte los. Sein Herz raste. Jeder Schlag pumpte explosionsartig durch seine Adern, überflutete sie mit Adrenalin und drohte sie zu zersprengen. Nie zuvor hatte sein Herz eine solche Reaktion gezeigt. Nackte Angst trieb seinen Lauf voran, der ihm immer noch zu langsam erschien. Vor ihm befanden sich die ineinander verkeilten Kutschen, die beinahe die ganze Straße versperrten. Immer noch zerrten und bockten die beiden Zugtiere, deren Kutscher ohne großen Erfolg versuchten, die Tiere aus ihrer misslichen Lage zu befreien. Targon drängte sich daran vorbei. Dahinter war die Straße so gut wie leer. Ein einzelnes Fuhrwerk bewegte sich langsam vor ihm her und versperrte kurz die Sicht. Doch dann entdeckte er sie. Hannah rannte wie der Wind. Ihre rotbraunen Locken flatterten hinter ihr her und waren für ihren Verfolger beinahe zum Greifen nah. Targon beschleunigte seinen Lauf. Er war noch viel zu weit weg. Der Unbekannte hatte Hannah jetzt erreicht, und sie wirbelte herum. Erstaunlich geschickt zauberte sie das kleine Messer aus ihrem Stiefelschaft und ging in Abwehrhaltung. Der Unbekannte täuschte einen Angriff vor, Hannah wich aus und drehte sich damit in einen Tritt hinein, der sie nach hinten warf. Targon passierte jetzt das

Fuhrwerk und riss dem verblüfften Kutscher die lange Peitsche aus der Hand. Noch während der Angreifer sich mit einem raubtierhaften Satz über Hannah beugte und sie hochriss, holte Targon aus. Der Peitschenknall ging in dem allgemeinen Trubel des Hafens unter, doch die Schnur wickelte sich unhörbar und mit tödlicher Präzision in dem Augenblick um den Hals des Mannes, als er Hannahs Kopf nach hinten bog, um ihr eine lange Klinge an die Kehle zu setzen. Mit einem Ruck, der seine ganze Wut enthielt, riss Targon an der Peitsche. Innerhalb eines Wimpernschlages löste der Mann seinen Griff. Hannah taumelte ein paar Schritte rückwärts und verschwand mit einem gellenden Schrei in einer Luke, die sich hinter ihr im Boden befand. Targon riss entsetzt ein weiteres Mal an der Peitsche. Sein Gegner stürzte zu Boden und blieb reglos liegen. Ohne ihn eines weiteren Blickes zu würdigen, lief er zu der Luke und starrte hinunter. Eine eiserne Klammer hatte sich um seinen Brustkorb gelegt und presste ihn schmerzhaft zusammen. Es dauerte einen Augenblick, bis sich seine Augen an das Halbdunkel dort unten gewöhnt hatten. Staub wirbelte durch den Raum, der sich nur langsam legte. Ein Stöhnen erklang. Aus dem Staub schälte sich eine schlanke Gestalt, die auf einem Berg von übereinandergestapelten Säcken saß und mit gequältem Gesichtsausdruck nach oben sah.

Targon atmete erleichtert auf. Hannah hatte Glück gehabt. Die Säcke hatten ihren Sturz abgefangen.

»Kannst du aufhören mich anzuglotzen und mir stattdessen lieber hier raushelfen?«, rief sie, von Husten unterbrochen. Ein schiefes Lächeln saß in ihrem kreideweißen Gesicht, als sie sich mühsam mit steifen Bewegungen erhob und Targon die Hände entgegenreckte. Targon packte sie und zog sie hoch. Leicht schwankend stand sie unmittelbar vor ihm. Langsam ließ er seinen Blick über ihr schweißnasses Gesicht gleiten. Ihre Lippen waren leicht geöffnet und zitterten, und ihre Augen begegneten ihm eingeschüchtert. An ihrem Hals pochte hektisch eine Ader und verriet die Geschwindigkeit ihres Herzschlages.

Nur mühsam drang sein Verstand durch seinen Kopf. Sie waren hier nicht sicher.

»Du hast Glück gehabt. Ohne diese Säcke wärest du jetzt vielleicht tot«, sagte er, um irgendetwas zu sagen und sich abzulenken.

»Und ohne dich«, fügte sie leise hinzu. »Du bist gerade noch rechtzeitig gekommen. Er hat die Kellnerin von gestern getötet.«

»Wir müssen augenblicklich die Stadt verlassen. Nicht weit von hier hat Maruk eine Unterkunft. Wir werden dort hingehen. Er wird dort hinkommen, wenn er uns hier nicht findet.« Damit ergriff er sie am Arm und führte sie die Straße zurück. Immer noch standen die Kutschen unmittelbar davor, doch war es den Umstehenden inzwischen gelungen, die Tiere zu befreien.

Gemeinsam gingen sie in die Taverne und zu ihrem Zimmer. Nachdem Targon sich davon überzeugt hatte, dass keine Gefahr bestand, packten sie eilig ihre Sachen zusammen.

»Du brauchst noch eine Waffe«, sagte Targon und reichte ihr eine kleine Armbrust. »Ich zeige dir später den Umgang damit.« Hannah nahm verwundert die Waffe entgegen und band sie sorgfältig an ihren Gürtel. Dann steckte sie einen neuen Dolch, den er ihr wortlos reichte, in den Stiefel. Targon legte die Tote auf das Bett und deckte sie noch mit einer Decke zu, dann verließen sie das Haus.

»Wann sticht die ‚Sturmwind' in See?«, fragte Hannah unvermittelt, während sie den Stall betraten und mit leisem Schnauben begrüßt wurden.

Die ‚Sturmwind' hatte er völlig vergessen. Die Frage musste sie die ganze Zeit beschäftigt haben. Targon tätschelte Radscham, der freudig seinen Kopf an seiner Brust rieb.

»Überhaupt nicht. Du bist leider noch eine Weile hier gefangen. Es war nur der Sohn des Sturmmeisters auf dem Segler, der selbst die Fertigkeiten noch nicht vollständig beherrscht. Sein Vater wird in einer Woche zurückerwartet.«

»Und was jetzt?«, fragte sie leise und führte Kimon hinaus.

»Warten wir auf dessen Rückkehr und verstecken uns in der Zwischenzeit.« Es war die einzige Möglichkeit, vorerst. Doch eine dunkle Vorahnung schüttelte vehement mit dem Kopf. Es fühlte sich nicht so an, als ob er in einigen Tagen mit Hannah ohne Probleme auf die ‚Sturmwind' gehen würde und sie nach Hause schicken konnte. Stormbyn hatte Recht, manchen Konfrontationen konnte man nicht ausweichen. Vielleicht musste er sich erst Romun stellen.

Hannah erwiderte nichts. Bleich saß sie auf und gemeinsam ritten sie vom Hof, aus der Stadt und folgten einem Pfad, der sie aus der Bucht führte, von dort in einen Wald, weiter zu Maruks Unterkunft und für sie immer weiter fort von der Möglichkeit, jemals wieder nach Hause zu kommen.

Epilog

Der Mann schloss das Buch und presste es an sein Herz.

Eine seltsame Erleichterung erfüllte ihn. Hannahs Rückkehr in ihre Welt war vorerst misslungen und damit blieb alles weiterhin offen. Romun würde weiter versuchen, Hannah in seine Gewalt zu bekommen, ebenso wie manch anderer.

Er seufzte.

Als sie damals mit dieser Geschichte begonnen hatten, waren sie fest davon überzeugt gewesen, alle Möglichkeiten und Konsequenzen ihres Schreibens zu berücksichtigen. Um den Fortbestand zu sichern, hatten sie festgehalten, dass in regelmäßigen Abständen ein neuer Schreiber und ein neuer Träger der Tinte auftauchen sollte.

Niemals zuvor war die Tinte mehr als das notwendige Material zur Duchführung der Schreibtätigkeit gewesen. Niemals zuvor hatten beide Teile jemals irgendein Interesse aneinander gezeigt. Es war von ihnen nicht so niedergeschrieben worden.

Aber das Leben erzählte am Ende immer seine eigene Geschichte. Ein neues Kapitel wurde aufgeschlagen, in dem nun

Feder und Tinte

gemeinsam an ihrer Geschichte schrieben.

Der Mann lehnte sich zurück; ließ das Buch langsam auf seine Beine sinken.

Er freute sich darauf!

Ende Band 1 – *Feder*

Nachwort

„Die Feder von Kylnavern" ist wieder ein Projekt, das schon sehr lange in meinem Kopf herumspukte. Endlich ist der erste Teil fertig, in dem Hannah auf Targon trifft und von ihren besonderen Fähigkeiten erfährt. Einen Weg nach Hause hat sie leider noch nicht gefunden. Doch möchte sie das überhaupt noch? Wird sie im zweiten Teil einen Weg zurück finden oder entscheidet sie sich womöglich dazu, in Kylnavern zu bleiben?

Was würdest Du tun? Würdest Du lieber nach Hause wollen?

Auf Deine Meinung bin ich neugierig. Scheu Dich nicht und schreibe mir gerne. Ich freue mich über jede Meinung, Anregung und Kritik.

Und wenn Du mehr über meine Bücher wissen möchtest, besuch mich doch auf

www.klara-chilla.com

Wie immer habe ich bei der Entstehung dieser Geschichte Unterstützung gehabt. Wieder hat die liebe Steffi fleißig gelesen und kommentiert. Meine Tochter nach Fehlern gesucht und den Kontakt zu Eva Luna Stroeks geknüpft, die mir dann diese wundervolle und so weich aussehende Feder gezaubert hat. Mein Sohn hat einen Namen beigesteuert, als mir keiner mehr einfallen wollte und mein Mann, der Nichtleser, hat es wieder getan: Er hat gelesen! Allen sage ich von ganzem Herzen Danke. Was wäre eine Geschichte ohne das ganze Drumherum und jede kleine Hilfestellung, die mir soviel bedeutet.

Und wieder geht mein besonderer Dank an die liebe Christine Föllmer-Maier: Du hast wieder sehr genau gelesen, kritisiert, verbessert, korrigiert und motiviert! Ich danke auch Dir von ganzem Herzen!

Die Schiffe der Waidami
(Die Piraten der Waidami - Band 1)

Als Kind vom Inselvolk der Waidami entführt, ist Captain Jess Morgan zu einem Leben als Pirat gezwungen. Über eine Tätowierung ist er auf magische Weise mit seinem Schiff verbunden und teilt mehr mit der Monsoon Treasure, als nur seine Verletzungen. Doch dem Drang nach Freiheit folgend, will er sich von den Waidami lösen, die dadurch ihre uneingeschränkte Macht über die Karibik in Gefahr sehen. Sie senden eine Spionin aus, die widerwillig als Navigatorin an Bord der Monsoon Treasure geht. Schon bald muss sie erkennen, dass die Männer nicht ihren Vorstellungen von blutrünstigen Piraten entsprechen.

Prolog

Das kleine Fischerdorf schmiegte sich in der unheilvollen Sturmnacht schutzsuchend an die hinter ihm aufragenden Steilwände. Der Regen peitschte vom Meer aus gegen die Fenster der schlichten Hütten. Riesige Wellen griffen nach den Fischerbooten und drohten sie mit einem einzigen Bissen zu verschlingen.

Die Nacht war finster und schien nicht enden zu wollen.

Eine Frau beugte sich in der warmen Abgeschiedenheit ihrer Hütte über ihren kleinen Sohn, der auf dem Bett seiner Eltern eingeschlafen war. Sie wickelte ihn fürsorglich in ihre Decke und strich ihm über sein friedliches Gesicht. Ihre Blicke durchsuchten die Dunkelheit hinter dem Fenster, und sie atmete erleichtert auf, als sie ab und zu das Aufleuchten des kleinen Leuchtfeuers an der Küste sah. Zärtlich flüsterte sie dem Jungen die Worte ins Ohr, die schon ihre Mutter ihr in solchen Nächten zugeraunt hatte: „Dieses Licht ist Geborgenheit in einer dunklen Nacht.

Solange es dieses Licht gibt, weißt du, dass die Welt noch existiert." Sie gab ihm einen Kuss und legte sich dann zu ihm, um kurz darauf ebenfalls in einen tiefen Schlaf zu fallen.

Niemand in diesem Dorf merkte, wie sich später in der Nacht dunkle Schatten der Fischerhütte näherten. Unbemerkt betraten sie die Fischerhütte, unbemerkt hoben sie das Kind aus seinem Bett und unbemerkt verließen sie für immer diese Gegend.

Eine ausführliche Leseprobe findet ihr auf https://www.klara-chilla.com/die-schiffe-der-waidami **– auch als Download**

Die Tränen der Waidami

(Die Piraten der Waidami - Band 2)

»Nicht die Vision ist es, die euer aller Schicksal bestimmt, sondern euer Glaube daran.«

Die Macht der Waidami wächst unaufhaltsam weiter. Jess Morgan soll der Schlüssel zur Vernichtung des Obersten Sehers sein und damit die letzte Hoffnung, die Karibik vor den Waidami zu beschützen. Doch als der Pirat dem Weg folgt, den die Vision für ihn vorsieht, scheint nicht nur er alles zu verlieren.

Prolog

Die alte Frau starrte auf die Wellen, die sanft an den Strand rollten, den feinkörnigen Sand überschwemmten, um sich augenblicklich wieder davon zurückzuziehen, doch nicht, ohne etwas von sich zurückgelassen zu haben. Dort wo sich das Wasser von seiner Hinterlassenschaft trennte, färbte sich der Sand dunkel und klumpte zusammen.

Merka ging in die Knie und presste ihre beiden Hände flach ausgebreitet in die kühle Feuchtigkeit. So verharrte sie für einige Atemzüge. Dann richtete sie sich schwerfällig wieder auf und betrachtete mit zusammengezogenen Augenbrauen ihre Abdrücke. Nur zögernd füllten sich die Vertiefungen mit neuen Wellen, wuschen sich aus und verschwanden, als hätten sie niemals existiert. Doch etwas hatte sich verändert. Für das menschliche Auge war es unsichtbar, aber die Ordnung der Sandkörner war durcheinandergeraten und veränderte damit den ganzen Strand und hatte Folgen für die ganze Insel. Unauffällig zwar, aber nichts würde wieder jemals so sein wie zuvor. Merka stand nun ganz auf, ihre Augen fest auf das Meer gerichtet. Die Sandkörner waren so verschieden wie die Visionen der Seher. Und genau wie der kleine Abdruck ihrer Hand das natürliche Gefüge ins

Rutschen brachte, hatte der kleine Betrug an einer Vision die Schicksale vieler Menschen durcheinandergebracht.

Ein tiefes Grummeln stieg aus dem Inneren der Insel, und Merka sah besorgt über ihre Schulter zu dem Vulkankegel, der majestätisch die Insel überragte. Doch alles war ruhig, und er blickte so unschuldig auf sie herab, so wie er es tat, seitdem er mit seinem heißen Atem diese Insel geschaffen hatte. Er hatte all dies Leben hier erst möglich gemacht, und er war es auch, der nun unauffällig, aber bestimmt, darauf hinzuweisen begann, dass er es genauso gut auch wieder zerstören konnte.

Merka verbeugte sich tief vor dem Vulkan und murmelte eine Beschwörung an die Göttin Thethepel, wohl wissend, dass diese sie nicht erhören konnte, und lief mit eiligen Schritten zurück ins Dorf.

Eine ausführliche Leseprobe findet ihr auf https://www.klara-chilla.com/traenen-der-waidami **– auch als Download**